聯經經典

都柏林人

Dubliners

喬伊斯（James Joyce）◎ 著
莊坤良 ◎ 譯注

國科會經典譯注計畫

目次

《都柏林人》

從「喬哀思」到「喬伊斯」

初識喬伊斯，是在大一英文課。當時的教材收納了《都柏林人》中的〈阿拉比〉。對我而言，這短篇小說只是生字不算太多、句法也不太難的英文閱讀教材。當時唯一、也是《都柏林人》最早的中譯本《都柏林人及其研究》，我渾然不覺，只知師長和文藝界普遍認爲作者筆下盡是悲觀思想，因而將他的名字譯爲「喬哀思」。受到中文譯名的暗示，加上當時才學到的一招半式新批評觀念，我的〈阿拉比〉初體驗，竟有如故事中主人翁面對他所迷戀的對象一樣，只覺得這小男孩青澀的初戀扣人心弦，令我「有時心頭熱血，似乎溢滿胸膛」，但在缺乏分析文本與自己感受的辭彙與能力之際，「也不清楚爲什麼會如此」，至於這個故事如何呈現作者的悲觀思想，以我當時的理解，也僅止於主人翁初戀的幻滅。

若說這樣的經驗所凸顯的，是當時的我，不僅英文閱讀能力不足，人生閱歷更是貧乏，在同班同學中卻也非特例。大二小說選讀分組上課，好友那組指定教材包括《一位年輕藝術家的畫像》。我和她不同組，不過課程結束之後，卻得到這本書，因爲她移民在即，不想把這本看不懂的書帶走，因而贈送給我。拿到書後，生吞活剝地看完，雖也沒看懂多少，但作者那種獨特的寫作技法，卻讓我眼界大開、振奮不已，先前閱讀〈阿拉比〉時的熱血翻騰，繼續加溫，也爲我日後投入喬伊斯研究埋下伏筆。

事隔多年，年少時霧裡看花的興奮，已轉化爲理性的學術視野，以中文指稱作者名字時，也由「喬哀思」變音爲較接近原文的「喬伊斯」，主要是因爲掌握其作品的文化背景後，不再認爲「盡是悲觀思想」一說，可以概括其視野。換言之，閱讀文化情境這麼特殊的作品，新批評已經不敷使用，充其量讓初學者淺嘗朦朧的文字美感。

從「喬哀思」到「喬伊斯」，不僅標示我個人視野的轉變，同時也見證國內對這位愛爾蘭作家的接受史。本書更是這接受史的里程碑。譯者莊坤良教授深研喬伊斯多年，對翻譯也頗有研究，文字更是清順，譯注《都柏林人》可謂不做第二人想。光是前言中的《都柏林人》批評史和翻譯討論，就足見其功力，導讀更是深入淺出，以錯綜複雜的愛爾蘭文化背景爲經，艱澀的文學理論爲緯，分四大主題評析各個故事。經過這番抽絲剝繭的梳理後，《都柏林人》明晰可讀，國內讀者不用再經歷我年少時的霧裡看花，一廂情願地在故事中尋找「哀思」了。

爲此我要替《都柏林人》的中文讀者感謝譯者，感謝他投注多年的時間精力，送給我們這份讀來順暢又具學術價值的厚禮。

中山大學教授
林玉珍

新世紀迎新譯——評莊譯《都柏林人》

白先勇的《台北人》可說讓台灣現代主義文學家喻戶曉，略知《台北人》創作背景的讀者都知道《台北人》的構思，甚至敘述技巧乃師法愛爾蘭文學大師喬伊斯的第一部作品《都柏林人》。如此重要的始祖之作，其中譯情形直至二十世紀末、新禧年來臨前卻不甚令人滿意，《都柏林人》目前只有兩個譯本，最早是由幾位當時與白先勇前後期就讀於台大外文系的學生所譯，先於《現代文學雜誌》分篇刊登，後於一九七〇年晨鐘出版社集結出版，另一譯本則是志文出版社於一九八六年發行由杜若洲所譯。前者由於譯者各異，即使集結出版，風格並不統一，更遑論有何整體呈現的企圖心。後者爲《新潮文庫》所選譯的兩部喬伊斯作品，除《都柏林人》外尙有《一位年輕藝術家的畫像》，此譯本只能說將故事中譯，譯者對喬伊斯的整體作品所知似乎極其有限，最明顯的問題即出現在喬伊斯最後一部艱難有如天書的小說*Finnegans Wake*的中譯書名，

「代譯序」中杜若洲將它譯成「芬尼根・威克」(23)，此書一般譯爲《芬尼根守靈夜》，由此差池可見該版本包含《都柏林人》的中譯品質可能令人無法全然放心之一斑。

杜譯問世之後，直至二十一世紀的今日已過二十年，一本所謂權威「特別是台灣製造」的中譯本應已呼之欲出，所幸這樣堪稱定本的翻譯，終於由國內從事喬伊斯研究執第一把交椅的台灣師大英語系莊坤良教授，費時三年於新禧世紀的第一個十年內堂堂推出。

國內不論是對英文現代文學有興趣的一般讀者，甚至是外文系、所的學生必然引頸企盼一部具有權威性的《都柏林人》譯文，莊教授本書中的導讀、〈痲痺：《都柏林人》的文化病理學〉、喬伊斯年譜、愛爾蘭簡史，及研究參考書目幾個部分，可說將喬伊斯及《都柏林人》的批評史鉅細靡遺地羅列，特別爲欲深入研究現代文學領域的有志之士，提供最新的研究角度及索引，可謂學界的菁英之作。至於中譯本身莊教授的翻譯有許多重要的突破，大家都知道《都柏林人》裡的中譯標題經常令人有如墜入五里雲中的感覺，不能發揮標題該有畫龍點睛的作用，以致喬學研究者必須花費大部篇幅討論光是標題的涵義。翻譯這些標題時，一位深諳喬學研究發展近況的莊教授，就能成功將其背後所引發的學術紛爭巧妙地涵蓋在他的譯文，莊譯最明顯的創意便是〈阿拉比〉(“Araby”)與〈對比〉(“Counterparts”)的翻譯。〈阿拉比〉的故事是《都柏林人》裡最爲易懂的一篇，一般的翻譯均將小男孩去的商場名加進標題內，而有〈阿拉伯商展〉之類的譯法(如杜譯)，但莊教授採「阿拉比」這個「東京阿拉伯的諧音」，保留它在英語裡就有的「浪漫詩意，充滿神秘的東方想像」，這種異國色彩在小說裡召喚著情竇初開的小男孩，加深它的催情作用，讓他走上一段自以爲是的求愛之旅（其實是爲愛人採購定情物），但在此行當中，他身陷商品及（商品化的）東方想像所製造的氛圍之中而不自知，阮囊羞澀的他直至要付錢時才驚覺自己貧窮落魄（因爲自己屬非英國統治階層）的身分，與商品所保證的福祉想像及其高不可攀的身價之間天差地別。故莊教授採「阿拉比」的直接音譯反而可製造出國內讀者常常在看翻譯小說裡所保留的洋名直譯時所生的異國情調，直接扣合小說要呈現的氣氛。

莊譯另一佳作則是〈對比〉的標題翻譯，這個標題與英文原文同樣乍看之下令人霧煞煞，原來它指的是小說中主人翁華林頓在法律事務所從事合約抄繕工作的內容，這是屬於前現代手工業的時代，雖然主人翁可說是今日白領階級上班族的前身，但在打字機仍不普遍的當時，正式的文件仍要徒手抄寫副本，且一字都不得有錯以便對照比較驗證其正確性，華林頓的職位有如手寫複印機，所以「對比」的譯法要比望文生義的杜譯〈一對一〉要來得更爲精確些。當然不可諱言的是，喬伊斯的原文本來就神秘性十足，即使「對比」之標題出來後，讀完小說仍覺它似乎另有所指，可能是華林頓在他工作場域力不從心受挫於操英國口音的老闆、女同事睥睨的眼神，逃遁至酒館拚了命似地慷慨買酒請不相干的人喝，然後又被簇擁參加腕力比賽卻比輸，在外一連串受挫之後，回到家只能打小孩出氣，這種上班族窩囊的描寫裡確有許多與他人的「對比」，所以這個標題也就不只指射華林頓所從事的合同抄寫工作而已。

除此之外，其他如〈護花使者〉、〈一抹微雲〉等標題的譯法都比過去的舊譯令人有耳目一新的驚豔。另外值得一提的是〈伊芙琳〉中，女主角於臨行前想起母親的遺言，原文是語焉不詳的愛爾蘭語，莊教授除了註腳中標示學界對於此重複兩次的神秘語言的看法外，他更直接在中譯中製造這兩句話裡神秘的氣息：「得樂蒙恩捨樂恩！」（原文爲"Derevaun Seraun!"）除將兩字的聲音用聲音近似的中文重現成如神秘的七字咒言外，更顧及其解釋，因爲有學者認爲伊芙琳母親說的是「樂極生悲」，莊譯竟然神奇的一舉囊括音與義的忠實翻譯，這在翻譯的表現上，可說已達文字遊俠的地步。

更重要的是，由於莊教授自己也從事有關《都柏林人》的研究，並已完成論文數篇，由他所執筆的翻譯絕對是品質有保證且值得期待。作一個也在教授喬伊斯作品的學界人，我衷心感謝莊教授在此翻譯計畫上的長期堅持，我們不管是一般讀者還是學界的研究者，今天終能品嘗它豐碩的翻譯果實。相信莊教授的創舉可爲喬伊斯其他作品如《一位年輕藝術家的畫像》的新譯，甚至《芬尼根守靈夜》的中譯吹響譯文界的第一聲號角。

台大外文系教授 **曾麗玲**

寫於民國九十八年三月

中譯本導讀

一、出版

一九〇四年在世界文壇上是個重要的日子。這一年的六月十日，二十二歲的喬伊斯（James Joyce, 1882-1941）與一位來自愛爾蘭西部高爾威（Galway）的家庭旅舍女服務生諾拉・巴娜蔻（Nora Barnacle）在街頭邂逅，隨後在六月十六日首次約會。三個多月後，兩人即私奔赴歐洲追求新的生活。往後數十年在歐洲的幾個大城小鎮，喬伊斯持續創作，走完精采絕倫的一生。喬伊斯後來把這一天作爲他的傳世之作《尤利西斯》（*Ulysses*）故事發生的日期，這天還成了所有文學迷之間著名的「布魯姆日」（Bloomsday）。同年的八月十三日，喬伊斯的第一篇小說〈兩姊妹〉由羅素

(George Russell)，也就是愛爾蘭文藝復興運動健將之一的A.E.，所主編的《愛爾蘭家園》(*The Irish Homestead*)刊出，此後兩年間，他先後完成了十四個短篇小說，構成《都柏林人》(*Dubliners*)的大要，一九○七年再完成最後的一篇〈死者〉，合計十五篇。

這本小說集取名《都柏林人》，喬伊斯自有一套說詞：

> 我想還沒有任何作家，曾向世人介紹過都柏林這個城市。幾千年來，都柏林就一直都是歐洲的大城，作爲大英帝國的第二大都市，它大約有威尼斯三倍大。恕我無法在此細述「都柏林人」這個詞語對我而言所具有的特殊意義，我也不清楚是否也可以把它拿來和作家們常提到的「巴黎人」或「倫敦人」相提並論。但我常在有關愛爾蘭的出版書單上看到這個語詞，所以我想人們也許願意爲瀰漫在這本小說中特殊的腐敗味道，掏出腰包來購買。(*LII* 122)

喬伊斯想要把都柏林拿來和紐約、倫敦相提並論。他整個的寫作生涯就以他自己生長的都柏林城市爲主題。

喬伊斯出生在中產的天主教家庭，但隨父親的經濟情況每下愈況，被迫不停地搬家，更換學校。他住過都柏林市許多的地方，對這個生長城市大街小巷的地理人文景觀及世俗的社會生活，有第一手深入的體驗。他看到愛爾蘭人長期在英國殖民統治與羅馬天主教的精神領導之下，生活困頓、價值混淆、認同錯亂，肉體與精神分離的狀態。因此喬伊斯秉持一個批判的態度，以反諷的語氣，對他所熟習的都柏林人事地物，進行全面的檢視。他對英國殖民政權不滿，但對自己同胞的心靈麻痺狀態，更是不假顏色，尖酸諷喻，掀開都柏林的腐臭味道。他這種恨鐵不成鋼的心情，在這本小說集裡表露無遺，也間接造成這本書的出版坎坷不已。

喬伊斯在一九〇四年開始寫《都柏林人》，但整部小說的出版卻費時十年的波折，一直到一九一四年才得以問世。一九〇五年十二月三日，喬伊斯與倫敦的出版商李察茲(Grant Richards)洽談出版《都柏林人》小說集。但隔年李察茲回信告訴喬伊斯說，印刷廠拒絕印〈護花使者〉這個短篇，因其主題有「政治不正確」之嫌，排版工人恐有牢獄之災。另外〈對比〉中的某些段落也必須修改，還有〈恩典〉中提到的「他媽的」(bloody)字眼也必須換掉。喬伊斯據理力爭，質問李察茲爲什麼聽排字工人的話，爲什麼把排字工人的意見當作「英國意見的溫度計」。喬伊斯辯稱他以一種「細膩而尖酸」(scrupulous meanness)的文體來寫作(*LII* 134)。因此，他不得不冒犯他的讀者。但他辯說，〈對比〉中有關「一個人背負兩個家庭」的描述，無關道德風俗；「他媽的」這個字詞既無下流，亦沒有不敬之意。如果只爲這個字而不能出版，那眞是天大的笑話。另外有關〈護花使者〉的取捨問題，喬伊斯說，這篇小說是〈會議室裡的常春藤日〉外，他最得意的作品，萬萬不可刪除。換言之，喬伊斯拒絕修改任何他已經寫好的作品。他回信告訴李察茲說：

「你拒絕愛爾蘭人民從我這面擦得亮晶晶的鏡子裡，照見自己眞實的面貌，這終將延緩愛爾蘭文明進步的速度。」(*LI* 63-64)可惜，李察茲囿於當時的社會規範，且厭倦長時間和堅持己見的喬伊斯交涉，於是在一九〇六年九月三十日正式通知喬伊斯，取消出版《都柏林人》計畫。

喬伊斯寫作《都柏林人》時，英國維多利亞時期保守封閉的社會價值觀，主宰著殖民地人民的生活思維。除了殖民政權對殖民地人民的有形監督外，另在道德觀，尤其是家庭倫理、戀童癖、同性戀的議題上，仍存有許多禁忌。王爾德(Oscar Wilde)的例子，殷鑑不遠。喬伊斯曾爲文替他辯護，也在自己小說中，以較模糊的策略影射此一禁忌話題①。《都柏林人》的寫作，喬伊斯拐彎抹角，探觸禁忌與自由之間的界線，此種嘗試爲喬伊斯往後的寫作埋下一顆挑戰禁忌的種子。這種不媚俗與不妥協的態度，讓他的名著《尤利西斯》一出書即成禁書。

二十世紀初這段時間，是葉慈領導的愛爾蘭文藝復興運動全面主宰愛爾蘭文壇之際。羅素的《愛爾蘭家園》向喬伊斯邀稿，請他寫一些有關鄉村的、有趣的、輕鬆的文章時，喬伊斯交給他的正好相反，是都會的、晦澀的、沉重的。葉慈主張以愛爾蘭的神話傳說、鄉野傳奇和農民生活作爲文藝創作的素材，走的是懷舊浪漫的文藝路線。喬伊斯選擇一條人跡較少的路，他的創作，不流俗從眾，開始就展現特立獨行的姿態。這樣的姿態自然與當時的社會規範衝突，注定《都柏

① 在〈憾事一樁〉中，喬伊斯即影射達菲先生有同性戀的傾向。

林人》的出版也必然是一條坎坷的道路。如何在表面妥協，但同時在文字的深層底下，偷渡自己的政治理念與文藝信仰，注定是喬伊斯要修的一門課。

一九〇九年，喬伊斯趁回都柏林接洽經營電影院之便，和經營蒙賽爾公司(Maunsel and Co.)的舊識羅伯茲(George Roberts)洽談出版《都柏林人》，該公司同意隔年春天出版。但旋即指出書中許多的地名、人名、商店、酒館等名稱，皆與眞實的情境雷同，恐引起不必要的糾紛。同時也強烈建議刪除〈會議室裡的常春藤日〉中有關愛德華七世婚外情的一節，以免觸犯王室。喬伊斯辯說愛德華七世早已走入歷史，爲何不能寫入小說中。於是出版計畫又告延宕。一九一二年，喬伊斯最後一次回愛爾蘭，與蒙賽爾公司的談判破裂。印刷廠將排好的鉛版拆除，樣書銷毀，喬伊斯失望心碎，立即展現與愛爾蘭文藝出版界決裂的決心，打包回的里雅斯特(Trieste)寓所。憤怒之餘，在車上寫下〈火爐上的煤氣〉("Gas from a Burner")①一文，強烈批判與嘲諷愛爾蘭的出版業，缺少骨氣與識人之明。

事情在最壞的時候，反而會峰迴路轉。一九一四年初，倫敦的出版商李察茲有感於當時的道德氛圍已經不若以往嚴格僵化，於是重新與喬伊斯接洽出版《都柏林人》。是年六月十五日，歷經十年風波的《都柏林人》，終於在倫敦與讀者見面。但反諷的是，這本歷經千呼萬喚始出來的

① 打油詩內容見*The Critical Writings of James Joyce*，頁242-45。

小說集，未能立即引起批評家的注意；書也賣得不好。據統計，書出版一年後，只賣出三百七十九本，其中一百二十本還是喬伊斯自己買下來的。曲高和寡，知音難尋，喬伊斯走在時代前端的藝術創作，注定是一條孤獨的路。但也因他的堅持，世界文壇才能留下此一現代主義精品，我們今日也才有機會親炙原汁原味的喬伊斯。

《都柏林人》的出版迄今已近百年。好書不寂寞，禁得起時代考驗。《都柏林人》從早期被忽略低貶，到如今是所有英美文學界師生們必讀的經典之作，也經歷了不同時期的文學品味改變與批評理論更迭的嚴苛檢驗。在《都柏林人》尋求出版的過程裡，喬伊斯的創作並未因此停頓下來。一九〇七年，他出版了第一本也是唯一的一本抒情詩集《室內樂》（*Chamber Music*）；一九〇八年，把約翰・辛(John Synge)的著名愛國劇本《騎士赴海》(*Riders to the Sea*)翻成義大利文；一九一一年完成《史蒂芬英雄》（*Stephen Hero*），後改寫爲《一位年輕藝術家的畫像》（*A Portrait of the Artist as a Young Man*）於一九一六年在美國出版；一九一五年出版他唯一的劇本《流亡》（*Exiles*）；一九二二年二月二日，喬伊斯四十歲生日時出版傳世之作《尤利西斯》（*Ulysses*）；再過十七年，近乎瞎眼的情況下，最後於一九三九年完成他的收關之作《芬尼根守靈夜》（*Finnegans Wake*）。由於《尤利西斯》與《芬尼根守靈夜》兩書，工程浩大艱深且頗富爭議性，引起了學者與批評家的注意，有關喬伊斯的研究，皆側重在這兩部鉅作；相形之下，《都柏林人》與《一位年輕藝術家的畫像》比較容易親近，反而較少系統性的研究出現，尤其是《都柏林人》作爲喬伊斯的第一本著作，其看似容易的寫實風格，更是被相對忽略了。其實，喬伊斯的寫作有其一貫性，《都柏林人》中的許多重要人物，也出現在後來的《尤利西斯》與《芬尼根守靈夜》之中。《都柏林人》中所觸及的許多愛爾蘭的政治、文化、社會等議題，以及寫作技巧(例如意識流)，也在後來的著作中得到較完整的發揮。論者謂，在讀完《尤利西斯》與《芬尼根守靈夜》之後，回過頭來再讀《都柏林人》，發現它看似容易的表面下，其實蘊含了繁複與深刻的意境。每次閱讀，都能發現新的啓示，而進一步增進對《尤利西斯》與《芬尼根守靈夜》兩書閱讀的理解。換言之，《都柏林人》與喬伊斯的其他著作，息息相關。它是喬伊斯文學志業的奠基之作。這本書雖是喬伊斯的年少之作，但毫不青澀，其豐富的文學性，本身就獨立自足。縱使喬伊斯在完成《都柏林人》之後沒有繼續創作的話，這本書也足以將他列入大師之林。

二、《都柏林人》的批評史

千里馬需要伯樂，龐德(Ezra Pound)就是喬伊斯的伯樂。喬伊斯早期的寫作並未引起當時歐洲與愛爾蘭國內文壇注目。喬伊斯雖然善於推銷自己，想盡辦法讓自己的作品引起批評家的注意，但流亡海外奧匈帝國的里雅斯特一角，地理位置相對邊緣，效果並未能如他所願。一九一〇年代，龐德首先發現喬伊斯，他推崇喬伊斯的寫實風格與清新的散文表達形式，於是大力推介他的作品給當時的歐洲文壇。龐德把喬伊斯的寫作定位爲國際作家，刻意降低他的愛爾蘭背景。不同於當時葉慈所代表的鄉村、浪漫、神話的愛爾蘭民族主義寫作，他認爲喬伊斯是個現代、國際的作家。他逃離愛爾蘭到的里雅斯特，走進現代世界，在異地陌生的城市書寫愛爾蘭。龐德讚賞喬伊斯的現代、都會書寫，認爲他是不折不扣的現代作家，他不只書寫一個國家，他更是書寫一個時代的精神和全人類的生活經驗。龐德把喬伊斯國際化，成功地踏出第一步，把喬伊斯推進世界文壇。第二位伯樂是艾略特(T. S. Eliot)。他推崇喬伊斯的《尤利西斯》成功融合寫實和神秘，出入古典與現代之間。作爲一位小說家，他是歐洲的愛爾蘭人，更準確地說，他是個專注於愛爾蘭都柏林這個城市點點滴滴的世界作家。喬伊斯這種跨越本土與國際的視野，與愛爾蘭文藝復興運動的本土基調，格格不入。雖然龐德與艾略特把他定位爲前衛都會的作家，可是他終究不屬於任何文壇流派，也不追求流行，而是個十足的「現代派」(Bulson, *The Cambridge Introduction to James Joyce* 110)。

喬伊斯的朋友Stuart Gilbert和Frank Budgen在一九三〇年代也幫喬伊斯寫過書評。Gilbert爲喬伊斯的《尤利西斯》提出完整詳細的文本分析，把文字拆解再重組，再現了喬伊斯的寫作過程。他把荷馬史詩與《尤利西斯》對比閱讀，逐章點明主題、人物、典故、章節大要、關鍵字，建立了喬伊斯研究的系統。另一方面，Budgen把《尤利西斯》定位爲白日書寫，而《芬尼根守靈夜》爲暗夜書寫。兩種書寫都在捕捉人性與生活的眞實性。這兩位批評家的研究，爲這時期的文學批評，定下大家遵循的標準。

一九四一年喬伊斯過世，有關他的文學批評也由業餘研究正式轉進到學術體制內。美國教授Harry Levin在二次大戰期間，引介喬伊斯，他讚揚喬伊斯作品裡所彰顯的人道主義精神，歌頌他爲人類文明與文化的守護神。因爲《尤利西斯》被禁，他喟嘆：「喬伊斯的書不能在自己的國家出版與發行，這是愛爾蘭人書寫愛爾蘭，但是卻不給愛爾蘭人看。這是愛爾蘭的損失，也是喬伊斯的損失。」（qtd. in Bulson, *The Cambridge Introduction to James Joyce* 114）一九五〇年代，兩位重要的批評家出現，使喬伊斯評論進入一個新的時期。第一位是Hugh Kenner，另一位是Richard Ellmann。前者熟習愛爾蘭文化歷史，指出喬伊斯書寫中的愛爾蘭天主教經驗，但也主張《一位年輕藝術家的畫像》一書中的史蒂芬並不是喬伊斯個人的精神自傳。這些論點質疑了文本與作家本人的對照性。一九五九年Richard Ellmann出版了喬伊斯傳記。這本書成了研究喬伊斯的參考寶典，作者上窮碧落下黃泉，蒐集喬伊斯相關的生平記事，並把它們編輯成一部言情並茂動人的敘述故事。

龐德、艾略特、Hugh Kenner和Richard Ellmann的努力推薦，奠定了喬伊斯的文壇地位。在後結構主義崛起之前，這些人的論述，主宰了整個喬伊斯研究的方向與重點。但這段時期的重點，大都環繞在爭議最大的《尤利西斯》和《芬尼根守靈夜》，並不見有系統對《都柏林人》的研究出現。

以下我將花些篇幅來回顧《都柏林人》在文學批評歷史流變中，所展現的多元風貌。如前所述，《都柏林人》的光彩被喬伊斯自己的其他作品所掩蓋了。根據James Fairhall的說法，這一切都要等到一九五六年，一批受新批評(New Criticism)訓練的批評家，如Brewster Ghiselin, Hugh Kenner, Marvin Magalaner 及Richard Kain等人發現《都柏林人》一書具有形式上的統一性，這些以「痲痹」爲主題的書寫，巧妙地把十五篇小說統整成爲一個有機體(Fairhall 65)。這些人的論述，引起眾人注目，他們同時共同投入許多的研究，一時之際，大家又重新發現《都柏林人》的藝術之美。尤其是每篇小說結尾部分的「靈光乍現」(epiphany)表現法，更是大家共同關心的焦點之一。

新批評之後，有關《都柏林人》的研究也不斷以注解書、個人專書、評論選集、期刊專輯或以喬伊斯研究專書中部分章節的形式出現。這些大量出現的評論文章，啓迪一波喬學研究風潮。喬伊斯的後期著作，如《尤利西斯》與《芬尼根守靈夜》，常給人深不可測的刻板印象。而這些大量有關《都柏林人》的研究，剛好扮演了喬學研究的敲門磚，它們對《都柏林人》一書的剖析，拉近了讀者與喬伊斯的距離。這個橋樑的角色，引領學子進入喬伊斯後期更複雜的文字世界，甚至於進一步鼓舞他們以喬學作爲學術研究的志業①。

---

① 例如，注解功能的書有Don Gifford的*Joyce Annotated: Notes for* Dubliners *and* A Portrait of the Artist as a

半世紀來，文學理論與批評風潮，推陳出新，各領風騷，令人目眩。但這些理論的推演，不約而同，都可以拿《都柏林人》當作理論驗證的文本。透過這些理論的仲介，《都柏林人》一再證明其文本本身的文學價值及其內容主題所具有的時代意義。當結構主義盛行之際，許多重要的喬

（續）

Young Man(1982), Bruce Bidwelland和Linda Heffer的*The Joycean Way: A Topographic Guide to* Dubliners *and* A Portrait of the Artist as A Young Man(1982), Donald T. Torchiana的*Background for Joyce's* Dubliners(1986), John Wyse Jackson與Bernard McGinley的*James Joyce's* Dubliners*: An Illustrated Edition with Annotations*(1993)；專書作者有Warren Beck(1969), Graig Hansen Werner(1988), Garry Leonard(1993), Bernard Benstock(1994), Earl Ingersoll(1996), Tanja Vesala-Varttala(1999), Margot Norris(2003)等人；有些是論文選集，如Peter K. Garrett主編的*Twentieth-Century Interpretations of* Dubliners(1968), Thomas F. Stanley與James R. Baker主編的*James Joyce's* Dubliners*: A Critical Handbook*(1969), Clive Hart主編的*James Joyce's* Dubliners*: Critical Essays*(1969), Bernard Benstock主編的*Critical Essays on James Joyce*(1985), Harold Bloom主編的*Modern Critical Views : James Joyce*(1986), Daniel R Schwarz主編的*The Dead/James Joyce*(1994), Harold F. Mosher, Jr.與Rosa M. Bollettieri Bosinelli主編的*New Readings of* Dubliners(1998), Oona Frawley主編的*A New & Complex Sensation: Essays on Joyce's* Dubliners(2004), Andrew Thacker主編的 *New Casebooks:* Dubliners(2006), Richard Brown主編的*A Companion to James Joyce*(2008)等；期刊專輯則有*Style*(1991), *Studies in Short Fiction* (1995), *James Joyce Quarterly*(1991), *James Joyce Quarterly*(1999/2000)；最後以書中章節出現的非常多，其中較重要有Phillip Herring(1987), R. B. Kershner(1989), Suzette A. Henke(1990), Mitzi M Brunsdale(1993), James Fairhall (1993), Vincent Cheng(1995), Trevor L. Williams(1997), Willard Potts(2000), Michael Seidel(2002), Katherine Mullin(2003), Andrew Gibson(2006), Derek Attridge(2007), David Pierce(2008)等人的著作。

伊斯評論家，例如Robert Scholes與Hugh Kenner等人，都拿《都柏林人》來驗證喬伊斯寫作時，對文字的精巧選擇與排列，呈現了形式主義(formalism)所探究的文本內在張力。〈阿拉比〉就是最常被引用的例子。

Bernard Benstock, Joseph Chawick與Jean-Michel Rabaté等人則拿「讀者反應」理論來探討《都柏林人》故事中，空白、裂縫、靜默、欲言又止的敘述，企圖主動積極填空補白，演繹故事中的情節與意義。Phillip Herring, Sonja Basic與Fritz Senn等人則探討空白所引起的詮釋不穩定狀態，及開放性解釋的可能性。這些研究者，進一步豐富了《都柏林人》的世界。《都柏林人》的第一個故事〈兩姊妹〉，開宗明義就表明這是個未完成的「諾門」(gnomon)，有待讀者主動參與來共同完成整個故事。故事中，小孩敘述者到底怎樣看待福林神父的死亡？而神父到底是因何而死？老柯特沒講完的話，到底是什麼意思？小說中皆無肯定答案，有的只是更多的疑問。這樣的小說敘述，爲讀者反應理論提供了絕佳的驗證例子。

巴赫汀(M. M. Bakhtin)的對話論(dialogism)興起時，R. B. Kershner便挪用此一理論，寫下*Joyce, Bakhtin, and Popular Literature: Chronicles of Disorder*一書，並以半本書的篇幅討論《都柏林人》中兩股對立衝突的敘述聲音之間，是如何進行互動對話，最後並帶出通俗文化在文本展演(performative)下所可能潛藏的意識形態，這本書成了《都柏林人》研究的重要文獻。

後結構主義也沒遺忘喬伊斯。德希達(Jacque Derrida)和拉岡(Jacque Lacan)都曾親自參加國際喬伊斯研究會議：拉岡參加一九七五年在巴黎的年會，發表論文"Joyce le symptome"；德希達則在一九八四年法蘭克福舉行的第九屆大會，發表論文"*Ulysses* Gramophone"。Derek Attridge與Daniel Ferrer合編*Poststructualist Joyce*，正式把喬伊斯研究帶入後結構主義的範疇。一九八〇年代末期，德希達的解構理論更是普遍反映在喬學的研究裡。與此同時，女性主義與性別研究者也沒有遺忘喬伊斯。一九八四年Bonnie Kime Scott的書*Joyce and Feminism*，開啓了女性主義研究者對喬伊斯的關愛。批評家檢視女性在喬伊斯生平與作品裡的地位，這時期，Cheryl Herr, Suzette Henke和Karen Lawrence等人，融合馬克思主義、心理分析與解構主義，進一步探究喬伊斯作品裡的女性與性別議題。例如，Marilyn French爲文探討《都柏林人》的女人問題；Suzette A. Henke的*James Joyce and the Politics of Desire*專章討論《都柏林人》性別政治與欲望的糾葛；Ingersoll的專書*Engendered Trope in Joyce's* Dubliners就結合女性主義與拉岡心理分析，將《都柏林人》小說進行抽絲剝繭式的討論。一九九〇年代，Garry Leonard的*Reading* Dubliners *Again: A Lacanian Perspective*（1993），就是一個典型挪用拉岡心理分析理論來細讀《都柏林人》故事的例子。

Ellmann和Mason曾合編了一本喬伊斯本人寫的文化評論集*The Critical Writings of James Joyce*。Ellmann從喬伊斯的傳記與這本評論集裡，梳理出喬伊斯作品裡所彰顯出來對愛爾蘭政治的關心。這些角度在在挑戰傳統印象裡把喬伊斯「去政治化」的現代主義做法。Colin MacCabe在一九七八年的書*James Joyce and the Revolution of the Word*就全面探索喬伊斯書中的愛爾蘭議題，將喬伊斯研究帶入「脈絡化」的領域。Dominic Manganiello的*Joyce's Politics*擺脫新批評「去歷史化」的做法，從愛爾蘭殖民史中探索歷史權力的因素，驗證喬伊斯的小說創作與愛爾蘭歷史、文化、政治的因素，息息相關。

一九七八年，薩依德(Edward Said)的《東方主義》問世。同一時期，愛爾蘭本土文學評論家Seamus Deane也大量鼓吹以愛爾蘭歷史文化的角度，將喬伊斯研究與愛爾蘭政治結合，提供本土主體性的解讀觀點。隨之，David Lloyd, Terry Eagleton, Fredric Jameson等人也相繼爲文，將喬伊斯的書寫放在愛爾蘭的政治發展裡來閱讀。

這種新的研究角度，啓迪了Vincent Cheng和Trevor Williams的殖民歷史研究。Vincent Cheng的*Joyce, Race, and Empire*(1995)一書就結合傅柯、薩依德、樊農(Frantz Fanon)和史碧娃克(Gayatri Spivak)的後殖民理論，將喬伊斯的作品放在愛爾蘭的殖民史中來觀察，這本書開闢專章討論《都柏林人》，開啓了一九九○年代後期喬學的後殖民研究風潮。同年Emer Nolan的*James Joyce and Nationalism*探討愛爾蘭國族主義與英國帝國主義的糾葛。一九九七年，Trevor Williams的*Reading Joyce Politically*也以後殖民論述的角度，專章討論都柏林人的痲痹問題。與此同時，一批愛爾蘭本土學者也開始以愛爾蘭觀點來重新評價喬伊斯。Declan Kiberd, David Lloyd, Luke Gibbons, Ann Forgarty等人，以後殖民研究的本土觀點，從歷史文化介入，開啓喬伊斯研究的另一番清新的面貌。

走進千禧年，倫理道德成了新的議題。有關殖民創傷與歷史正義等論文接續出現。喬伊斯說他要「書寫一章我國的道德史」，但他的小說以細膩而尖酸的方式呈現愛爾蘭人的道德敗壞，如〈會議室裡的常春藤日〉的政治賄賂、〈護花使者〉中愛爾蘭男性對自己同胞女性的騙財騙色、〈對比〉中的酗酒與家庭暴力，〈兩姊妹〉和〈恩典〉裡墮落的神父，這些對道德敗壞的赤裸裸描繪，成了倫理價值的建立與瓦解的最佳討論案例。Tanja Vesala-Vartala的專書*Sympathy and Joyce's* Dubliners*: Ethical Probings of Reading, Narrative, and Textuality*即成此一研究的重要代表。

二〇〇〇年，Willard Potts的*Joyce and the Two Irelands*，則從英國／愛爾蘭、新教／天主教、國際／本土這些衝突對立的觀點來閱讀《都柏林人》，並藉此檢驗喬伊斯國族與宗教立場的轉變始末。二〇〇三年，喬學研究著名學者Margot Norris融合各家理論的精髓，重回敘述策略與文本性的討論，再探都柏林生活眞實寫照與文學象徵意義如何在文本的幽微處發光。她以《芬尼根守靈夜》研究起家，但最終重回《都柏林人》。她的大作*Suspicious Readings of Joyce's* Dubliners變成了近年來《都柏林人》研究最重要參考書目之一。

《都柏林人》研究緊貼當代文學理論的發展，兩者相互參照，開拓了喬學研究的深度與時代性。全球化與本土化的對立與融合，是當前最熱門的研究議題，相信喬伊斯的《都柏林人》在這波熱潮裡也不會寂寞。

三、寫作風格

喬伊斯的作品，號稱是現代主義的經典。他最爲人津津樂道的寫作技法是所謂的「靈光乍現」。這種手法在小說中一再重複出現，變成了一個喬式的商標。喬伊斯在《史蒂芬英雄》一書中，給這個文學表現方式下了一個定義：「所謂靈光乍現是指一種突然的性靈顯現，不論它是以粗俗的語言形式或身體姿勢，或以一段永誌難忘的心靈感受方式出現。他相信寫文章的人以戒愼恐懼的心情記錄這些現象，因爲他看見自己就是這些纖細、飄忽的瞬間感受的具體顯現。」(*Stephen Hero* 188)

換句話說，人們以本能從簡單的事件裡去捕捉深刻的意義。透過這種事物意義的瞬間顯現，人們照見自己存在的本質。喬伊斯奉行此一法則，將之轉換爲寫作技巧。例如，〈阿拉比〉的最後一節，小男孩懷抱愛的想像，但到達市集時，發現燈光已經暗了一半，他聆聽錢幣掉落在托盤的聲音，和女店員與男顧客打情罵俏的粗俗言語，頓覺「憤怒與羞愧」，淚光不禁盈眶。這個靈光乍現的時刻，總結小男孩的成長與幻滅。〈賽車之後〉的最後一句話：「各位先生，天亮了！」也同樣是靈光乍現，喚醒了醉夢中的吉米，去面對殘酷的現實。或〈伊芙琳〉的結尾，女主角掙扎於責任與自由，親情與愛情之間，最後一刻沒上船跟法蘭克私奔，她「漠然，無動於衷，猶如一頭無助的野獸。眼眸裡沒有一絲愛戀或告別或曾經相識的神情」。或〈護花使者〉最後一節，柯利伸出一隻手，放在路燈下，掌心上一枚金幣，閃閃發亮。這個靈光乍現的一刻，透露出護花使者騙財騙色醜陋的眞面貌。最後，〈死者〉的最後一幕雪景，賈柏瑞對眞愛與欲望，死亡與再生的領悟，在一片白雪中，超脫了世俗生命與國族爭議的困局。

喬伊斯聲稱要以「細膩而尖酸」的手法來描寫都柏林。這種手法，挑戰道德禁忌，或批判愛爾蘭人的倫理價值扭曲，或剖析國人的殖民認同錯亂。由於過於直接辛辣，連出版商都不敢出版，以免惹上麻煩。例如，〈護花使者〉裡，代表愛爾蘭男性的柯利與雷尼漢，竟然以壓榨自己的女性同胞爲榮。或〈寄宿之家〉裡的母女，共謀設計將愛爾蘭男子，逼入婚姻的牢籠。或〈對比〉裡的華林頓，在辦公室與酒館受氣，只能回家打小孩出氣。〈一抹微雲〉裡，在歐洲得意的愛爾蘭知識青年高樂賀，卻是個崇拜金錢與女人的庸俗人物；被困在家庭牢籠的錢德樂，反而有志難伸。〈憾事一樁〉裡，男主人翁的性別傾向使他被逐出「生命的饗宴」，但女主角與他有愛慕之情，最後因酗酒而被車撞死。〈死者〉裡，賈柏瑞被艾佛斯小姐批評不愛鄉土，不說母語，不認同自己的國家。從道德的墮落到國家認同的分歧，喬伊斯以諷喻手法，無情地刻畫自己摯愛的祖國同胞，也因此使得這本短篇小說集的出版之路，坎坷艱辛。

喬伊斯文學才情高，擅長文體實驗。他喜歡玩弄文字遊戲。他擅長用矛盾修飾法來表達一個模稜兩可的情緒或心態。例如，在〈寄宿之家〉裡，他以“wise innocence”(刻意的天眞)來描寫波麗的早熟世故；以“a little perverse madonna”（一位假惺惺的小聖母）來直陳波麗的風騷放蕩。在〈賽車之後〉，則以「心懷感激的被壓迫者」（gratefully oppressed）來批鬥愛爾蘭人被扭曲的殖民價值觀。在〈伊芙琳〉裡，他說被愛戀沖昏頭的奚爾小姐，聽水手唱歌時，總有一種「愉悅中摻雜著迷惑的感覺」（pleasantly confused）。在〈一抹微雲〉裡，高樂賀說都柏林是“dear dirty Dublin”，又親愛，又骯髒，表達對自己生長地方的愛恨交加。

除了寫實的白描手法外，喬伊斯也擅長象徵表現。例如，在〈憾事一樁〉裡，希尼可太太跨越火車鐵軌（cross the line），死於車禍，即可暗示她「跨越」了家庭倫理與男女關係的警戒線，以致釀成悲劇。在〈會議室裡的常春藤日〉裡，皇家交易所選區（Royal Exchange）也暗指愛爾蘭的無冕王巴奈爾與英王愛德華互換位子，但愛爾蘭人原諒愛德華的婚外情，卻把同樣情境下的巴奈爾逼入死地。〈母親〉裡伯克先生所依靠的那把道德的保護傘，象徵男性的陽具本質是虛張聲勢的一把傘，撐開後滿漲成圓，但本質卻是空心的。在〈憾事一樁〉裡，達菲先生的書架上層擺放宗教書籍，下層放浪漫詩人華茲華斯（William Wordsworth）的詩集，書桌上則有一張抗憂鬱的成藥廣告。這也是喬伊斯特殊的手法，以書表人，人如其書。達菲身心分離，表面上生活嚴肅冷然，其實內心裡頭浪漫欲望蠢蠢欲動。他離群索居的自我疏離，正是一種感情的壓抑，必須靠抗憂鬱藥劑來舒緩。或〈死者〉裡，葛瑞塔的一雙馬靴，一隻站立，一隻倒下。也象徵兩人不同調，同床異夢。〈邂逅〉裡，逃學的小男生想到「鴿舍」（Pigeon House）去玩，但是卻到不了目的地即被迫折回。鴿舍其實是都柏林的發電廠，到不了電力的中心，象徵一種缺少動力的麻痹。此外，放飛的鴿子，也必然不能遠離，只能回家，更是象徵都柏林人無法逃離困境的宿命。另一個有趣的象徵技法在〈恩典〉。主人翁柯南可能因欠錢不還，被債主打傷，小說開場，就看見他從樓梯上滾下來，跌得不省人事，滿口血漬，咬掉一小截舌頭。這當然是暗指他欠債在先，有口難言。

喬伊斯的短篇還有一個共同的特色，那就是小說的第一句話或第一段話，經常暗示了整篇小說的基調，甚至於預告小說的結局，彷彿小說文本的本身，都只是開頭一句話的注腳而已。例如〈兩姊妹〉開頭第一句話就說：「這次沒救了。」當然中風三次，不論是在肉體上或精神上，都是麻痹沒救了。小說結局，艾莉莎說，「他眞的是出了問題」，算是替福林神父蓋棺論定。〈阿拉比〉開頭就明說這是一條死巷。死巷當然不通，當然也暗示小男孩愛的朝聖之旅，注定要以幻滅收場。〈伊芙琳〉的第一段最後一句話就說，她累了。疲倦的身體與心靈，當然也是一種麻痹的表徵，自然也預告伊芙琳面臨出走的抉擇時，瞻前顧後，猶疑不決，無法採取行動。〈賽車之後〉第一段也說「感激不盡的受壓迫者」，言簡意賅，點明吉米的心態。〈會議室裡的常春藤日〉裡，第一段描述一群人在冬天裡圍著一盆小火取暖。這小火當然無法再次催化愛爾蘭自治的熱情，火浴鳳凰，自然成了不可能的任務。〈恩典〉一開始就安排柯南從樓梯滾下來，咬斷一截舌頭。並且說他眞的站不起來了。小說結局只見神父與信眾，共同沉溺在物質世界裡，救贖只是商業的買賣而已。

喬伊斯到底以怎樣的態度來描寫都柏林人？是同情？還是嘲諷？但文本中某些片段對掙扎於困境中的弱勢同胞，卻又展現了一種理解的同情。Donald Torchiana就說喬伊斯具有一種超乎常人的才能，他的文字出入於悲劇和喜劇之間，游移於惡毒和濫情之際，擺盪在同情與嘲諷之間（14）。在英國殖民統治下，喬伊斯對自己至愛的家園與國人，有著恨鐵不成鋼的心情。他不願隨波逐流，因此下筆時，對社會維持一個批判的距離。有時候，帶著同情的介入，有時候維持一種諷喻的疏離姿態。更多的時候，欲言又止，在文本裡留下空白，供讀者省思。

四、翻譯討論

根據Lawrence Venuti的說法，翻譯本身涉及「馴化」（domestication）和「異化」（foreignization）兩種不同的策略。周旋在這兩個不同的選擇之間，譯者進出兩種不同文字體系，企圖在兩種文化之間取得一個「動態」的平衡點。我的基本做法是先尋求意義上的「對等量」（equivalence），兼及喬伊斯文體表現的特殊性，在中文既有的語彙與語法裡，盡量去做到藝術上的對等表現。在面對愛爾蘭文化的特殊性或「不可譯性」（untranslatability）時，則在不犧牲中文文義表達的順暢性原則下，也不避諱創作中文的新詞，來貼近喬伊斯的藝術性及文化性，並盼藉此跨文化的交融，來豐富中文體系的表現方式。當然，在這樣的情境下，注釋（annotations）就成了「必要之惡」。我的做法是，如果譯文可以表達出原文的文本性（textuality），則不加注，留下空間，讓讀者自行思考玩味。但是有關歷史文化背景等知識，則適量補上，以協助讀者閱讀與詮釋。

翻譯《都柏林人》，首先面對的問題是，十五篇小說的篇名翻譯問題。喬伊斯常以反諷的方式作爲小說書寫的基調。因此，篇名的翻譯就面臨一個直譯或間接翻譯的問題。例如，“Two Gallants” 這篇寫的是兩位騙財騙色的愛爾蘭青年，但喬伊斯原文裡的 “Gallants” 卻是帶有中世紀傳奇小說中騎士的影射。如果以小說內容來看，翻成〈採花大盜〉是貼近內容主題，但卻又少了反諷的本意。因此，〈護花使者〉保留了喬伊斯原本的意圖。又首篇小說的翻譯則凸顯另一種選擇的困境。“The Sisters” 一般都譯成〈姊妹〉、〈姊妹倆〉、〈姊妹們〉。如果譯者要維持喬伊斯在《都柏林人》中反諷的敘述策略，其實可大膽將之譯爲〈姊妹花〉。小說中的兩位老婦，犧牲青春年華，照顧唯一的弟弟，但必須面對他被逐出教會之辱以及患了花柳病而死的悲劇。充其量，只是兩朵枯萎的花。但〈姊妹花〉的譯法又過於明亮，與小說中原本的暗色調子相違背，最後只有妥協用了較近中性的〈兩姊妹〉。

翻譯必然有得有失。喬伊斯喜愛玩弄雙關語，但雙關語的翻譯幾乎是不可能的任務，因爲兩種不同的文字體系，很難有相同的結構與語法表現，因此，喬伊斯文字裡豐富的語意表現，必然會流失。例如，在〈阿拉比〉裡，少男情春，念著要爲心儀的女孩走一趟周末市集，無心上課。神父罵他不要「漫不經心」（idle），但他心中正好有一個仰慕的對象（idol）。兩字同音異義，巧妙結合。但翻成中文，則叫人束手無策。〈一抹微雲〉裡的"keener"是另一個例子。小說中錢德樂抱著小嬰兒讀詩，但嬰兒哭泣，使他無法專心。他哀嘆自己被家庭責任所困，有志難伸。愛爾蘭人在守靈時尖聲嚎哭的喪家叫做"keener"，但當作形容詞的比較級，"keener"單純描寫小嬰兒越哭越大聲。翻譯時，也同樣無法傳達此一內在的隱義。此外，在〈寄宿之家〉裡也有一個一語雙關的例子。杜嵐先生遭設計，被迫要娶波麗爲妻。當他由樓梯下來時，心裡想著要飛天逃離此一困境，但是在最後一段平台的樓梯上(the last flights)時，他回頭看見上頭放瓶罐的房間(the return-room)前站著波麗的拳擊手(boxer)哥哥傑克，逼得他不能回頭，只能硬著頭皮繼續走下去見波麗的母親。這是一連串雙關語的敘述，在中文裡，很難找到對等語彙來表現。"flights"一方面是樓梯階，一方面又是逃走之意。"return-room"一指存放瓶罐的房間，另有回頭之意。"boxer"一面指拳擊手，一面又是鬥犬之意。杜嵐前有婚姻之牢，後有惡犬，沒有退路(a room of no return)，眞是進退不得。但在翻譯時，這些精巧的細節之美，被迫消音，不見了。在〈死者〉裡，布朗先生戲說他「全身上下都焦黃的」(I am all brown)，喬伊斯玩弄布朗的名字，但沒有注解，恐怕也難傳達其趣。

喬伊斯也以故意拼錯字來表達書中人物的知識水平。例如，在〈兩姊妹〉裡，艾莉莎提到*Freeman's General*報上發布訃文，但這明顯是*Freeman's Journal*的發音上錯誤。在翻譯時，面臨要如何把錯誤的翻「對」，必形成了挑戰。充其量，只能把《自由人報》譯爲《自由人公報》。同一篇小說裡，喬伊斯也再次提到艾莉莎把「充氣輪胎」（pneumatic wheels）說成「風濕輪胎」（rheumatic），原文裡的發音類似性遊戲與語意傳達，不能兼顧，不得已也。迫不得已，本書之翻譯，也站在協助讀者閱讀理解的立場，提供必要的注釋。這是兩難的選擇。翻譯如果必須加注的話，那將是文本本身演出的失敗。但不加的話，卻連基本的語意溝通都會產生問題，因此必須而且只能提供文化背景的知識，以免有過度詮釋之嫌。

翻譯喬伊斯，是一種知性、感性與耐性的考驗，因為他不斷挑戰我們對文字文化的敏感度。閱讀喬伊斯，當然也必須細嚼慢嚥、慢讀，才能讀出味道來。

五、現有譯本概況

國內最早的《都柏林人》譯本是現代文學雜誌社編譯的《都柏林人及其研究》（一九七〇）。這個早年的譯本，因為多人合譯，許多譯名無法統一，譯文文體也前後不協調。尤其是這個譯本缺少注解，也缺少一個恰當的導讀，對愛爾蘭文化及歷史不熟悉的讀者，恐怕無法眞正領略喬伊斯作品之美。

第二個譯本是杜若洲先生翻譯的《都柏林人、一位年輕藝術家的畫像》（一九八六）合訂本，由志文出版社發行。除了本文外，杜先生的版本在書本前頁，選譯了兩篇介紹性的文章，同時也在書末，附上喬伊斯年表，有助於讀者的閱讀。杜先生的譯文，雖然盡力貼近原文，但仍有少數語焉不詳處。他提供了簡單的注解，但是有些重要的文化背景的介紹部分，稍嫌不足。

最近的譯本是貓頭鷹出版社印行的《都柏林人》（一九九九），由中國大陸譯者馬新林先生翻譯（這個譯本封面署名馬新林譯，但在內頁則爲馬新林等多人譯）。二〇〇一年七月，光復網際網路公司也出版中國大陸黃雨石先生翻譯的《都柏林人、一位年輕藝術家的畫像》（這個譯本的封面署名黃雨石，但是實際上，也不是黃雨石一個人翻譯的，每篇小說都是不同的譯者執筆）。這兩個譯本均由多人合譯，疏漏不少，譯筆風格也無法統一。十個譯者，有的採直譯，有的採意譯；但共同的問題是，兩個譯本皆缺少注解與夠分量的導讀，無法滿足閱讀與研究的需求。

翻譯的進行，從文字表面（the lines）意義的掌握，到字裡行間（between the lines）的斟酌，再到文本外（beyond the lines）的文化意涵之考量，是一道繁複的思辯與選擇的過程。從文字、文本，到文化，都需要盡力兼顧。在策略的考量上，翻譯也涉及「異化」與「馴化」的選擇，因此它絕不是單純的文字轉換而已。譯者這個版本，除了以嚴謹的態度考據愛爾蘭文化歷史，提供適量的注解，以幫助讀者理解文本外，也提供喬伊斯的年表、愛爾蘭簡史、《都柏林人》的出版過程與它在學術上的批評史、喬伊斯的寫作風格、一篇導讀文章、喬伊斯研究的參考書目及筆者執行翻譯時所遇到的翻譯問題。希望這些做法，能有助於讀者理解喬伊斯所創造的文學世界。

六、文本即生命

喬伊斯的四本著作，在讀者心中，有著不同的接受度。《尤利西斯》雖然是大家公認的文學傑作，但過於艱難，常令人望之卻步。《芬尼根守靈夜》充滿強烈的語言實驗風格，若非有喬學研究的底子，根本無法進入堂奧，一窺究竟。另一本小說《一位年輕藝術家的畫像》算是大家比較能親近的作品，但其篇幅長，許多關於藝術啓蒙的心靈模寫，其實非常抽象纖細，也不是很容易可以親炙的。相對之下，短篇小說集《都柏林人》就成了接觸喬伊斯的最佳途徑。

《都柏林人》是大學英文系同學必讀的經典文學之一。許多重要的文學史選集、文學導讀、或短篇小說選集，都會從中選一兩個故事。其中〈阿拉比〉幾乎是一致推薦必選的小說。另外〈伊芙琳〉、〈寄宿之家〉、〈死者〉也是常被收納的重要小說。喬伊斯心思細膩，構思巧妙，尤其對文字的選擇與排列運用，更是手法高超，其如魔術般的文字拿捏，叫人拍案叫絕。因此他的小說，除篇幅精簡，適合一般課堂講授外，他的文字展現，也提供以英語爲外語的同學，一個琢磨品味英語語言的絕佳教材。例如，〈護花使者〉的開頭一段，喬伊斯採取由上往下看的視點，精采描繪夏日黃昏街頭的人群，宛如一塊流動的織布(living texture)，不斷變換著顏色形狀，這個比喻可謂神來之筆。或〈賽車之後〉裡的"race"就有「種族」，也有「競賽」的意思。細心的讀者當可體會，這個故事寫的正是愛爾蘭國家與其他強權之間的競賽。只是愛爾蘭人自甘扮演著「心懷感激的被壓迫者」，對殖民者的予取予求，只能卑躬屈膝，任其剝削了。事實上，吉米擺盪在個人生存與民族大義之間，殖民統治下，這種人性的矛盾，特別明顯，也特別引人深思。〈阿拉比〉裡，描寫對愛情懷抱幻想的小男孩，覺得同伴們的打鬧嬉戲是一種單調無聊的「兒戲」（child's play）。但有趣的是，小孩子們的遊戲都是很認眞的，就像他對小說中無名女孩的愛戀一樣，是很認眞的。這些文字排列與組合所彰顯的意象及其意義，一一構成讀者閱讀的挑戰與樂趣。

另外，這個小說集的敘述策略，也有一個共同的特色：故事的鋪陳發展，常帶有兩面性，甚至於有著完全對立的解釋可能。喬伊斯誓言書寫一部愛爾蘭的道德史，這種以道德掛帥的敘述策略，正如Margot Norris所說的，本身即帶有「潛在的壓迫性」（*Suspicious Readings* 13）。也就是說，喬伊斯正面表述的道德，經常也隱含著另一個對立面的非道德的閱讀可能性。例如，〈兩姊妹〉裡，兩姊妹表面上心甘情願爲擔任神職的神父弟弟，無怨無尤的犧牲奉獻，但根據Garry Leonard的心理分析讀法，其實她們無意間流露出來的話語裡——例如把「充氣輪胎」說成「風濕的輪子」——充滿了他們對神父弟弟的失望、不滿與怨懟。另外，神父一方面扮演著小男孩在知識上的啓蒙導師，另一方面喬伊斯又強烈暗示，神父具有戀童癖，小男孩是他迫害的對象。這兩種衝突性價值並存的現象，反映了許多人生眞實的情境。

這種兩面手法，普遍存在其他的故事裡。例如，在〈憾事一樁〉裡，希尼可夫人到底單純死於火車意外，或是刻意的自殺？她是否有權追求自己的幸福？或是必須屈服於愛爾蘭社會的父權暴力？這些故事引發我們對不同價值的道德判斷，有些甚至於挑戰著我們既有的價值觀。又若〈死者〉，葛瑞塔到底要忠於自己的丈夫，或不能忘情於舊愛？賈柏瑞發現枕邊人原來另有精神上的戀人，要如何自處？又如〈寄宿之家〉中，母女聯手，以身體誘惑，讓杜嵐掉落結婚的陷阱。母親盡力爲子女設想尋找好對象，但以世俗利益爲考量的婚姻價值觀，是幸福或不幸，這都是讀者可拿來借鏡思考的好材料。

喬伊斯的《都柏林人》採用寫實主義的敘述法，因此看似簡單，但其實在表象底下，其文字深層結構下的指涉意涵，卻又相當分歧複雜。同時，其慣用的「靈光乍現」開放性式的結尾，不但突然且引發更多對劇情後續發展的揣測。這些特性，爲文本的詮釋預留了相當大的彈性空間。因此，這些衝突性的劇情，與對立性的價值判斷，也提供了讀者演練批判性閱讀思考的機會。

最後我們可以把小說的「文本性」(textuality)比擬爲眞實的人生處境，或謂文本反應生活。在教學上，《都柏林人》可以是最佳的教材。教師們以《都柏林人》當作生命範本，讓學生們在虛構的情境中，揣摩眞實的人生際遇，學習在困境中做出爲生命負責的抉擇。Margot Norris說這些小說可以幫助學生讀者，進行自我省思生命的功課：「《都柏林人》的教學，可以引導學生，進入一種意義生產的閱讀過程，而不只是對滿載意義的作品進行解讀而已。」(*Suspicious Readings* 14)

這種強調過程重於結果的學習策略，正是生命本質的反應。

Garry Leonard也強調《都柏林人》的故事在教學上的用途。他以解構的心理分析方法，挪用「他者」的理論，剖析閱讀與學習的過程(17-18)。他主張一個人只有顛覆了「自己認爲自己已經知道了」這件事之後，學習才眞正地開始。換言之，掙扎於不能理解的閱讀過程，正是構成教育與學習的起點。例如，〈兩姊妹〉裡，小男孩看不清楚神父所代表的成人世界這件事，反而開啓了小男孩認識這個複雜的人間世。〈阿拉比〉裡，滿懷憧憬的小男孩，前往阿拉比的孤獨旅程，最終只能獨自面對生命的幻滅，一己孤零零地接受成長之痛，而脫離童稚，進入成人的生命叢林。未知的旅程，才有眞正的生命。這樣的論述，凸顯了喬伊斯文本的重要性。《都柏林人》的價值不在於提供明確無疑的文本故事記述，反而在於其多元歧義的書寫，可以激發讀者去質疑、去解構、去顛覆那被刻板化、平面化、庸俗化的生命表象。換言之，《都柏林人》提供一個讀者自我觀照的機會，並透過批判性的閱讀，與文本所提供的反躬自省機會，引導我們在生命困局的掙扎中，增長智慧。這是閱讀《都柏林人》，帶給我們最大的意義。

· · · · · · · · · ·

後記：這個翻譯計畫的完成，要感謝很多人的協助。首先要感謝國科會的贊助與寬容，讓我有足夠的時間來完成這個計畫。這本譯稿，經過多次修正，字字計較，每事考證，才以今日之面貌問世。在這一段漫長的過程裡，我的助理楊承豪和陳靜敏提供了很重要的行政與學術資料蒐集上的協助。我在台師大英語研究所選修「喬伊斯專題研究」的學生楊承豪、謝育昀、黃郁珺、黃耀弘、李迺澔、林兆烜、吳羚君、王怡芬、楊子樵、陳煒婷、陳怡玲、袁如音、吳芳誼、歐妍儀、楊博涵，扮演了譯本的試讀者，提供了寶貴的修正意見。尤其是承豪、博涵、怡芬、煒婷、子樵，還參與文稿校對，在此一併致謝。翻譯本是一件難事，疏漏在所難免，企盼讀者不吝指正。

痲痹：《都柏林人》的文化病理學

《都柏林人》的調子，灰色鬱悶，是讀者在閱讀時，不可承受之重。在喬伊斯的描繪裡，二十世紀初的都柏林人，沉浸在英國殖民昏暗的燈火裡，看不見自己眞正的面貌，甚至於在死亡將至的陰影裡，只能渾噩度日，苟延殘喘，痲木不仁，了無生氣。他的敘述，自然寫實，苦澀多於愉悅；他的書寫策略，尖酸諷喻，警世味道濃厚。

書寫反映個人與時代的互動關係，喬伊斯的寫作也不例外。喬伊斯成長於都柏林，書寫都柏林是喬伊斯一生的志業。他嘗言：「我的目的是要去書寫一章我國的道德史，我選擇都柏林當作場景，因爲那個城市對我而言，正是痲痹的中心」。(*LII* 134)痲痹這個病兆，正是貫穿整本小說的主題。喬伊斯探究這個痲痹源頭，在《尤利西斯》中，假史蒂芬之口說，愛爾蘭人是「一僕二主」（a servant of two masters）——一是義大利的神聖羅馬帝國，一是英國殖民帝國（*U* I.638）。愛爾蘭人在宗教和政治上，受到雙重的宰制。西元四三二年，聖派翠克將天主教引入愛爾蘭，歷經千餘年，天主教成爲愛爾蘭的國教，主導愛爾蘭人的心靈信仰。西元一一六九年，英國勢力入侵愛爾蘭，八百年來，英國殖民霸權，全面影響著愛爾蘭人的世俗生活與國族文化認同。喬伊斯看到愛爾蘭人民在英國長期的統治與羅馬天主教的教化之下，生活艱辛，精神苦悶。許多人爲追求一個溫飽，被迫在政治上迎合統治階層；同時因生活困苦，反而更加仰賴天主教的救贖。但宗教高於一切的極端表現，反而導致教會腐敗沉淪，人民陷入肉體與精神的雙重痲痺狀態。喬伊斯對這種殖民與宗教所導致的心靈扭曲，深痛不已。於是在《都柏林人》小說中，以他所謂的「細膩而尖酸」的方式，檢視都柏林人的生活百態，針砭愛爾蘭痲痺的病症。

喬伊斯自己把這本小說分成四部分：(一)、童年故事：〈兩姊妹〉("The Sisters")、〈邂逅〉("An Encounter")、〈阿拉比〉("Araby")。(二)、青年時期故事：〈伊芙琳〉("Eveline")、〈賽車之後〉("After the Race")、〈護花使者〉("Two Gallants")、〈寄宿之家〉("The Boarding House")。(三)、成年階段故事：〈泥土〉("Clay")、〈一抹微雲〉("A Little Cloud")、〈對比〉("Counterparts")、〈憾事一樁〉("A Painful Case")。(四)公眾生活的故事：〈會議室裡的常春藤日〉("Ivy Day in the Committee Room")、〈母親〉("A Mother")、〈恩典〉("Grace")，和壓軸之作〈死者〉("The Dead")，總共十五篇。小說就依照童年故事、青年時期故事、成年階段故事、公眾生活的故事這個時光順序，依次展開。

這篇導讀文章大體依照這個順序，從文化病理學的角度出發，分別從童年成長、社會變遷、政治霸權，及文化融合等面向來觀察喬伊斯如何以文學的手術刀，解剖、清理、診療《都柏林人》中各種不同的愛爾蘭麻痹。

一、變調的啓蒙

《都柏林人》的前三章分別爲〈兩姊妹〉（"The Sisters"）、〈邂逅〉（"An Encounter"）、〈阿拉比〉（"Araby"）。這三則童年故事，敘述小男孩成長與幻滅的啓蒙經驗。作爲《都柏林人》的第一篇小說，〈兩姊妹〉這個短篇扮演著整本小說集的前言或縮影。英文的"sisters"指的是「修女」或一般的「姊妹」，但這篇小說的內容說的卻是一個小男孩和一位神父的故事。福林神父扮演小男孩知識與心靈啓蒙的導師。因過於親近，兩人的關係也十分曖昧。福林神父教導／誘導／誤導小男孩，進入成人世界的虛幻與眞實。然而神父中風、麻痹與死亡，給了小男孩省思成長與幻滅的刻骨經驗。

故事開始時，敘述者小男孩每天經過福林神父住處時，都會盯著窗戶看，口中同時喃喃自語道：「麻痹」。同時也聯想到兩個很特別的語詞：「諾門」(gnomon)和「西蒙尼」(simony)。喬伊斯刻意安排，在小說開頭即點名「麻痹」即是這本小說集的主題。「西蒙尼」是指聖職買賣，或出賣靈肉作爲利益交換的行爲。福林神父可能犯了類似的罪行，被逐出教會，只能接受自己的姊妹接濟，最後因身心痲痹，癱瘓致死。「諾門」是指缺了一角的長方形，代表不完整，象徵受傷、缺憾或內在的失序。就像失序的福林神父，以教導小男孩來彌補自己的欠缺，以複製一個小的長方形，來圓滿自己的生命。當然這也指福林神父是失落的羔羊，被逐出教會。「諾門」和「西蒙尼」這兩個不全與買賣的概念，貫穿小說文本，營造了都柏林人痲痹的氛圍。

小說的情節簡單，分別是老柯特來通知福林神父死亡的消息，隨後小男孩隨舅媽去慰問喪家——神父的兩姊妹。這兩位姊妹犧牲青春歲月，終身未嫁，全力培育自己的弟弟進入教會服務，但卻面臨這樣的死亡終局，一種傷心失望、遭背叛、悔恨以及疼惜等情緒糾葛，有著無言的哀痛。福林神父的死因，充滿未解的謎題。表面的理由是他打破了聖杯，但是他爲何被逐出教會，喬伊斯並未言明。他倒是透過老柯特的敘述方式，給了讀者更大的想像空間。他向小男孩的舅媽說：「不，我不覺得他眞的……但是他看起來很奇怪……有點令人費解。我認爲他……。」和「我對這件事自有定見……我想這是一件……非常特殊的例子……。但是這也很難說……。」(*D* 10)這一連串的欲言又止所形成的句中空白，影射諸多禁忌或非道德的行爲，使得福林神父蒙上一層神秘的色彩。

而小男孩與福林神父之間，亦父亦子，亦師亦友的微妙互動，更加深了這份神秘色彩。神父教導小男孩許多知識，從拉丁文、歷史到宗教教義的特殊詮釋，對男孩的知性發展，形成一股吸引力。但神父對他的曖昧態度，也同樣令他不安。

老柯特認爲小男孩不應該和神父太親近。他應該去和同年齡的小孩一起遊戲玩樂。教育影響很大，「因爲孩童的心智太容易受到外來的影響。當小孩子看到那樣的事物，你知道的，那會影響到……。」(*D* 11)老柯特並未言明，「那樣的事物」，到底是什麼禁忌的事。早熟的小男孩對老柯特的批評不以爲然，他「把燕麥粥塞滿嘴巴，免得因憤怒而口出惡言」。顯然小男孩對神父有著一分微妙的心靈互動。

小說最怵目驚心的一幕是，福林神父「一個人在黑漆漆的懺悔室裡，眼睛睜得大大的，自顧自地發笑著……。他們一見到這一幕，就知道他眞的是出了問題……」(*D* 18)。飽受麻痹折騰的神職人員，不能救贖自己，反而去尋求告解。這種不能公開的罪，一步步把福林神父帶到死亡的境地。而令人發省的是喬伊斯安排一個角色置換的遊戲，讓小男孩想像自己扮演神父角色，聽著福林神父向他告解：老神父潮濕的嘴唇帶著唾沫，躺在棺材裡對著他微笑，自己也淡淡地回應著他的微笑，彷彿是要去赦免他的罪行。彷彿這一刻，福林神父才得到寬恕。

福林所代表的宗教，啓迪了小男孩，但也帶給他極大的精神壓力。一直到福林神父死亡，他才有一種詭異的快感與解脫。小男孩覺得，麻痹是個「不祥與邪惡的東西。我內心充滿恐懼，但卻又渴望能進一步接近它，想仔細瞧瞧它如何將人折騰至死」(*D* 9)。成長與宗教糾葛在一起，帶來麻痹，讓他困惑。他幻想「自己置身在一個遙遠的國度，一個充滿奇異風俗的地方——我想是在波斯」（*D* 13-14）。他想要逃到東方的夢境，逃到神秘的古老國度，逃離神父所象徵的痲痹世界，去經驗自由與解放。而這個逃離的次主題，將在後續的小說裡得到發展。

〈兩姊妹〉這個短篇，從小男孩的成長，見證神父的墮落，肉體癱瘓與精神痲痹。這些無法寬恕的罪行，不能贖罪的折磨，逼得神父發瘋以終的悲劇。就像艾莉莎說的，神職工作對福林神父而言，「太沉重了」（*D* 17）。這個「太沉重了」，正是愛爾蘭的處境。天主教對愛爾蘭人來說，是個甜蜜的負擔。宗教扮演教化的使命，但弔詭的是，它的執行者卻參與「西蒙尼」，是個不全的「諾門」，本身即有待他人救贖。早熟的小男孩洞見這個秘密，猶如「靈光乍現」，喬伊斯透過這個短篇，爲都柏林人的痲痹，開啓了一扇自省自覺的小窗，透露出一些救贖的可能。

〈邂逅〉的主題，延續痲痹與逃離的雙重性，場景由家庭拉到學校。〈兩姊妹〉中小男孩逃離到東方世界的想像，在第二篇小說中化爲實際行動。兩位小男孩策劃逃學，到海邊去遊蕩一天，目的地是海濱的發電廠「鴿舍」。小說名爲〈邂逅〉，意爲旅途偶然相遇，但也有性冒險的言外之意。但在這篇小說裡，兩位小男孩的逃學之旅，不但到不了目的地，還碰到一位性變態的怪老頭。

小男孩的逃學之舉，源自於通俗文學的影響。通俗文學如《荒野大西部》、《英國國旗》、《勇氣》、《半便士新奇故事》等，開啓學童們正規教育體制外一個想像與逃避的世界。喬・狄隆模擬美國西部印第安人，跳戰舞慶功，他的「呀！呀卡！呀卡！呀卡！」喊叫聲，代表「一種桀驁不馴的精神」（*D* 20），孩童們沉迷於通俗文學，模擬印第安人的精神，挑戰正規學校體制對兒童身體與想像的宰制力量。但代表意識形態國家機器的學校教育，以極大的威權，強制性灌輸與複製它的意識形態，使人民服膺它所傳播的價值理念。巴特勒神父發現狄隆上課偷看通俗小說《阿帕契酋長》，大發雷霆，並語帶威脅說：

> 這是什麼垃圾？《阿帕契酋長》！你不讀羅馬史，卻讀這種東西？不要再讓我在這個學校發現這樣的爛東西。我想，寫這樣東西的人一定是某個落魄的文人，以此寫作來換取幾文酒錢。像你這樣受過教育的孩子竟然會讀這樣的東西，眞叫人吃驚。如果你是……公立學校的孩子①，我還可以諒解。狄隆，我嚴重警告你，現在立刻回去讀你的書，不然的話……。（*D* 20）

通俗小說被排除在學校教育之外，因其內容輕浮，可能影響孩子的教育。它的作者也被譏爲落魄文人餬口的拙劣之作。此外，羅馬史代表「歐洲中心」的傳統教育價值，它體現教會的威

① 公立學校由奉行新教信仰的英國控制，目的在於教化愛爾蘭人接受英國殖民統治。愛爾蘭人質疑其是英國政府控制愛爾蘭的手段之一。

權，壓制來自通俗文本所潛藏的桀驁不馴精神與顛覆力量。經常扮演印第安人的狄隆，「後來聽說他要去從事聖職，大家都不敢置信，然而事實如此」。(*D* 19)最具有解放精神，勇於挑戰威權的狄隆，最後被迫去從事聖職，再次驗證宗教與學校的意識形態宰制與收編力量之強大。

巴特勒神父對孩子們的威權領導，反而激發小說中無名的敘述者，渴望採取眞實的冒險行動，以逃離此一令人窒息的意識形態監牢。因爲他覺得「待在家裡的人不會有眞正的冒險，這些事必須到他鄉異域裡去尋找」。(*D* 21)他和馬赫尼結伴逃學，幻想著搭船離開愛爾蘭，到眞實的世界裡去冒險，去驗證課本裡的知識。這個反抗威權、逃避或流亡的主題，一如喬伊斯眞實生活的寫照，在隨後的小說裡，有更進一步具體的發展。

〈邂逅〉是小男孩成長旅程的隱喻。人們由孩童進入青年、成年的旅程，並非依照理性秩序發展，事實上，變異因素會不斷干預成長的軌道。兩位逃學的孩子，就碰到一位言行怪異的老頭。小男孩在河堤邊與怪老頭不期相遇，提早接觸了成人生活裡變態瘋狂、扭曲麻痹的複雜世界，開展另一種變調的啓蒙。怪老頭的兩面性格，迷惑了小男孩。他在知性上，讚揚小男孩像他一般愛讀書，是個知識人。帶著知識的高傲，他隱約點明不讀書的馬赫尼，和小男孩分屬兩個不同的階級。但是話題轉到女生時，怪老頭就變了一個人。他似乎變態地迷戀著女人亮麗的秀髮和纖細白嫩的手臂，但又說：「一個人只要了解眞相後，所有的女孩就不像她們外表一般看起來那麼美好。」(*D* 26)他對女人的態度兩極化，同時迷戀她們的青春美貌，也極端不信任她們。這種性別的差異認知，轉換到同性別的小男孩身上時，態度有了強烈的轉變。他主張野孩子要接受鞭打處罰，給他們一陣痛痛快快的修理，對他們才有好處。怪老頭沉溺在鞭打的描述裡：「他向我形容要如何鞭打這樣男孩的模樣，就像他正在解開某個複雜的秘密一般。他說他喜歡這樣做，勝過世界上任何的事情；當他一廂情願地向我敘述這個秘密時，他的聲音變得感情充沛，彷彿在懇求我去理解他的用意。」(*D* 27)這種鞭打的快感、強烈的同性戀愛欲、戀童癖的暗示，讓小男孩害怕了起來，想要逃離綠眼珠怪老頭所代表的謎樣般變態的成人世界。

自慰的怪老頭，找不到欲望的出口，只能在一次又一次的自慰裡，麻痹自己。他的心思被自己的話語吸引，形成一種封閉的循環：

> 他彷彿是在反覆敘述他心中早已熟記的話語。他被自己的語辭所吸引，他的心思沿著同一個軌道慢慢地打轉；有時候，他彷彿只是在講一些大家都知道的事情；有時候又放低聲音，神秘兮兮地說著一些他不希望別人也聽到的秘密。他用單調的聲音翻來覆去說著相同的話，只不過每次稍加改變用詞而已。(*D* 27)

麻痹循環的不只是言語，更是身體的、思想的、精神的。喬伊斯藉著〈邂逅〉，刻畫另一種的愛爾蘭麻痹，令人觸目驚心。在逃學與邂逅經驗之中，靈光乍現，小男孩彷彿看見自己正走向福林神父和怪老頭的後塵，預見與遇見自己未來的「痲痹」，不禁擔憂懼怕了起來。福林神父和怪老頭年輕時都是知識菁英，他們在成人世界的瘋狂、痲痹、墮落與沉淪，是一道生命的警訊，他害怕複製他們的生命軌跡。知識的傲慢，成了痲痹的誘因。反諷的是，他一向瞧不起的馬赫尼，這個不讀書的同伴，反而在他危急時，以行動來救援他，更是讓他羞愧不已。

〈邂逅〉是一趟失敗的旅程，因爲他們到達不了代表權力與能量中心的「鴿舍」，只能在邊緣遊蕩。具體而微，這是一則喬伊斯的後殖民寓言。但也是一則成長幻滅的隱喻，敘述了都柏林人痲痹的困境。

成長的苦澀與幻滅，在〈阿拉比〉這個短篇中，有了進一步的發展。在進入青春期前期的小男孩，朦朦朧朧中開始了對愛情的追求旅程。正如喬伊斯的一貫作風，小說開始就預告了結局。小說第一句話說：「李奇蒙北街是條死巷。」（*D* 29）沒有出路，隱喻愛爾蘭的處境，也預設了小男孩的尋愛夢碎。

小男孩在過世神父的房子裡找到了幾本書，計有：瓦特・史考特的《修道院長》、《虔誠的領聖餐者》和《維德克回憶錄》。他說喜歡最後一本，「因爲它的書頁都變黃了。在荒蕪的後院中央有一棵蘋果樹和一些雜亂的樹叢。我在樹叢裡找到一把先前房客留下來生了鏽的打氣唧筒。」（*D* 29）這當然是《都柏林人》中一段經典的寓言式寫作。三本書分別是：浪漫傳奇小說、傳道書、偵探罪犯小說。神父生前三分之二的閱讀，花在通俗文學的想像世界。同時，未能克盡聖職，不騎腳踏車去拜訪教友，連打氣唧筒都生鏽了。喬伊斯彷彿在補述〈兩姊妹〉裡福林神父，被逐出教會的過程。「書頁(leaves)變黃了」，也可以讀作雙關語：「樹葉變黃了。」樹葉轉黃，當然是「秋天」(fall)到了，而"fall"正有「飄落、沉淪」之意。這一連串的雙關語，與整篇小說的主體：追尋與沉淪，緊緊相扣。後院中央有棵蘋果樹，自然是伊甸園的譬喻。觸犯上帝的旨意，當然就會被逐出伊甸園的美好世界，淪落(fall)到人間世受苦。小男孩接受神父的啓蒙教育，正步上他的後塵，進入都柏林人的痲痹世界。

情竇初開的小男孩，迷上玩伴曼庚的姊姊。喬伊斯以中世紀的騎士傳奇方式，來刻畫一則追尋聖杯的浪漫愛情故事。小男孩答應曼庚的姊姊到阿拉比市集去帶一件東西回來送她。這個愛的承諾，立即變成一件使命，小男孩想像自己是中世紀的騎士，必須克服萬難去取回聖杯，完成愛的使命：

> 我想像自己護衛著一只聖杯，奮勇通過敵人重重的包圍。她的名字不時在念禱告詞或讚美詩時，莫名其妙地從我的口中吐了出來。我經常淚水盈眶(我也不清楚爲什麼會如此)，有時候心頭熱血，似乎溢滿胸膛。我無法想像未來。我不知道要不要告訴她，如果要，那我要怎樣向她傾訴表白我那神魂顚倒的思慕之情。我的身體就像一只豎琴，她的言語和姿態如手指，撥動著我的心弦……黑暗之中，我的五官感覺按捺不住，我只覺得

自己的靈魂快要出竅了，於是使力緊握雙手直到身體不自覺顫抖了起來，同時嘴裡則不斷喃喃地念著：**啊！我的愛！啊！我的愛！**（*D* 31）

但反諷的是，這一段令人動容的愛情描述，只有更加凸顯出愛的盲目：因爲喬伊斯筆下，曼庚的姊姊沒名沒姓，也沒有清楚的面貌，只以棕色的身影出現。思春的小男孩對異性的肉體與精神，充滿了混亂的想像。喬伊斯常把「女神／神女」兩個對立的意象，融合在女子身上。這兒，曼庚的姊姊，扮演著神聖不可侵犯的女神，但也如神女般，以身體誘惑小男孩。她搔首弄姿，吸引著小男孩的注意。他迷戀地注視著她，看到她的羅衫迎風揚起，看到她粉頸的雪白曲線、她搖曳的秀髮、放在欄杆上的纖手和她襯裙的白邊。

這種情竇初開的迷戀，堅定了他對愛的使命感。「阿拉比」三個字所傳達的東方悠遠與神秘，變成了不能抗拒的浪漫。此後，上課的時間變得漫長難捱，同伴們的遊戲也變得幼稚。等待成了無盡的折磨：等喝醉的舅舅回家給錢，等遲來的三等火車，終於上了開往市集的專車。小男孩「孤零零的一個人坐在空無一人的車廂裡」（*D* 34），因爲愛情無法共享，必須單獨去追尋。

小男孩在市集打烊前一刻到達「阿拉比」。但是發現：「大多數的攤位都收攤了，而大廳的絕大部分也已經罩在黑暗之中。就像教堂禮拜儀式剛結束的那一刻，我感受到一股靜默之聲，瀰漫其間。」（*D* 34）這個象徵愛情聖殿的阿拉比，不見輝煌炫麗，只是一片黑暗。這種出乎預期的落差，開始醞釀著一種失落的情緒。小男孩發現市集裡，充斥著一些廉價的陶瓷品。咖啡店前，兩個店員數著托盤上的錢，他「靜靜聆聽著硬幣落在托盤的聲音」。另外看店的愛爾蘭小姐，正在和英國來的年輕人打情罵俏。熄燈的預告聲傳來，接著整個市集便完全暗了下來。

騎士之愛的浪漫憧憬，原來是一片黑暗。神聖不可犯的愛情，竟是廉價的易碎品。精神共鳴的純純之愛，淪為物質的金錢計較。小男孩在小說中說的最後一句話是：「不用，謝謝。」正式以否定句的形式，終結這一趟追愛之旅。喬伊斯在小說結尾補上一段靈光乍現的描述：「凝視著這一片漆黑，我看見自己像一隻被虛榮心驅使與嘲弄的可憐蟲；眼裡不禁燃起憤怒與羞愧的熊熊烈火。」(*D* 35)從尋找聖杯的使命感出發，這趟朝聖之旅，小男孩見證俗世的愛情與拜金主義，終以幻滅作收。歷經痛苦與憤怒的烈火洗禮，小男孩正式脫離童年，宣告進入青年階段的人生。

《都柏林人》的前三篇小說，接近喬伊斯自傳形式的童年紀事，其實分別敘述著三則成長與幻滅的旅程。在〈兩姊妹〉裡，小男孩的宗教與知識啓蒙之旅，遇到了癱瘓痲痹的福林神父。在〈邂逅〉裡，逃學孩子遇到了性變態的怪老頭。在〈阿拉比〉裡，小男孩對愛的迷惘與追求，卻使他瞥見愛情的本質是黑暗空心的。三者同時隱喻都柏林痲痹的情境，困居其中的人，無法逃離的宿命，教成長變了調。

二、後饑荒創傷

有關愛爾蘭痲痹的議題，除了「一僕二主」的詮釋外，晚近愛爾蘭本土的研究學者吉朋斯（Luke Gibbons），主張重回歷史的場域，把痲痹的議題脈絡化，提出所謂的後饑荒(post-famine)的觀點，企圖從社會、經濟、文化的角度，來觀察馬鈴薯歉收這個饑荒對愛爾蘭社會的發展，所造成的持續性影響。一八四五年起，四年的災荒，造成百萬人死於飢餓，百萬人被迫移民海外。這些重大的歷史發展，重創愛爾蘭，人口頓減、母語流失、價值崩潰、經濟停頓、民心徬徨，整個社會呈現一種精神痲痹的死寂狀態。

在這些現象中，家庭價值與倫理的瓦解，對愛爾蘭人的生活與心靈的影響，尤爲直接。喬伊斯的家庭本身就是一個例子。爸爸酗酒，媽媽病死，家中兄弟姊妹十數人，經濟困頓，生活艱難，飽受飢餓威脅，親情難以正常維繫。他說：「我的心摒棄當前整個的社會秩序與天主教——家、道德奉行、階級生活、宗教教條——我怎麼可能喜歡『家』這個念頭？」（*LII* 48）《都柏林人》中的〈伊芙琳〉正是依此爲背景所刻畫的另一則痲痹的故事。

〈伊芙琳〉寫於一九〇四年，也就是喬伊斯帶著諾拉私奔到歐洲大陸的前一個月。喬伊斯是否以自身經驗爲本，不得而知。但是移民出走的題材，倒是當時候相當普遍的話題。這個短篇有別於前者，是以第三人稱當作敘述觀點，同時開始出現了「內心獨白」的寫作方法。一如喬伊斯的一貫作風，小說開始就預告結局：「她坐在窗邊望著黃昏逐漸占領整條街道。她的頭斜靠在窗簾上，鼻孔裡盡是印花布的灰塵霉味。她累了。」(*D* 36)黃昏之後，就是黑暗。窗簾的霉味，暗示這是個空氣停止流動、令人窒息的密閉空間。累了，當然不可能行動。這三句話，連在一起，傳達一個麻痹和失去自主意識的氛圍，間接預告了伊芙琳最後的抉擇。

伊芙琳邂逅了一名水手法蘭克，兩人計畫私奔到南美洲的布宜諾斯艾利斯(Buenos Aires)。西班牙語的意思正好是「新鮮空氣」(good air)。因爲都柏林空氣停滯，所以要逃到有好空氣的地方。大饑荒之後，愛爾蘭人大量移民美國、英國、澳洲、紐西蘭。遠在南美洲的阿根廷，當時也有很多人選擇前往開拓新生活。小說情節的設計與發展，重點擺在伊芙琳到底該不該跟著法蘭克離開都柏林。

伊芙琳要不要離家，有兩方考量，但也因此陷入一個選擇的僵局。首先，這個家不是避風港，是暴風港，必須逃離。然而她信守對媽媽的承諾，在媽媽死後，盡力維持家的完整。她隻手照顧兩個弟弟，努力工作，養家活口，同時還要擔心有家暴傾向的爸爸對她的威脅。這樣一個完全沒有自我的日子，突然出現一個水手，以浪漫溫情關心她，承諾可以帶她遠離如牢籠般的家／枷。這種誘惑，叫她如何抗拒？她想像著未來新生活：「在她的新家，在那遙遠的國度，一切都將改觀。那時候，她就已經結婚了……人們會尊敬她。她不會受到像媽媽所受的對待。」(*D* 37)

同時她和法蘭克在一起時，她總有一種「愉悅中摻雜著迷惑的感覺」(*D* 39)。首先，他總有許多說不完有關遠方國度的故事，但她分不清楚這些故事的眞假。她迷惑，她猶疑，她無法決定。畢竟：「家裡至少還是一個可以溫飽、避風雨的地方。」(*D* 37)離開，意味著全新的風險。伊芙琳的顧忌，也反映了當時社會裡的一個移民問題。十九世紀末，愛爾蘭因大饑荒後遺症，民不聊生，當時有辦法有關係的人，紛紛移民到海外，尋求新生活。光是一八八九年，一年就有一六五一人移民到阿根廷(*Mullin* 176)。但許多少女在這個移民潮裡，被騙入煙花場，淪爲妓女。當時的反移民大眾文學，也描述了許多這樣悲慘的案例。

伊芙琳想起母親沒加入移民行列，選擇留在都柏林護育家人，最後的下場竟然是發瘋以終。她想起母親一生悲苦的形象，和頑愚的堅持，一陣突如其來的恐怖之感，告訴她必須逃走。法蘭克會給她新生命，或許也會給她愛情。她想要活下去，她也有追求幸福的權利。

小說的第二幕精采描寫伊芙琳與法蘭克的碼頭告別。兩人相約在碼頭，伊芙琳看到蒼茫大海，心中也同時湧起萬丈波濤。如同喬伊斯在小說開始設定的發展，伊芙琳面臨抉擇，但卻衝不破家的牢籠。她雙手緊緊地抓住鐵欄杆不放。而欄杆正是監獄的象徵。這段旅程的船票早已訂好了，但最後一刻，她仍猶豫不決。法蘭克連續兩聲呼叫她：「走吧！」但伊芙琳卻「不！不！不！」連呼三聲不行。她只能瘋狂地抓著鐵杆，對著大海，發出了痛苦的哀嚎。

伊芙琳僵在現場，無法行動。這個橋段，常被拿來比喻都柏林人普遍的痲痹現象。小說結尾，對麻痹有段經典的描述：「她一臉蒼白看著他，默然，無動於衷，猶如一頭無助的野獸。眼眸裡沒有一絲愛戀或告別或曾經相識的神情。」（*D* 41）喬伊斯把伊芙琳放在愛爾蘭歷史殖民的場域裡，檢視大饑荒的創傷，如何在都柏林人的身心留下悲劇性的戳記：悲情、冷然、無淚。伊芙琳的麻痹，反而叫人心痛。

大饑荒的創傷記憶，深入人心。飢餓的恐慌，經濟的停滯，改變了家的意義、男女權力關係和社會倫理價值，這些改變，也進一步加劇了喬伊斯所謂的愛爾蘭麻痹。伊芙琳的家，不再是堡壘或避風港。反而是暴力的源頭。男性經常是施暴者。愛爾蘭男性在英國殖民政府的統治下，工作就業機會不多，職位也相對偏低。喬伊斯筆下的都柏林成年男性，大都酗酒或鬱鬱不得志。他們把工作上的挫折，拿家中的弱勢者小孩和女人當作出氣筒，因而都柏林社會中家暴頻傳。例如，伊芙琳的爸爸就常對兩個小兒子拳打腳踢。他也威脅伊芙琳說，要不是她是女生，他也會照樣給她一頓毒打。〈一抹微雲〉裡，失意的文人錢德樂，被家庭責任所困，不能像高樂賀在歐洲大陸得意發展。他對生活現狀不滿，他悔恨娶了安妮這個庸俗的太太，他想要去倫敦闖蕩，要爲自己開啓一條新的道路。他一面讀著拜倫的詩，一面手抱嬰兒，但嬰兒的哭聲刺痛了他的耳膜。他轉而把怒氣發在無辜的嬰兒身上，憤怒對著小嬰兒大叫：「不要哭了！」反而嚇得小嬰兒哭得更厲害。弱勢的小孩經常是家庭暴力的受害者。

然而最令人心驚的家暴發生在〈對比〉這個短篇。小說分三個場景：辦公室、酒吧和家裡。

華林頓在辦公室裡受到上司的斥責，到酒吧買醉，最後回家打小孩。華林頓身材高大，但「皮膚暗黑且透著酒氣：兩眼微凸，眼白部分混濁不清」，一副酒鬼模樣。他逞一時之勇，頂撞上司，但迫於工作職位，又得低頭道歉。一股憤怒，燃燒在胸口。他想衝出辦公室，痛快喝個爛醉，以消除羞辱委屈。他典當手錶，呼朋引伴，到酒館買醉。他逞強和英國人魏德世比腕力，卻連敗兩局，輸掉了愛爾蘭人的自尊。他以爲一位英國妙女郎朝他拋媚眼，但事實上，只是自作多情，妙女郎根本沒注意到他的存在。他的國家尊嚴與男性尊嚴，受到雙重打擊。回家後，太太在教堂，忙著教會活動，沒準備晚餐，小孩怕他，躲他躲得遠遠的。他憤怒失控，把小男孩的屁股打得皮開肉綻。

酗酒是愛爾蘭的國家問題，歷史上也有多次禁酒的運動，但似乎都不成功。在英國殖民政策領導下，二十世紀初的都柏林城市，百業蕭條，唯有釀酒業一枝獨秀。愛爾蘭男性忙著上酒館，女人忙著上教堂。家的經營反而被忽略了。像華林頓一樣沉溺於酒精麻痹的愛爾蘭人，多到不勝枚舉。喬伊斯父子也都偏好杯中物。在〈恩典〉中的柯南，也是個例子。小說開始，他就在酒館跌倒，還咬掉了一截舌頭。小說結尾處，主持僻靜會，大談精神帳戶要收支平衡的伯登神父，也是滿臉通紅，酒氣醺天。〈賽車之後〉的吉米，也是在酒精的催化下，走上牌桌，輸掉了他爸爸掙來的辛苦錢。〈泥土〉裡的喬，喝了酒就變成另外一個人。〈寄宿之家〉的穆尼父子都是酒鬼，爸爸喝酒喝得臉色慘白，混濁無神的小眼睛充滿著血絲。兒子則藉酒壯膽，恐嚇房客。這些酒徒的形象，強化了喬伊斯筆下愛爾蘭痲痹這個議題。

所謂愛爾蘭痲痹也表現在婚姻價值及性別政治上。以〈寄宿之家〉爲例，我們可以檢驗婚姻價值所傳達的文化意涵。小說開始說：「穆尼太太是屠夫的女兒。她是個沉得住氣的人：一個意志堅定的女人。」(*D* 61)喬伊斯的年代，愛爾蘭婦女普遍晚婚，甚至於不婚。這不是出於婦女的自我意志，而是殖民社會，大饑荒之後的蕭條，養家活口困難，男女被迫延宕成家的時間。這個短篇，也反映了這樣的社會背景。穆尼太太承接父親的肉鋪，秤斤論兩，以賣肉爲業。後來改行，經營寄宿家庭有成，人人稱她一聲「夫人」。她熟悉顧客心理學，她懂得拿捏，知道「何時要略施小惠，何時要堅守原則，何時要睜一隻眼閉一隻眼」（*D* 62）。她把這種職業本能也應用在女兒的婚事上。

母女連心，波麗知道母親在暗中監視她，也知道母親默許她的做法。母女共謀，設局讓杜嵐先生掉入結婚的陷阱。當時機成熟了，穆尼夫人就出面干預，因爲「她處理道德問題，就像用屠刀切肉般乾淨俐落」（*D* 63）。道德問題在這個節骨眼上，就成了一種武器，逼迫杜嵐先生屈服。單身有正當職業，且小有積蓄的杜嵐，受到波麗的溫情攻勢與身體誘惑，被迫面對現實。穆尼夫人知道以自己女兒的條件要找個好人嫁出去，並不容易。她「把手中的牌再估算一遍」，覺得有「十足的把握贏得賭局」，便決定與杜嵐先生翻牌，要他爲自己所做的事負責。她不像一般的媽媽，要一筆賠償費，她要杜嵐與波麗結婚。她爲自己的處理方式感到得意，因爲「她想起一些她認識的媽媽們，她們就是無法把女兒脫手嫁出去」（*D* 65）。杜嵐先生隱約覺得自己上當了，生米已經煮成熟飯，一切都太晚了。只能接受事實，安慰自己，也許他們可以幸福地過一輩子……。

穆尼太太成了《都柏林人》小說中，第一位掌控全局的女性，但是她的婚姻觀裡沒有眞愛，只有世俗的利益交換。大饑荒的恐懼，深入人民的心靈，扭曲了人性的自然表現。諷刺的是，杜嵐不能像其他的人一般厚顏，捅完樓子，拍拍屁股走人，他只能接受苦果。杜嵐先生在《尤利西斯》中再次出現，只是喬伊斯安排他以大酒鬼出場，每日在酒精中，痲醉自己。

杜嵐先生的處境，當然是咎由自取。可是這種男女關係，男性也不盡然就是受害者。〈護花使者〉就是〈寄宿之家〉的對照版。雷尼漢和柯利是兩名愛爾蘭最齷齪無恥的青年。柯利無業，但喜歡賣弄他與警察單位的關係，吹噓自己的能耐，以彰顯自己的重要性：「他有許多內幕消息，喜歡高談闊論，也喜歡遽下結論。只要他講話，別人就無插嘴餘地。他講話的主題只有一個，就是他自己：他跟某某人說了什麼，某某人跟他說了什麼，他說了什麼話，擺平了什麼事情。」（*D* 51-52）雷尼漢是條水蛭，依附他人，以占他人的便宜爲生：「儘管他混吃混喝，惡名昭彰，但卻八面玲瓏，能言善道，總能在朋友們形成共識要一致對付他之前脫困……他是個有趣的無賴，腦袋裡裝滿了各式各樣的故事、打油詩、謎語。不管別人怎樣嘲諷揶揄，他都若無其事。」（*D* 50）他賭馬報明牌，只要能弄到東西吃喝，也就笑罵由人，不知廉恥爲何物。

這兩個人聯手在街頭晃蕩，尋找一個可以剝削的對象。柯利出面向一名女傭搭訕，勾引她，扮她情人，約她外出，占她便宜。喬伊斯筆下這名女傭，長得平庸，穿著俗氣，但被柯利的甜言蜜語所迷惑，竟願供他驅使，偷主人家的財物來取悅她的情人。雷尼漢在等待柯利得手之後，一起去酒館買醉。在等待的時候，雷尼漢在街頭無目的地閒逛，突然「強烈地感受到自己在經濟上與心靈上的雙重貧乏……他即將滿三十一歲。難道他永遠找不到一份像樣的工作嗎？不能有一個自己的家嗎？他想，如果能夠坐在溫暖的爐邊，吃一頓像樣的晚餐，那是多麼地幸福啊！……如果他遇到一位善良、單純、手邊又有點積蓄的好女孩，他也能夠在一個溫馨的小角落安頓下來，過著幸福快樂的日子」（*D* 57-58）。他這種期待，就像穆尼太太給女兒波麗的安排一樣，只要嫁給有點積蓄的杜嵐先生，他們也可以幸福地過日子。找個有錢的先生嫁了，就像是娶個有錢的老婆一樣，同樣是感情交易，不能得到眞幸福。

小說結局，柯利順利擺弄女傭弄到錢，他向雷尼漢這個跟班的炫耀。他「煞有其事地伸出一隻手放在路燈下，面帶微笑，慢慢打開手心……掌心中，一枚小小的金幣，閃閃發亮」（*D* 60）。這個戲劇化的結尾，彰顯金錢掛帥的拜金主義，侵蝕人心，喬伊斯隱喻：都柏林人道德淪喪，男性爲金錢不惜欺負自己的女性同胞，而女性自己也迎合呼應著去迫害自己。騙錢騙色，這樣的舉動，柯利和雷尼漢不羞愧，反而引以爲榮，眞是麻痹到家了。

〈護花使者〉是整本書中最辛辣的一篇。他對愛爾蘭人的無恥，做了最直接的批判。難怪出書時，出版商無法接受喬伊斯對自己同胞這樣嚴厲的批判，要求修改。喬伊斯拒絕，反而在一九

○六年五月二十日寫信給李察茲時辯稱：「這是一篇很重要的小說。我寧願犧牲其他五篇小說來保有這篇。」喬伊斯說他要寫一部愛爾蘭的道德史，來解放愛爾蘭人的麻痹心靈。他這篇小說，正是一面照妖鏡，照見都柏林人的無恥、不堪，盼國人能知恥、自省，從麻痹中甦醒過來。

殖民情境下的生活，本來就不好過。馬鈴薯大饑荒，更加惡化了社會問題。伊芙琳被家庭的枷鎖困住，不能逃離都柏林。華林頓工作生活，皆不得意，只能在酒館裡找到自我。小錢德樂受困於婚姻責任，有志難伸，只能眼淚往肚裡吞。柯利和雷尼漢可恨又可憐，無業漂泊的日子，也不好過。〈邂逅〉裡的小男孩說：「待在家裡的人不會有眞正的冒險，這些事必須到他鄉異域裡去尋找」。(*D* 21)這些留在都柏林的人，像福林神父，小錢德樂，是沒有希望的。伊芙琳的下場，可能就是〈泥土〉裡的瑪利亞。終生勞碌，扮演苦難的母親形象，爲他人無私的奉獻服務。但晚年，沒有自己的家庭，只能在修道院終老一生。小說中，瑪利亞被蒙上眼睛，參加萬聖節的摸彩遊戲。卻在分別代表結婚的戒指、代表移民遠行的水、代表修道院的祈禱書，和代表死亡的泥土中，一把摸到了泥土。再摸一次，摸到祈禱書。這預示了瑪利亞的命運。瑪利亞也渴望有人憐愛，但是無人青睞。公車上受可疑的上校獻殷勤，卻莫名其妙搞丟了蛋糕。瑪利亞在「暗夜明燈都柏林」洗衣店，爲社會邊緣人服務，但自己也是邊緣人。她照顧喬和艾爾非長大，但是兩兄弟卻反目成仇。小說開頭，大家讚美她是和事佬，成了一大諷刺。瑪利亞終生未嫁，一個單身女子在當時的愛爾蘭社會，沒有立足之地。她的命運，就像被蒙著眼般，任人擺布。但後饑荒的殖民社會，生存條件嚴峻，瑪利亞也只能蒙起眼睛來，自欺欺人，麻木地接受自己的命運。

相對於瑪利亞的麻痹，〈憾事一樁〉中的達菲先生，則呈現另一種不同形式的精神麻痹。瑪利亞被迫到修道院，終了一生。但達菲先生則自願選擇孤獨過一生。達菲先生選擇住在郊區，不願和都會裡的普羅大眾有過多的接觸。他極端壓抑自我。喬伊斯常以書來隱喻一個人的個性。什麼樣的人，讀什麼樣的書；讀什麼樣的書，也造就什麼樣的人。易言之，人如其所閱讀之書。達菲的書房擺設，就透露著這樣的訊息。他在書架上層擺著《梅諾斯教義問答》，下層放《華慈華斯全集》。書桌上放著霍夫曼的《麥克・克拉瑪》，便條紙上抄有〈抗憂鬱劑〉的成藥廣告詞。書桌抽屜裡放著一顆熟透了的蘋果。換言之，達菲表面上遵守嚴謹的天主教義，黑白分明地過生活，但內心潛藏著詩人的浪漫情懷，尋找欲望的出口。他閱讀劇本的主題是「愛之適以害之」的父子衝突。他以藥物控制自己的生理與精神狀態。他房間的基本色調，只有黑白兩色，家具裝潢，簡單無華；生活安排，井然有序。但蘋果的伊甸園原罪想像，卻盤據心頭，縈繞不去。這個書房的暗喻，具體而微，透露了小說的內在張力與終局推演。

達菲與社會維持一個疏離的狀態，他無法忍受「任何造成精神上或肉體上失序的事物。」(*D* 108)這種絕對理性的自我要求，使他的人格處在一種近乎分裂的狀態：

> 他對自己也保持著一個安全距離，總以懷疑的眼光，看待自己的行為。他有一個怪僻，

就是常用寫自傳般的方式來檢視自我，因此他常在心中以第三人稱、過去式，書寫一個句子來描寫自己……他既無友伴，也無知己；不上教堂，也不信教。他獨來獨往，過著自己的精神生活……他的日子也就一成不變地過下去——就像一則缺少冒險行動的故事。

（*D* 108-09）

達菲的精神與肉體分離，自我疏離的結果，沒有行動，生活停滯，具體代表了都柏林人另一種的麻痺狀態。

達菲在音樂會上與希尼可夫人結識，後來發展出一段悲劇性的畸戀。單身的達菲與空閨寂寞的希尼可夫人，透過知性與感性的交流，心靈逐漸契合，成爲雙方靈魂的伴侶。但潛藏在達菲內心深處有個聲音：「他聽到一種詭異非人——但又千眞萬確是自己——的聲音，呼喚著他，必須堅持自己靈魂裡那無可救藥的孤獨。那聲音說：我們不能放棄自己，我們要作自己。」（*D* 111）這在關鍵時刻，達菲先生的性別認同傾向，迫使他打退堂鼓。因他認爲：「男人與男人之間不可能有愛情，因爲他們不能有性生活；男人與女人之間不可能有友情，因爲他們必須有性生活。」（*D* 112）

達菲的離去，讓悲傷寂寞的希尼可夫人，只能藉酒澆愁，最後因跨越鐵軌時，被火車撞死。達菲先是震驚、憤怒、哀痛，最後良心不安，因他必須爲希尼可夫人之死，負最大的道德責任。

「跨越」就成了一個意符，希尼可夫人的勇敢越界，忠於自己的感情，造成死亡。但是守在界線內的達菲，則懦弱不敢有行動，就像伊芙琳，被痲痹所困。他是「被逐出生命饗宴的浪子」(*D* 117)，是個苟延殘存的活死人。相形之下，希尼可夫人奮力一搏，倒是成全了自己生命的完整。希尼可夫人的死亡，也象徵著達菲部分的死亡，因爲他曾經向她傾吐許多私密的話語，如今再也無人可以交心分享喜樂。兩個孤獨的靈魂，不能相會：「雖然她已經走了，但是他可以體會，漫漫長夜，獨守空闈，她是多麼地孤單寂寞！他自己也會同樣孤單寂寞地生活下去，直到死亡、消失，最後變成一則回憶了——如果還有人記得他的話。」(*D* 116)達菲哀弔希尼可夫人的死亡，彷彿也哀弔自己精神上的死亡。

小說的結尾，達菲回到規律、機械、重複的世界。他在鳳凰公園的小山丘上，看見火車由國王橋車站蜿蜒駛了出來。他彷彿聽見火車費力爬行的機械聲響，不斷地重複著希尼可夫人名字的三個音節：希—尼—可—希—尼—可—希—尼—可——……。直到火車遠離，所有聲音歸於寂靜。達菲站在草地上，再次確認了自己的孤獨與痲痹。

達菲培養希尼可夫人成爲自己理想中的愛人，但又親手毀了她。他這種第三人稱的愛，是水仙自戀，希尼可夫人注定要被犧牲的。喬伊斯說：「愛是會要人命的。」(*U* 6.997)憾事一樁，喬伊斯描繪的痲痹，強烈表現在達菲的冰冷、漠然、退縮、無聲之中。因此，我們最後只見達菲一個人孤零零站在原野上，像一尊不帶感情的石像。

三、心懷感激的被壓迫者

喬伊斯說「一僕二主」是愛爾蘭痲痹的原因。羅馬天主教與英國殖民政治，彷彿兩把刀，掐著愛爾蘭，深深影響愛爾蘭人的生活。在《一位年輕藝術家的畫像》裡，史蒂芬對他的同伴戴文說：「在這個國家，你一出生，就會有許多網子飛來套住你，不讓你飛行。你提到了國家、語言、宗教。我正想掙脫這些網子去飛行。」（*P* 203）這三重的牽絆，限制了愛爾蘭人的心靈正常發展。有關語言的牢網，喬伊斯有一段著名的說詞，他藉史蒂芬之口批評英語在愛爾蘭的霸權：「我們所說的語言，在屬於我之前原是他的。家、基督、啤酒、主人這些字眼在他嘴上跟在我嘴上有多不同！我每說到或寫到這些字眼，心神都會感到不安。他的語言，既熟悉又陌生，於我而言，永遠是一種學來的語言……我的靈魂在他語言的陰影中焦躁不安。」（*P* 189）愛爾蘭人被迫放棄自己的母語，改用外來的語言來表達自己。這種對英語的挫折感與不信任，促成他日後以語言革命當作《芬尼根守靈夜》的書寫題材。

有關宗教牢網的部分，喬伊斯對愛爾蘭天主教的批評，向來尖酸。他批評愛爾蘭教會干預政治，甚至於凌駕政治，是國家重建的障礙。伊格頓說，愛爾蘭的神職人員不只是人們精神上的導師而已：「他們是掮客與調停者、非法的律師與政治組織的發起人、社會工作者與經濟顧問、警察、學校行政人員、選舉經理人、業餘的醫生，與政權的仲裁者。」(Eagleton 78)神職人員介入愛爾蘭的政治被視爲理所當然。他們擔任選舉委員會委員或政黨候選人的提名委員，權力之大，足以左右選舉結果。據說，〈會議室裡的常春藤日〉所描述一九○二年的市議員選舉裡，共有九位神職人員擔任民族政黨的提名委員，他們支持特定的人士參選，其中更有三位直接表明反對某些社會主義路線人士參選，因爲這些人具有反基督傾向(Fairhall 97)。換言之，教會參與與主宰選舉。神職人員過於世俗化、政治化，把教堂當作議事堂。例如，史蒂芬父親的好友凱西(Casey)就批評人們上教堂去崇拜上帝並不是去聽神父的選舉演說。或史蒂芬的保母在聖誕節的晚餐上與史蒂芬的爸爸爭辯巴奈爾的功過，憤而大叫：「宗教第一！宗教高於政治！」(*P* 39)喬伊斯在政治立場一向是巴奈爾的忠實支持者，他的民族主義立場，主張愛爾蘭需要一位強而有力的領導者，因此縱使巴奈爾在個性及私德上或有瑕疵，但將他從愛爾蘭自治運動的領導地位拉下來，則無異宣告自治運動的死刑(Brunsdale 114)。

喬伊斯對宗教介入愛爾蘭政治過深，多所批判。在〈會議室裡的常春藤日〉裡，漢奇的選舉拉票策略就明白表示，不避諱宗教與政治掛勾。他在拉票時說：「我提到伯克神父(Father Burke)的名字，所以我看沒問題。」(*D* 123)暗示了宗教對選舉活動的介入已經被視爲理所當然。另凱恩神父(Father Keon)也是一個神職人員過於世俗化的例子。凱恩是所謂的「黑羊」(a black sheep)。也就是說，他是因觸犯了某些天主教規定而被解除神職工作的人。他像是「窮教士或是一個窮演員」（*D* 125），穿著一件黑色翻領的衣服，一臉黃蠟，神情畏縮地來到會議室找范寧（Mr. Fanning）。凱恩找范寧無關宗教，只因他與范寧有「生意上一點小事」需要商討（*D* 126）。漢奇說凱恩與范寧的關係非常密切，經常在愛爾蘭政客出入聚會的卡瓦納酒店出現。漢奇質疑說：「他到底是不是神父？」這句話總結喬伊斯對愛爾蘭神職人員的基本質疑，對他們的正當性及墮落做出尖銳的嘲諷。

吉朋斯說，喬伊斯寫作《都柏林人》的二十世紀初，百業蕭條，唯有瘋人院、酒館和教堂，一片欣欣向榮（Gibbons 150）。在後饑荒的年代，教會扮演著安撫人心，也同時是麻痹人心的角色。喬伊斯把信教比喻成抽鴉片，在《尤利西斯》裡，布魯姆說：「要拯救中國的千萬子民，不知道他們對不信天主教的那些中國佬是怎麼個講法。不如給一兩鴉片。」（*U* 5.326-27）又說：上教堂給人「產生一種家人團聚的感覺……問題是你得眞信……坐在那邊懺悔室附近的那個老頭兒睡著了。怪不得有打鼾的聲音。盲目的信仰。安睡在天國來到的懷抱中。緩解一切痛苦。明年這時再醒來吧！」（*U* 5.362-68）在〈泥土〉裡，瑪利亞參加清晨六點鐘的彌撒，但我們可以推論她以虔誠的心來壓抑自己的身體欲望。她攬鏡自照時，欣賞自己依然保持窈窕的身材，不免幻想待嫁姑娘的心情。但是長得像巫婆的瑪利亞嫁不出去，只有更加努力奉獻給教會。在萬聖節應景的摸彩活動中，她摸到《聖經》，更是暗示她只能終老於修道院。教會提供她一個安養的溫室，她卻沒有自覺自己的存在意義。

宗教的世俗化，帶來信仰危機。《都柏林人》裡的〈恩典〉就對此一現象，有著深刻的描寫。小說以恩典(grace)爲名，但這個英文字的意義分歧。它一方面可以表示上帝的寬恕與救贖，一方面也指金錢借貸的寬限還期。這篇小說，可視爲一則酒徒救贖的寓言故事。故事分三個場景進行：酒館、家和教堂。小說主角柯南在酒館受傷，在家養傷，再到教堂僻靜。小說的主題，與〈兩姊妹〉中的麻痺、諾門、西蒙尼三個概念，前後呼應，形成一個圓形的結構。小說開始，柯南在酒館的廁所跌倒受傷，斷了一截舌頭。但他有苦難言(可能是積欠金錢，被討債的人打傷)，只有吞忍這件不名譽的事(disgrace)。這斷舌的言外之意，當然指他是「諾門」，一個不完整，有缺陷的人。他有話不能說，酗酒外加欠錢不還，就像是《聖經》說的「沉淪的人」(the fall of the man)，正是需要被寬恕、救贖、被改造的對象。

柯南的朋友來家裡，密謀要帶他去參加僻靜大會。柯南太太是個實際的婦人：「宗教對她而言是一種生活習慣，而且她懷疑一個人到了她先生這樣的年紀，在死前還有多少巨大改變的可能性。……她對信仰並不顯得特別熱中……她的信心僅限於她的廚房之內。」(*D* 158)她不抱多少希望，但也不反對這些朋友姑且一試的好意，要讓原本是新教的柯南先生改信天主教。但這些朋友每個人都有金錢上的麻煩，都需要有人協助，給予金錢上的寬限。馬丁・康寧漢的妻子有酗酒毛病，還把家具拿去典當；馬克義先生經常假借太太到外地巡迴演唱之名，向朋友借皮箱，但從來不還；包爾先生在警局服務，他有著「謎樣的金錢往來關係」(*D* 154)；傅格迪先生開酒館，但是以次級的酒充場。酒館收了，改賣雜貨；柯南先生和傅格迪先生還有一些尚未結清的帳目。處事幹練的康寧漢誘勸柯南先生一起去懺悔，「把壺子洗刷一番」（*D* 163），以便重新做人。這些人故意沖淡宗教的意義，選擇以最世俗的語言勸柯南，說這是一場專爲生意人而辦的僻靜會：「他不會對我們太嚴苛的……那並不是眞正的講道。它採用一種比較通俗的方式進行，你知道的，就像是朋友之間的談話。」（*D* 164-65）

僻靜會充滿著物質主義的市儈氣，參加的人都是有財務問題的人，連神父也配合演出。進一步彰顯宗教、金錢和權力的相互掛勾。僻靜會場裡，除了同來的這幾人外，柯南還看到放高利貸的哈德福先生、搞選舉的范寧先生和一位新當選的議員坐在一起、《自由人報》的記者韓德瑞、當鋪老闆葛林斯、經商失敗的歐凱羅先生和鄧．賀根先生即將到市秘書處任職的姪兒。柯南頓時覺得心情放鬆不少。

主持大會的波登神父誤引《聖經》，曲解教義，取悅這一票商人政客等信眾。波登神父的名字，正好是都柏林紅燈區的一條街道，神父朝著講壇上的一盞紅燈跪下來禱告。喬伊斯在這兒的嘲弄意味，不言而喻。神父以精神交換物質，猶如妓女的靈肉交易，更是強烈的諷刺。波登神父「蹣跚地走上講台……頂著一張紅通通的臉孔」（*D* 173），顯然喝了不少酒。他說：「他只是以商人的方式，來爲商人布道。打個比方，他就是他們精神上的會計。他希望在座的每一位信眾，都能開一個存簿帳戶，一個精神生活的存簿，並看看這些存簿是否與自己的良心，收支平衡。」

(*D* 174)這種精神存簿的比喻，猶如量化自己的信仰，完全是物質主義的思維。如果對帳不符，來日補正即可。這樣的懺悔，太容易、太虛偽、太矯情。喬伊斯在《尤利西斯》中說，懺悔只是「薄薄的一層皮」，充其量只有「豔麗的顏色」而已(*U*5.431-32)。這種上帝的寬限，未免太輕率、太膚淺，只是無意義的言唇口舌，缺少良知的醒悟。

柯南會不會成功改信天主教？會不會變成一個全新的人？喬伊斯沒有言明，因爲小說在僻靜會開始就結束了。這種安排當然也是間接告知讀者，答案就在問題裡。愛爾蘭宗教的世俗化，物質權力的考量取代性靈的感召，教義的感化被空洞的口語修辭取代。人民其實是麻痹的，沒有眞正的信仰。

除了宗教的墮落外，喬伊斯也從殖民政治的角度切入，探討愛爾蘭的麻痹問題。史蒂芬企圖要衝破的第三重牢網是有關國家機器方面的霸權宰制。喬伊斯以「心懷感激的被壓迫者」爲譬喻，舉〈賽車之後〉和〈會議室裡的常春藤日〉爲例，來演繹這種政治上麻痹的情結。〈賽車之後〉一開始，愛爾蘭群眾圍聚在一起，觀看那些車子「挾著歐洲大陸的財富與科技」，長驅直入，通過兩邊「貧窮且站立不動」的觀眾，駛進都柏林的心臟地帶，觀眾則不斷發出「心懷感激的被壓迫者」的歡呼(*D* 42)。這個簡短的開場揭示了這個短篇小說中幾項重要的主題：第一，位於歐洲大陸文明邊緣的愛爾蘭，面對代表大陸中心的資本主義及科技文明入侵時，所表現出來的落後自卑，摻雜著羨慕景仰的複雜情緒。賽車的速度與旁觀者的靜止形成強烈的對比，一動與一靜之間，愛爾蘭的被殖民窘境立刻浮現。第二，小說原名是“After the Race”，而“race”在英文裡有兩個最基本的意義：一是「競賽」，一是「種族／國族」。換言之，這場比賽不只是汽車的競賽，也是國家之間的競爭。第三，愛爾蘭在英國八百年的殖民霸權軟硬兼施的統治下，人民因長期模仿／內化宗主國的思想、價值、文化、生活習俗，早已將自己的文化自卑感，轉爲對宗主國強勢文化的崇拜、敬仰，甚至於感激。這種扭曲的殖民認同深植人心，成爲理所當然的「共識」。而這種殖民「共識」正是造成愛爾蘭人「痲痹」的根源。葛蘭西(Antonio Gramsci)的理論指出，霸權的建構是雙向的：它是殖民者由上而下的宰制壓迫，及被殖民者由下而上的主動迎合，這兩種力量交互作用的結果。在痲痹建構的過程裡，我們常可看見殖民地本土的知識分子、中產階級或社會菁英，背叛民族大義，只企求在殖民統治的迎拒之間，謀取一己私利。這些人扮演著「心懷感激的被壓迫者」的殖民痲痹，正是喬伊斯後殖民批判的對象。

在〈賽車之後〉中，吉米及其父親的表現，正是愛爾蘭「痲痹」的典型例子。吉米的父親原是「一位激進的民族主義者，但不久就修正了他的看法」。他開肉鋪賣肉起家，累積了驚人的財富，而獲封爲「商界王子」(*D* 43)。吉米的父親透過賄賂的手段，取得警局合同，成爲英國皇家軍隊及監獄伙食的獨家供應商。但很諷刺的是，他供養的是鎮壓愛爾蘭民族主義運動的英國軍隊，及迫害愛爾蘭革命英雄的監獄警察。爲了金錢利益，他不但背棄愛爾蘭民族意識，而且還變相間接迫害愛爾蘭的民族主義運動，成爲殖民統治階級的共犯打手。

吉米雖是道地的愛爾蘭人，但在其父安排下，接受英國的教育。也就是，吉米從小就接受「英國化」，因此除了身上流的是愛爾蘭血液外，吉米早已被「教育」成「假英國佬」，他認定英國政權的正當性為天經地義的自然現象，早已內化了英國殖民者的價值觀，「學」會了做一個愛爾蘭人的自卑，及夢想變成一個英國人的驕傲。這種英國人高高在上，愛爾蘭人卑屈在下的階級差異，扭曲了殖民地人民心理的自然發展。

小說中，座位的安排也透露了一些空間政治的訊息。在車子裡，謝冠英和黎維月大剌剌地坐在車子前座，謝冠英握著方向盤，控制一切。窮小子魏隆納和愛爾蘭凱子道依爾，有姓無名，像是「半個」人，擠縮在後座，接受謝冠英的領導和指揮。喬伊斯對吉米在車上的描寫，非常傳神地表達出被殖民者對殖民者的卑屈奉承，但卻被排擠、「邊緣化」的現實：

> 兩個法國人不時轉過頭來把他們的笑語拋了過來，吉米必須向前屈身才能捕捉到一些瞬間即逝的隻字片語。這並不好受，因為大多數的時候，他只能盲目瞎猜他們的意思，然後再迎著強風，向他們喊叫一句恰當的回話。(*D* 44)

吉米自以為已打進帝國的圈子，成為他們的朋友。事實上，我們只看到一位彎腰哈背、坐在後面、戒慎恐懼、熱切迎合英國的愛爾蘭形象。吉米以殖民者為師，並在自己心中建立一套傅科

(Michel Foucault)所謂的「自我檢查」(self-policing)機制，主動去迎合統治者，扮演好溫馴的被殖民者。

〈賽車之後〉的高潮，發生在吉米與這群歐洲朋友在豪華艇上的一場牌局。「英國化」的吉米「積極認同」代表殖民強權的這群朋友。他死心蹋地扮演自己「假英國佬」的角色，努力融入他們之中。他們飲酒高歌，跳舞狂歡。在豪華遊艇上，吉米周旋於歐洲大國的朋友間，沉醉不已，自言自語道：「這總算是開了眼界。」(*D* 47)吉米負擔這群朋友的吃喝玩樂，但是他的「愛爾蘭式好客」卻凸顯出「殖民虛榮」的荒謬：愛爾蘭人吉米出錢請客還得看人臉色，而這群大陸人占了便宜還賣乖。牌局開始，吉米隱約警覺到眾人對他圖謀不軌的意圖，但是想到自己能加入國際社群爲大夥所「接受」，這是「多麼令人興奮啊！」當然在這興奮之中，吉米也成了最大的輸家。黑夜裡的「新港美人號」遊艇內，歡聲雷動，吉米獨落寞：「他知道明早自己一定會後悔，但是他現在卻很高興，因爲至少可以休息了；他很欣慰，因爲暗夜的昏沉恍惚可以暫時掩飾住他的愚蠢。他把手肘撐在桌上，把頭放在兩手之間，計算著太陽穴上脈搏跳動的次數。」(*D* 48)

吉米在醇酒的醺醺然中，在新港「美人」的懷抱中，盡心盡力扮演著被殖民者的角色，去迎合、感激殖民者對他的霸權宰割。在這象徵溫柔鄉的遊艇中，失去理智、失去錢財、失去民族尊嚴。吉米知道，明天起他必須面對負債的殘酷事實，但是他會有足夠的時間去後悔。此時此刻，他只希望這種暗啞的麻痹狀態，能永遠持續下去，永不清醒。小說以「天亮了！」結束。喬伊斯以這句警語作爲暮鼓晨鐘，希望能敲醒麻痹中的愛爾蘭人民，起來加入去殖民化的民族運動。

〈賽車之後〉以比較隱喻的方式，來探討愛爾蘭的殖民麻痹，但〈會議室裡的常春藤日〉則直接處理愛爾蘭的選舉政治。〈會議室裡的常春藤日〉的英文原名是“Ivy Day in the Committee Room”。所謂「常春藤日」(Ivy Day)係指每年十月六日這天，愛爾蘭自治運動領導者巴奈爾的逝世周年紀念日。他的追隨者會在每年的這一天，在自己的衣領別上一片常春藤樹葉，以紀念這一位偉大的愛爾蘭領袖。這裡的會議室隱射英國倫敦國會的第十五個會議室。一八九〇年，巴奈爾因緋聞案遭政敵、天主教徒及追隨者圍剿，就在這個會議室，愛爾蘭議會代表以四十四票對二十二票，否決了巴奈爾繼續擔任愛爾蘭自治黨(the Irish Home Rule Party)的領導者。在總共八十三席的代表中，只有八位仍然效忠巴奈爾的領導。隔年，巴奈爾鬱悶憂傷辭世。從此以後，愛爾蘭的自治運動便一蹶不起(*CW* 227)。喬伊斯的〈會議室裡的常春藤日〉其實就是戲仿這個事件及其影響所發展出來的一個短篇。它的故事非常簡單：一九一二年十月六日，也就是巴奈爾逝世十一年的祭日，愛爾蘭首都都柏林市正在舉行市議員的選舉，一群曾經追隨巴奈爾的民族主義分子，聚在選舉會議室內，躲避十月的寒風冰雪。他們一面喝酒，一面評論巴奈爾生前死後的政治時局變化；他們一面等待候選人送來助選的工錢，也一面爲其支持的候選人的政見與立場辯護。故事在微火中開始，逐步開展，也在對火浴鳳凰的期待裡結束。

〈會議室裡的常春藤日〉的場景只有一個，那就是競選辦事處的會議室。但小說人物多且雜：代表右派保守的柯洛夫頓(Crofton)、立場中間偏右的李昂斯(Bantom Lyons)、採取中間立場的漢奇(John Henchy)、中間偏左的歐康諾(Mat O'Connor)，和激進偏左的海恩斯(Joe Hynes)等人。還有代表從屬階級的會議室工友老傑克(Old Jack)、代表教會人士的凱恩神父(Father Keon)，及送啤酒的酒保無名小弟等多人。除老傑克外，這些人不斷進出會議室，發表意見。故事沒有明顯劇情演變，有的只是不斷地抽煙與飲酒，而談話的內容主要是市議員選舉及這個選舉所引發的一些相關議題。這場選舉由中產階級代表狄爾尼(Richard Tierney)，與代表勞工階級的柯爾根兩人競爭。在競選辦事處躲避風雨的這些人，除了漢尼斯之外，都是爲狄爾尼助選的拉票員。這些狄爾尼的拉票員有一共同特點：他們都是爲了一些跑路工錢及免費啤酒而來爲狄爾尼工作，並不是爲了政治理念而付出心力。

例如，柯洛夫頓是所謂的人在愛爾蘭心在英國的「假英國佬」。他的右派立場鮮明，但爲了選舉走路工錢和酒，也可支持立場不盡相同的候選人。但骨子裡，仍是認同英國領導的「奧倫治人」(Orangeman)：他聽完漢尼斯哀悼巴奈爾的詩作，稱讚其藝術性，但淡化其政治性，反映了統派保守意志的一貫立場。

李昂斯則是另一種典型。他曾追隨巴奈爾，但因巴奈爾發生婚外情，冒犯天主教教會，乃加入批判巴奈爾的行列。但是反諷的是，李昂斯雖然反對巴奈爾的婚外情，但是卻包容英國愛德華七世也有婚外情的事實。他嚴苛要求自己的族人，但卻輕易原諒殖民者。

歐康諾也曾是巴奈爾的忠貞支持者。他在這個特別的日子，在衣襟上別著一枚常春藤葉子，追念巴奈爾。但熱情不再，如今與現實妥協，爲酒與錢，替狄爾尼選舉陣營跑腿。但缺乏熱情的態度，可由他以狄爾尼的政見宣傳單引火，點燃香煙，看出端倪。這張被燃燒的傳單，意味著狄爾尼的政見只能當點煙的火種，火光過後，即煙灰飛盡。換言之，狄爾尼出馬競選當然不是爲受苦大眾伸張正義，謀取眾人福利。相反地，他主張減稅的背後理由是，他自己擁有大批不動產，減稅自己才是最大的受益者。而歐康諾華髮早生，正好反映出他的民族主義熱情，也如煙火燒盡，愛爾蘭民族自治的理想，早已向現實的金錢低頭了。

海恩斯則一如往昔，表現了他對巴奈爾的忠貞，儘管巴奈爾已經逝世多年。海恩斯是唯一替勞工階級候選人拉票的。他寫過詩文，悼念巴奈爾。他在會議室裡朗誦詩作，眾皆動容。這首詩充斥感傷、濫情的詞藻，但卻也相當忠實地表露出海恩斯等民族主義人士對巴奈爾之追念不捨，對背叛巴奈爾者的不齒及對巴奈爾精神再生的高度期望。

〈會議室裡的常春藤日〉這個短篇是愛爾蘭背叛者的大集合。這一群助選員（海恩斯除外）昧著良知，只考慮個人利益，將民族大義拋到九霄雲外。喬伊斯對背叛者最露骨的刻畫當屬漢奇這個角色。漢奇扮演了一個類似劇本中的司儀，負責串場及引導事件之演出。漢奇的中間立場，正好說明了他是個沒有原則、東方吹西面倒的投機型政客。當面臨民族大義與個人利益的選擇時，他自然會把利字擺中間。他大肆批判會議室中的其他人不如自己愛國，他主張歡迎英王愛德華七世來都柏林視察。漢奇認爲英王來訪，一方面具有君臨天下的正當性，另一方面也會帶來財富與經濟機會，符合愛爾蘭人的利益。但是漢奇在面對殖民這個歷史議題上卻倒因爲果，認爲愛爾蘭荒蕪的工業需要英國的資本挹注。卻忘了英國殖民才是造成愛爾蘭落後的原因，反而感激英國國王的造訪可爲愛爾蘭帶來財富。被扭曲的殖民心理，沒有憎恨，反而甘心扮演「心懷感激的被壓迫者」的角色。從武裝征服、經濟操控到文化洗腦，愛爾蘭人正走向英國化而不自知。海恩斯說，要是巴奈爾活著的話，絕不會有對英王愛德華七世發表歡迎詞這件事，漢奇則斬釘截鐵地說：「巴奈爾已經死了。」並且對室內象徵巴奈爾精神的那一盆火，「使勁抽了一下鼻涕，然後重重地吐一口痰」，以表示他對民族自治運動之不屑(*D* 124)。

這篇小說以愛爾蘭的市議員選舉爲題，藉由不同政治立場拉票員之間的矛盾與對立，彰顯後巴奈爾時期的愛爾蘭政治情況。每個人都在挪用巴奈爾這個愛爾蘭人逝去的希望，利用這個共同的歷史記憶來滿足自己的利益。對漢奇而言，巴奈爾是無用、早該拋棄的包袱；對狄爾尼而言，巴奈爾具有吸收本土票源的圖騰效果；對海恩斯而言，巴奈爾則是戀舊、自慰，與希望的綜合體。小說中的會議室裡，我們看到民族主義運動的熱情在酒與錢的雙重欲望下消散；我們看到一群虛僞的投機分子以散播謠言或搬弄是非爲能事；我們看到一群現實的政客，迫不及待地要背叛自己的國家。巴奈爾在國會第十五會議室裡，遭到追隨者無情的攻擊詆毀，而讀者也在喬伊斯的小說裡，聞到一股濃烈道德敗壞的腐臭味，縈繞在整個會議室裡。

四、大雪的啓示

一八九一年，巴奈爾因婚外情垮台，他所領導的議會路線民族主義運動也隨之瓦解。一九〇二年，葉慈成立了「愛爾蘭民族劇場」(Irish National Theater)，吸收優秀的愛爾蘭作家、文人、記者等加入推動文化民族主義的行列。兩年後，設立「艾比劇場」(Abbey Theater)，演出有關愛爾蘭的愛國劇。從此以後，愛爾蘭文藝復興運動取代巴奈爾的議會路線，逐漸成爲愛爾蘭最重要、影響最深遠的民族運動。這股新的文化風潮，在葉慈的領導下，扮演了這個時期愛爾蘭歷史「政治正確」的主流意識。愛爾蘭各界知識分子和文人紛紛加入這個大潮流，鮮少人甘犯大不韙，對這個運動潛在的盲點提出批判。唯獨喬伊斯是個例外，在大家一窩蜂地回歸歷史鄉土文化的狂潮裡，他選擇流亡出走，以現代、都會、中產階級生活爲創作題材。他不隨之起舞，千山萬水我獨行，他選擇扮烏鴉，批判針砭這個主流意識之下，愛爾蘭國族認同與文化形塑的問題。

喬伊斯與文藝復興相關的運動維持一個批判的距離。他拒絕加入葉慈的陣營，因爲他反對偏狹與歇斯底里的民族主義；他對文藝復興的浪漫懷舊、英雄崇拜情結、美化農民的生活、神話傳說的刻意發明，也不能認同。他批評文藝復興所形塑的通俗歷史觀，主宰愛爾蘭民眾的愛國情緒，而這種訴諸感性的愛國意識所形成的新霸權，缺少「知性」批判意識存在的空間，反而重複了民族主義所欲對抗的殖民暴力，變相壓迫多元、現代、民主、包容、寬容思想存在的可能性。同時以英裔愛爾蘭人（Anglo-Irish）爲主的文藝復興運動，難於擺脫其菁英、宗教、階級、族裔的偏見色彩，不免與占愛爾蘭人口絕對多數的天主教徒產生疏離。最後他也觀察到激進文化民族主義所進行的暴力抗拒與殖民主義的霸權壓迫，會形成一個互相依賴、互相（再）生產的結構，使得民族主義淪爲殖民主義共犯而不自知。換言之，愛爾蘭人的主動迎合統治者，將進一步穩固殖民政權之運作。喬伊斯認爲愛爾蘭的民族主義運動如果不能認清此一事實，那麼歷史將成爲「一場你永遠醒不過來的噩夢」（*U*7.678），愛爾蘭人也將陷入一種無底深淵的殖民「麻痹」狀態。

喬伊斯在〈一抹微雲〉就對文藝復興運動的迷失，提出針砭。他批評愛爾蘭的文人，缺少眞正的理想與熱情。大家都在想辦法挪用「文藝復興」這個圖騰，謀求一己聲名。例如，小錢見到年少友伴高樂賀在歐洲大陸得意，就盤算：「也許高樂賀可以幫他在倫敦的報紙弄到一個發表（詩作）的機會」，但問題是「他不太清楚自己到底要表達什麼，但是一時的詩意觸動他的心弦。」（*D* 73）諷刺的是：小錢代表文藝復興運動者的浪漫、不切實際，憑感覺行事，無法理性思考。文藝復興運動的作家，寫作的目的在取悅英國讀者，他們揣摩英國人的口味，投其所好而寫作，缺少眞性情的投入。小錢就盤算著：「如果他能用詩來表達這種感受……也許，英國的評論家會因他詩中憂鬱的調性，而認定他是塞爾提克（Celtic）學派的詩人。」（*D* 74）小錢一廂情願，幻想著英國的書評家將大力讚賞他詩中濃濃的愁緒。他甚至於希望改改自己的名字，讓自己的名字聽起來更愛爾蘭。這段文字的弦外之音，再清楚不過了。文藝復興變了調，淪爲文人扮演「心懷感激的被壓迫者」的媒介。最可笑的是，小錢一路編織美夢，竟然錯過了酒館。這當然是暗指：參與文藝復興運動的文人，做白日夢，根本忘了自己原來的目的。喬伊斯對這種變態的現象，極端鄙視，筆下自然尖酸刻薄。

文藝復興運動強化了許多愛爾蘭人對本土文化的認同，但還有更多人在挪用文藝復興來圖謀私人利益。在〈母親〉這個短篇中，喬伊斯就對愛爾蘭文化活動的眞相，做了近距離的觀察，並指出其流於形式的虛僞，及與普羅大眾生活脫節的謬誤，已經成爲愛爾蘭文化痲痹的另一種表徵。例如，手腕靈活的齊爾尼太太，就搭文藝復興的順風車，安排女兒學蓋爾語，在社交場合與民族主義人士親近，營造女兒是文藝復興運動寵兒的形象。這樣的刻意安排，不見得在於認同民族主義運動的精神，其更關心的是，如何利用這股風起雲湧的勢頭，來彰顯自己的價值。

音樂演唱會經常被拿來當作推動文藝復興的活動之一。齊爾尼太太當然也不放過這樣的機會，推銷自己的女兒。她與民族主義人士簽訂合約，推薦女兒在音樂會擔綱演出。但整個音樂會策劃不良，時間安排不當，節目欠佳，觀眾水準不高。基本上來說，懷舊的老歌，無法引起普遍年輕人的興趣，充其量，只能慰藉老人。整個活動的設計是懷舊的、本土的、濫情的，因不具時代性，難引起普遍的共鳴。更諷刺的是，這個愛國的音樂會，還邀請英國過氣的格林夫人來參加，但她的表演並不稱職：「這種矯揉做作的唱腔和發音，早已過時，但她卻以爲這樣可以爲演唱增添幾分優雅氣質。她看起來好像剛從古劇場的衣櫃裡走出來的殭屍。坐在比較廉價票區的觀眾，對她那尖聲的哭調，發出陣陣嘲笑聲。」(*D* 147)

除了演員欠佳外，來採訪的記者，也不把音樂會的文藝復興功能，當作一回事。《自由人報》的記者無心採訪，只會利用報紙的影響力，來對漂亮的小姐調情說笑：「他久經世故，當然猜得到爲什麼她對他這麼親切客氣……她身體所散發出來的體溫、香氣和色澤，挑逗著他的感官……他一直待到不能再停留時，才不捨地向她告別。」(*D* 145)

但最令齊爾尼太太難堪的是，被自己的女兒及女兒的密友希利小姐背叛。愛爾蘭的歷史，充滿了背叛者，喬伊斯在此再加一筆。齊爾尼太太的女兒和希利小姐，在她與主辦單位談判時，竟然主動上台表演。使得齊爾尼太太的爭辯立場，完全失去著力點，只能忿忿地屈服。

齊爾尼太太以一人之力，對抗一群代表文藝復興運動的男人。這些男人既無能又無心，活動當然達不到預期的效果。但這個女人有能力也用心，但只爲她女兒一人的前途算計。不論男人或女人，在參與這個運動時，都只想利用運動來達到自己的目的。齊爾尼太太受到委員會所有男士的圍剿，據理力爭無效，但見男性的集體暴力，欺壓自己的女性同胞。喬伊斯以一把傘的隱喻，來結束這個故事：歐馬登．伯克先生向來拿傘來「平衡他龐大的身軀……平衡他那敏感的財務問題。」(*D* 149)他斜靠著傘，加入批判齊爾尼太太不夠「女士」的行列。傘的形狀是男性的象徵，伯克先生依靠男性父權的保護度日。一把傘，張開來飽滿，但內在虛空，收起來只有支架。虛張聲勢，外強中乾，男人如此，愛爾蘭的文藝復興運動也是如此。

葉慈和喬伊斯對愛爾蘭文藝復興運動的態度，迥然不同。葉慈走本土路線，喬伊斯選擇國際路線。因此在〈母親〉、〈一抹微雲〉和其他的短篇中，喬伊斯對葉慈的文化民族主義，多所嘲諷。一九〇七年，喬伊斯在十四個短篇外，再補上〈死者〉一篇，成爲完整的《都柏林人》。喬伊斯在寫完前十四篇小說時，反思自己以道德重整角度出發所做的愛爾蘭社會文化解剖，「過於嚴厲」，忽略了都柏林城市裡美好的一面，例如「純眞」的民族性，及「好客」的傳統美德（*L* 231）。所以在〈死者〉裡，調整角度，重新出發。

〈死者〉這篇小說是喬伊斯寫作生涯的一個轉捩點。他從寫實主義出發，一路演變發展到實驗性格濃厚的現代主義。尤其是小說後半段的旅店情慾一節，精采的內心獨白，成爲喬伊斯意識流表現手法的濫觴。〈死者〉由兩段故事構成：前者描述聖誕夜的家庭聚會，後者描述旅店裡的情慾。這兩段情節的發展，都與愛爾蘭的文化民族主義有關。晚會多少呼應喬伊斯對愛爾蘭好客傳統的描述，但晚會的一場民族理念衝突，才是高潮。代表激進民族主義的艾佛斯小姐質問賈柏瑞爲什麼投稿到立場傾英國的《每日快訊》，並譏諷他是個「假英國佬」。艾佛斯小姐邀他暑假到愛爾蘭西部高爾威外海的愛爾蘭小島（Aran Isles），去親炙純正不受英國污染的愛爾蘭文化。出身高爾威的葛瑞塔，央求先生賈柏瑞造訪她在愛爾蘭西部的故鄉。賈柏瑞以不屑的口氣回應：他只去歐洲大陸的法國、比利時、德國。一來可離開愛爾蘭，換換環境，二來可以學習外國的語言。

艾佛斯小姐怒斥其無自己的國土、語言與人民可以親近嗎？被激怒的賈柏瑞反唇回道：「我早就厭透了我的國家，厭透了！」(*D* 189)這一段對話，彰顯了文化民族主義運動裡，國際與本土兩種路線之爭。賈柏瑞的國際路線在艾佛斯小姐眼中，是個數典忘祖，一心擁抱歐洲殖民大國，甘爲帝國臣民的民族叛徒。而艾佛斯小姐在賈柏瑞眼中，則是死抱褊狹的鄉土主義心態，以排外懼外來追求民族的純正性。這兩種衝突的力量，撕裂了愛爾蘭人的國族認同。

喬伊斯在離開都柏林之後，在海外構思書寫〈死者〉這個短篇。因爲隔著一個距離，所以反而能夠比較客觀冷靜來看愛爾蘭問題。喬伊斯流亡在的里雅斯特時，曾發表 "Ireland, Isle of Saints and Sages" 一文，將愛爾蘭民族比喻爲一匹布，「以各種不同的材料編織而成，包含有日耳曼人的攻擊性格、羅馬律法、中產階級傳統及古敘利亞宗教」(*CW* 165-66)。並認定愛爾蘭是個多元民族、跨文化的國家，因爲從七世紀以來，即陸續有不同的民族，以不同的理由，或移民或侵犯或殖民，先後在愛爾蘭落腳。丹麥人、西班牙人、諾曼人、盎格魯撒克遜移民等早已在愛爾蘭本土化／同化成今天的「愛爾蘭人」。換言之，純粹的愛爾蘭本身就是一個神話，因爲它的文化總已經是混雜的。因此不論是本土路線或國際主張，其實都是一體兩面，同是愛爾蘭國家的共同想像。本土路線不需要排外，國際路線也必須由本土出發。以此觀之，賈柏瑞和艾佛斯小姐之間的針鋒相對，其實也彰顯了雙方立場的盲點。艾佛斯小姐要到愛蘭島去旅遊、去親炙純正的愛爾蘭文化，本身就是一個虛幻的念頭。到鄉野去旅遊，並不是眞正的回歸部落鄉土，充其量只是懷舊，不是積極的介入。這種帶著優越感或奇異感對本土文化的凝視，流於表面，只是殖民抗拒與「去英國化」的表態。把本土文化加以觀光化，只能滿足文藝復興運動的凝視，並不是站在當地人民的角度思考問題。另一方面，賈柏瑞鄙視本土文化語言，也是一種「假英國佬」的殖民心理。喬伊斯曾對愛爾蘭年輕作家亞瑟・包爾(Arthur Power)說：「你是一位愛爾蘭人，你必須根據愛爾蘭的傳統來寫作，你必須寫你血液中的東西，而不是你腦中的……一個大作家，首先必須是一個民族的作家，然而由於他們強烈的民族感情，終將使他們成爲國際作家。」作爲一位國際作家，仍然必須從本國的土地文化裡，取得寫作的養分。國際與本土，本質上，是互補的、共構的。因此，喬伊斯宣稱：「對我而言，我只寫都柏林，但只要我能寫進都柏林的心靈，我便能寫進世界任何一個城市的心臟。普遍性蘊含於獨特的事物之中。」(Ellmann 505)

小說中的一個轉折點是，葛瑞塔想要回去造訪愛爾蘭西部。愛爾蘭西部有很多層次的文化意涵：西部，那是最少受到英國文化污染的地方；那是馬鈴薯大饑荒受害最嚴重的地方；那是葛瑞塔生長與戀愛的地方。以高爾威作爲本土化象徵的愛爾蘭西部，對葛瑞塔而言是一個回不去的失落原鄉；對擁抱民族大義的艾佛斯小姐而言是一個代表正統文化源頭的聖地；對相信現代都會主義的賈柏瑞而言是一個他不想要去、也不可能了解的異地。艾佛斯小姐向西看，無法自拔於民族主義鄉愁的懷舊眷戀；而賈柏瑞向東看，不能忘情於國際都會的現代與開放。前者自困於狹隘的自戀，而後者流於失根的漂泊，皆無法滿足愛爾蘭民族的多元想像建構。

小說趨近結束時，葛瑞塔聽到〈來自奧克林的少女〉("The Lass of Aughrim")這首高爾威的地方民謠，想起因自己而死的初戀情人費瑞(Michael Furey)，不禁潸然淚下。Aughrim這個地名，承載著愛爾蘭人對抗英國殖民戰爭的慘敗記憶。Aughrim也記載著愛爾蘭少女受到英國伯爵始亂終棄的悲劇。這首歌謠巧妙連接個人感情與民族大義，使賈柏瑞的思緒，從對葛瑞塔的身體慾求，轉爲嫉妒、懊惱、進而羞愧、終致悟道等，起了一連串的變化。

在聖誕夜的聚會裡，首先賈柏瑞的輕佻言語，遭到莉莉頂撞；接著他的國際主義思維也飽受艾佛斯小姐的批判；甚至於，他對葛瑞塔的欲望，也因費瑞而受挫。尤其是費瑞的出現，叫賈柏瑞嫉火中燒。他起先帶著知識的傲慢，鄙視費瑞只是個煤氣工人，但他發現與自己生活大半輩子的枕邊人，竟然在內心深處還藏著一份對煤氣工人的愛戀。他活著的一個人，竟然比不上那死去多時的亡者。悵然，彷彿自己只是一個活死人。失落，淚水盈眶，他體會到何謂眞愛。死去的費瑞，成了永恆的愛人，而活著的賈柏瑞，倒像個行屍走肉，麻痺的過著活而已。就像祖父的馬兒強尼，沒有自我意識，只是習慣地順著磨坊兜圈子。甚至於，看到比利王的雕像，就不自覺地轉了起來。

賈柏瑞但覺懊惱，一整個晚上，「他看到自己滑稽的樣子：扮演阿姨們餐會上無聊的招待；扮演一個神經兮兮、求好心切的濫情主義者；對著一群庸俗無知的人高談闊論；將自己小丑般可笑的欲望理想化；他不就是鏡中那位又可憐又愚蠢的傢伙。」(*D* 219-20)尤其是想到自己作爲葛瑞塔的丈夫，卻在她的生命中，扮演著這樣次要的角色，頓覺羞愧。

小說結束時，賈柏瑞望著窗外的皚皚白雪覆蓋大地，若有所思／失，乃喃喃自語道該是自己「啓程西行的時候了。」(*D* 223)報紙報導說，天將降雪，大雪將覆蓋整個愛爾蘭國家。賈柏瑞歷經一晚的心境轉折，在大雪紛飛的子夜，思索人生的永恆與短暫、虛妄與眞實、國家與個人，靈光乍現，若有所悟。報紙的報導與國家的想像，關係密切。安德森(Benedict Anderson)在《想像的社群》(*Imagined Communities*)一書中說，十八世紀末，歐洲資本主義及印刷工業興起，透過資本流通與報紙傳播，人們在日常生活中，與素未謀面的他人，同時進行「社群想像」的活動，萌生現代國家的觀念。諾蘭(Emer Nolan)呼應安德森說法，把大雪覆蓋大地象徵所有界線的消弭。大家在報紙的報導中，共同想像愛爾蘭國家爲一生命共同體。但是瓦藍德(Joseph Valente)不認同此種說法，因爲愛爾蘭的報紙，國家認同立場分歧，無法建構共同的想像。反倒是天氣是大家共同的感受。天氣，例如下雪，跨越地理疆界國界，反而是最國際性的現象("Joyce's Politics" 94-95)。

小說的最後一段，喬伊斯用七個「落下」(falling)描寫大雪紛飛，鋪滿大地的景象。大雪落在愛爾蘭中部的泥炭黑色大地，落在香儂河流經的河域，落在西部費瑞的墳上，「厚厚的飄雪堆積在歪歪斜斜的十字架和墓碑上，也落在墓園小門的欄杆尖上和光禿的荊棘之上。」(*D* 223-24)瓦藍德說這段以宗教收尾的安排點出：宗教的普世精神，跨越種族國界，是人性共同的依賴與救贖。大雪包容了所有的差異，不論是面向東方代表知性的國際路線民族主義，或朝向愛爾蘭西部代表感性的本土民族主義，不論是天主教或新教，不論是生者或死者，都將在大雪底下合而爲一。喬伊斯這個結局，統合了愛爾蘭國內不同的文化陣線，以一個普世人性的觀點，來超越差異對立。雪萊說：「冬天來了，春天還會遠嗎？」喬伊斯在〈死者〉裡，跳脫這個本土與國際二元對立的傳統爭辯，寄望愛爾蘭的書寫必須放眼未來，這當然也預告了他在《一位年輕藝術家的畫像》裡所宣稱的：他書寫的目的是要「去創造一個愛爾蘭人尚未被創造出來的良知」（*P* 253）。

綜觀《都柏林人》的寫作，我們可以把它看作是一部愛爾蘭的文化病理史。喬伊斯採迂迴嘲諷的策略，針砭愛爾蘭痲痺問題。從童年的啓蒙經驗，到成人社會的價値扭曲，到宗教與殖民政權的雙重宰制，到最後的死亡悟道，喬伊斯以史家之筆，書寫愛爾蘭人的道德史。他期望他高舉的《都柏林人》這面鏡子，可以讓愛爾蘭人照見自己眞正的面貌，以爲愛爾蘭的精神解放，跨出自覺自省的第一步。

喬伊斯著作縮寫簡表

Dubliners(*D*)	《都柏林人》
Stephen Hero(*SH*)	《史蒂芬英雄》
A Portrait of the Artist as a Young Man(*P*)	《一位年輕藝術家的畫像》
Ulysses(*U*)	《尤利西斯》
Finnegans Wake(*FW*)	《芬尼根守靈夜》
The Critical Writings of James Joyce(*CW*)	《喬伊斯評論文集》
Letters of James Joyce. Vol.I.(*LI*)	《喬伊斯書信集一》
Letters of James Joyce. Vols. II and III.(*LII,LIII*)	《喬伊斯書信集二、三》
Selected Letters(*SL*)	《喬伊斯書信選集》

Dubliners
都柏林人
A Mother
After the Race
Counterparts
Eveline
An Encounter
Grace
The Sisters

兩姊妹

這一次他沒救了：第三次中風。連著幾個夜晚，我走過他的房子（時值放假），去查看那扇有亮光的方形窗戶：連著幾個晚上，我注意到它依舊透著微薄的光線。如果他死了，我想，那我就可以看見陰暗的百葉窗上隨燭光搖曳的影子，因為我知道人死了後要在頭的兩側擺兩只蠟燭。他經常告訴我：**我活不了多久了**。我總認為他不是認真的。現在我才知道這些話都是真的。每天晚上，當我盯著窗戶看的時候，我都會喃喃自語地說：「麻痺。」①在我的耳裡，這個字聽起來是那麼地陌生，就像歐基里德幾何原理中的「諾門」②和教義問答手冊中的「西蒙尼」

① 麻痹（paralysis）是整個《都柏林人》的主題，喬伊斯開宗明義在小說的第一段話即把它點出來。喬伊斯在一九〇四年談他創作這本小說集說，他的目的是要「揭露那個城市麻痹的心靈」。

② 在幾何學中諾門（gnomon）是指一個缺了一角的平行四邊形。一個受損的四邊形，指內在的不規則或一

一般①。但現在這個字聽起來就像是某個不祥與邪惡的東西。我內心充滿恐懼，但卻又渴望能進一步接近它，想仔細瞧瞧它如何將人折騰至死。

我下樓去吃晚飯時，老柯特正坐在爐火邊抽煙。就在我舅媽用湯瓢舀一碗燕麥粥給我的時候，他彷彿在接續先前的話：

——不，我不覺得他眞的……但是他看起來很奇怪……有點令人費解。我認爲他……。

他一面抽起煙來，一面整理著自己的思緒。他眞是一位令人厭煩的老糊塗！我們剛認識他的時候，他還滿有趣的，喜歡談論純度較低的酒和蒸餾器的蛇管②；但我很快就對他和他那些沒完沒了的酒精故事感到厭倦了。

——我對這件事自有定見，他說。我想這是一件……非常特殊的例子……。但是這也很難說……。

（續）種精神上的缺憾。

①「西蒙尼」（Simony）是指買賣聖職以獲取個人利益的罪。《聖經》中撒馬利亞（Samaria）的巫師名叫西蒙（Simonmagus），他用錢買通上帝的使徒，來提升自己的聖職。西蒙尼的意義也不僅限於聖職買賣之罪，舉凡出賣身體的娼妓行爲、買賣或背叛友情、占窮人的便宜、濫用職權或虛僞待人，皆可包含在廣義的西蒙尼之下。喬伊斯相信殖民統治與天主教會的迷信是造成都柏林人肉體與精神麻痺的重要原因。

②Faints and worms都是釀酒的術語。Faints是指釀酒過程中的第一道和最後一道的蒸餾，是濃度較淡的酒。Worms不是蟲子，而是指蒸餾器的蛇管。喬伊斯的爸爸曾在都柏林酒廠工作。

他又開始抽起煙來，但也沒說出他的想法。我舅舅發現我瞪著眼睛發呆，就告訴我說：

——唉！你的老朋友走了，你聽到這個消息心裡一定很難過。

——誰？我問道。

——福林神父。

——他死了嗎？

——柯特先生剛剛告訴我們。他正好經過那幢房子。

我知道大家都在看我，所以我就繼續吃著東西，彷彿這件事引不起我的興趣。我舅舅向老柯特解釋：

——這個小伙子和他是好朋友。告訴你，那個老頭教了他許多東西；他們說他對這個小孩有很大的期望。

——願上帝寬恕他的靈魂，我舅媽眞誠地說道。

老柯特對著我看了好一會兒。我感覺到他那雙黑眼珠正在打量著我，但我不想迎合他，所以沒有把頭抬起來。他又抽起煙來，最後向著火爐用力地吐了一口痰。

——我不希望我的孩子，他說，會對像他那樣的人，有太多的話說。

——你覺得怎麼樣，柯特先生，我舅媽問道。

——我覺得，老柯特說，這對小孩子有不良的影響。

——我的想法是，小孩子就應該和同年紀的孩子一起奔跑玩樂，而不是……我說的對不對，傑克？

——那也是我的原則，舅舅說。他必須學會自己站起來。這也就是我常對「薔薇十字會員」①團員說的：多運動。爲什麼呢？因爲當我年少時，不論寒暑，每天早晨都洗冷水澡。這就是我今天身體還算硬朗的原因。教育的影響深遠……。柯特先生要不要嘗一口羊腿肉，他轉向舅媽說。

——謝了！謝了！不用了，老柯特說。

我舅媽從櫥櫃子裡把那盤羊腿肉拿出來放在桌上。

——但是，柯特先生，爲什麼你認爲這對小孩子不好？舅媽問道。

——這對小孩不好，老柯特說，因爲孩童的心智太容易受到外來的影響。當小孩子看到那樣的事物，你知道的，那會影響到……。

我把燕麥粥塞滿嘴巴，免得我因憤怒而口出惡言。他眞是一位討人厭的紅鼻子老白癡！

夜深之後，我才睡著。雖然我不滿柯特先生把我當成少不更事的小孩，但我依然絞盡腦汁想要弄清楚他那些沒說完的句子。在幽暗的房間裡，我彷彿見到中風病人那張陰鬱慘白的面孔。我把被子拉起來蓋過頭，試著去想像聖誕節的情景。但是那張慘白的臉孔卻緊跟著我。它喃喃囈

① 「薔薇十字會員」（The Rosicrucians）傳說中是指一四八四年由羅生克魯神父（Father Christian Rosenkreuz）所創立的秘密僧團組織。英國著名浪漫詩人雪萊（Shelley）寫過一本叫*The Rosicrucian*的小說。葉慈（W. B. Yeats）也熱中於此一神秘教派的研究。

語；我知道它想要懺悔，告訴我一些事情。帶著愉悅的罪惡，我的靈魂，瑟縮一角。它喃喃地向我告白，我想知道它爲什麼不斷對著我微笑，爲什麼它潮濕的嘴唇帶著唾沫。但是我想起來，他是因癱瘓而死的。我覺得我自己也淡淡地對著它微笑，彷彿是要去赦免他買賣聖職的罪行。

第二天早餐過後，我走到大不列顚街上去看那間小房子。它是一間不起眼的小店，只以一個籠統的「布料行」當作店名。布料行賣的大部分是兒童穿的鞋子及雨傘。平常，窗戶上常掛著一張告示牌，上面寫著「修補雨傘」。現在因爲百葉窗拉起來了，所以看不見那張告示牌。一束黑紗做的花，用緞帶繫在門環上。兩個貧窮的婦人和一位送電報的男孩正在讀一張別在黑紗上的卡片。我也走近跟著一起看：

一八九五年七月一日

詹姆斯・福林神父（曾服務於米斯街上的聖凱瑟琳教堂），享年六十五歲。

願他安息！

讀了這張卡片，我終於相信他死了。我內心一陣慌亂，不知所措。要是他沒死的話，我就會去布料行後面那間黑暗的小房間，他一定會坐在爐火旁的搖椅上，整個人被一件超大的外套緊緊包裹著。也許我舅媽也會要我帶一包"High Toast"牌鼻煙給他①，這也許可以讓他從昏睡中醒過來。我總是幫他把整包鼻煙倒進那隻黑色的鼻煙壺，因爲他的手抖得太厲害，每次都把半包鼻煙撒到地板上。當他那隻顫抖的大手挪近鼻子時，陣陣的鼻煙便從他的指縫間撒落到他大衣的前襟上。也許因爲這些不斷撒落的鼻煙，使得他那件陳舊的教士袍，看起來有一點灰綠色的樣子。那條彈煙灰用的紅色手帕，經過一星期來的煙塵累積，早已變黑，所以也就愈彈愈髒了。

我想進去看看他，但卻沒有勇氣敲門。我沿著向陽的街邊慢慢踱步，一路閱讀張貼在商店櫥窗上的戲院海報。說也奇怪，今天的我似乎都沒有感染到些許悲傷的氣氛，我甚至於有些懊惱，因爲自己彷彿從他的死亡中解脫出來，反而覺得輕鬆自在。我試圖釐清這種感覺，正如我舅舅前天晚上所說的，他教導了我許多事情。他曾在羅馬的愛爾蘭神學院求學，他教我拉丁語的正確發音。他告訴我有關古墓的故事②和拿破崙的事蹟，他也向我解釋各種彌撒儀式，還有教士們的服裝所代表的不同意義。有時候他會故意問我一些比較困難的問題來自尋開心，他會問我在哪種情況下該如何隨機應變，或這種或那種罪行是屬於罪不可赦或是情有可原或只是不完美的小缺點而已。他的問題，叫那些原本單純的教會制度，變得複雜且神秘。我覺得神父主持聖餐儀式和緊守

① High Toast是愛爾蘭本地出產的一種清淡的鼻煙。

② 指在羅馬的地下墓穴。早期的基督徒都在這些墓穴裡聚會，也埋屍與此。據說聖保羅與聖彼得的屍體就在這些地點發現的。

懺悔者的秘密，責任重大，我懷疑人們怎麼會有足夠的勇氣來承擔這些工作；當他告訴我有些神父甚至於寫過像《郵政指南》之類厚厚的書，而且書本裡的字，密密麻麻像報上的法庭公告一樣，拿它來詳細解釋各種複雜的問題，我一點也不驚訝！每當我面對這些問題時，總覺得自己只能啞口以對或者只能支支吾吾地給一些愚蠢的答案，但他經常面帶微笑，同時點兩三下頭。有時候，他會考我那些他要我熟記的彌撒對答；在我滔滔地背誦時，他會若有所思地對著我微笑點頭，還不時把大把的鼻煙輪流抹在他的兩個鼻孔裡。當他笑的時候，露出滿口泛黃的牙齒，但見舌頭垂放在下唇上①。在我尚未深入了解他之前，他這種習慣，常令我不安。

走在陽光下時，我想起了老柯特的話。我試著回想那夢中後來發生的事。我記起來曾看到長長的絨布窗簾和一盞樣式古老的吊燈。我覺得自己置身在一個遙遠的國度，一個充滿奇異風俗的地方——我想是在波斯，但我記不得，夢是在哪兒結束的。

夜晚時分，舅媽帶我到喪家去哀悼死者。這時太陽已經下山了；但是房子西向的玻璃窗仍然映照有鑲著金黃邊的大片雲朵。蘭妮在客廳中接待我們；因爲當著她的面大聲痛哭不合禮俗，所以舅媽就緊緊握住她的雙手，表達無限的哀傷。老婦人像在發問般向上指了指，舅媽點了點頭，便開始吃力地爬我們眼前那道狹窄的樓梯。她那低垂的頭，幾乎剛好和樓梯的扶手平高。到達樓

---

①　這是接受聖餐的動作。

梯的第一個平台時，她停下來招呼我們走進那間門開著的停屍間。舅媽走了進去，那位老婦人看到我有些猶豫，就不斷向我揮手，要我進去。

我踮著腳尖走了進去。黃昏從窗簾下襬的蕾絲邊穿了進來，房間裡一片昏暗，一對殘燭，火光微弱。他已經入殮了。蘭妮領著我們三個人跪在床尾。我假裝在禱告，但思緒卻無法集中，因爲老婦人喃喃不斷的細語擾亂了我的心神。我注意到她的裙子一角倒鉤到她的背部，難看極了，她那雙布鞋的跟已經磨到一邊歪斜了。我想像著老神父正躺在棺材裡對著我微笑。

事實並非如此。當我們起身走到床頭時，我看到他並沒有在微笑。他莊嚴凝重地躺在那兒，一身準備上祭壇的打扮，一雙大手乏力地環抱著一只聖杯。他一臉凶相，臉色蒼白，面孔腫大，鼻孔像黑漆漆的洞穴，臉頰上留著一圈疏稀的白鬚。房間裡瀰漫著一股濃郁的鮮花氣味。

我們在胸前比畫了十字架，然後就離開了。在樓下的小房間裡，我們看到艾莉莎端坐在神父的搖椅上。我慢慢地走到角落那張我常坐的椅子，蘭妮到餐具櫃中拿出一瓶雪莉酒和幾個空酒杯。她把酒及杯子放在桌上，邀我們一起喝一小杯酒。她按著姊姊的吩咐，把雪莉酒倒入杯中遞給我們。她硬要我吃一些奶油餅乾，但我拒絕了她的好意，因爲我怕吃餅乾會發出很大的聲音。她對我的拒絕有點失望，便安靜地走到沙發那裡，坐在她姊姊身後。沒有人開口說話：我們一齊默默地注視著空空的壁爐。

我舅媽等到艾莉莎嘆息之後，才開口說：

——哎！也好，他是到另一個比較好的世界去了。

艾莉莎再次嘆了一口氣，點頭同意。舅媽用手指頭撥弄一會兒酒杯的長柄，再啜飲一小口。

——他當眞……走得安詳嗎？她問道。

——是的，夫人。他走得很安詳，艾莉莎說。你不知道他何時斷了氣。蒙上帝垂憐，他眞的沒有受到太多的苦。

——那麼一切都……？

——奧魯克神父星期二來陪他，替他塗油①，準備所有的後事。

——他當時知道嗎？

——他相當順從。

——他看起來眞的很順從，我舅媽說。

——我們請來幫忙清洗身體的婦人也是這樣說。她說他看起來好像只是睡著了。他是這麼地安詳順從，眞叫人不敢相信他的遺體竟然這麼美。

——一點也不錯，我舅媽說。

① 天主教士替臨終教友實行塗油儀式，以爲其身體與靈魂祝禱。

她從杯子裡啜了一小口酒，然後說：

——唉！不管怎麼說，福林小姐，你已經盡全力幫助他了，這一點你是可以寬心的。不是我說恭維的話，你們兩位對他實在太好了。

艾莉莎用手平撫著膝蓋上的衣裙。

——啊！可憐的詹姆斯！上帝知道，縱使清貧，但我們已盡全力協助他了。當他還活著的時候，我們也不忍心見他短缺什麼。

蘭妮把頭倚靠在沙發墊上，看起來好像快睡著了。

——這個可憐的蘭妮，艾莉莎看著她說，幾乎累壞了。我和她張羅所有的事情，找人幫他淨身，然後準備入殮的事，然後買棺材，然後安排教堂彌撒的事。要不是奧魯克神父，我們眞的不曉得該怎麼辦呢？是他替我們弄來這些花，從教堂裡拿來兩只蠟燭，並且在《自由大眾報》①幫我們發訃聞，一手包辦墓園安葬的所有手續，以及處理可憐的詹姆斯的保險事宜。

——他眞的是一個大好人，我舅媽說。

艾莉莎閉起雙眼，緩緩地搖了搖頭。

---

① 這是一個「誤導」的文字遊戲。小說中的福林小姐識字不多，故把《自由人報》(*Freeman's Journal*)說成了《自由大眾報》(*Freeman's General*)。《自由人報》原是支持愛爾蘭民族主義的報紙，但是在愛爾蘭的「無冕王」巴奈爾(Charles Parnell)死後即轉變立場，改成支持殖民當局的右派報紙。

——啊！朋友還是舊的好，她說，但是該做的都做了，該說的也都說了，今後再也沒有可以信賴的朋友了。

——的確，這是實話，舅媽說。我相信現在他已經獲得永恆的恩典了。他不會忘記你們及你們對他的照顧。

——唉！可憐的詹姆斯，艾莉莎說。他一點也沒有給我們添麻煩。此刻我們還能感覺到他的存在，但是我知道他已經去了，到那……。

——等一切都結束了之後，你便會開始懷念他，我舅媽說。

——這個我知道，艾莉莎說。我不用再燉牛肉給他吃了，你呢？也不用幫他準備鼻煙了。唉！可憐的詹姆斯。

她停了下來，彷彿沉溺在過去的回憶裡，然後再神秘兮兮地說：

——告訴你，在他過世前，我注意到他有點怪怪的。每當我送燉牛肉給他吃時，都發現他的身子陷在椅子裡，嘴巴張得開開，而每日祈禱書①卻掉在地板上。

她用一根手指推推鼻子，皺了一下眉頭，然後繼續說道：

——然而他不斷重複地說，在夏天結束以前，要找一個好天氣，開車載我和蘭妮回去愛爾蘭

①　每日祈禱書（breviary）記載每日所用的經典祈禱詞。凡天主教的神職人員都必須要能熟記於心。

鎮①，去看我們出生的那間老房子。假如我們可以租一輛奧魯克神父告訴他的那種，裝配有「風濕」輪胎②，不會嘎嘎作響的新式馬車——他說，從馬路那頭的強尼．拉希車行租一天並不算貴——我們三個人一齊出去共度一個星期天的黃昏。他心中一直惦記著這件事……。可憐的詹姆斯！

——願上帝寬恕他的靈魂吧！我舅媽說。

艾莉莎掏出手帕，擦了擦眼睛，又把手帕放回口袋裡，然後凝視著那空盪盪的壁爐好一會兒，不說一句話。

——他是那麼地一絲不苟，她說。神父的職責，對他來說，太沉重了。你可以說，他的一生真是坎坷啊。

——是的，舅媽說。他是個不得志的人。你可以看得出來。

小房間陷入一片沉默。我趁著這段空檔，走近桌子，嘗一口我的雪莉酒，然後靜靜地走回角落的椅子那裡。艾莉莎似乎沉溺在過去的回憶裡，我們恭敬等候她打破沉默。停了好一會兒，她終於緩緩說道：

① 愛爾蘭鎮(Irishtown)在利菲河口南岸的一個小鎮。一八九五年時，人口約有五千人，是中下貧民聚居之地。

② 密氣輪胎(pneumatic tires)是愛爾蘭人John Boyd Dunlop發明的新式輪胎，在這兒喬伊斯以rheumatic(風濕)代之，造成訛讀以顯示兩姊妹識字不多，也同時呼應整篇小說之主題「麻痹」。

——都是因爲他打破了那只聖杯……。事情就是這樣開始的。當然囉，他們說這不打緊，意思是說因爲杯子裡面沒有裝東西。但是儘管如此，他們還是說，那是侍童的錯。但是可憐的詹姆斯竟是那麼地緊張。願上帝憐憫他！

——就是爲了這個嗎？我舅媽說，我聽說……。

艾莉莎點了點頭。

——這件事對他心理的影響很大，她說。從此以後，他就悶悶不樂，不和人家打交道，喜歡一個人獨行。有天晚上，我們找他一齊去拜訪臨終病人，但卻遍尋他不著。他們上上下下都找遍了，就是沒見到他的蹤影。教會的執事建議到教堂去找找看。所以他們找來鑰匙，打開教堂的門，執事先生、奧魯克神父和在那裡的另外一位神父，拿了燈去找他……。出乎意料，他就在那兒，一個人在黑漆漆的懺悔室裡，眼睛睜得大大的，自顧自地發笑著。

她突然停了下來彷彿在傾聽什麼。我也跟著注意聽，但是房子裡一片靜然。我知道，那個老神父躺在他的棺木裡，就像我們剛才看到他的那樣子，一臉嚴肅，一只空的聖杯擺放在他的胸口上。

艾莉莎繼續說：

——眼睛睜得大大的，自顧自地發笑著……。於是，當然，他們一見到這一幕，就知道他眞的是出了問題……。

邂逅

是喬・狄隆把《荒野大西部》介紹給我們的。他有一間小圖書室，收藏了《英國國旗》、《勇氣》、《半便士新奇故事》等過期期刊。每天下午放學後，我們都到他家的後花園去玩各種印第安人打仗的遊戲。他和他慵懶的胖弟弟李奧占據馬廄的上方，而我們由下猛攻，想辦法奪取他們的據點；或是在草地上進行一場陣地戰。但是不論我們如何驍勇善戰，我們從來就沒有打過勝仗，每回的戰鬥都是以喬・狄隆跳著勝利的戰舞而結束。他的爸媽每天早晨都去卡狄那街參加八點鐘的彌撒，整間房子都瀰漫著狄倫太太身上的平和氣息。對我們這些年幼膽子小的人而言，喬・狄隆是玩得太過火了。當他在院子裡四處奔跑跳躍時，看起來就像是一個眞正的印第安人，頭上帶著破舊的茶壺保溫套子，用他的拳頭敲打著鐵皮罐頭，一面放聲大吼：

——呀！呀卡！呀卡！呀卡！

後來聽說他要去從事聖職，大家都不敢置信，然而事實如此。

一種桀驁不馴的精神，瀰漫在我們之間。在這種影響之下，所謂的教養和身材的差異，都被拋到一旁。我們組成一個團體，有的顯得勇氣十足，有的只是爲了嬉笑好玩，有的幾乎是帶著恐懼的心情加入：屬於後者的這些人，勉強扮演印第安人，卻又擔心自己看起來過於書卷氣或缺少威武氣魄，我就是其中一人。雖然《荒野大西部》作品裡所描繪的冒險行動與我天生的氣質格格不入，但它至少爲我開啓了一扇逃避之門。我比較偏好美國的偵探故事，因爲裡面經常有一些粗野的蛇蠍美女出現。雖然這些故事沒什麼不對的地方，雖然有時候這些作者的出發點也是文學性的，但它們也只能在同學之間秘密流傳。有一天，巴特勒神父正在聽同學們朗讀四頁羅馬歷史①的時候，笨拙的李奧被神父發現正在偷看一本《半便士新奇故事》的畫報。

——這一頁或是那一頁？這一頁嗎？狄隆，你給我站起來！天剛剛……繼續念下去！那一天？天剛剛破曉……你到底有沒有預習？你口袋裡裝的是什麼東西？

當李奧．狄隆把他的畫報交出去的時候，大家的心都快跳出來了，但每個人都裝出一副不知情的表情。巴特勒神父翻了幾頁，皺起眉頭。

——這是什麼垃圾？他說。《阿帕契酋長》！你不讀羅馬史，卻讀這種東西？不要再讓我在這

---

① 四頁是指學生們必須預習的部分。

個學校發現這樣的爛東西。我想，寫這樣東西的人一定是某個落魄的文人，以此寫作來換取幾文酒錢。像你這樣受過教育的孩子竟然會讀這樣的東西，眞叫人吃驚。如果你是……公立學校①的孩子，我還可以諒解。狄隆，我嚴重警告你，現在立刻回去讀你的書，不然的話……。

白天清醒時刻的這一番斥責，使我心中那些偉大的「荒野大西部」想像變得黯淡無光，李奧・狄隆那一張困惑的圓臉反而喚醒了我的某些良知。但學校的約束力一旦遠離，我便又開始渴望起那些狂野的激情，渴望能逃避到那些荒誕不經的連載故事裡去。後來黃昏的戰鬥遊戲，漸漸變得跟早上學校的刻板生活同樣枯燥乏味，因爲我渴望去經歷眞實的冒險行動。但我又覺得：待在家裡的人不會有眞正的冒險，這些事必須到他鄉異域裡去尋找。

暑假即將來臨，我決定至少要以一天時間來擺脫沉悶的學校生活。我和李奧・狄隆及一位叫馬赫尼的同學籌劃逃學一天。我們每人存六便士的錢，約好早上十點鐘在運河橋碰頭。馬赫尼的姊姊會幫他寫好請假單，而狄隆請他哥哥向老師說他生病了。我們準備沿著碼頭路一直走，直到看到船爲止，然後搭渡輪過河去看「鴿舍」②。狄隆害怕遇上巴勒特神父，或是學校裡出來的人，

---

① 公立學校由奉行新教信仰的英國控制，目的在於教化愛爾蘭人接受英國殖民統治。愛爾蘭人質疑其是英國政府控制愛爾蘭的手段之一。

② 「鴿舍」（The Pigeon House）是位於都柏林灣南端的軍事堡壘。十八世紀時，John Pigeon擔任堡壘官員，後被盜匪謀殺，堡壘乃以其名代之。這個建築後來改建爲旅館，但於一八九七年被毀。喬伊斯寫作之

但冷靜理智的馬赫尼反問，巴特勒神父去鴿舍做什麼？我們頓時安心下來：我向兩人各收六便士，同時也拿出自己的六便士，這個計畫的第一階段終於完成了。我們在出發前夕做最後的準備，每個人都感受到一股莫名的興奮。我們笑著互相握手，馬赫尼說：

——夥伴們！明天見！

我一夜輾轉難眠。第二天一早，我第一個抵達那座橋，因爲我住得最近。我把書本藏在花園盡頭靠近垃圾坑的草叢堆中，那兒沒人會去，然後急忙沿著運河岸的堤防走去。這是六月的第一個禮拜，陽光溫煦的早晨。我坐在橋頭上，一面欣賞自己昨天晚上用白黏土刷得雪白的帆布鞋，一面看著那些溫馴的馬匹，載著一車車的商人爬上小山丘。林蔭大道兩旁大樹的枝椏，因嫩綠的新葉而顯得生意盎然，而陽光就斜斜穿過它們照在水面上。花崗岩的石橋逐漸變得暖和起來，我便用手配合腦子裡的一首曲子輕輕地打著拍子。我的心情非常愉快。

我在那兒坐了五或十分鐘後，就看到馬赫尼穿著一件灰色的衣服走來。他笑著步上小丘，然後爬上橋頭坐在我身邊。當我們在等待的時候，他從鼓鼓的內衣口袋裡拿出彈弓來並且解釋他所做的一些改裝。我問他爲什麼帶著彈弓，他說他想尋鳥兒們開心。馬赫尼說話時，滿口俚語，他稱

（續）時，這個舊堡壘是市立發電廠及污水處理廠的所在地。

巴特勒神父爲「本生燈」①。我們等了一刻多鐘，但仍不見狄隆出現。馬赫尼最後跳下來說：

——走吧！我就知道胖子害怕不敢來。

——他的六便士怎麼辦……？我問道。

——把它沒收，馬赫尼說。因爲一先令六便士總比一先令好。

我們沿著河濱北路走，直到硫酸廠，再右轉沿著碼頭繼續走。我們一走到人們看不到的地方，馬赫尼就扮起印第安人，揮舞著未裝塡的彈弓，去追逐一群衣衫襤褸的小女孩。當兩位同是衣衫襤褸的男孩，路見不平，仗義向我們丟石頭時，馬赫尼建議我們反擊。我不贊成，因爲那兩個男孩太小了。我們繼續往前走，但那群衣衫襤褸的隊伍卻在我們背後大聲叫罵著「新教鬼子！新教鬼子！」因爲馬赫尼皮膚黝黑，帽子上又別一枚銀色的板球拍徽章，因此我們被誤認爲是英國新教徒。我們來到了海濱浴場附近時，很想玩一場包圍戰，但是玩不成，因爲需要三個才行。我們把氣出在狄隆身上，罵他是個懦夫，我們猜下午三點鐘，賴安神父會用鞭子修理他②。

---

① 「本生燈」原文爲Bunsen Burner，是一種做化學實驗常用的煤氣燈。德國人R. W. E. Bunsen (1811-99)發明的。喬伊斯在貝爾維德(Belvedere)學校時曾修過化學課，他後來也寫過一首諷刺詩叫“Gas from a Burner”。在這兒，喬伊斯把Bunsen和Burner兩字合成一新字。Bunsen用來指神父Butler，因其發音相近且皆由B開頭er結束。

② 在貝爾維德學校，傳統上，處罰時間都安排在下午三點鐘。

不久後我們到了河邊。我們沿著兩旁有高大石牆的熱鬧街道閒逛了好一陣子，同時邊走邊看起重機和其他的機械在工作。因爲我們老是站著不動，那些開著隆隆聲工程車的工人便不時對著我們大吼大叫。我們到達碼頭時已經是中午時分，所有的工人好像都去吃午餐了，我們也買兩大塊嵌有葡萄乾的小圓麵包，坐在河邊的鐵管上吃了起來。我們很愉快地觀賞著都柏林商業活動的景象——那些從老遠就冒出一捲捲絨毛般黑煙的駁船，在凌森德外那一大群棕色漁船，和碼頭對岸那艘正在卸貨的白色大帆船①。馬赫尼說，搭那艘大帆船離家出走到海上去一定很好玩。而我注視著那些高大的船桅，彷彿學校裡學到的零星地理常識，浮現在眼前，變得眞實了起來。學校和家庭好像離我們遠去了，它們的影響力也逐漸變弱了。

我們付錢搭渡船過利菲河，同船的還有兩位工人和一位個子矮小提著袋子的猶太人。我們一臉嚴肅地近乎莊重，在這短暫的旅渡中，每每因相顧而現出會心的一笑。上岸後，我們停下來看那艘正在卸貨的美麗三桅帆船，它就是我們先前在碼頭對岸所看到的那艘船。有一個旁觀者說那是一艘挪威籍的船。我走到船尾去看它刻了什麼圖案，但是看不懂，只有回過頭來仔細看那些外國水手中，是否有人眼睛是綠色的，因爲我心中存著疑惑……有些水手的眼睛是藍色的、灰色

① 凌森德(Ringsend)原是個漁村，後來變成瓶罐工廠及木材廠的所在地。現在是都柏林市區的一部分。Ringsend的名字含有循環與目的地的意義，這也是這篇故事的主題之一。

的，甚至是黑色的。唯一可以稱得上眼睛是綠色的那個水手，高頭大馬，每當卸下一塊木板，他就敞開嗓門大喊，「好啦！好啦！」碼頭上圍觀的群眾，看得不亦樂乎。

等我們看膩了這幅景象，便漫步踱回凌森德。天氣變得悶熱極了，雜貨店內陳列著過期的餅乾，看起來一片慘白。我們買了一些餅乾和巧克力，一邊專心吃著，一邊在漁夫家附近骯髒的街道上閒逛。因爲找不到乳品店，我們便到一家小店去，每人買一瓶有木莓口味的檸檬汽水。馬赫尼喝完汽水精神又來了，他在巷子裡追趕一隻貓，但貓兒卻逃到曠野裡去了。我們兩個人都覺得很疲憊。一到田野，我們便走向一座有斜背的堤岸，越過堤頂，我們可以看見達德河①。

時候不早了，我們也累得無法實現到「鴿舍」的計畫。我們必須在下午四點鐘前趕回去，免得這趟逃學出遊的事曝光。馬赫尼遺憾地看著他的彈弓，我趁著他再想到什麼新的念頭之前，建議搭火車回去。這時太陽已經在雲層後，我們覺得意興闌珊，身上也只剩下些許的麵包而已。

田野上只剩下我們兩個人靜靜地躺在堤岸上，過了一些時候，我看見一個人從遠遠的那端走過來。我無精打采地望著他，一面咀嚼著一根女孩子們用來算命的綠色草梗。他慢慢地沿著堤岸走來。他走路的時候，一隻手扠腰，一隻手拿著拐杖，輕輕地敲著草地。他穿著一件墨綠色的破舊西裝，頭上戴著一頂「吉利」牌的高頂禮帽。他看起來年紀不小了，唇上的鬍鬚灰灰的。他經

① 是利菲河的支流，以風景秀麗聞名。

過我們眼前的時候，朝我們打量一番，便繼續往前走去。我們盯著他看，他走了大約五十步之後就轉身，循原路走了回來。他緩緩地朝我們走來，手上的拐杖不時地敲著地面。他走得很慢，所以看起來好像在草地上尋找什麼東西。

他走到我們身邊停下來向我們問好。我們向他回禮，他就小心翼翼地在我們身旁的斜坡上慢慢地坐了下來。他開始談起天氣，說今年夏天恐怕會很熱。他又說現在的氣候跟他童年時——那是很久以前的事了，相差很多。他說人一生最快樂的時光，無疑是童年的學校生活，他願不惜一切代價換回青春時光。當他表達這些傷感的情緒時，我們只是靜靜地聽著，覺得有點無聊。他接下來談到學校和書本。問我們有沒有讀過湯姆斯・莫爾的詩，史考特爵士和林登勳爵的作品①。我假裝讀過他所提到的每一本書，所以最後他說：

——哦！原來你跟我一樣，是個愛讀書的人。然後，他指著瞪著一雙大眼睛的馬赫尼說，他和我們不同，他是個好動愛玩的人。

他說他家裡有全套史考特和林登勳爵的作品，這些書他百讀不厭。當然，他也說有些林登勳

① 湯姆斯・莫爾(Thomas Moore, 1779-1852)是愛爾蘭著名的愛國詩人及民謠作曲家。史考特爵士(Sir Walter Scott, 1771-1832)是英國浪漫傳奇小說作者，《劫後英雄傳》(*Ivanhoe*)是他的傳世傑作。林登勳爵(Lord Lytton, 1803-73)是位多產的英國小說家及劇作家。他的私生活不檢點，所以有些他的小說有「兒童不宜」的惡名。

爵的作品，不適合兒童閱讀。馬赫尼問爲什麼兒童不宜——這個問題搞得我心神不寧，我恐怕那個人會以爲我跟馬赫尼一樣愚蠢。還好，那個人只是笑笑。我看見他嘴裡黃色的牙齒之間有很大的空隙。然後他問我們，誰的女朋友比較多。馬赫尼淡淡地說他有三個要好的。那個人問我有幾個。我告訴他，我一個也沒有。他不相信我，他說他相信我一定有一個。我沒再作聲。

——告訴我們，馬赫尼不客氣地問道。你自己有幾個？

——我在你們這個年紀時就有一堆女朋友了，那人依舊帶著微笑說。

——每個男孩都有一個心愛的人，他說。

他這把年紀的人，對這件事情的態度，竟然異常開明，眞叫我吃驚。我心裡想，他所說有關男孩和女朋友的看法，也很合理。但是我不喜歡他的遣詞用字，也很納悶他爲什麼偶爾會哆嗦起來，好像害怕什麼或突然覺得冷。在他繼續說下去的時候，我注意到其實他的口音滿好聽的。他開始談起了女孩，說她們的秀髮多麼柔美，她們的纖手多麼地細嫩。又說，一個人只要了解眞相後，所有的女孩就不像她們外表一般看起來那麼美好。他說他最喜歡的事莫過於對著一位年輕貌美的女孩看，看她的雙手纖細白嫩，看她的秀髮烏黑亮麗。他給我的印象是，他彷彿是在反覆敘述他心中早已熟記的話語。他被自己的語辭所吸引，他的心思沿著同一個軌道慢慢地打轉；有時候，他彷彿只是在講一些大家都知道的事情；有時候又放低聲音，神秘兮兮地說著一些他不希望別人也聽到的秘密。他用單調的聲音翻來覆去說著相同的話，只不過每次稍加改變用詞而已。我一面聽他說話，一面用目光繼續盯著斜坡的下方看。

過了好一會兒，他才停止自言自語，並且慢慢站了起來，說他必須離開我們一兩分鐘，而我望著他去的方向，看著他緩緩地走向附近的田野。他離開後，我們依然保持靜默。幾分鐘後，我聽見馬赫尼大叫：

——你看！他在幹什麼？

我沒有回答他的話，也沒有把目光抬起來，馬赫尼又叫了起來。

——好噁心喔……他是一個怪老頭！

——如果他問我們的名字，我說，你就說你是墨非，我是史密斯。

我們沒再交談下去。我還在考慮待會兒那個人走回來坐在我們旁邊時，我到底要不要逃走。他一坐下來，馬赫尼就看見先前沒抓到的那隻貓，於是一躍而起，到田裡去追逐那隻貓。那個人和我看著這場追逐，那貓兒又一次逃走了，於是馬赫尼拿起石頭朝貓兒跳過的那堵牆丟去。丟完石頭，他就隨興逛到田地的另一頭去。

隔了一會兒，那個人開口對我說話。他說，我的朋友是個野孩子，不知道他在學校是不是常常挨鞭子。我本來想要很生氣地告訴他，我們不是他所說的被鞭打的公立學校學生，但我還是忍住沒說。接著他談到體罰男孩的話題，他的心彷彿被他自己的話語所吸引，開始緩緩地環繞著這個新的話題盤旋了起來。他說像那樣的男孩應該受鞭笞，好好的毒打一陣。一個粗野不馴的男孩，必須給他一陣結結實實的毒打，對他才有好處。打手心或是打耳光都沒有用：他需要的是一陣痛痛快快的修理。我對他這種強烈反應吃驚不已，於是不自覺地抬起頭來看他的臉孔。這一瞧正好照見一雙酒瓶綠的眼神，正從抽搐抖動的額頭下盯著我看。我便把眼光移向他處。

那個人繼續自顧自地說著話，彷彿忘記了他先前所表現出來的開明態度。他說如果他碰到一個男孩跟一個女孩講話或是去交女朋友的話，他就要不斷鞭打他：這樣子他才會學乖，不跟女孩子搭訕。如果一個男孩交了一個女朋友，但又不承認，那麼他就要給他一頓世界上所有男孩都沒有嘗過的鞭打。他說，在這個世界上他最想做的就是這件事。他向我形容要如何鞭打這樣男孩的模樣，就像他正在解開某個複雜的秘密一般。他說他喜歡這樣做，勝過世界上任何的事情；當他一廂情願地向我敘述這個秘密時，他的聲音變得感情充沛，彷彿在懇求我去理解他的用意。

我一直等到他的獨白停止了，才突然站了起來。爲了避免洩漏我內心的激動，我假裝整理鞋帶，拖延一下子，再向他道聲再見，說我得走了。我故作鎮定地走上斜坡，但內心卻因恐懼而心跳加快，害怕他會突然抓住我的腳踝。上了坡頂，我回頭，假裝沒看到他，朝著田野大聲叫道：

——墨非！

從我的聲音裡可以聽得出壯膽的音調，我爲自己那拙劣的計謀感到羞愧。我再呼喊一次馬赫尼的名字，他才看見我並回答我的招呼。他越過田野，跑向我的時候，我的心差點跳出來了！他一路飛奔而來的樣子彷彿是要來援救我。我頓覺愧疚，因爲我向來是有一點瞧不起他的。

阿拉比①

李奇蒙北街是條死巷，除了基督教兄弟會學校放學的那一刻，一向都非常安靜。一幢無人居住的兩層樓房子矗立在死巷盡頭，與方形廣場上的其他房子隔離開來。街上的其他房子認為自己生活體面，便以一張張冷漠的面孔，互相注視著對方。

這幢房子先前的房客是一位神父，後來他死在房子後方的雜物室裡。這房子因為長期門窗緊閉，所以空氣中瀰漫著一股霉味。廚房後面的房間裡，丟棄的紙張，散落一地。在紙堆裡，我找到幾本平裝書，書頁早因泛潮而捲曲：它們是瓦特・史考特的《修道院長》、《虔誠的領聖餐

① 一八九四年五月十四到十九日在都柏林曾經舉辦過一場名為「大東方節慶」(Grand Oriental Fête)的市集活動，阿拉比(Araby)是東京阿拉伯的諧音，小說中代表浪漫詩意，充滿神秘的東方想像。

者》和《維德克回憶錄》①。我喜歡最後一本，因爲它的書頁都變黃了。在荒蕪的後院中央有一棵蘋果樹和一些雜亂的樹叢。我在樹叢裡找到一把先前房客留下來生了鏽的打氣唧筒。他是一位慈悲的神父；根據他的遺囑，他把身後所有的錢都捐給了幾家慈善機構，也把一些家具留給了他的姊妹們。

冬天來了，晝短夜長，在我們享用晚餐之前，暮色早已降臨。當我們在街頭碰面時，房子早已變得黯淡模糊了，但我們頭上的天空仍是瞬息萬變的紫色一片。街頭的路燈，向著天際，高舉著微弱的燈火。寒風刺骨，但我們仍盡情玩樂，直到渾身發熱爲止。我們的叫聲迴響在謐靜的街頭。在遊戲的追逐中，有時候我們會穿過房子後面那條黑暗泥濘的小巷，我們在那兒躲避鄰村野孩子的攻擊；有時候跑到院子後門，那兒潮濕陰暗，垃圾堆還散發著惡臭；有時候則跑到陰暗發臭的馬廄裡，那兒馬伕在刷洗馬匹，馬具上的銅釦發出了悅耳的鈴聲。當我們回到街頭時，早已萬家燈火，整條街也亮了起來。這時如果看見我舅舅轉過街角回家來，我們就躲在街角暗處直到他完全走進屋子裡爲止；如果看見曼庚的姊姊走上門口的階梯，來叫她的弟弟回去喝茶吃點心，我們也會躲在暗處偷看她朝街頭上下探看時的眼神。我們等著看她是否會停留在原地或是走回屋

① 《修道院長》（*The Abbot*）是史考特爵士（Sir Walter Scott）在一八二〇年出版的浪漫傳奇小說。《虔誠的領聖餐者》（*The Devout Communicant*）是聖芳濟教會僧侶貝克（Pacificus Baker）在一八一三年所寫的一本傳道書。《維德克回憶錄》（*The Memoirs of Vidcoq*）是一八二八年出版的一本有關偵探與犯罪的小說。

裡去。如果留下來，我們只好跟隨曼庚的腳步，心不甘情不願地從暗處走出來。她在那兒等著我們，從半開的門口流瀉出來的燈光，映襯著她的體態。她的弟弟總是先逗她一會兒，才答應聽她的話。我站在欄杆附近注視著她。她的羅衫隨著移動的身體迎風揚起，那清柔的秀髮也跟著左右搖擺了起來。

每天早晨我都會趴在前廳的地板上，朝著她家的大門窺看。我把百葉窗拉低到離窗台一吋的地方，免得被對方發現。一旦看到她出現在台階上，我的心就怦然一跳，趕緊跑到大廳，拿起書包，緊隨在後。我讓她棕色的背影保持在我的視線範圍之內。當我們快到分岔路口的時候，我就加快腳步，三步併兩步，趕上去從她的身旁超越她。每天早晨，這些儀式不停上演。我除了幾句寒暄的話外，從來不敢和她攀談。但是她的名字卻不斷召喚著我，挑起我盲動的熱情。

她的一顰一笑，如影隨形伴著我，甚至於還出現在與浪漫氣氛格格不入的地方。每個星期六的傍晚，我得隨舅媽去市場幫忙提些採買的東西。我們走在明亮的街道，受到醉漢和討價還價婦女的推擠，耳際充斥著工人們的叫罵詛咒聲，豬肉攤的小夥計連珠砲般的叫賣聲，還有街頭藝人，帶著濃濃鼻音，吟唱羅莎的愛國歌曲《大家一起來吧！》，或一曲有關國土家園多災多難的民謠①。這些不同的聲音交織成一首生命的悸動：我想像自己護衛著一只聖杯，奮勇通過敵人重

---

① 羅莎有關的民謠很多，*Come-all-you*是一首，而*Rossa's Farewell to Erin*也是一首經常被收錄的愛爾蘭民

重的包圍。她的名字不時在念禱告詞或讚美詩時，莫名其妙地從我的口中吐了出來。我經常淚水盈眶(我也不清楚爲什麼會如此)，有時候心頭熱血，似乎溢滿胸膛。我無法想像未來。我不知道要不要告訴她，如果要，那我要怎樣向她傾訴表白我那神魂顛倒的思慕之情。我的身體就像一把豎琴，她的言語和姿態如手指，撥動著我的心弦。

有一天晚上，我去神父過世的那間客廳。那是一個下著小雨的暗夜，屋子裡寂靜無聲。透過一扇破窗，我聽見雨滴打在地上的聲音，那細細不斷的雨絲在濕漉漉的地上嬉樂彈跳。在我的下方遠處有一盞燈火，或是一扇窗戶內閃爍的燭火。我的心情激動，黑暗之中，什麼也看不清。黑暗之中，我的五官感覺按捺不住，只覺得自己的靈魂快要出竅了，於是使力緊握雙手直到身體不自覺顫抖了起來，同時嘴裡則不斷喃喃地念著：**啊！我的愛！啊！我的愛！**

她終於開口對我說話。但她說的前幾句話，卻叫我心慌意亂，不知道如何回答。她問我要不要去逛阿拉比。我不記得是回答去或不去。她說，市集裡一定有很多好玩的事，眞希望也能去看看。

——那妳爲什麼不能去？我問道。

(續)

謠。此處的羅莎自然少不了喬伊斯的弦外之音，羅莎也指Jeremiah O'Donovan Rossa，他是一位新芬黨員，因抗英被捕入獄後，流亡美國，客死異鄉，最後他的遺體被迎回愛爾蘭安葬。

她一面玩著手腕上的銀色手鐲，一面回答我。她說，她不能去，因為那個星期她的教會有一個靜修活動。她的兩個弟弟正在搶奪帽子，只有我單獨一個人站在欄杆邊。她的雙手握著欄杆上的尖釘部分，低頭對著我看。對面家的燈光照到她粉頸的雪白曲線，和她的秀髮。隨著燈光流洩，也照亮她放在欄杆上的纖手。她安詳地站在那兒，燈光落在她衣裳的另一邊，也照到她襯裙的白邊，我剛好看見。

——眞好，你能去，她說。

——如果我去，我說，我就帶一件東西回來給妳。

從那天的黃昏起，無數個混亂的念頭就開始盤據在我諸多醒醒睡睡的思緒之間。我眞希望這些橫梗在其間的無聊時光能早點過去。我無心做學校的功課。夜晚在臥室裡，白天在學校裡，她的影子總是出現在我和我試圖專心去閱讀的書頁之間。「阿拉比」這個字的音節，在靜默中不斷地呼喚著我，使我的靈魂沉溺於東方的神秘魔力之中。星期六的晚上，我要求要去逛市集。我舅媽很吃驚，懷疑我是不是參加了反天主教會的地下活動①。我在教室裡很少回答問題，我看到老師的臉色從溫和可親逐漸變得嚴肅起來；他希望我不要漫不經心。我沒法子把散亂的思緒重整起

① 共濟會(Freemason)爲英國新教徒的組織，其成立宗旨在於抵制羅馬天主教。它的成員多爲男性，經常以秘密的方式集會。

來。我對生活中正經的事，逐漸失去耐性。這些橫在我和我的欲望之間的事，看起來只是孩子們的遊戲，只是一些幼稚無聊的兒戲罷了！

星期六早晨，我提醒舅舅說我當天晚上想要去逛市集。他正在衣帽架上悉悉索索地尋找帽刷子，只簡短地回答說：

——我知道了，孩子。

因爲他在走廊上，所以我沒有辦法穿過前廳到窗邊去趴下來窺看。我的心情惡劣極了，只有離家踱步到學校去。路上的空氣冷冽無比，我的心情也隨之不安了起來。

我回家吃晚飯的時候，舅舅還沒回到家。時間還早。我坐下來盯著時鐘看了好一會兒，一直到覺得時鐘的滴答聲令人坐立不安，才離開房間。我爬樓梯，到二樓的房間去。這些高高在上空洞、冰冷、幽暗的房間，反給了我一種自由解放的感覺。我一面哼著歌曲，一面從一個房間走到另一個房間。從前面的窗戶向下看，我看見我那些夥伴們在街上遊戲。他們的叫聲傳到這裡時已經變得微弱而模糊不清了。我把前額貼在冰涼的窗戶玻璃上，俯瞰著她家那幢陰暗的房子。我大概在那兒站了一小時，但什麼都沒看清楚，除了想像中的那個棕色身影，那燈光投射下的粉頸曲線、那擺在欄杆上的纖手、那底裙的蕾絲邊。

我下樓來，看見莫瑟太太坐在爐火邊。她經營一家當鋪店，是個長舌嘮叨的老寡婦。她收集舊郵票，替教會做慈善公益。我必須忍受她在餐桌上的喋喋不休。這頓飯吃了超過一小時，但是舅舅還是沒回來。莫瑟太太起身告別，說八點多了，她不能再等了，因爲她不喜歡太晚了還在街頭走動，夜晚的空氣對她的身子不好。她走後，我開始在屋子裡踱來踱去，一雙拳頭握得緊緊的。舅媽說：

——你今天晚上恐怕去不成市集了！

晚上九點的時候，我聽見舅舅的鑰匙轉動廳門的聲音。我聽見他在自言自語，也聽見他掛大衣時，衣帽架搖晃的聲音。我當然知道這些聲響所代表的意義。在他飯吃一半時，我向他要錢去市集。他完全忘了這回事。

——現在大家都已經上床睡過一覺了吧！他說。

我沒有笑。舅媽很認眞地告訴他：

——給他錢，讓他去吧。你已經耽誤他夠久了！

舅舅回答說他很抱歉忘了這件事。他說他相信一句古老的諺語：「只有工作沒有娛樂，會讓人變傻變笨。」他問我要去哪裡，我回答他兩次以後，他問我知不知道〈阿拉伯人告別良駒〉這首詩①？我離開房子的時候，他正要開始對舅媽朗誦這首詩的開頭幾行。

---

①〈阿拉伯人告別良駒〉（"The Arab's Farewell to his Steed"）這首詩是諾頓夫人（Mrs. Caroline Norton, 1808-77）所寫的一首浪漫詩。阿拉伯人把自己的馬賣了卻又反悔，最後再把馬買回來。這首詩的前幾行

當我踏上白金漢大街朝著火車站去的時候，我手裡緊緊地握著一枚銀幣。街燈明亮，街頭擠滿了採購的人潮，我念著不忘此行的目的。我上了一輛空盪盪的火車，在一節三等車廂坐了下來。經過一段難以忍受的延遲之後，火車終於緩緩開出。它慢慢爬行經過荒蕪的屋舍，越過蜿蜒的河流。經過衛斯蘭蘿車站時，一大群人推擠在車廂門前，但是站務員告訴他們這是開往市集的專車，他們不能上車。我孤零零的一個人坐在空無一人的車廂裡。幾分鐘後，車子停靠在一個臨時

（續）

是：

My beautiful! my beautiful! that standest meekly by,
With thy proudly arch'd and glossy neck, and dark and firey eye,
Fret not to roam the desert now with all thy winged speed!
I may not mount on thee again—thou art sold, my Arab steed;
Fret not with that impatient hoof, snuff not that breezy wind—
The further that thou fliest now, so far am I behind.

我美麗的馬兒啊！溫順地站在我身旁
你背如弓，頸子閃亮，眸子烏黑如灼
我擔憂，沒了你，今後恐無法在沙漠上飛馳！
不能再騎你了——你已賣出了，我的阿拉伯神駒；
我煩惱，馬蹄聲不再急切，輕煙不再揚起——
如今，你飛馳而去，把我遠遠拋在後頭。

搭建的木造月台邊。我走過月台到馬路上，看到時鐘上有亮光的指針指著九點五十分。我眼前一幢龐大的建築物，高懸著那個具有魔力的名字。

我找不到任何六便士的入口，但又擔心市集要關門了，所以就拿一先令給一位滿臉疲憊的看門老頭，很焦急地通過一個旋轉柵門，接著發現自己置身在一個大廳之中，它的半高處環繞著一圈各式各樣的攤位。此刻大多數的攤位都收攤了，而大廳的絕大部分也已經罩在黑暗之中。就像教堂禮拜儀式剛結束的那一刻，我感受到一股靜默之聲，瀰漫其間。我帶著怯懦的心情，走到市集的中央，看到有些人還逗留在尚未打烊的攤子邊。在一家有彩色燈泡閃著「音樂咖啡廳」的店前，有兩個人正在數著托盤上的錢。我靜靜聆聽著硬幣落在托盤的聲音。

我費了一些勁才想起我此行的目的，於是我走到一個攤子前，挑著看一些瓷器花瓶和一些燒有花朵圖案的茶具。在攤子的入口處，一位小姐和兩位年輕人正在談天說笑。我聽到他們的英國腔，和一些模模糊糊的對話：

——喔！我沒說過這件事！

——喔！但是你有！

——喔！我沒有！

——她沒有說嗎？

——有，我有聽到。

——喔！你……胡說！

那位小姐看到我，就走過來問我要買什麼。她說話的口氣聽起來並不像要鼓勵我買東西，似乎只是在虛應故事。我看到攤位入口的兩旁，擺著兩只看起來像東方衛士的大花瓶，便細聲客氣地說：

——沒有，謝謝你。

這位小姐把其中一只花瓶移動一下，再回去和那兩位年輕人聊天。他們又聊起同樣的話題。偶爾，那位小姐會轉頭過來看我一眼。

我在她的攤位前逗留一會兒，裝出我對瓷器花瓶很感興趣的樣子，雖然我知道我的逗留已經沒意義了。我慢慢轉身離去，走到市集的中央。我把玩著口袋裡的兩個一便士的錢幣，讓它們落在六便士錢幣的上面。我聽到一個聲音從長廊的另一端傳來，說要熄燈了！大廳的上半部現在已經完全暗了下來。

凝視著這一片漆黑，我看見自己像一隻被虛榮心驅使與嘲弄的可憐蟲；眼裡不禁燃起憤怒與羞愧的熊熊烈火。

伊芙琳

她坐在窗邊望著黃昏逐漸占領整條街道。她的頭斜靠在窗簾上，鼻孔裡盡是印花布的灰塵霉味。她累了。

街頭上人煙稀少。從最後一間房子裡走出來的那個男人，已經踏上歸家的路途。她聽見他的腳步聲，先是響在水泥的路面上，隨後又沙沙地走過那些紅色新房子面前的煤渣路。從前這裡是一片空地，黃昏時他們常和其他家的孩子們在這兒玩。後來有位貝爾法斯特來的人買下這片地，蓋起了房子——不是他們那種棕色的小房子，而是屋頂亮晶晶的磚造房子。巷子裡的孩子們常在那塊空地上一起玩——戴文家的、瓦特家的、鄧恩家的、跛腳的小奇奧、她和她的兄弟姊妹們。然而歐尼斯特從不參加：他太大了。她的父親經常揮著一根山楂樹做的棍子，把他們從那塊空地趕回家；小奇奧常扮演把風者，一看見她爸爸來了，就大聲叫，給他們通風報信。即使如此，他們都還玩得滿盡興的。那時候，她父親的情況還不是那麼糟，而且，她母親還活著。時光飛逝；他們兄弟姊妹都已經長大了；母親也過世了，提季·鄧恩也死了，瓦特家的孩子回英國去了。滄海桑田，人事變化。現在，一如他人，她也要離家而去了。

家！她環顧一下房子裡那熟悉的擺設。回想這些年來，每星期，她都用雞毛撣子拂拭一次，但實在搞不清這些灰塵到底是從哪裡跑出來的。也許，她再也見不到這些熟悉的東西了，她從沒想到有一天竟要和這些熟悉的景物分離。然而，這些年來，她也從來沒弄清楚那位神父到底是誰？神父泛黃的照片就掛在破風琴上頭的牆上，它的旁邊還貼著獻給神聖的瑪格麗特·瑪麗·阿拉柯克的彩色許願文①。這名神父曾是她父親的同學。每當他把照片拿給訪客看時，都會輕描淡寫地補上一句話說：

——他現在人在墨爾本！

她已經允諾遠行，離家而去。這樣做是不是明智之舉？她思忖著這個問題的每一個可能性。家裡至少還是一個可以溫飽、避風雨的地方；她周遭還有一些她熟稔的人。當然，不管是在家或上班的地方，她都必須辛勤工作。如果店裡的同事發現她和男友私奔，不知道會怎麼說？可能會

①　瑪格麗特·瑪麗·阿拉柯克(Margaret Mary Alacoque)是十七世紀法國著名的修女，以自殘苦修出名。她是「聖心大啓示」(the Great Revelations of the Sacred Heart)的創立人，一九二〇年被冊封爲聖，她的紀念日在十月十七日。

說她是個傻瓜；她的空缺也會被登報招來的人取代。卡文太太一定會覺得稱心如意，因爲她一直跟她過不去，特別是旁邊有人伸長耳朵在聽的時候：

——奚爾小姐，你沒看到那些女士們還在等嗎？

——奚爾小姐，請你打起精神來。

離開這樣的商店，她沒有什麼好難過的。

在她的新家，在那遙遠未知的國度，一切都將改觀。那時候，她就已經結婚了——她，伊芙琳。那時人們會尊敬她。她不會受到像媽媽所受的對待。到現在，甚至於她都已經十九歲了，有時候還覺得活在父親暴力的陰影之下。她知道，這就是她日子過得忐忑不安的原因。在他們成長的過程裡，父親經常修理哈利和歐尼斯特，因爲她是女生，所以沒有遭到相同的待遇；但是近來他也開始威脅她說，要不是爲了她過世的媽媽，他就會對她如何如何。現在，已經沒有人可以保護她了。歐尼斯特已經死了，而從事教堂裝潢工作的哈利，幾乎都待在鄉下地方。此外，她每星期六晚上固定爲錢和父親起爭執，這件事也開始讓她覺得有說不出的厭倦感。她總是把整份薪水——七先令——交給父親，哈利也是竭盡所能，把錢寄給他，但是要從父親那兒弄點錢出來，可就困難重重了。他說她沒腦袋，亂花錢，他不想把辛苦賺來的錢給她拿去滿街揮霍等等，沒完沒了，因爲星期六的晚上，他的心情通常很壞。到後來，他會給她錢，但卻問她有沒有打算張羅星期天的晚餐。接著，她得趕到市場去採買。她把黑色的皮包緊緊地抱在胸前，擠過人群；直到很晚了才提著大包小包吃的東西回家。她很辛苦地維繫這個家的完整，照顧兩個她一手帶大的小男孩按時上學按時吃飯。這是一份辛苦的工作——辛苦的日子——但此刻她即將離開這種生活，她反倒覺得這一切並不是完全一無可取之處。

她即將和法蘭克展開一段新的人生旅程。法蘭克爲人和善，具有男子氣概，且心胸開闊。他倆即將遠行，夜輪航渡，她懷著將爲人婦的心情，與法蘭克共赴布宜諾斯艾利斯。法蘭克已經在那兒安置好一個家，等她去共同生活。她與法蘭克初次邂逅的情景依然歷歷在目；那時他客居在一條她常去的大街上。這一切彷彿就發生在幾個禮拜之前。他就站在大門口，一頂水手帽戴在腦袋瓜的後頭，頭髮散落在古銅色的臉龐上。接著他們就熟識起來了。他每天晚上都來商店接她下班回家。他帶她去看歌劇《波西米亞的女孩》①，和他一起坐在自己沒坐過的區域，但覺心情亢奮。他熱愛音樂，也能唱幾首歌。大家都知道他們在談戀愛。當他唱起那首少女愛上水手的歌時，她總有一種愉悅中摻雜著迷惑的感覺。他常叫她「小乖乖」來尋她開心②。首先是她覺得有個

---

① 《波西米亞的女孩》(*The Bohemian Girl*)是愛爾蘭劇作家巴爾福(Michael William Balfe, 1808-70)的作品。這齣劇改編自賽凡提斯(Cervantes)的故事，寫的是一位公爵的女兒被吉普賽人收養長大，最後再回到公爵府的故事。劇中有一段戲描寫女主角阿靈(Arline)與男主角私奔的劇情。

② 伊芙琳的故事是喬伊斯的妹妹瑪格麗特(Margaret, 1884-1964)眞人生活的摹寫。瑪格麗特的綽號叫"Poppie"，她在喬伊斯的媽媽去世後，身兼母職，照料喬伊斯的弟妹們。她終身未嫁，獻身教會，最後終老於紐西蘭。喬伊斯喜歡在字詞之後加上-ens這個接尾語(suffix)，以示親暱。在《畫像》中，他以

男友很刺激，但後來就開始喜歡上他了。他總有許多說不完有關遠方國度的故事。開始的時候，他在一艘專跑加拿大航線的「愛輪」輪船公司擔任甲板小弟，月支薪水一英鎊①。他告訴她許多他待過的輪船名字，和各式各樣職務的名稱。他說他航行過麥哲倫海峽，也告訴她那些派特格尼人的恐怖故事②。他說，他已經在布宜諾斯艾利斯站穩了腳步，現在回來故鄉只是度個假。當然，她父親發現了他們的戀情後，便禁止他們繼續交往。

——我很了解這些幹水手的傢伙們，他說。

有一天，父親和法蘭克吵了一架。從此以後，她只能暗地裡去和法蘭克約會。

巷子裡的夜更深了。她放在膝上的兩個白色信封也模糊了起來。一封是給哈利的，另一封是給她父親的。她雖然最疼愛歐尼斯特，但是她也愛哈利。她注意到爸爸最近有點老態龍鍾的樣子；他一定會想念她的。有時候，爸爸也會對她特別地好。不久之前，有一次，她因病臥床在家一天，爸爸在爐上烤了一份麵包給她吃，還說一個鬼故事給她聽。又有一次，在媽媽還活著的時

（續）nicens代替nice；在《尤利西斯》中，他把貓叫做Pussens。在這兒，Poppie就變成了Poppens。

① 英國愛輪輪船公司（the Allan Line）成立於一八五二年，該公司每周都有輪船由利物浦出發到加拿大西岸。

② 麥哲倫第一次環遊世界時，據說曾在瓜地馬拉的火地島（Tierra del Fuego）看到巨大的派特格尼人（Patagonians）。

候，他們全家還一起去侯斯山野餐。她還記得爸爸戴上媽媽的草帽，逗得孩子們哈哈大笑。

時間一分一秒地過去，她還繼續坐在窗邊，把頭靠在窗簾上，吸著印花布上塵埃的氣味。在巷子盡頭，她可以聽見街頭藝人拉手風琴的聲音。那曲調是她所熟悉的。說來詭異，就在今晚，這曲調使她想起她對母親的承諾，承諾她要竭盡所能維繫這個家的完整。她猶記得媽媽病危的那夜；一如往常，媽媽躺在走道那頭，一間門窗緊閉的房裡，她正好聽到一位義大利人在窗外彈著這首哀怨的曲子。那風琴手領了六便士的賞，就被趕走了。她記得爸爸踱步回病房時，說：

——他媽的義大利人，來這裡幹什麼？

她陷入沉思，母親一生悲苦的形象，如同魔咒一般，附在她的心靈血肉之上——一個庸庸碌碌、犧牲一切的生命，竟以發瘋告終。她不禁顫抖起來，彷彿聽見母親的聲音，帶著頑愚的堅持，正不斷念著：

——得樂蒙恩捨樂恩！得樂蒙恩捨樂恩①！

一陣突如其來的恐怖之感，她不禁站了起來。逃走！她必須逃走！法蘭克會拯救她的。他會給她新生命，或許也會給她愛情。她想要活下去。但為什麼她不能快樂呢？她也有追求幸福的權

① "Derevaun Seraun!"看起來像是蓋爾語，但其真正意義不明。有人認為是伊芙琳母親臨終前喃喃的囈語。愛爾蘭國家圖書館的漢斯（Patrick Hensey）認為它是指「樂極生悲」（the end of pleasure is pain）。

利。法蘭克將會雙手接納她，擁抱她。他會拯救她的。

．．．．．．．．．．．．．．

在北牆碼頭，她站在熙來攘往的旅客當中。他牽著她的手，她知道他正在耳邊叨叨細述著即將展開的旅程。碼頭上擠滿了拎著棕色背包的軍人。從候船室敞開的門望出去，她瞥見黑色的巨大船影，停靠在碼頭邊，舷窗透著亮光。她默默不答話，但覺雙頰蒼白冰涼。因困惑迷惘，只好祈求上帝，帶領她，告訴她，何去何從。大船迎向海霧，吹起長長哀愁的笛聲。如果她和法蘭克上船的話，明天她就會在海上，航向布宜諾斯艾利斯了！船票早已訂好了。法蘭克已經爲她付出了這麼多，此刻她還能回頭嗎？她渾身不對勁，難過得想吐，只有不斷蠕動雙唇，虔誠地默禱著。

一陣響鈴，揪住她的心。她感到法蘭克正緊緊抓著她的手：

——走吧！

蒼茫大海在她心中湧起萬丈波濤。他正把她捲到這片大海之中：他會把她淹死的。她雙手緊緊地抓住鐵欄杆不放。

——走吧！

不！不！不！這不行。她瘋狂地抓著鐵杆。在滔滔大洋中，她發出了痛苦的哀嚎。

——伊芙琳！伊薇！

他從柵欄外跑過去，叫她快點跟上。有人吆喝著他快點走，但是他還在對著伊芙琳叫喊。她一臉蒼白看著他，默然，無動於衷，猶如一頭無助的野獸。眼眸裡沒有一絲愛戀或告別或曾經相識的神情。

賽車之後①

車陣在納思路上像子彈般飛馳奔向都柏林市。在英齊柯爾的小山丘上，三五成群的觀眾圍觀看著奔回終點的車子。歐洲大陸挾著財富與科技，穿過這條一貧如洗、暮氣沉沉的車道，一路駛進都柏林。一而再，再而三，這些圍觀的群眾，這些心懷感激的被壓迫者，發出了一陣又一陣的歡呼聲。然而，他們關心的是那些藍色的車子——也就是他們法國友人的車子。

話說回來，那些法國人才是眞正的勝利者。他們的隊伍扎扎實實地賽完了全程，得到了第二

① 賽車(The Race)在此是指一九〇三年七月二日在愛爾蘭舉行的第四屆汽車大賽(The Grand Bennett Cup)。比賽的目的是爲了測試、檢驗和廣告車子的性能和配備。當時有來自四國的車子參加競賽，分別是法國(藍色車)、德國(白色車)、英國(綠色車)和美國(紅色車)。最後由德國車奪冠，法國占了亞軍、季軍，英國車爲殿軍。

名和第三名。據說贏得冠軍的那輛德國車，車手是個比利時人。所以，每當藍色的車子出現在小山頂時，觀眾們便歡聲雷動。車子裡的人也報以微笑點頭，接納這陣陣的歡呼。在這些造型時髦流線的車子中，有一輛載了四個年輕人，他們的精神看起來比獲勝的法國人還要興奮：事實上，這四個年輕人看起來一副意氣風發的樣子。他們是查爾斯・謝冠英，車子的主人；安得烈・黎維岳，是加拿大籍的年輕電機工程師；一位高大的匈牙利人，名叫魏樂納，和一位衣著考究的年輕人道爾。謝冠英的心情特別愉快，因爲他意外提早接到一批訂單（他即將要在巴黎設立一間汽車廠），黎維岳的心情也很好，因爲他將出任這家汽車廠的經理；這兩個年輕人（他們是表兄弟）因爲法國車贏得勝利而顯得興高采烈。魏樂納也很高興，因爲他剛剛心滿意足地吃了一頓豐盛的午飯；他天生就是一個樂觀的人。然而這群人中的第四位，卻因爲興奮過度反而無法體會眞正的快樂。

他年約二十六歲，唇上留著一撇柔軟淺褐色的髭鬚，配著一對灰色的眼珠，看起來相當清純。他的父親年輕時曾是激進的民族主義分子，但也早早就修正了自己的立場。他先在國王鎮上經營肉鋪，發跡後，便在都柏林市內及郊區開了許多分店，他的財富因此翻了好幾番。此外，他也很幸運，居然取得警總的生意合約，賺了大錢，還被都柏林的報紙冊封爲商界王子。他把兒子送到英國一家天主教大學接受教育，後來又轉到都柏林大學攻讀法律。但吉米並沒有把心思放在功課上，有一陣子甚至於還誤入歧途。他口袋有錢，所以人緣不錯。他仔細分配時間，一半花在玩音樂，另一半花在玩車子上。隨後，他又被送到劍橋大學一學期去見見世面。他父親表面告誡吉米，但暗地裡卻又以付得起這種揮霍為榮。他幫吉米還清了債務，再把他帶回家去。吉米就是在劍橋大學認識謝冠英的。儘管他們不過是泛泛之交，但是吉米樂於與之為伍，因為他見多識廣，而且據說還在法國擁有多家大飯店。這樣的人物（諒他父親也同意），縱使不是那麼有趣，也絕對值得交往。魏樂納是個開心果，也是個出色的鋼琴師，可惜就是太窮了。

四個縱情狂歡的年輕人，坐在車上，一路朝前奔馳。兩個表兄弟坐在前座，吉米和他的匈牙利朋友坐在後排。魏樂納的興致顯然非常高，一連幾哩的路上，他不停地以男低音哼著歌曲。兩個法國人不時轉過頭來把他們的笑語拋了過來，吉米必須向前屈身才能捕捉到一些瞬間即逝的隻字片語。這並不好受，因為大多數的時候，他只能盲目瞎猜他們的意思，然後再迎著強風，向他們喊叫一句恰當的回話。再說，魏樂納的哼唱聲和汽車引擎的噪音，也同樣混淆了他的判斷。

飆車令人精神亢奮，出鋒頭也是，有錢更是如此。有了這三個好理由，吉米自然感到飄飄欲仙。那天，他的朋友們都看到他與這些歐洲大陸人在一起。在賽車跑道的暫停區，謝冠英還把他介紹給一位法國賽車手。在回答吉米一些不知所云的恭維時，賽車手黝黑的臉龐露出了一排閃亮的白牙。出了名之後，再回到平凡的世界，觀看人們推擠與羨慕的表情，真叫人興奮愉快。至於錢呢——他有一大筆，隨他支配。謝冠英也許不認為這是一大筆錢，但是吉米，儘管一時迷惑，到底血液裡還遺傳著踏實的本性。他很清楚，要把這些錢一點一滴累積起來有多困難。就是這個認知，至少讓他先前的揮霍，還能控制在一個可以承受的範圍之內。過去如果因一時興起失去理智時，他都還很在意這些血汗錢背後所代表的意義。那麼現在他要投入一大筆金錢，自然也會更加謹慎。畢竟，對他而言，這是件非同小可的大事。

當然，這是個有利可圖的投資。謝冠英刻意營造一種印象，說基於友情，他願意讓這點愛爾蘭小錢入股，加入這樁投資案。吉米很佩服父親在生意上的精明能幹，這個投資也是他先提出來的。經營汽車生意，可以賺大錢。況且，謝冠英有著一副如假包換的大富人家架式。吉米盤算著要多久，才能擁有像他這樣一輛豪華的車子。你看，它跑得多麼平穩！車子在鄉村道上飛馳時，多麼地拉風啊！這飛車之旅，如具有魔力的手指，挑動了生命的熱情，使人的神經系統不自覺地亢奮起來，追隨那頭疾行的藍色野獸，一路狂奔而去。

他們的車開到了丹姆街。街上的交通一團混亂，喧囂聲四起，駕駛人猛按喇叭，沒耐性的電車司機也猛搖車鈴。謝冠英把車子停靠在銀行附近，吉米和他的朋友們一一下了車。一小群行人圍在人行道上，對著這輛引擎尚未停息的汽車頂禮膜拜。這一夥人打算晚上到謝冠英下榻的飯店共進晚餐。可是，吉米和住在他家的朋友，必須回去換衣服。當車子緩緩駛向克拉夫頓街的同時，這兩位年輕人也從圍觀的人群中擠出一條路來。他們帶著一股莫名的失落感，朝北步行而去。在夏夜的薄霧中，一城蒼白的燈光灑在他們身上。

對吉米家人而言，能參加這場飯局是一件天大的事。吉米以此爲傲，但他的驕傲卻夾雜著雙親的惶恐不安。他熱切期盼，能夠像在國外那些著名的大都會一樣，好好縱情玩樂一番。吉米盛裝打扮之後，看起來還眞是一表人才。當他站在大廳把領結做最後的調整時，他父親看到兒子身上散發著一種有錢也買不到的氣質，不禁流露出一股生意人特有的滿足感。他父親對魏樂納格外親切，他敬佩外國人的成就。但是他對待這個匈牙利人的這番心思，恐怕是白費了，因爲魏樂納早已飢腸轆轆，急著要去大吃一頓。

這場晚宴，菜色精美，賓主盡歡。吉米對謝冠英的高雅品味，佩服得很。晚宴時，有一位年輕的英國人魯斯加入他們的行列。在劍橋時，吉米曾看到他和謝冠英在一起。這些年輕人在一間有燭形燈飾的房間裡用餐。他們高談闊論，盡情歡笑。吉米的想像飛馳了起來：他想像著法國人的年輕活力和英國人的紳士風度，融合在一起的完美結合。他想像著自己的優雅形象，再完美不過了！他對宴會主人主導話題的靈活手腕佩服得五體投地。這五個年輕人各有所好，他們總有說不完的話題。魏樂納帶著十分的敬意，向那位略感詫異的英國人說起英國情歌之美，同時也對古老樂器的流失表示惋惜。黎維岳言不由衷地向吉米解釋法國科技的卓越表現。聲如洪鐘的匈牙利人正準備要挖苦那些浪漫畫家，連笛子都搞不清楚之際，謝冠英即刻把話題引到政治議題上去。這是大家都能參與的共同話題。吉米在酒精的催化之下，忽然覺得隱藏在他父親身上的民族主義熱情，又在他身上甦醒了過來：最後他居然也把冷漠的魯斯給搖醒了。房間裡的氣氛變得加倍熱烈，謝冠英的任務也越來越困難：隨時都有引發人身攻擊的危險。當主人的有所警覺，於是機警抓住一個機會，要大家舉杯共同爲「人性」致敬。敬酒完畢，他隨後鄭重其事地把一扇窗戶打開。

那一夜，都柏林市戴上了資本主義的假面具①。五個年輕人吞雲吐霧，沿著史蒂芬公園踱步閒逛②。他們把外套披在肩頭，沿路高談闊論。人們都讓路給他們。經過克拉夫頓街角時，有一位矮胖的男子，把兩位漂亮的小姐送上一輛由另一位胖子駕駛的車子。車子開走後，那位矮胖的男子看到這一行人：

——安德烈。

——這位是華理。

接著就是一陣嘰哩咕嚕的交談。華理是美國人。沒有人清楚這一陣對話的內容是什麼。魏樂納和黎維岳兩人嗓門最大最吵，但是大家都很興奮。他們上了一輛車，大家擠在一起，笑成一團。他們通過人群，融入城市柔和的色調之中，融入歡樂鈴聲的音樂之中。他們從衛斯蘭鑼上火車，吉米覺得彷彿只過了幾秒鐘，他們就從國王鎮車站走出來了。收票員向吉米打招呼；他是個老頭子：

---

① Capital是首都也是資本。都柏林只是一個英國的殖民城市，不是首都，只有獨立的國家才有自己的首都。在喬伊斯筆下，它具有首都的味道(air of capital)。這當然是喬伊斯的言外之意。

② 史蒂芬公園(St. Stephen’s Green)位於都柏林市中心東邊，是一個面積廣大的公園。

——先生，晚安！

這是個靜謐的夏夜；在他們腳下的港口像一面暗淡無光的鏡子。他們勾肩搭背，合唱著《軍校學生魯賽爾》①，齊步走向港口。他們每唱一段就用力踏步：

——**嗨！嗨！哈嗨！對極了！**

他們走到碼頭搭上小船，划向一艘美國遊艇。那兒會有美食、音樂和牌局。魏樂納以肯定的口吻說：

——太棒了！

船艙裡有一架遊艇專用的鋼琴。魏樂納爲華理和黎維岳演奏一曲華爾滋，華理扮起騎士，黎維岳權充淑女。接著一曲即興的方塊舞，這些人紛紛秀出自己獨創的舞姿。太好玩了！吉米盡心盡力地扮演好他的角色；不管怎麼說，這總算是開了眼界！華理因爲喘不過氣來，就大叫：「**停！**」有人端來一盤點心，這些年輕人隨便坐下來吃一點。他們以酒助興：這眞是波西米亞啊！他們分別舉杯向愛爾蘭、英國、法國、匈牙利和美國致敬！吉米發表演說，一篇冗長的演說。每當中間停頓時，魏樂納就唱和說：「**大家注意聽！大家注意聽！**」他說完坐下，大家都熱

---

① 〈軍校學生魯賽爾〉（"Cadet Roussel"）法國部隊的行軍曲。這首歌有言外之意，根據法國傳統，這首歌影射法國軍校的年輕學生，雖受不公平待遇與嘲弄，但仍然能奮勇作戰。

烈地鼓掌叫好。這一定是一篇很棒的演講。華理拍拍吉米的背，笑得很開心。他們眞快活啊！他們眞的是推心置腹的好朋友啊！

拿牌來！拿牌來！桌面清開來了。魏樂納默默地回到鋼琴邊，主動爲大家彈琴助興。其餘的人，一局又一局，勇敢地投入這冒險的遊戲之中。他們爲「紅桃皇后」和「方塊皇后」乾杯，祝他們政躬康泰①。吉米隱約感到自己被孤立了：他必須提高警覺。賭注越來越大，紙條開始傳來傳去。吉米不清楚到底誰是贏家，但是他知道自己不斷在輸錢。但這也只能怪自己，因爲他牌藝不精，還得勞駕別人幫他計算借款數額。這些傢伙眞難纏，眞希望他們就此打住：但是來不及了！這時有人提議向「新港美人號」遊艇敬酒，接著有人提議下一盤大賭注作爲最後的收場。

琴聲已經停止了；魏樂納一定是到甲板上去了。這眞是一場瘋狂的賭局。就在要結束之前，大家停下來先乾一杯，預祝彼此好運。吉米知道賭局的輸贏，決定在魯斯和謝冠英手中。太刺激了！吉米也感到非常興奮；當然，他知道自己注定是要輸的。不知道自己到底簽了多少張支票？這些人站了起來，比手劃腳，七嘴八舌；最後關頭，再耍一次花招。魯斯贏了。這批年輕人的歡呼聲，震得船艙搖晃不已。他們把牌打散合成一堆。然後開始計算自己所贏的錢。華理和吉米是最大的輸家。

---

① 此兩者「紅桃皇后」(hearts)和「方塊皇后」(diamonds)分別代表愛與金錢。

他知道明早自己一定會後悔，但是他現在卻很高興，因爲至少可以休息了；他很欣慰，因爲暗夜的昏沉恍惚可以暫時掩飾住他的愚蠢。他把手肘撐在桌上，把頭放在兩手之間，計算著太陽穴上脈搏跳動的次數。這時艙門打開了，他看見魏樂納站在一束灰色的晨光中：

——各位先生，天亮了！

護花使者①

灰濛濛暖洋洋的八月黃昏降臨城市，一股溫馨的氣息，就像夏日的記憶，流轉在街頭巷尾。星期天是休息日，商店的百葉窗都拉了下來，但見街頭上五顏六色的行人，熙來攘往。街燈好似一顆顆明亮的珍珠，在高高的桿子上頭發光，照著底下那塊生機盎然的織布②，一陣陣不絕如縷的嗡嗡低語聲，從不斷變化形狀與顏色的人群中冉冉升起，傳向暖洋洋灰濛濛的夜空。

---

① 喬伊斯戲稱小說中的兩位愛爾蘭青年爲護花使者(Gallants)。這兩位在都柏林街頭遊蕩的風流哥兒，實際上是一對騙財騙色的摧花使者。這篇小說在多處指涉基督教義及中世紀英雄愛美人的騎士精神與傳統，雖然使者含有執行某種使命(mission)的神聖意義，但喬伊斯卻挪用它來反諷在英國殖民統治下的愛爾蘭人，早已陷入一種精神麻痺及道德墮落的境地而不自知。

② 這裡喬伊斯採由上而下俯瞰的視角，描寫移動中的人群，因著眾人不同色澤的衣著，看起來像一大塊隨時變換顏色與圖案的布匹。

陸德藍廣場的小山丘上走下來兩位年輕人①。其中一位剛講完一長串的獨白，另一位帶著聽得津津有味的表情，走在人行道的邊緣，但有好幾次，因同伴粗魯誇張的肢體動作，而被逼到大馬路上去。他五短身材，卻紅光滿面。一頂水手帽子歪戴在腦門後方。他聽著同伴的敘述，鼻子、眼梢和嘴角的動作不斷，表情萬千。陣陣笑聲，夾著咻咻的喘息聲，他笑得前翻後仰、不能自已。他的眼眸閃爍著迷人的笑意，隨時瞟著看他同伴的臉。他像鬥牛士般把輕便防水夾克搭在肩頭，還不時撥弄它一下。他的褲子、白色的球鞋和披肩的夾克，時髦帥氣，流露著青春氣息。但是他的腰部圓滾，頭髮灰白稀疏，一旦興奮的表情退去之後，他的面容就流露出憔悴的模樣。

在確定他朋友的故事講完了之後，他乾乾地笑了足足有半分鐘之久。然後才開口說：

「哇！……中大獎了②！」

他的聲音顯得有氣無力；但為了加強語氣，他還詼諧地補上一句：

「眞是帥呆了！棒透了！這眞是踏破鐵鞋無處覓的珍品啊！」

說完這些話之後，他就嚴肅起來，接著便沉默不語了。今天在朵瑟德街上的酒館裡說了一整

---

① 陸德藍廣場(Rutland Square)位在奧康諾大街的北端，是以愛爾蘭總督陸德藍伯爵(the Fourth Duke of Rutland)之名設立的區域。愛爾蘭獨立後，已經改名為巴奈爾廣場(Parnell Square)，以紀念愛爾蘭獨立運動中的無冕王查爾斯巴奈爾(Charles Parnell)。

② 這句話原文為"That takes the biscuit!"在這兒有「吃不完了」、「挖到寶了」、「中大獎了」的意思。

個下午的話，舌頭都累了。大家都說雷尼漢是一條水蛭，儘管他混吃混喝，惡名昭彰，但卻八面玲瓏，能言善道，總能在朋友們形成共識要一致對付他之前脫困。他厚著臉皮到酒館裡去參加他們的聚會。他會先靈巧識趣地逗留在這夥人的外圍，直到確定自己已經受邀喝一杯為止。他是個有趣的無賴，腦袋裡裝滿了各式各樣的故事、打油詩、謎語。不管別人怎樣嘲諷揶揄，他都若無其事。沒有人知道他靠什麼過活，但隱隱約約人們總把他的名字和賽馬賭盤聯想在一起。

「柯利，你在哪裡釣上她的？」他問道。

柯利用他的舌頭快速地沿著上嘴唇舔了一圈。

「有一天晚上，兄弟，」他說，「我走在達姆街上，經過水屋大鐘時看見一位標致的馬子，我向她道晚安，就這樣子①。我們沿著運河散步，她告訴我她在貝格街上的一個大戶人家裡當女傭。那天晚上，我用手攬著她的腰，輕輕地捏她一把。然後在下一個星期天，兄弟，我約她出來。我們到郊外的東尼布魯克小村子，我帶她到一處野地裡②。她告訴我說，她以前常和一位賣乳

---

① 水屋大鐘(Waterhouse's clock)位於達姆街二十五—六號，是都柏林的地標，也是情侶約會碰面首選的地點。

② 沿著達德河(The Dodder)岸的田野地，原是著名的「東尼布魯克遊樂會」(Donnybrook Fair)所在地。約翰國王(King John)執政時期，每年八月都會在此地舉行盛大的嘉年華會。一八五五年，因爲妨害公共安寧，嘉年華會被迫取消。據說，狂歡會之後，最快一個星期，最慢兩個月內，許多人都趕著去結婚。

酪的來此地……那也沒關係，兄弟。每天晚上她拿雪茄給我，還付了我來回的電車票錢。有一天晚上，她還拿了兩支貨眞價實的超棒的雪茄給我。哇！貨眞價實的上等貨，就是大爺們常抽的那種……兄弟，我有點擔心她會不會懷孕了，不過我想她總有辦法脫身的。」

「也許她認爲你會娶她，」雷尼漢說。

「我告訴她我現在失業，」柯利說。「我說，我以前在品姆公司上班①。她不知道我的名字。我怕她知道所以瞞著她。她倒認爲我有那麼一點上流社會人士的味道。」

雷尼漢再次乾乾地笑了笑。

「在我所聽過的好妞兒當中，」他說，「她無疑是最棒的一個。」

柯利接受他的恭維，邁開大步走。他搖晃著粗壯的身體，逼得他的朋友踩空了好幾小步，從人行道閃到馬路上去，又跳了回來。柯利是警局督察的兒子，他的身材與走路的姿態和他老爸一模一樣。他走路的時候，雙手擺在身體兩側，挺直著身子，整個腦袋瓜不住地左右搖晃。他的頭又大又圓，還油亮亮的；不分寒暑，隨時都在冒汗；他那頂大圓帽，斜戴在頭上，就像一只燈泡長在另一只燈泡上面。他總是兩眼直視前方，彷彿在參加閱兵遊行；如果他想多瞧瞧街上的某

① 品姆兄弟公司（Pim Brothers Ltd.）專營家庭用品之零售與批發。品姆兄弟是貴格教派信徒（Quakers），他們在都柏林的店，以信譽優良出名。

人，就必須把上半身連著屁股整個轉過去。他現在失業，但只要有工作出缺，他的朋友總是迫不及待地提供他求職高見。經常有人看到他與便衣警察熱絡地交談。他有許多內幕消息，喜歡高談闊論，也喜歡遽下結論。只要他講話，別人就無插嘴餘地。他講話的主題只有一個，就是他自己：他跟某某人說了什麼，某某人跟他說了什麼，他說了什麼話，擺平了什麼事情。他報導這些事的時候，總是習慣性地以佛羅倫斯人的發音方式，特別加重語氣讀出自己名字的第一個字母①。

雷尼漢遞一支雪茄給他的朋友。兩個人步行穿過人群，柯利不時回過頭來朝著擦身而過的女孩微笑，但是雷尼漢的眼睛卻盯著天空那輪泛著雙重黃暈的大月亮。他若有所思地望著灰色的雲朵飄過月面。最後他開口說：

「那麼……告訴我，柯利，我想你應該弄得到手吧！」

柯利卻裝模作樣，閉起一隻眼睛，當作是回答。

「她願意嗎？」雷尼漢帶有幾分懷疑地問他。「女人心海底針。」

「沒問題，」柯利說。「我知道怎樣應付她，兄弟。她快要上鉤了。」

---

① 義大利佛羅倫斯人把c的發音念成h，例如，房子casa就讀成hasa。Corley自己的名字念起來就成了Whorely。愛爾蘭人並沒有這種發音的習慣。佛羅倫斯著名的藝術家兼神父Fra Filippo Lippi以濫情好色出名，曾經強迫一位年輕貌美的修女與其結婚。喬伊斯把柯利與佛羅倫斯聯想在一起，使柯利的名字讀起來像「妓女一樣」，多少也暗批柯利騙財騙色的無恥行徑。

「你就是我所說的**多情的羅薩里歐**①，」雷尼漢說，「如假包換的風流小生。」

一抹嘲諷的意味沖淡了雷尼漢態度中的卑躬屈膝。爲了保全面子，他有一種習慣，就是在奉承的話裡帶些揶揄的腔調。可惜心思不夠細膩的柯利聽不出來。

「把一個女傭當馬子容易得很，」他很自信地說。「我可以提供一些秘訣給你。」

「我自己就是箇中好手，」雷尼漢回答他。

「我以前，你知道的，常常去追那些，」柯利坦誠告白，「住在南圓環附近的小妞。兄弟！我以前常帶她們搭電車出去玩。我幫她們付車資，約她們去聽歌或看戲，或請她們吃巧克力和甜點，或這類的事情。我在她們身上花不少的錢呢！」他以強調語氣追加這一句話，彷彿自覺雷尼漢可能不太相信他的話。

但是雷尼漢信得很，而且還很認眞地點了點頭。

「我知道那種把戲，」他說，「那叫作冤大頭。」

「可是他媽的我一點好處也沒沾到，」柯利說。

「說得也是，」雷尼漢說。

① 羅薩里歐（Lothario）是英國劇作家尼克勞斯・洛爾（Nicholas Rowe, 1674-1718）的劇本 *The Fair Penitent*(1703)中的男主角。他是日內瓦的貴族，也是一位典型的淑女殺手。他曾誘拐一位伯爵的妻子，最後在決鬥中被伯爵刺死。

「只有釣上其中一個小妞而已，」柯利說。

柯利把他的舌頭沿著上嘴唇，快速地舔了一遍。想起這些事，他的眼睛爲之一亮。他也若有所思地跟著注視那輪淡淡的、幾乎快被烏雲遮住的月亮。

「她是……還不錯，」他有點遺憾地說。

他沉默了一會，再開口說：

「她現在下海當妓女去了。有一天晚上，我看到她和兩位男士搭車往伯爵街的方向離去。」①

「我想那是你幹的好事吧！」雷尼漢說。

「我又不是第一個占有她的人，」柯利冷冷地說道。

這一次，雷尼漢有點不相信柯利的話，他笑笑地搖了搖頭。

「柯利，你少蓋了，」他說。

「我對天發誓，」柯利說，「這是她親口告訴我的。」

雷尼漢的臉上表露出這是場悲劇的神情。

「好一個無恥的愛情騙子，」他說。

他們經過三一學院的圍欄時，雷尼漢踏上馬路，抬頭望著學校的大時鐘。

---

① 伯爵街(Earl Street)位於利菲河(Liffey)北岸，附近是都柏林市著名的紅燈區。

「超過二十分了，」他說①。

「時間還早得很，」柯利說。「她一定會在那兒等的。我通常都讓她多等一會兒時間。」

雷尼漢嘿嘿地笑了笑。

「厲害！你眞懂得如何擺布她們，」他說。

「我有應付她們的招數，」柯利承認。

「但是告訴我，」雷尼漢再次問到，「你有把握辦得到嗎？你知道這是一件棘手的事。她們不太容易就上鉤的。哦？……什麼？」

他那雙銳利的小眼睛，盯在他同伴的臉上，探詢他是否確定有把握。柯利緊皺雙眉，來回地搖著頭，看起來好像正努力要甩掉一隻難纏的小蟲一般。

「我會辦到的，」他說。「這件事交給我，行嗎？」

雷尼漢不再說話。他不想惹他的朋友生氣，不想自討沒趣，也不想被搶白說沒人請教他的高見。人必須機靈一點才行。不過，柯利的眉頭很快又舒張開來。他的腦筋轉到別的事情上去了。

「我欣賞她是個端正的好女孩，」他讚賞地說，「沒錯，她眞的是個好女孩。」

---

① 都柏林的八月，太陽大約下午七點下山。過了二十分(twenty after)，就是指七點二十分。

他們沿著納韶街轉到基蝶爾街上。在俱樂部門廊外的路旁①，有一位彈豎琴的藝人正在表演，他的四周圍著一小圈的聽眾。他心不在焉地撥弄著琴弦，眼睛不時瞟看著新來的聽眾，間或無精打采地望著天空。他的豎琴，沒注意到自己的衣衫已經褪到膝蓋，似乎也已經對陌生人的眼神和主人的雙手感到厭倦了②。彈琴的藝人一隻手在低音部彈奏著民謠歌曲《請安靜，歐莫伊》③，另一隻手在每節曲調的高音部快速地遊走。那曲子的音符，低沉渾厚，動人心弦。

這兩個年輕人不發一語在街頭上行走，那悲愴的音樂迴盪在他們身後。他們在史蒂芬公園處橫過馬路。在這兒，轟隆的電車聲、明亮的街燈和來往的人群，打破了他們的靜默。

「她來了！」柯利說。

在休姆街角，站著一位年輕的女子。她穿著藍色的洋裝，戴著一頂白色的水手帽。她站在人

---

① 基蝶爾俱樂部(Kildare Club)位在基蝶爾街的東北角落，是一個高級的私人俱樂部。會員們不是英國人，就是英國裔的愛爾蘭人。在一九〇〇年代，它是整個愛爾蘭唯一能夠吃到像樣魚子醬的地方。

② 這是一段擬人化(personification)的描述。

③ 〈請安靜，歐莫伊！〉(“Silent, O Moyle”)是愛爾蘭民謠作曲家摩爾(Thomas Moore)作品〈費昂奴拉之歌〉(“Song of Fionnula”)的第一行歌詞。這句話常被拿來指沉默的都柏林人。這首歌描寫愛爾蘭海神李爾(Lir)的女兒費昂瓜拉(Fionnghuala)所遭遇的悲劇故事。她的後母嫉妒她的美麗，便把她變成一隻天鵝，放逐在位於安翠(Antrim)與蘇格蘭之間水域。她必須等到新紀元第一個彌撒的鐘聲響起，或一位南方的貴族和一位北方來的公主結婚時，才能獲釋回復原來的樣子。九百年後，魔咒解除，但是費昂瓜拉早已年華老去，旋即仙逝。

行道的邊石上，手上搖晃著一把傘。雷尼漢的精神抖擻了起來。

「柯利，我們過去瞧瞧她，」他說。

柯利斜眼看了一下他的朋友，臉上掛著一副不悅的冷笑。

「你想要捷足先登嗎？」他說道。

「媽的！」雷尼漢大聲地說，「我不需要你引薦。我只想看她一眼。我又不會吃掉她。」

「哦……只看一眼？」柯利比較和顏地說。「好……我告訴你怎麼做？我先走過去和她講話，你再從旁經過。」

「好！就這麼辦，」雷尼漢說。

柯利已經一隻腳跨過公園欄杆間的鐵鍊，這時雷尼漢大叫：

「然後呢？待會兒在哪裡碰頭？」

「十點半，」柯利回答說，把另一隻腳也跨過鐵鍊。

「什麼地方？」

「梅里恩街角。我們一定會回來。」

「那就好好去吧！」雷尼漢向他道別。

柯利沒有回答他。他搖頭晃腦，優哉漫步，越過馬路。他碩壯的身材、悠閒的步調，和靴子踩地發出的堅實聲，透露出一種征服者的氣勢。他走近那個年輕的女孩身旁，沒有寒暄問好就立即和她攀談閒扯起來。她手上的傘搖得比先前更快，同時撐著腳後跟，半轉身體。有一兩次，他湊近她說了一些話，她笑得頭兒低低的。

雷尼漢盯著他們看了幾分鐘，然後沿著鐵鍊快步急走了一段距離，再斜穿過馬路。當他走近休姆街的拐角時，聞到空氣中有一股濃濃的香水味，他匆匆瞧了一眼這位女子的模樣，只見她一身盛裝的假日打扮。藍色斜紋的裙子，一條黑色的皮帶繫在腰部，而皮帶上那個大大的銀色扣環，正好繫在她身體的中心部位，看起來好像一個夾子，緊緊地鉗住她那輕柔的白襯衫。她上身罩著一件黑色短外套，上面鑲有珍珠色鈕釦，脖子上還披著一條看起來不太協調的黑色圍巾。絲質披肩的兩端，也刻意弄得參差不齊。胸前還別了一大簇花梗向上翹起的紅花。雷尼漢的眼睛透露出欣賞的眼神，瞪著看她矮小但結實的身材。她豐盈紅潤的雙頰，和那雙不怕生的藍色眼珠，在她的臉上綻放出坦率、原始、健康的光彩。她的五官粗糙，鼻孔粗大，當她故作嫵媚態時，寬闊的嘴巴便咧開露出兩顆暴牙。擦身而過的時候，雷尼漢脫下帽子向她致敬，大約十秒鐘後，柯利才向空中回了一個禮。其實他只不過是舉起手來，摸摸他頭上的帽子而已。

雷尼漢一直走到爾本旅館，才停下來等。過了一會兒，才看到他們走過來。在他們拐彎右轉後，他才輕巧地踏著那雙白鞋子，一路尾隨他們到梅里恩廣場附近。他緩步而行，一面與他們保持同樣的速度，一面看著柯利的頭不時靠近那個女孩的臉頰，就像一顆在軸上旋轉的大圓球。他一直注意看著這兩人，直到他們搭上往東尼布魯克的電車，才轉身循著原路走回去。

孤單使他的面孔顯得有些蒼老，臉上原本愉快的神情也消失了。經過公爵草坪時，他沿路用單手扶著欄杆。豎琴歌曲的節奏逐漸操控著他的步伐。他的腳步和著旋律，輕巧前行，手指也配合音符的變化，在欄杆上彈著變奏的曲調。

他無精打采走過史蒂芬公園，再逛到克拉夫頓街上。儘管他的眼睛注視著形形色色的街頭人群，但人卻提不起精神來。那些向來吸引他的事物，現在看起來都顯得索然無味；那些有意挑逗他的眼神，他也懶得回應。他知道，如果回應的話，他就必須費口舌心力去杜撰、瞎掰、逗笑、取悅，但是現在的他口乾舌燥、腦筋混沌，心有餘力不足了。從此刻到和柯利再見面，還有好幾個小時，他不知道要怎樣打發。想不出什麼好辦法，只好繼續不停地走著。走到陸德藍廣場一角，向左拐進一條幽暗寂靜的小街，他覺得舒坦多了，這兒陰霾的街景比較契合他此刻的心情。最後，他在一間看起來有點寒傖的小店前，停下了腳步。櫥窗上印著「**小吃店**」幾個白色的字體。玻璃上還飛舞著兩行字：「**薑汁啤酒**」和「**薑汁麥茶**」。櫥窗裡，有一塊火腿擺在藍色的大盤子上，它的旁邊還有一個盤子，放著一條加了葡萄乾的布丁。他兩眼飢渴地打量著這些食物，機警地瞄一下街頭上下，然後快速閃進這家小店。

他飢腸轆轆，從早上到現在，除了向兩位小氣的酒保要過幾塊餅乾充飢外，再也沒吃過任何東西①。他選了一張沒鋪桌巾的木桌，對面坐著兩位女工和一位機械工人。一位邋裡邋遢的女服務生走過來伺候他。

「一盤豆子多少錢？」他問。

「一個半便士，先生，」那個女孩說。

「給我一盤豆子，」他說，「和一瓶薑汁啤酒。」

他故意粗聲粗氣說話，以沖淡身上那股斯文紳士的味道，因爲他一進門，大家突然都安靜了下來。爲了裝得自然一點，他把帽子往後推了推，再把手肘擱放在桌上。那個機械工人和兩位女工對他上上下下仔細瞧了又瞧，然後再繼續他們低聲的談話。那個女服務生端來一盤熱騰騰以胡椒加醋調理過的豆子，一把叉子和一瓶薑汁啤酒。他狼吞虎嚥吃完豆子，覺得味道還不錯，便在心裡默默記著這家小店的店名。吃完豆子，他開始啜飲啤酒，小坐一會兒，想著柯利的豔遇。在他的想像中，彷彿看見這對情侶正在一條黑暗的路上散步；他依稀聽見柯利用那低沉的聲音向她大獻殷勤，也看見那年輕女子嘴角的一抹騷勁。這個意象讓他強烈地感受到自己在經濟上與心靈上的雙重貧乏。他已經厭倦了過這種閒蕩的生活、這種手頭永遠捉襟見肘的日子，還有那些招搖

① Curate可以是酒保也可以是牧師。以上下文來看，這兒譯作酒保較爲貼切。這也是喬伊斯常用的雙關語技巧，因爲愛爾蘭人嗜酒，喝酒就像上教堂一樣平常。

撞騙的伎倆。到十一月，他即將滿三十一歲。難道他永遠找不到一份像樣的工作嗎？不能有一個自己的家嗎？他想，如果能夠坐在溫暖的爐邊，吃一頓像樣的晚餐，那是多麼地幸福啊！他和他的朋友們、女孩們在街上逛得夠多了！他知道那些朋友們的底細，也知道那些女孩是什麼貨色。他經歷了許多事，心理上對這世界有一種苦澀的怨懟，但是他並未絕望。現在酒足飯飽，他覺得比先前好多了，不再那麼厭倦生活，精神也沒那麼委靡了。如果他遇到一位善良、單純、手邊又有點積蓄的好女孩，他也能夠在一個溫馨的小角落安頓下來，過著幸福快樂的日子。

他付了兩個半便士給那個邋遢的女服務生，走出小店，又開始閒逛。他走到伽普爾街，朝著市政府的方向走去，然後再轉到達姆街。在喬治街的轉角處，他碰到兩個朋友，和他們聊了一下話。他很高興能夠停下來歇歇腳。朋友們問他，有沒有看到柯利？最近有沒有什麼新鮮的事？他回答說，他一整天都和柯利在一起。他的朋友們話不多，只是茫茫地看著人群中的某些身影，偶爾品頭論足一番。一個朋友說，一小時前他在衛斯摩藍街上碰到馬克。聽到這些話，雷尼漢說他前天晚上才跟馬克在伊根酒館喝酒。那個提到馬克的朋友問雷尼漢，馬克是不是眞的在撞球賽中贏了一筆錢？雷尼漢說他不知道，因爲在伊根酒館，請喝酒的是何洛漢先生。

九點四十五分，他和這些朋友分手。他沿著喬治街，走到公立市場再向左拐，轉到克拉夫頓街。這時人群中的男男女女逐漸散了。在街上，他聽見一簇簇的人群或一對對的情侶在互道晚安。他一直走到外科醫學院門口的大鐘前，鐘聲正好敲響十下。他唯恐柯利提早回到會面的地點，便沿著史蒂芬公園的北側快步疾走。他來到梅里恩街角，站在一盞路燈的影子裡，點燃一支預留的香煙。他倚靠著燈柱，兩眼望著柯利和那個女孩可能回來的方向。

他的腦筋又轉動了起來，他想知道柯利到底有沒有得手。他想知道柯利向她開口了沒？或是要等到最後才提？他設身處地想像柯利所面臨的困難折騰，也檢視自己的處境的痛苦與折磨。他想起了柯利那個搖頭晃腦的模樣，心情平靜了不少：他堅信柯利一定會辦成的。突然間他想到柯利會不會走另外一條路送她回家去，撇下他不管了。他的兩眼在街頭一陣搜尋：連個鬼影子都沒看到。從他到外科醫學院的大鐘算起，已經足足過了半小時。柯利會幹這種事嗎？他點燃最後一支香煙，焦躁地吸了起來。他張大眼睛，注意看著停在遠處廣場角落的每一輛電車。他們一定是走另外一條路回去了。他的香煙因捲紙被燒破而斷掉，他一邊大聲詛咒，一邊狠狠地把它丟到地上去。

突然，他看見他們朝著他走來。他一陣欣喜，把身體緊緊倚靠在燈柱上，企圖從他們走路的樣子，看出事情的結果來。他們走得很快，那個女的腳步細碎而急，柯利則邁開大步緊靠在她旁邊，看起來他們好像沒在講話。一種不好的預感，像某種利器的尖端刺痛了他。他就知道柯利會失敗；一切都是枉然。

他們一拐到貝格特街，他馬上走到另一邊的人行道上尾隨他們。他們停的時候，他也跟著停下來。只見他們談了一會兒，那個女的就踩上幾步台階，走進一家宅院。柯利仍然站在人行道旁，跟門口階梯保持著一段距離。過了幾分鐘，那幢房子的大門緩緩地打開了。一個女人從階梯上跑下來，發出咳嗽聲。柯利轉身迎向前去。他寬闊的身材把她遮住了，幾秒鐘後，她又現了出來，跑上台階去。大門在她背後隨之掩上，柯利也跟著朝史蒂芬公園的方向急速離去。

雷尼漢急忙朝同一方向趕上去。天空開始飄起了小雨，他覺得這恐怕是不祥的預兆，於是回頭朝那個女人進去的房子看了一眼，確認沒有人注意到他，便急忙跑過馬路。他因緊張加上奔跑，喘氣不已。他大叫：

「喂，柯利！」

柯利回過頭來看誰在叫他，然後像先前一般邁開大步繼續向前走。雷尼漢一面在背後追趕他，一面用手把輕便夾克披好在肩上。

「喂，柯利！」他又叫了一次。

終於趕上他的夥伴了。他以銳利的眼光盯著柯利的面孔看，但看不出任何的跡象來。

「怎樣？」他問到，「有沒有弄到？」

這時他們已經走到艾力廣場的一角，但柯利還是沒有回答雷尼漢的問題。他逕自轉身向左，走到另外一邊的街上去。他的表情冷漠、嚴肅。雷尼漢上氣接不到下氣跟上他。他被惹毛了，於是用逼迫的口吻問他：

「你到底說不說？」他說。「你向她要了嗎？」

柯利停在第一盞路燈下，很嚴肅地瞪著前方看。然後，煞有其事地伸出一隻手放在路燈下，面帶微笑，慢慢打開手心給他的門徒看。掌心中，一枚小小的金幣，閃閃發亮①。

①　柯利手中握的可能是一磅金幣(a sovereign)或半磅(half-sovereign)。一磅金幣等於二十個先令。這是一個相當大的數目，因爲在〈伊芙琳〉("Eveline")中，女主人翁一個星期的薪資只有七個先令。這些錢象徵這一對「使者」在都柏林街頭的一日所得，這些「工資」夠他們逍遙過幾天的好日子了。此外這個金幣上鑄刻有愛德華七世(Edward VII)的人頭，而愛德華七世正是英國皇室出名的風流種子。

寄宿之家

穆尼太太是屠夫的女兒。她是個沉得住氣的人：一個意志堅定的女人。她嫁給爸爸的長工，在春天花園附近經營一家肉鋪。但穆尼先生在他岳父辭世後，便開始荒唐行事。他酗酒、挪用公款，導致債台高築。要他發誓改邪歸正也無濟於事：因為不到幾天他又會故態復萌。他當著顧客的面打老婆，又販賣劣質的肉，生意就這樣子被他給搞垮了。有一天晚上，他還帶著屠刀去找他太太，逼得她只好躲到鄰人家裡去過夜。

從此以後，他們便分居了。她向神父訴求分居，並取得孩子的監護權。她不供應他金錢與食物，也不給他房間住宿。逼得他不得不到警察局去跑腿打雜。他的個頭不大，且彎腰駝背、衣衫襤褸，喝酒喝得臉色慘白，鬍子也花花的，灰白眉毛底下是一對充滿血絲、混濁無神的小眼睛。他整天坐在法警室裡，等候差遣。穆尼太太身材高大，且積極強勢。她把結束肉鋪子後結餘的錢，拿到哈維克街上去經營一家寄宿公寓。她有一些流動房客，這些人大都是從利物浦和曼恩島來的遊客，偶爾也會有一些來音樂廳表演的藝人，但長期住宿的房客則大都是城裡的上班族。她經營這家寄宿公寓的手腕靈活，立場堅定，她知道何時要略施小惠，何時要堅守原則，何時要睜一隻眼閉一隻眼。長住在那兒的年輕人都稱呼她「夫人」。

這些年輕人每星期付十五先令的包伙住宿費給穆尼太太（晚餐時的啤酒或黑啤酒另外計費）。他們的職業和品味相近，因此相處融洽。他們常談論賭馬下注的勝率。「夫人」的兒子——傑克・穆尼，在旗艦街上的一家會計事務所工作，是個聲名狼藉的大酒鬼。他滿口士兵們愛用的下流粗話；經常三更半夜才回到家。他遇到朋友的時候，總有好事相報，他總是相信幸運之神正在眷顧他——譬如說，他賭馬獲彩或是贏得某位藝人的青睞。他是個拳擊好手，愛唱滑稽搞笑的歌曲。星期天的晚上，穆尼太太的客廳經常舉辦聚會活動。在音樂廳表演的藝人會來捧場露一手。謝立敦彈奏華爾滋和波卡舞曲，也會即興伴奏。「夫人」的女兒——波麗・穆尼，也會來唱歌。她唱到：

我是個……頑皮的女孩！
你不必假惺惺：
你知道我心裡在想什麼。

波麗年方十九，身材高䠷；有一頭光澤柔順的秀髮，和一張豐潤的櫻桃小口。和人家講話時，灰中帶綠的眼睛，習慣性地向上輕挑，貌似一位假惺惺的小聖母①。穆尼太太起先把女兒送到一家玉米商的辦公室去當打字小姐，但是一位惡名昭彰的警局幫辦人員，每隔一天就去辦公室找她女兒搭訕，她便把女兒帶回家來幫忙打理分租公寓。波麗的個性活潑，這樣的安排，正好使她變成眾人追求的對象。再說男士們也喜歡有個女生在身旁轉來轉去的那種感覺。波麗就很自然跟這些年輕人打情罵俏了起來。但是精明的穆尼太太心裡雪亮，她知道這些年輕人這麼做只是在打發時間：沒有一個是認眞的。事情就這樣過了一段很長的時間。穆尼太太注意到波麗和一位男士之間，有些不尋常的事情發生了，她開始打算再把波麗送回去做打字員。她冷眼旁觀，心中自有盤算。

波麗知道母親在暗中監視她。母親一直保持緘默，這反而更證明了她知道這件事。母女之間沒有事先串通，也沒有公開承認。雖然分租公寓裡的人已經開始對這件風流韻事議論紛紛了，穆尼太太還是按兵不動，沒有介入。波麗的行爲舉止變得有點怪怪的，那個年輕人也顯得心神不寧的樣子。最後，穆尼太太判斷時機成熟了，當下就跳出來干預。她處理道德問題，就像用屠刀切

① 小蕩婦(little perverse Madonna)。Madonna原爲聖潔的聖母瑪利亞，在這裡喬伊斯把清純無邪的瑪利亞和賣弄風騷的波麗合而爲一，以爲嘲弄。

肉般乾淨俐落。這件事情，她早在心中有了定見。

初夏的某個星期日早上，天氣晴朗。預期是個大熱天，但還有一點微風輕拂。整棟公寓的窗戶都開著，在拉高的窗框下，蕾絲的窗簾因風吹，鼓脹如氣球，往街道的方向飄了起來。喬治教堂的鐘樓響起了陣陣鐘聲，做禮拜的信徒，或單獨或三五成群，都來到教堂前的圓形小廣場上。只消看他們一臉莊重的神情，不用看他們帶手套拿聖經的模樣，也就明白他們是來做什麼的。公寓的早餐時間剛過，早餐室裡，杯盤狼藉，黃色條狀的蛋皮，培根的肉皮和培根的油脂碎片，混雜成堆。穆尼太太坐在那張廉價的搖椅上，看著女僕瑪莉清理早餐桌。她要瑪莉把麵包屑和其他碎屑收集起來，以便和星期二的早餐布丁一起用。看著餐桌清理好了，碎麵包收拾好了，奶油和糖也放進櫥子上了鎖，穆尼太太便開始回想昨晚與波麗之間的對話。事情的發展正如她所預料的：她的問題很直接，波麗的回答也很坦白。當然啦！母女雙方都有點尷尬。穆尼太太尷尬是因爲她不想讓整件事看起來太像騎士的浪漫傳奇故事，也不想讓它看起來像是個雙方的共謀；而波麗覺得不自在，不只是因爲這種共謀的影射叫人難堪，而且她也不想讓人覺得，在她刻意天眞的外表下，她還能洞燭她母親容忍態度背後的意圖。

穆尼太太在沉思中，突然警覺到喬治教堂的鐘聲已經停了，她本能地瞄了一眼壁爐架上那只鍍金的小時鐘。十一點十七分：她還有足夠的時間來擺平杜嵐先生的問題，然後趕到瑪博樂街上，去參加中午十二點那場最短的彌撒。她認爲自己勝算十足。首先，所有的社會輿論都會站在她這一邊：她是一位被激怒的母親。她允許他住到同一個屋簷下，相信他是個正人君子，但他居然濫用了她的善意殷勤。他今年三十四、五歲了，不能再拿年輕當藉口；也不能拿無知當託辭，因為他有相當的人世歷練。顯而易見的，他利用了波麗的年少涉世未深。問題是：他要怎樣補償呢？

在這種情況下，補償是必要的。這種事情總是對男人有利：當作沒有事情發生似的，他就可以享受一時之快，然後一走了之，但女生就不行了，她必須承擔後果。有些母親們會樂於收下一筆錢當遮羞費；她也知道有很多這樣的例子。但是她不會這樣做。對她而言，只有一樣事能夠彌補她女兒名譽的損失：結婚。

她把手中的牌再估算一遍後，就差遣波麗到杜嵐的房間，去告訴他，她想和他談談。她有十足的把握贏得賭局，一來他是個莊重的年輕人，不像其他的人一般放浪形骸或大聲擾攘。如果這件事情發生在謝立敦、米德或班達姆．來恩先生身上，那她的工作就棘手多了。她肯定他不敢公開面對輿論壓力。住在這裡的房客都對這件緋聞略有所聞；有些人還添油加醋，渲染情節。此外，因為杜嵐先生在一家天主教徒經營的大酒商公司上班已經有十三年了，這件醜聞一旦被公開，他可能會因此丟掉工作。然而，只要他同意，一切都好說。她知道他的薪水豐厚，而且可能還有一筆可觀的存款。

快十一點半了！她站起來，對著鏡子仔細端詳。她對自己紅潤面孔上的篤定表情十分滿意。

她想起一些她認識的媽媽們，她們就是無法把女兒脫手嫁出去。

整個星期天的早晨，杜嵐先生焦慮異常。他試了兩次要去刮鬍子，但因爲手抖得厲害，只好放棄這個念頭。三天沒刮鬍子，整個下巴長滿了紅色的鬍渣，同時每隔兩三分鐘，他的眼鏡就出現一片霧氣。不得已，只好把眼鏡拿下來，用手帕擦亮。他回想起昨晚的懺悔告白，心中一陣劇痛。神父盤問了這件風流事的每一個荒唐細節，最後還誇大他的罪過，讓他覺得因獲得這一線補償機會而對神父感激不已。傷害已經造成了。現在，除了娶她，或是逃跑之外，他還能選擇什麼？他不能繼續這樣厚著臉皮賴下去。這件緋聞終將鬧得滿城風雨，他的老闆遲早也會有所耳聞的。都柏林畢竟是個小城市：每個人都互相認識。在混亂的想像裡，他彷彿聽到李歐納德老先生，以刺耳的厲聲叫道：「叫杜嵐先生過來。」一想到這兒，一顆心幾乎就要跳到喉嚨裡了。

多年來的辛苦付出都白費了！辛勤工作的成果都付諸流水了！年輕的時候，當然，他也曾經荒唐過；在酒館裡，他向同伴們吹噓自己的自由派思想，他也不相信上帝的存在。但這些都即將成爲過去式……幾乎都完了。雖然他每個星期仍舊還會買一份《雷諾報》①，但他依然奉行宗教的戒律，一年當中，十之八九，他都過著規律的生活。他存有足夠的錢，可以安定下來了，但問題

---

① 《雷諾報》（*Reynolds's Newspaper*）創立於一八五〇年。這是一份在倫敦發行的周報，專門刊登社會和政治醜聞之類的八卦新聞。

是，他的家人會瞧不起波麗。首先，她有一位惡名昭彰的父親，再者，她媽媽的寄宿之家也開始有不好的聲名流傳在外。他隱約覺得自己被套牢了。他可以想像朋友們在談論這件緋聞，在譏笑他。她有一點粗俗；有時候她會說「我解」和「如果我知話的道」這種句子①。但要是他眞的愛她的話，文法錯誤又有什麼關係呢？她的所作所爲，叫他弄不清自己到底是喜歡她還是鄙視她？當然，這件事情他自己也難脫干係。他的本能驅策他要保持自由之身，不要結婚。一旦結婚，就完蛋了。

他穿好襯衫褲子無助地坐在床邊。這時，波麗輕輕敲門，走了進來。她向他告白，說已經把兩人的戀情向她母親和盤托出，還說母親今天早上要找他去談一談。她哭了起來，雙臂環抱著他的脖子，說道：

——啊！鮑伯！鮑伯！我該怎麼辦？我到底該怎麼辦？

她說，她不如死掉算了。

杜嵐有氣無力地安慰她，叫她不要哭，一切都會無事的，不要害怕。他可以感覺到她的胸部貼著他的襯衫，胸口激盪，起伏不已。

① 「我解」(I seen)和「如果我知話的道」(If I had've known)，這兩句話的文法都是錯誤的，正確語法應是「我了解」(I see)與「要是我知道的話」(If I had known)。喬伊斯以此來間接描繪波麗的教育程度不高。

這件事情的發生，不盡然全都是他的錯。憑著單身漢特有的好記性，他記得很清楚，他第一次不期然地擁抱愛撫她時，她的衣服，她的氣息，她的纖指給他的那種感覺。後來，有一次深夜裡，他正寬衣準備就寢的時候，波麗怯怯地來敲他的門，說她想要借蠟燭點火，因爲她的燭火被一陣強風吹熄了。那晚她剛洗過澡，穿著一件法藍絨印花浴衣。毛茸茸的拖鞋的開口處，露出了雪白的腳背；香水肌膚之下，熱血沸騰。當她點燃蠟燭護著燭火時，她的手及腕部，飄著一縷淡淡的幽香。

深夜歸來，波麗總是幫他熱晚餐。萬籟俱寂的夜裡，只有波麗陪在身旁。他無心的吃著晚飯。啊！她是多麼地善體人意！如果夜裡寒涼、濕冷或起風，她一定幫他溫好一小杯酒驅寒。也許他們眞可以幸福地過一輩子……。

他們經常各端著燭火、踮著腳尖一起上樓去。在三樓階梯的平台，依依不捨地互道晚安。他們時常擁吻。她的眼神，她的愛撫，他自己的意亂情迷……歷歷如在眼前。

但是迷亂終於過去了。他重複著她的話，問自己：**我該怎麼辦**？單身漢的本能警告他趕緊煞車撤退。但是罪惡已經造成；甚至於他的榮譽感也告訴他必須去彌補這個罪行。

他和波麗坐在床邊時，瑪麗來到門邊說，夫人想要在客廳見他。他站起來穿上背心、外套。他從來沒有比此刻更加茫然無助了。穿好衣服後，他走過去安慰波麗。沒事的，不要害怕。他任她在床上哭泣，幽幽哀嘆：**啊！天啊！**

下樓的時候，他的眼鏡變得霧茫茫一片，他只好把它拿下來擦亮。他眞希望能飛上天，穿過屋頂，遠走高飛到另一個國度去，以便脫離他眼前的困局。但是他感覺到有一股力量正一步步地把他逼下樓來。他的老闆和這位「夫人」，兩張不肯寬恕的臉孔，直盯著看他狼狽的樣子。在階梯的最後一個平台上，他和傑克擦身而過。他手上正抱者兩瓶從儲藏室裡拿出來的貝斯酒①。兩人冷冷地打個照面；這個情聖的眼光，大約有一兩秒鐘的時間，停留在傑克如拳師狗般凶狠的臉孔和他那一雙孔武有力的粗短手臂上。往下走到樓梯盡頭時，他回頭向上一看，只見傑克站在轉角處的小房間門口，兩眼直直地盯著他看。

突然間，他想起來有一次一位來自倫敦的金髮小個子藝人，開黃腔，調笑波麗。傑克聽了後暴跳如雷，同樂會幾乎因此中斷。大家試圖安撫他。這位音樂廳的藝人，臉色慘白，臉上勉強裝出些許微笑，一直道歉說他並無惡意；傑克不斷向他叫囂，說如果有人向**他妹妹**開這種玩笑，他絕對會咬斷這人的喉嚨，他說到一定做到。

‧　‧　‧　‧　‧　‧　‧　‧　‧　‧　‧　‧

波麗坐在床邊輕輕啜泣一陣。之後她擦乾眼淚，走到鏡子前，把毛巾的一角放在水罐裡沾些水，拿來擦拭眼睛，提一下神。她對自己在鏡中的身影打量一番，調正耳朵上面的髮夾，然後走

---

① 貝斯酒(Bass)是一種英國著名的烈性啤酒。

回床邊，坐在床尾一端。她對著枕頭凝視，這雙枕頭喚起了她心中一些私密歡愉的記憶。她把頭背靠在冰涼的鐵床欄杆上，沉溺於綺思之中。臉上不安的神色倏地消逝無蹤。

她帶著歡喜的心情耐心地等著，不再驚慌，她的回憶逐漸爲未來的希望和憧憬所取代。但她的希望和憧憬是如此地虛幻迷離，反而看不清先前凝視的那雙白色枕頭，也想不起她在等待什麼。

終於，她聽到了母親的呼叫聲。趕緊起身快步走到扶欄邊。

——波麗！波麗！

——媽媽，什麼事？

——下來，親愛的。杜嵐先生有話對你說。

這時她才又想起來她在等待什麼了。

一抹微雲

八年前，他在北牆碼頭爲他的朋友送行，祝他一帆風順。高樂賀眞的功成名就了。你只消看他風塵僕僕的樣子、剪裁得宜的花呢布西裝，和自信滿滿的口氣，就明白了。很少人有他這樣的才氣，而成功之後還能像他一樣不驕縱的人更少。高樂賀選對了行業，他理當成功。有一位這樣的朋友，他覺得與有榮焉。

午飯之後，小錢就在心裡想著他與高樂賀的會面，想著高樂賀的邀約，以及高寓居在倫敦的生活種種。他叫「小」錢德樂，雖然他的身材只比一般人稍爲矮一點，但是他卻給人一種小個子的感覺。他的雙手纖細白嫩，身子單薄，聲音細小，態度優雅。他用盡心思梳理自己一頭如絲般亮麗的頭髮和鬍子，手帕也用心灑上香水，連指甲的半月形都修剪得完美無缺。他笑起來的時候，一排潔白的牙齒，猶帶幾分稚氣。

他坐在國王法律事務所的辦公桌前，想著這八年來的巨大變化①。從前那個窮酸潦倒的朋友，如今已是倫敦新聞界的鋒頭人物。在辦公室裡，他經常從令人厭煩的書寫工作中，抬起頭來看窗外的世界。看著晚秋落日的餘暉，灑在綠色草坪和人行道上。那金色的微塵，輕柔地灑在那邋遢的看護身上，灑在公園椅子上打盹的病弱老人身上。一片金光，灑落在走動的人身上，灑在小石子路上奔跑尖叫的小孩身上，在所有經過公園的行人身上。他看著這一番景象，想到生命種種；(他一想到自己的生命時，總是這樣覺得)頓覺悲從中來，心頭罩上了一股淡淡的憂愁。他覺得與命運抗爭，徒勞無功。這是歲月給他的教訓，也是一種智慧苦澀的負擔。

他想起了家裡書架上的那些詩集。那是他單身時候買的書。好些夜晚，他坐在大廳旁的小房間裡，有時一股衝動，想要從書架上拿一本詩集來，讀幾首詩給他太太聽。但是他總怯於開口；所以那些詩集仍然擱在架上。有時候，他也會背幾行詩句來慰藉自己。

約定的時間到了，他離開辦公桌，一臉嚴肅地和他的同事道別。一個清晰的身影，從國王旅店古樸的拱門裡走出來，快步朝亨利耶塔街上走去。金色的夕陽正逐漸隱沒，空氣也變得冷冽了起來。街上聚集了一大群髒兮兮的小孩子。他們或站立，或在馬路上追逐，或趴在門口開著的階梯上，或像老鼠一般蹲在門檻上。小錢德樂對他們視若無睹。他東閃西閃，穿過這群卑微如蟲蟻

---

① 國王法律事務所(the King's Inns)位於都柏林市利菲河畔北岸的小公園內，是一家聯合律師事務所。

般的生命；他走過鬼影幢幢的大宅院，那些都柏林的舊權貴們曾經在裡頭喧囂飲酒作樂。過往的記憶無法觸動他的心靈，因爲他的心裡頭溢滿著眼前的快樂。

他從來就沒到過柯列斯酒館，但是他知道這個名字所代表的價值①。他知道人們在看完戲之後，會來這裡喝酒吃牡蠣；而且他也聽說這兒的侍者全講法語和德語。他曾經在夜裡匆匆走過這裡，看到馬車停在門前，那些穿得花枝招展的女人，在紳士們殷勤的護衛之下，下車快步走進飯店。她們令人眼花撩亂的衣裳上，披肩、圍巾、腰帶，不一而足。臉上濃妝豔抹，腳一踩到地面，就趕緊把長裙提起來，個個都像受驚的亞特蘭提斯公主②。他經過這裡的時候，從不回頭看。就算是白天，他也習慣在街頭快步行走；如果深夜還在都市裡活動，他就會忐忑不安，惶恐地加快腳步趕路。然而，有時候，他也試著去探索自己恐懼的原因。他選擇最黑暗最狹窄的街道，鼓足勇氣向前走，但是無邊的寂靜緊跟著他的腳步聲，卻叫他心神不寧；晃蕩在周遭那些無聲的人影，也同樣令他不安。有時候，一聲低沉忽的笑聲就把他嚇得像樹葉般顫抖不已。

他右轉走到卡波爾街上③。高樂賀躋身到倫敦的新聞界了！八年前，誰會想到有這麼一天呢？但回顧過去，小錢確實從他的朋友身上看到某些徵兆，預告他將來會成大器。人們常說高樂賀狂

① 柯列斯(Corless's)是都柏林一家高級酒館，名流時尚聚集之地。
② 亞特蘭提斯(Atalantas)是希臘神話中一位善於奔跑的女神，她承諾誰跑得比她快就嫁給他。
③ 波爾街(Capel Street)都柏林商業活動最繁忙的街道之一。

野不馴。沒錯，他過去曾和一些遊手好閒的朋友混在一起，酗酒無度，到處向人借貸。最後，因捲入某一樁與金錢有關的不名譽事件：至少，這是他遠走他鄉的一種說法，但是沒有人會因此否定他的才能。高樂賀身上總有一些……什麼來著的東西，叫人不得不佩服。他甚至於在捉襟見肘，被錢逼到絕境的時候，還能維持一張無所謂的臉孔。小錢想起了(回憶在他的臉上閃過一絲驕傲的光彩)高樂賀在困境時說的一句話：

——朋友們！等等，現在暫停，半場休息，他經常這樣漫不經心地說。我那精明的腦袋跑到哪裡去了？

這就是高樂賀高人一等的地方。眞他媽的，有時候你還不得不佩服他呢！

小錢加快了腳步。這是他有生以來第一次覺得自己比身邊經過的所有人優越。這是他第一次對卡波爾街的庸俗與市儈氣產生反感。不用懷疑：如果想要功成名就，你必須遠離家園。在都柏林，你終將一事無成。當他走過克拉頓橋的時候，他俯看著河水流向下游的碼頭，不禁爲那些低矮破敗的房子感到難過。在他看來，這些房子就像是一群流浪漢，沿著河岸擠在一起，它們老舊的外套，披著灰塵與煤渣。它們目光呆滯地望著落日的景致，等待夜晚第一道寒流來叫它們起來抖抖身子，然後離去。他心裡想著，是否該寫一首詩來表達他的心情，也許高樂賀可以幫他在倫敦的報紙弄到一個發表的機會。他有沒有能力寫些具原創性的詩篇？他不太清楚自己到底要表達什麼，但是一時的詩意觸動他的心弦，這個念頭就像尚未實現的希望不斷在他心裡滋長，他勇敢地邁步前進。

每邁開一個步伐，他就接近倫敦一步，同時也遠離他那庸俗乏味的生活一步。他心裡的地平線上，突然亮起一道光芒。他沒有那麼老——他只有三十二歲。他的身心正處於成熟的年紀。他希望能夠用詩篇來表達自己的感情和對事物的看法。他把這些念頭藏在心裡，試著評估看自己是不是具有詩人的靈魂。他想，自己個性憂鬱，但這憂鬱是信心、認命和單純的喜悅三者互相調和的結果。如果他能用詩來表達這種感受，也許人們會願意來聽他敘說。他不可能廣受歡迎：這一點他很清楚。他不能左右群眾，但至少他可以吸引一小圈性情相投的人。也許，英國的評論家會因他詩中憂鬱的調性而認定他是塞爾提克學派的詩人①；此外，他也會把典故融入詩中。他開始想像別人對他詩作的評論：**錢德樂先生才情出衆，其詩作優雅如行雲流水……**。**這些詩作流露出一種濃烈的愁緒……**。**塞爾提克的調子**。眞可惜，他名字的愛爾蘭味不夠道地。也許，把他媽媽的姓氏加在他自己的之前，感覺會好一點：如湯米斯．馬龍．錢德樂，或乾脆用T．馬龍．錢德樂，這樣就更像了。他要和高樂賀談一談這個問題。

他一路胡思亂想，以致錯過了酒館，只好再走回頭。當他走近柯列斯酒館時，先前的焦慮又

---

①　塞爾提克學派（the Celtic School）是指葉慈所領導的愛爾蘭文藝復興運動，其創作風格呈現一種夢幻氣質，主題都環繞在讚揚愛爾蘭本土、農村、神話、風俗與傳說之上。易言之，這個學派的愛爾蘭民族主義色彩非常濃厚。

開始回過頭來左右他，他停在飯店門口難於決定，最後才開門走進去。

酒館裡的燈光和喧鬧聲使他在門口遲疑了好一陣子。他環顧四周尋找高樂賀，但紅紅綠綠的酒杯，在燈光下閃爍，反叫他目眩不已。酒館裡擠滿了人，他覺得大家都用一種好奇的眼光在看著他。他很迅速地朝左右掃視一番(眉頭微皺，以示他正在處理一件很重要的事)，但是在視線變得比較清晰後，他發現其實並沒有人轉過頭來看他：當然，他看到高樂賀在那裡，背靠著吧檯，兩腳張得開開的。

——哈囉！湯米！我的老友，你終於來了！怎麼樣？你喝什麼？我喝威士忌：這比我們在海峽對岸喝的還好①。加蘇打水？礦泉水？不加礦泉水？我也是。破壞味道……。喂！小弟，幫個忙，給我兩小杯麥芽威士忌……。自從上次見面後，你過得還好吧？我的天啊！我們這麼快就變老了！你看出我的老態嗎！——嗯，什麼？頭頂上有些白髮，也有點禿——是不是？」

高樂賀脫掉帽子，露出一大片梳理有致的頭髮。他的臉孔嚴肅而蒼白，鬍子刮得乾乾淨淨。他那對灰藍色的眼睛，爲他蒼白的容顏增添不少氣色，那條鮮豔的橘色領帶，襯得他目光炯炯有神。在這些爭相表現的五官中，他的嘴唇長扁難看，且無血色。他低下頭來，用兩根手指頭，憐惜地撫摸著腦門上那些稀疏的頭髮。小錢不以爲意地搖搖頭。高樂賀重新把帽子戴上。

① 海峽對岸指的是英國。

——新聞工作把我壓得喘不過氣來。總是匆匆忙忙，東奔西跑，尋找新聞題材，有時候還一無所獲：可是，總要找一些新鮮的事來報導。寫好後，我說啊！還得花幾天去做那要命的校對和印刷。告訴您，我眞的很高興能回到故鄉。這對我意義重大，有那麼一點度假的味道。一踏上這片又親愛又骯髒的都柏林土地，眞是痛快……。湯米，你的酒來了。加水嗎？夠了就講一聲。

小錢的威士忌加太多水，變得非常淡。

——我的朋友，高樂賀說，看來你不會品酒。我只喝不加水的純酒。

——我平常很少喝酒，小錢謙虛地說，只有在碰到老朋友時才喝那麼一小半杯：如此而已。

——那麼，高樂賀興高采烈地說，這一杯敬我們，敬往日時光，老朋友。

他們輕碰酒杯，把酒乾了。

——我今天遇到幾位從前的玩伴，高樂賀說，歐哈拉似乎很落魄。他是做什麼的？

——無所事事，小錢說，窮途潦倒。

——霍根不是有一份好的工作嗎？

——是的；他在土地委員會工作。

——有一天晚上，我在倫敦遇到他。他看起來滿闊氣的……。可憐的歐哈拉！我猜，是不是酒喝多了。

——還有其他的問題，小錢簡短地回答。

高樂賀笑了起來。

——湯米，他說，我看你一點都沒變。你還是那樣嚴肅古板，我以前星期天的早上起來，頭腦脹痛或滿口乾澀時，你總會對我訓誡一番。你應該到外面的世界去走走看看。你什麼地方都沒去過嗎？連一趟旅行也沒有嗎？

——我去過曼恩島①，小錢說。

高樂賀哈哈大笑。

——曼恩島！他說。去倫敦或巴黎，尤其巴黎，更是上上之選。去了只有好處。

——你去過巴黎嗎？

——我會說我有。我在那兒待過一陣子。

——巴黎眞的像人們所說的那樣美麗嗎？小錢問道。

他啜飲一小口酒，而高樂賀卻豪爽地把整杯乾掉。

——美麗？高樂賀說著，一面停頓在這個字眼上，也一面回味著酒的香醇。它沒有那麼美，你應該知道。當然，它是美麗的……。但美麗的是巴黎的生活；那才是重點。沒有任何城市像巴黎

① 曼恩島（the Isle of Man）位於英國與愛爾蘭之間的海上孤島，原屬於愛爾蘭。它是最受愛爾蘭人喜愛的旅遊勝地，因爲距離近、花費相對便宜，但卻有出國的感覺。

一樣多采多姿，充滿歡樂刺激，令人興奮……。

小錢喝完他的威士忌後，費了一番功夫，才得到侍者的回應眼神。他又點了相同的一杯酒。

——我去過紅磨坊，高樂賀在侍者過來清理杯子時繼續說道。我也去過所有的波西米亞小館。情色物欲！不適合像你這樣道貌岸然的人，湯米。

小錢默不吭聲，直到侍者又端了兩杯酒回來：然後，他輕輕地碰了一下朋友的酒杯，回敬他一杯酒。他開始覺得有些失望。高樂賀的口氣和說話的神情，令他不快。他的朋友身上，有些他從前沒注意到的市儈氣。也許是因爲生活在倫敦，處於忙碌與競爭激烈的新聞界之中吧！但在俗氣的舉止之下，他個人的魅力依舊在。無論如何，高樂賀總是見了世面的過來人。小錢嫉妒地望著他的朋友。

——巴黎的一切都是快活的，高樂賀說。他們篤信要享受人生——你不覺得他們是對的嗎？如果你想要正確地享受人生，那非去巴黎不可。告訴你，他們對那裡的愛爾蘭人頗具好感。他們一聽說我從愛爾蘭來，就迫不及待要接納我。

小錢連續喝了四、五小口威士忌。

——告訴我，他說，巴黎眞的像他們所說的……傷風敗俗嗎？

高樂賀舉起右臂，比劃一個十字架的樣子。

——每一個地方都道德淪喪，他說。當然，你可以在巴黎尋歡作樂。譬如，你可以到學生舞會裡去找。當這些婊子開始放浪形骸時，如果你喜歡看的話，那可眞是有得瞧啦！我想，你知道她們是什麼樣的人吧！

——我聽說過，小錢說。

高樂賀一口喝光他的威士忌，搖搖他的頭。

——啊！他說，你愛怎麼說都行。不論是生活品味，或是流行時尚，天底下的女人都比不上巴黎的女人。

——那麼它是一個墮落的城市，小錢怯怯但堅定地說，我的意思是，拿它與倫敦和都柏林比較的話？

——倫敦！高樂賀說。兩者半斤八兩。你去問霍根，老弟。他來倫敦時，我曾帶他去見識了一番。他大開眼界……我說，湯米，不要把威士忌加水，喝純的吧！

——不行，眞的不行……。

——來吧！再來一杯，不會怎樣的。要什麼？我看就同樣的再來一杯吧。

——喔……好吧！

——小弟，跟剛才的一樣……你抽煙嗎？湯米。

高樂賀掏出他的雪茄盒。這兩個朋友點燃雪茄，安靜地抽著煙等侍者送來他們點的酒。

——告訴你我的看法，高樂賀從他隱身的煙霧中露出臉來說道，這是一個無奇不有的世界。說到傷風敗俗！我倒聽過一些例子——我在說什麼？——我知道的這些事：那些傷風敗俗的事……。

高樂賀若有所思地噴著煙，然後以一種歷史學家沉穩的口吻，爲他的朋友繼續描繪那些流行於海外敗德墮落的生活。他把許多大都會的罪惡，做一個簡要的描述，且似乎有意把最高榮譽頒給柏林。有些描述他不敢保證確實無誤（他是聽朋友說的），但有些倒是他的親身經歷。他沒有迴避階級和出身問題。他透露了歐洲大陸上許多宗教機構的秘密，細說上流社會裡的一些時髦事情，最後還繪聲繪影地說了一則有關某位英國公爵夫人的故事——他知道確有其事的一則故事。聽得小錢一愣一愣的。

——啊！還好，高樂賀說，我們現在在步調緩慢的都柏林，不可能發生這類的事情。

——去過那麼多的地方之後，小錢說，你一定會覺得都柏林是個了無生氣的城市。

——說起來，高樂賀說，你知道，我是回來放鬆心情的。畢竟，如他們所說的，這兒是故鄉，不是嗎？你不免對它有一份特殊的感情。這是人性使然……。換說一些你自己的事吧。霍根告訴我說……你已嘗到婚姻生活的幸福滋味。兩年前結婚的，是不是？

小錢紅著臉笑了笑。

——是的，他說。我去年五月結婚，剛好滿一年。

——希望現在還來得及獻上我的祝福，高樂賀說。我沒有你的地址，不然我當時候就會這樣做。

他伸出手來，小錢就和他握手。

——好啊！湯米！他說，老朋友，我祝你們生活美滿幸福，大富大貴，除非我開槍打死你，否則你就長生不老。這是一位老朋友最眞誠的祝福，你懂嗎？

——我知道，小錢說。

——有沒有小孩呢？高樂賀問道。

小錢臉上又是一陣紅暈。

——我們有一個小孩了，他說。

——男孩或是女孩？

——一個小男孩。

高樂賀很誇張地用力拍打他朋友的背部。

——好極了！他說，湯米，眞有你的。

小錢面帶笑容，困惑地看著他的酒杯，三顆猶帶稚氣的白色門牙緊咬著下唇。

——在你回去之前，希望能夠撥個晚上來我們家小聚一番，他說。我太太一定會很高興見到你。我們可以來點音樂，並且——

——多謝你，我的老友，高樂賀說。眞遺憾，我們不能早點見面，可惜我明天晚上就要離開了。

——那麼，今天晚上……？

——非常抱歉，我的老友。我今天是和另一位朋友一起來的，他是一位聰明的年輕人。我們已經安排了一個小牌局。不然的話……

——哦！這樣的話……。

——但天曉得？高樂賀很體諒地說。既然已經有個開頭了，說不定明年我還會再回來玩幾天。這只不過是遲來的快樂罷了。

——好，你下次回來，我們一定要找個晚上聚一聚。就這麼說定了，好不好？

——好，一言爲定，高樂賀說道。明年如果我回來，一定要和你見面。我以**人格**保證，隨傳隨到①。

——就這麼說定了，小錢說。那我們再喝一杯。

高樂賀掏出一個大金錶看了看。

——眞的最後一杯嗎？他說。你知道，我還有約。

——是的，絕對，小錢說。

---

① Parole d'honneur是Word of honor。指被判緩刑的犯人，保證不逃跑，願接受法院命令，隨傳隨到。

——很好，那麼，高樂賀說道，我們再喝一杯當作是**出發前的最後一杯**①——我覺得這是一句很棒的俗話。

小錢點了兩杯酒。幾分鐘前泛在臉上的紅暈，現在變得更加明顯了。平常一點小事，他都會臉紅：現在他覺得很溫暖也很興奮。三小杯已經衝到他腦門的威士忌，加上高樂賀濃濃的雪茄味，他感到一陣昏沉，因爲他是個敏感且自律甚嚴的人。闊別八年之後與高樂賀重逢，和他一起坐在燈紅酒綠、熱鬧喧囂的柯列斯酒館，傾聽他的故事，分享他的成功與他那多采多姿的生活，這一切種種，打亂了他內心裡的那份平衡感。他深切體會到自己的生活與他朋友之間的強烈對比：這對他不公平，因爲高樂賀的教育程度和家世背景比不上他的，他深信自己可以比高樂賀更有成就。未來，只要有機會，他的成就將不止是區區一名華而不實的新聞記者而已。是什麼阻礙了他？是他那可悲的懦弱性格。他渴望能夠洗刷污名，重建他的男性雄風。他看穿了高樂賀婉拒他邀請的理由。高樂賀只不過是以友誼之名來施恩於他，正如他回來是給愛爾蘭面子一般。

侍者端來了他們的酒。小錢遞給他的朋友一杯，自己也很爽快地拿起另一杯。

——誰料想得到？在他們舉起酒杯時，他說，明年你回來，說不定我就有榮幸恭賀高樂賀和他的夫人，幸福快樂，長命百歲。

---

① Deoc an doruis是蓋爾語，譯成英文爲drink of the door或one for the road，即出發前，最後一小杯。

高樂賀正在喝酒，他在酒杯口上意味深長地閉起了一隻眼睛。喝光一整杯，再用力咂了咂嘴唇，然後放下酒杯，說：

——老弟，不用太擔心，我要先享樂一番，開開眼界，見識一下人生，然後再一頭栽進婚姻的牢籠裡——如果我願意的話。

——終有一天你會的，小錢平靜地說道。

高樂賀整理一下他的橘色領帶，瞪著大大的眼睛看著他的朋友。

——你眞的這樣想嗎？他說。

——你會自投羅網的，小錢語氣堅定地回答，就像所有人一樣，只要你遇到自己心儀的女孩。

他稍微加重說話的語氣，但他知道這樣做，已經洩漏了他眞正的意圖。儘管滿臉通紅，但他並沒有迴避朋友凝視的眼光。高樂賀盯著他看了一會兒，然後說：

——假如眞的發生這種事，那你可以拿你所有壓箱的錢來和我打賭，我絕對不會被愛沖昏了頭。我打算只與金錢結婚。她最好在銀行裡有一大筆存款，否則我一眼也看不上。

小錢搖了搖頭。

——你難道，我的天啊！高樂賀以誇張的語氣說，連這一點都不明白嗎？我只要把話說出來，明天立刻就可以人財兩得了。你不相信嗎？好，我知道。成千成百——我在說什麼？——有錢的德國人和猶太人，錢多得一塌糊塗，他們都樂於……。老弟，你等著瞧，看看我有沒有亂蓋。告訴你，當我下定決心去做某件事時，我不完成便不罷休。你等著看好了。

他把酒杯舉到唇邊，一口喝下，縱聲大笑。然後他若有所思地看著小錢，改以一種比較平和的口氣說：

——但是，我不急。他們可以等我。你知道的，我從不想把自己和固定的一個女人綁在一起。

他用嘴巴做一個品嘗食物的動作，然後露出一個苦瓜臉。

——我想，這樣生活會變得乏味無趣，他說。

．　．　．　．　．　．　．　．　．　．　．　．

小錢手裡抱著小孩，坐在客廳邊的房子裡。爲了節省開支，他們沒有請傭人，只有安妮的妹妹莫尼卡在早上或下午會過來幫忙一個小時左右。此刻，莫尼卡早已回家去了。八點四十五分。小錢很晚才回到家，錯過了喝茶的時間，而且忘了幫安妮到畢優利買一包咖啡豆①。她當然不高興，所以不太搭理他的話。她說不喝茶也沒關係，但是等到街角那家商店快打烊時，她又決定走一趟，去買四分之一磅的茶葉，和兩磅的糖。她把酣睡中的嬰孩輕輕地放在他的懷中，然後說：

——抱好，不要吵醒他。

桌上有一盞白磁燈罩的小檯燈，燈光落在一個鏤花的牛角相框上，裡頭有一張安妮的照片。

---

① Bewley's在丹姆街（Dame Street）上，是都柏林著名的咖啡屋，供應簡餐、茶點、咖啡。

小錢看著照片，眼光落在她那緊閉的薄唇上。她穿著一件淺藍色的夏裝，那是他在一個周末買回來送給她的禮物。他花了十先令又十一便士買的；但買這件衣服卻讓他精神緊繃，難堪不已！那天他眞的是飽受煎熬，先是等在商店門外直到店裡客人走光了，再到櫃檯前，盡量裝得若無其事，看著店員把女用衣服堆在他眼前。付了錢，但卻忘了拿回零錢，還被會計小姐叫回去。最後離開時，爲了掩飾羞紅的臉孔，還得佯裝檢查包裝是否牢固。當他把衣服拿回去時，安妮給她深深一吻，直說衣服很漂亮，款式也很新穎。但是她聽到價錢時，卻把衣服扔在桌上，怪他花十先令又十一便士買這樣的一件衣服，被騙上當。起先，她執意要退回衣服，但是試穿之後，卻又不勝歡喜，尤其是衣袖子的樣式。她就親他，說他眞體貼。

「嗯！」

他冷冷地看著照片裡的那雙眼睛，它們也同樣冷冷地回瞪著他。照片裡的眼睛當然很漂亮，面孔也很漂亮，但是卻有一種庸俗的感覺。她爲什麼沒有自知之明？她爲什麼裝得像個淑女？那雙沉著冷靜的眼神激怒了他。它們排斥他，輕視他：眼神中沒有感情，也沒有歡愉。他想起了高樂賀所提到的那些猶太貴婦。他幻想著，她們那些深邃的東方黑眼珠，是何等的勾魂攝魄，叫人激情難耐！……他怎麼會和照片中的那雙眼睛結婚呢？

他被自己的問題困住了，於是神情緊張地環視了一下房間。他發覺那分期付款買來的家具，也帶有幾許俗僧氣。家具是安妮親自挑選的，他由此又聯想到她。這些家具看起來跟她一樣俗黜。一種對生活現狀不滿的情緒，油然而生。他難道不能逃離這小小的房子嗎？要像高樂賀一般地放浪生活，會不會爲時已晚？他能不能去倫敦？家具的尾款尚未付清。如果他能出版一本書，也許就能夠爲自己開啓一條新的道路。

一本拜倫的詩集擺在他眼前的桌上。他怕吵醒小嬰兒，所以用左手小心地翻開書本，開始讀起書中的第一首詩：

山風無語，暮靄沉靜，
草樹林間，輕風止息，
而我歸來憑弔瑪格麗特之墓，
遍灑香花於吾愛的墳土之上①。

他停了下來去感受詩的旋律在房間裡迴盪。多麼憂鬱的詩篇啊！他能不能也寫出這樣的詩，來表達他靈魂中的憂鬱？他想要描寫的感受實在太多了：例如，幾小時之前，他站在克拉頓橋

① 這是拜倫的詩集*Hours of Idleness*（1807）中的第一首“On the Death of a Young Lady, Cousin of the Author, and Very Dear to Him”裡的開頭第一小節。

頭時的感受。要是他能夠重新回到那種情緒之中……。

孩子醒了，開始大哭。他把眼光從書本移開，去哄小嬰兒：但是小嬰兒靜不下來。他來回搖著懷中的小嬰兒，但是小嬰兒的哭聲卻越來越刺耳。他加快速度地搖，同時把眼睛移到詩的第二小節上：

　　她的軀體安息在窄小的墓穴裡
　　那身子曾一度……

不行了，讀不下去了，他什麼事也不能做了。小孩的哭聲刺痛了他的耳膜。白費力氣啊！一切都枉然啊！生活的囚犯。憤怒之極，雙手顫抖。突然，他轉過身來對著小嬰兒大叫：

——不要哭了！

小嬰兒在瞬間呆住了，但因受驚嚇，痙攣一下，又開始嚎啕大哭起來。他從椅子上跳了起來，把小嬰兒抱在懷裡焦急地在房子裡來回踱步。小嬰兒可憐兮兮地抽噎著，每隔四、五秒鐘便暫停呼吸，然後再迸出哭聲。房間的薄壁迴盪著他的哭聲。他試著安撫小嬰兒，但是小嬰兒反而抽搐得更厲害。他看著小嬰兒痙攣抖動的臉孔，跟著慌了起來。數著孩子連續抽搐七次沒有換氣，他驚慌地把小嬰兒緊抱在懷裡。如果小嬰兒死了……

門被撞開了，一位年輕的女子喘著氣衝了進來。

——怎麼啦？怎麼啦？她尖叫著。

孩子一聽到媽媽的聲音，便爆出一陣抽泣。

——沒什麼。安妮……沒什麼……。小孩哭了起來……

她把袋子扔在地上，一把將小嬰兒從他身上搶了過來。

——你把他怎麼了？她怒視著他的臉大叫。

她瞪了小錢一眼；他默默承受。當他看到那雙眼睛中的恨意時，整個心就關閉了起來。他結結巴巴地說道：

「沒什麼……。他……他哭了起來……。我不能……我什麼也沒做……。你說什麼？」

她不理睬他，開始在房間裡來回踱步，把孩子緊緊地抱在懷裡，一面喃喃道：

「我的小寶貝！我的小小寶貝！你受驚了嗎，寶貝？……好啦，寶貝！……好啦！……我的小綿羊！媽媽最可愛的小羔羊！……好啦！」

小錢一臉羞愧，他走到檯燈照不到的陰影處站著。他傾聽著，孩子的啜泣聲越來越小；悔恨的淚水，不禁奪眶而出。

對比

鈴聲大作，派克小姐走過去拿起通話器，一個帶有北愛爾蘭腔調的刺耳聲音，憤怒地大叫：

——叫華林頓來見我！

派克小姐走回到打字機旁，對一位正在桌上寫字的人說：

——艾倫先生請你上樓去見他。

那個人壓低聲音罵了一句「**他媽的！**」然後把椅子向後推開，站了起來。他站直後，身材頗爲高大魁武。一張哭臉，金黃色的眉毛和鬍子，但皮膚暗黑且透著酒氣：兩眼微凸，眼白部分混濁不清。他掀開櫃檯板子，走過客戶身旁，帶著沉重的腳步離開座位。

他步履沉重地爬到樓梯間的第二個平台上。那裡的門口掛了一塊黃銅牌子，上面刻著「**艾倫先生**」幾個字。他又喘氣又惱火，在門口停了一下，然後才敲門。一個尖銳的聲音回道：

——進來！

那個人走進艾倫先生的辦公室。艾倫先生，個子矮小，刮得乾乾淨淨的臉上戴著一副金邊眼鏡。一見那個人走進來，便把頭從一堆文件中抬起來。那顆粉紅色的禿頭，就像擺在文件堆上的一顆大雞蛋。艾倫先生一秒鐘都沒浪費便開口說：

——華林頓？你這是什麼意思？你的毛病爲什麼這麼多？我問你，包爾利和柯溫的合同抄好了沒有？我交代過你，必須在四點鐘以前完成。

——但是薛利先生說，先生——

——**薛利先生說，先生**……。你回答我的問題，不要說「**薛利先生說，先生**」。你總是有藉口，老愛推卸責任。我告訴你，今天晚上以前要是這份合同還沒謄好的話，我就告到柯拉斯比先生那裡……。你聽清楚了嗎？

——是的，先生。

——你聽清楚了嗎？呃！還有一件小事。跟你講話，簡直就是對牛彈琴。聽清楚，我再說最後一次：你有半小時吃中飯，不是一小時半。你中餐吃幾道菜？我很想知道……。現在，你聽清楚我說的話了嗎？

——是的，先生。

艾倫先生把頭再栽回到文件堆中去。那個人目不轉睛地盯著這顆掌管「柯拉斯比和艾倫公司」的光頭，估量著它可能脆弱易碎。一陣怒火掐住他的喉頭，在燃燒了好一陣子後，只留下一股強烈的乾渴感覺。那個人知道這種感覺，他今晚必須好好喝一杯才行。已經過月中了，如果他能夠及時把這份文件抄好的話，艾倫先生也許會下張同意預支的條子給管錢的出納先生。他靜靜站著，兩眼盯著文件堆上的那個光頭看。突然，艾倫先生開始在找某個東西而把所有的文件翻得亂七八糟。他驚覺眼前站著一個人，便猛然抬起頭來，說道：

——哦！你要在這裡站一整天嗎？我說啊，華林頓，你眞的很優閒喔！

——我在等著看還有什麼事……

——好了，你不用等了。下樓去做你的事。

那個人腳步沉重地走向門邊。當他跨出門後，又聽到艾倫先生在他背後大聲喊道，如果那份合同今天傍晚以前沒謄好的話，就要去向柯拉斯比先生告狀。

他回到樓下的辦公桌，數一數還有幾張紙尚未謄寫好。他拿起筆來，沾了沾墨水，但是無精打采地盯著他先前抄寫的最後幾個字：**在任何情況下，伯納．包爾利均不**……夜幕逐漸降臨，幾分鐘後，街燈即將點亮：那他就可以開始抄寫了。現在他覺得必須舒緩喉頭裡口渴的感覺一下。他站了起來，一如往常把櫃檯的橫板掀開，從辦公室裡走了出去。他走出去的時候，科長滿臉疑惑盯著他看。

——薛利先生，沒關係，那個人說道，並且用手指頭比畫著他要去的方向與目的地。

科長朝衣帽架瞄了一眼，看它掛滿了衣帽，也就沒說什麼話。那個人一走到樓梯間的平台，便從口袋裡摸出一頂花格子的牧羊人帽，戴在頭上，並快步走下搖搖晃晃的樓梯。從靠街邊的門口出去，他躡手躡腳地沿著街邊朝街角走去，忽地一個箭步轉進一家店門口。終於安然到了昏暗而溫暖的奧尼爾酒館。他滿臉都是汗，一張熱呼呼的大臉，紅得像暗紅色的葡萄酒或一塊深色的肉，湊近酒館的小窗口，叫道：

——嘿！佩特！幫個忙，給我一杯黑啤酒。

酒保遞給他一杯普通的黑啤酒①。那人舉杯一口飲盡，並要了一顆香菜子②。他把一分錢放在吧檯上，然後就像他偷偷摸進來一樣，悄悄地離開酒館，叫酒保在黑暗中摸索取錢。

黑暗伴隨著濃霧，逐漸籠罩二月的黃昏。優斯塔司街上的路燈也亮了起來。那人走過一幢又一幢的房子回到辦公室的門口，心裡計算著能不能及時完成抄寫的工作。上樓梯時，一股溫濕濃烈的香氣，衝著他的鼻子襲來：顯然，他去奧尼爾酒館時，戴拉克爾小姐剛好來辦公室。他把帽子塞回口袋，裝出一副漫不經心的樣子，再走進辦公室。

——艾倫先生在找你，科長嚴厲地說。你跑到那裡去了？

---

① Porter是指一種比較不純、相對便宜的吉尼士(Guinness)啤酒。是一種勞動階級的工人常喝的酒，又叫「波特」(Porter)。

② 它的香氣可以用來掩蓋酒精的味道。

那人朝站在櫃檯前的兩位顧客看了一眼，彷彿在說，他們在場，叫他難於據實回答。因爲這兩位顧客都是男性，科長就訕笑著說：

——我知道你在玩什麼把戲，他說。但是一天五次也未免太……。好啦！你最好眼睛放亮一點，趕快找出戴拉克爾小姐案子的信件副本給艾倫先生。

當眾受到這樣的質問，加上快步跑上樓，和剛剛匆匆喝下的酒精一併作祟之故，一時之際，他感到腦門昏脹。當他坐到桌前準備文件時，頓覺要在五點半前抄完這份合約幾乎是件不可能的任務。濕寒的暗夜已經降臨，他急著要到酒館裡去，在煤油燈下與酒杯交錯裡，和酒友們喝個痛快。他找到戴拉克爾小姐的合同，走出辦公室。但願艾倫先生不會發現合同裡少了最近的兩封信。

那股溫濕濃烈的香水味一路飄到艾倫先生的辦公室。戴拉克爾小姐是位看起來像猶太人的中年女子。據說艾倫先生對她的人或她的錢有著濃厚的興趣。她常來他的辦公室，而且一待就好一陣子。渾身香氣，她正坐在他的辦公桌旁，撫弄著傘柄，微微點頭時，帽子上的那根黑色大羽毛，便不停地顫動。艾倫先生把椅子轉過來面對她，瀟灑地把右腿橫擱在左膝上。那個人把文件放在桌上，並且恭敬地行一個禮，但是艾倫先生和戴拉克爾小姐卻沒把他的鞠躬瞧在眼裡。艾倫先生用手指頭輕輕彈了一下文件，然後拿起來向他揮了揮，彷彿在說：**好啦！你可以走了**。

那個人走回樓下的辦公室，坐在自己的桌前。凝視著尚未寫完的那個句子：**在任何情況下，**

伯納・包爾利均不……心裡想著，眞奇怪爲什麼最後三個字的開頭字母都相同。科長開始催促派克小姐，說她打字太慢，恐來不及將信件送郵。那個人傾聽一會兒打字機的機械碰撞聲音，才重拾抄寫工作。但是他的腦袋一片模糊，心思早已飛到喧鬧的酒館裡去了。今晚是喝烈酒之夜。他費力地抄寫著，但是五點正鐘聲響起時，他還有十四頁沒抄好。他媽的！來不及抄完了。他想要詛咒人，想要用拳頭狠狠地把什麼東西重搥一下。盛怒之餘，他把「**伯納・包爾利**」寫成「**伯納・伯納**」，因此必須把這頁重抄一遍。

他覺得自己力大無窮，隻手就可以把整間辦公室都搗毀。他的身體渴望有所行動，他想衝出去，痛快喝個爛醉。他一生所受到的羞辱委屈，都令他怒火中燒……。他可以私底下先向出納預支薪水嗎？不可能，他是個混蛋，爛透了：他不會讓我預支的……他知道到哪裡去找他的朋友：李奧納德、歐哈蘭和諾西・弗林。他的情緒激動，已經到了隨時要爆發的地步。

他茫茫出神，等到名字被叫了兩次之後，才回神答話。艾倫先生和戴拉克爾小姐此刻正站在櫃檯邊，所有的員工都轉過頭來，等著看即將發生的事。那個人離開椅子站了起來。艾倫先生劈頭一陣怒罵，說少了兩封信。那個人說他不知道，因爲他已經一字不漏地抄好了。艾倫先生的怒罵聲依然不斷：這些話又辣又毒，那個人幾乎隱忍不住，恨不得要用拳頭對準眼前這個矮個子的頭上，給予重重一擊。

——我完全不知道你所說的那兩封信，他笨笨地說道。

——**你——什麼都——不知道**。當然，你什麼都不知道，艾倫先生說。他先把眼光朝身旁的女士瞧一下以取得她的贊同，然後繼續加了一句話，告訴我，你是不是把我當成傻瓜？你是不是把我看作是白癡？

那個人先看了一下那位女士的面孔，然後把目光轉到那個蛋頭上，再把目光轉回來；然後，在他有所警覺之前，一句俏皮話，已經脫口而出：

——先生，他說，我認爲你不該問我這個問題吧！

所有的員工屏住呼吸，大氣都不敢喘。每個人都愣住了（說這句俏皮話的人也和其他的旁觀者同樣嚇呆了）；此時矮胖但和藹的戴拉克爾小姐，臉上露出了燦爛的笑容。艾倫先生的臉則漲紅得像一朵野玫瑰，他的嘴巴因過於激動而不住地抽搐。他的拳頭在那個人的面前不斷地晃動，就像一隻電動的搖桿：

——你這個野蠻的無賴！你這個野蠻的無賴！我要立刻處置你！你等著瞧吧！你必須爲你的無禮向我道歉，不然你就立刻捲鋪蓋走路！我告訴你，你要不就是丟掉工作，要不就是向我道歉！

・・・・・・・・・・・・

他站在辦公室對面的走道上，等著看出納先生會不會單獨走出來。員工們陸續走了出來，終於看到出納先生和科長一起走出來。當他和科長在一起的時候，跟他說什麼都沒有用。那個人覺得自己的處境糟透了。他因著自己的魯莽被迫必須低聲下氣向艾倫先生道歉。他在辦公室將像在蜂窩一樣難捱。他記得艾倫先生如何把皮克先生逼出辦公室，以便爲自己的姪兒安插位子。他滿腔怒火，口乾舌燥，想找人出氣；他對自己生氣，也對所有的人生氣。艾倫先生不會給他一刻安寧的；他的日子將像煉獄一般。這一次，他眞的把自己搞成一個大傻瓜。難道他不能不要語帶諷刺的講話嗎？他和艾倫先生一向合不來。有回艾倫先生偷聽到，他模仿自己的北愛爾蘭腔，逗得希金斯先生和派克小姐大笑不已，從此以後艾倫先生便懷恨在心。他也許可以試著向希金斯先生借錢，但是希金斯先生本來就身無分文。一個人背負著兩個家庭，當然不可能……。

他覺得自己龐大的身體，渴望著要去酒館尋找慰藉。夜霧寒涼，他想也許可以在歐尼爾酒館向派特借到錢。但他頂多只能從他那兒借到五便士，這點錢能做什麼呢？他必須從別的地方弄些錢來：他已經花掉了最後的一便士買了黑啤酒，再晚一點恐怕就沒地方弄到錢了。他用手指頭玩弄著錶鍊，突然間，想到在旗艦街上的泰瑞・凱利當鋪。有了！他怎麼沒有早一點想到呢？

他快步走過天波霸鬧區的窄巷，一面對自己喃喃說道，他們都去死吧！我現在要好好享受這個夜晚了！泰瑞・凱利當鋪的店員說，「一個皇冠」①，但是他堅持要當六先令；後來他眞的拿到了六先令。他興高采烈地走出當鋪，用拇指與其他手指頭把錢幣疊成一個小小的圓柱體。衛斯摩蘭街頭上，擠滿了剛下班的男男女女，一些衣衫襤褸的窮孩子，四處鑽動，叫賣晚報。他穿過人

① 等於五先令。

群，帶著驕傲的滿足感，觀看著這一番街景，還趾高氣昂地盯著上班女郎看。他的腦袋裡迴盪著火車的轟隆聲，和街頭電車的咻咻聲，他的鼻子已經聞到水果酒四溢的香氣。他一面走著，一面揣忖著該用什麼樣的措辭告訴那些哥兒們事情發生的經過：

——因此，我就瞪著他——冷冷地，你知道吧，同時也朝她看了看，然後再回頭朝他看一眼——慢慢地，你知道吧。我說，**我認為你不該問我這個問題吧！**

諾西・弗林坐在戴維・伯恩酒館裡那個他常坐的角落。當他聽完華林頓的故事後，他請華林頓喝半杯酒，說這故事和他所聽過的其他故事，一樣精采。華林頓回請他喝一杯。過了一會兒，歐哈蘭和派帝・李奧納德走了進來，他把故事又說了一遍給他們聽。歐哈蘭請大家喝一輪溫熱的威士忌，並把他在佛尼斯街上的卡藍公司工作時，頂撞他上司的故事說給大家聽；但是他頂撞的言詞，比較像田園詩中牧童隨興的對話。他必須承認他辯駁的言詞比不上華林頓的高明。聽到這些話，華林頓請大夥兒先乾杯，然後他要再請一輪。

正當大家在點酒喝時，這時，除了希金斯，還會有誰正好進來！當然他也加入大夥兒喝酒。大夥兒要他把這事件再說一遍。他看到眼前五小杯溫熱的威士忌，興奮得全身發燙，於是情緒高昂地開始講了起來。大家看他模仿艾倫先生在華林頓面前揮動拳頭的樣子，忍不住笑得人仰馬翻。接著，他又模仿華林頓的語氣說：「**我就是這副德行，你看著辦好啦！**」華林頓以他那雙矇矓的醉眼帶著微笑地睨視眾人一番，偶爾還用下唇舔吮一下殘留在鬍鬚上的酒滴。

這一輪酒喝完後，大夥靜了下來。歐哈蘭還有錢，其他的兩個人看起來口袋空空了；大夥有些悵然地離開酒館。走到公爵街轉角時，希金斯和諾西・弗林拐過左邊去，其他的三個人回頭又轉進城裡去。冷冷的街頭飄起了細雨，等他們走到港務局時，華林頓建議大家去蘇格蘭酒館。酒館裡高朋滿座，杯斛交錯，人聲鼎沸。三人擠過在門口叫賣火柴的小販群，走進去圍坐在櫃檯的一角。他們輪流說著故事。李奧納德向他們介紹一位年輕人魏德世，他在蒂弗利劇院表演雜耍，是一位跑江湖的藝人。華林頓請大家喝一杯酒。魏德世說他要一杯愛爾蘭威士忌加「阿波里那瑞斯」①。華林頓深諳喝酒之道，就問其他兩人要不要來份同樣的。但他們卻向提姆說要純的威士忌。他們的談話越來越熱烈。歐哈藍請大家再喝一杯，華林頓也再請大家一杯。魏德世抗議說，愛爾蘭人的好客之情，眞叫人受不了！他答應帶他們到劇院後台，介紹幾個漂亮的小姐給他們認識。歐哈藍說他和李奧納德要去，但是華林頓不可以去，因爲他是已婚的男人。華林頓那雙沉重渾濁的醉眼不以爲然地看著他的同伴，臉上明顯地表現出他知道他們正在尋他開心。魏德世也自掏腰包意思意思請大家喝一小杯酒，他答應說稍晚一點再到普貝格街上的莫力根酒館和大家碰頭。

蘇格蘭酒館打烊後，他們又去莫力根酒館。他們進到酒館後方的大廳裡，歐哈藍替大家點了

① 這是德國進口的礦泉水，也是英王愛德華七世最喜歡的名牌礦泉水。此處魏德世是模仿英王的架式。

小杯溫熱的甜酒。大家都開始覺得有些醺然醉意。華林頓再請大家喝一輪時，魏德世剛好駕到。還好他只點了一杯啤酒，華林頓鬆了一口氣。錢變少了，但還夠他們繼續喝下去。不久有兩位戴寬帽子的女士和一位穿花格子西裝的男士走進來，坐定在鄰近的桌子。魏德世和他們行禮招呼，並告訴這夥人她們是從蒂弗利劇院來的。華林頓的眼睛不住地飄向其中一位女士。她的外表搶眼。一條孔雀藍的長巾纏繞在帽子上，並在她的下巴處打了一個蝴蝶結；一雙鮮黃色的手套，長及手肘。華林頓傾羨地注視著她那不時優雅擺動的豐盈手臂。片刻過後，她回眸看他一眼，華林頓益發欣賞她那雙棕黑色明亮的大眼睛。凝視的眼神中充滿矇矓曖昧，華林頓不禁爲之神魂顛倒。她朝他拋了一兩個媚眼。當大家要離開的時候，她的身子輕輕碰到他的椅子，「**噢！對不起！**」一口倫敦口音。他注視著她離去，心中期望她會回過頭來看他一眼，可是他期望落空了。他痛恨自己沒錢，更痛恨請大家喝這麼多輪的酒，尤其是請魏德世喝威士忌加阿波里那瑞斯礦泉水。天底下他最恨的就是那種喝酒占便宜的人。他怒火攻心，所以也就聽不清楚他的朋友們在聊些什麼。

派帝・李奧納德叫他的時候，他才弄清楚他們在談有關力氣大小的事。魏德世正在向同伴們展示他的二頭肌，吹噓炫耀，其他的人就鼓譟要華林頓去維繫民族的尊嚴。華林頓二話不說，捲起袖子，也向他的同伴們展示他的二頭肌。大家檢視比較兩人的手臂，最後大家同意來場腕力比賽以分高下。桌子清理乾淨後，兩人把手肘擺在桌上，手腕互相緊扣著。派帝・李奧納德宣布：

「開始！」雙方奮力試圖將對方的手臂壓倒在桌上。華林頓一臉嚴肅，態度堅定。

雙方開始較勁。大約三十秒後，魏德世慢慢地把對手壓向桌面。華林頓因輸給這毛頭小子，又羞又怒，原本深酒紅色的面孔益發顯得黯黑。

——你不可以用身體的重量來強壓。要遵守比賽規則，他說。

——誰不守規則？另一個人說道。

——再比一場。三戰二勝。

比賽再次開打。華林頓額頭的青筋暴現，魏德世原本蒼白的臉也變成如芍藥般通紅。他們的手臂和胳膊因使力而顫抖。一番拉鋸之後，魏德世再次緩緩地把華林頓壓倒在桌面。觀眾裡響起了一陣低沉的喝采。站在桌邊的紅髮酒保，猛向勝利者點頭，並以巴結的親熱口吻說：

——喔！眞是好功夫！

——你他媽的知道什麼？華林頓轉過來向著那個人憤怒地說道，誰要你多嘴？

——噓！噓！歐哈藍看到華林頓橫眉豎目的表情，趕緊勸道：夥計，買單！再喝一小口，我們就走人。

一位表情嚴肅的男子站在歐康諾橋邊，等著開往山迪芒的電車帶他回家。他怒火中燒，想找人報仇；他受到屈辱，忿忿不平；他毫無醉意；口袋裡只剩下兩便士。他痛恨一切。他在辦公室裡弄得灰頭土臉，典當了手錶，花光了所有的錢；可是竟然連茫然一醉都不可得。他又開始覺得口渴起來，他想要回到酒氣溫熱的酒館。一連兩次輸給一個小伙子，他已經失去了強人的名譽。他心頭一把火悶燒著，當他想起那位戴著大帽子的女士，從他旁邊擦身而過，並且說了聲「對不起」時，他的憤怒就激得他幾乎喘不過氣來。

他在薛爾本路下電車。拖著龐大的身軀，他沿著軍營圍牆，在它的影子下行走。他討厭回家。他從側門進去，發現廚房裡沒人，爐火幾乎要熄掉了。便朝著樓上大叫：

——愛達！愛達！

他太太個子矮小，臉孔尖削。在她丈夫清醒的時候，她欺壓他；等到他喝醉時，她就被他欺壓。他們有五個孩子。一個孩子從樓梯上跑下來。

——是誰？那個人在黑暗中張望問道。

——是我，爸爸。

——是哪一個？查理嗎？

——不是，爸。我是湯姆。

——你媽媽到哪裡去了？

——她上教堂去了。

——我就知道……她有沒有留晚餐給我？

——是的，爸。我——

——把燈點亮。屋子裡烏漆嘛黑的，到底在幹什麼？其他的人都睡了嗎？

小男孩在點燈時，那個人重重地跌坐到椅子上去。他開始模仿兒子單調的口音，半對著自己說：**上教堂去了，竟然上教堂去了**。等到燈一點著，他就用拳頭重擊桌面，大叫道：

——我的晚餐在哪裡？

——我就去……燒飯，爸！小男孩說。

那個人憤怒地跳了起來，指著爐火。

——在這火上燒嗎？你讓火熄掉！以上帝之名，我要好好教訓你，看你還敢不敢讓火熄掉！

他一個箭步衝到門邊，抓起放在門後的拐杖。

——我要教訓你，竟敢把火弄熄了，他一邊說道，一邊捲起袖子，好讓手臂有更多活動的空間。

小男孩哭叫道，「啊！爸！」他邊啜泣邊繞著桌子跑，那個人在後面追，一把捉住了他的外套。小男孩驚慌地看著他，一看毫無逃脫的機會，就一把跪了下來。

——看你下次還敢不敢讓火熄了！那人一面說，一面狠狠地用拐杖打在小男孩身上。小畜生，你給我記住！

小男孩的屁股被打得皮開肉綻，發出了一連串淒厲的叫聲。他緊握雙手，高舉在空中，帶著恐懼顫抖的聲音叫道：

——啊！爸！他哭叫道，不要打我，爸！我幫你……我幫你念萬福瑪利亞……。我幫你念萬福瑪利亞，爸！如果你不打我的話……。我就念萬福瑪利亞。

泥土

女舍監已經答應，一等女工們用完茶點，她就可以離開了。瑪利亞盼著黃昏後的外出。廚房清理得井然有序，一塵不染：廚師說大銅鍋，光可照人。爐火熊熊，靠牆的邊桌上擺著四大條葡萄乾麵包①。這些麵包從外表看起來好像沒被切開過；但是仔細一瞧，你會發現它已經被切成一塊塊的厚片，就等著喝茶時分給大家。這是瑪利亞親自切好的。

瑪利亞的個子眞的很小很小，但她的鼻子很長，下巴也很長。她講話的時候，帶有鼻音，但總是輕聲細語：「**是的，親愛的！**」和「**不，親愛的！**」當那些女工們爲了沐浴等事起爭執時，

① Barmbrack是愛爾蘭人在萬聖節的應景食品。它是一種摻有葡萄乾等水果的棕色麵包。萬聖節時，愛爾蘭人把戒指或乾果藏在這種麵包中，拿到戒指的表示會第一個結婚，拿到乾果的表示會和有錢的鰥夫或寡婦結婚，或獨身不結婚。

瑪利亞就被派去當和事佬，她通常都能順利讓事情和平落幕。有一天，舍監對她說：

——瑪利亞，妳是一位眞正的和事佬！

助理舍監和兩位女董事都已熟悉這些讚美的話。金澤・穆妮總是說，要不是因爲瑪利亞，她早就把那個管熨斗的啞巴攆走了。每個人都很喜歡瑪利亞。

這些女人將在六點鐘吃茶點，七點前，她應該就可以離開了。從伯爾斯橋到尼爾遜紀念塔，二十分鐘；從紀念塔到德隆姆康德拉地區，二十分鐘；再花二十分鐘，去採買一些東西，她在八點鐘以前應該可以到達那兒。她拿出那個帶有銀釦的皮包來，再念一遍上頭的字：**貝爾法斯特留念**。她很喜歡這隻皮包。這是五年前喬和艾爾非到貝爾法斯特去參加「聖靈降臨節蒞日」之旅時，喬買給她的①。她的錢包裡有兩個五先令的銀幣和一些銅板。買了電車票後，她還剩下五先令。他們將有一個愉快的夜晚，和所有孩子們一起歡唱！她只希望喬不要又喝得醉醺醺回來。他喝了酒就變成另外一個人。

喬曾經多次邀她搬過去和他們同住；但是她覺得自己會妨礙他們(雖然他太太對她非常好)，而且她已經習慣了洗衣店的生活。喬是個好人。他和艾爾非兩人是她一手帶大的；喬常常這樣

---

① Whit-Sunday是指復活節後的第七個星期日，緊接其後的星期一通常放假。根據愛爾蘭的傳說，在這天旅行或買東西會帶來厄運。

說：

——媽媽是媽媽，但是瑪利亞才是他們最好的母親。

等到他們分家之後，孩子們就把她安置在「暗夜明燈都柏林」洗衣店①，她也喜歡這個工作。過去她對新教徒素無好感，但現在她覺得他們也是好人，雖然有一點沉默和嚴肅，但還是滿好相處的。後來她在溫室裡種了一些植物，以蒔花弄草為樂。她種了一些可愛的蕨類植物和常綠的藤本植物。每當有人來拜訪，她就從溫室裡摘一兩枝綠葉送給客人。只有一樣東西她不喜歡，就是貼在牆上規勸人修身行善的海報；但舍監人真的很好相處，很有教養。

等到廚師告訴她一切都準備就緒了，她就走到女工們用茶點的房間去拉那口大鐘。幾分鐘後，這些女工們便三三兩兩魚貫走進用餐的房間，邊走邊用裙子把濕漉漉的手臂擦乾，同時把襯衫袖子從紅通通且冒著熱氣的手臂上放下來。她們一一在大大的馬克杯前坐定下來，杯子裡裝滿了廚師和啞巴從大錫罐裡倒出來摻了牛奶和糖的熱茶。瑪利亞負責分配麵包，每個人都分配到四片。用餐期間，一片喧譁嬉鬧。麗姿・傅立民說瑪利亞一定會拿到戒指，雖然每年的萬聖節她都這樣說，瑪利亞只能苦笑回答說，她不想要戒指，也不想要男人。瑪利亞笑起來的時候，她那雙

① Dublin by Lamplight 是一家由新教徒婦女經營的洗衣店。這是專門收容「墮落女子」的中途之家機構。因偷竊、酗酒或賣淫被感化的女子，如果到這類場所工作，可以縮短刑期。

灰綠色的眼睛閃著羞怯與失望的神色；她的鼻頭幾乎碰到了她的下巴尖。金澤．穆妮高舉茶杯，請大家一起祝瑪利亞身體健康，女工們則用馬克杯把桌面敲得乒乓價響。穆妮說，很遺憾，今天喝的不是黑啤酒。瑪利亞聽了咯咯地笑了起來，笑得她的鼻頭幾乎碰到了下巴尖，笑得她瘦小的身體幾乎要散掉了。因為她知道，穆妮是一片好意，但是，當然啦，這只是她一個平凡女人的想法。

當女工們用完茶點，廚子和啞巴開始收拾餐具時，瑪利亞最高興啦！她回到自己的小房間，想到明天早上要望彌撒，就把鬧鐘的時針從七點撥回到六點。然後她脫掉工作服和居家穿的靴子，再把她最好的一件裙子擺在床上，把她那雙小小的外出靴子放在床腳。她換上外衣，攬鏡自照，想起年輕時，自己是如何盛裝打扮去參加星期日的彌撒；懷著微妙的心情，她欣賞著自己瘦小的身體。儘管歲月流逝，她依然保有一副窈窕的好身材。

她外出時，街頭因下雨而顯得光潔明亮，她很慶幸還好自己穿了這件舊的棕色雨衣。電車上滿載著乘客，她只能坐到車廂最後排的小椅子上，面對所有的乘客，而她的腳尖只能勉強碰到地面。她心裡盤算著待會兒要做的事情，同時也想著，口袋有錢，能夠自給自足，還是比較好。她希望今晚大家可以玩得很愉快。她相信他們會的。但是想到艾爾非和喬兩人彼此不講話，卻不免惋惜。現在，兩人鬧翻了，但是他們小的時候，卻非常地要好：可惜人生就是如此。

她在紀念塔站下電車，然後迅速在人群中穿梭。她走到唐妮斯糕餅店，可是店裡擠滿了顧客，她等了很久才有人過來招呼。她買了好些廉價的什錦餅乾，最後拎著一個大包包走出糕餅店。她接著想另外再買些什麼：她想要買樣眞正好一點的東西。他們應該不缺蘋果和核桃。眞難決定要買什麼，她唯一能想到的只有蛋糕。她決定買一個葡萄乾蛋糕，可是唐妮斯店裡的葡萄乾蛋糕，上面的杏仁糖霜太少了，所以她就走到亨利街上的店去。在店裡，過了許久她還拿不定主意，站在櫃檯後面那位時髦的小姐，顯然等得有點不耐煩，於是就問她是不是在挑結婚蛋糕。瑪利亞一臉羞紅，對著櫃檯小姐笑了笑。但是那位年輕的小姐，誤以爲眞，便切了一大塊葡萄乾蛋糕，包好後遞給她，說：

——總共兩先令四便士。

在前往德隆姆康德拉的電車上，她原先以爲恐怕要一路站到底，因爲年輕人對她視若無睹，只有一位上了年紀的紳士讓座給她。他戴著一頂棕色的禮帽，身材矮胖，一張紅潤的方形臉，蓄著灰白的鬍子。瑪利亞覺得他看起來像是位上校，她又想，比起那些眼睛直瞪前方的年輕人，這位紳士有禮貌多了。這位紳士開始和她攀談，聊起了萬聖節的種種，和多雨的天氣。他猜想大袋子裡裝的是給孩子們的好東西。他說，沒錯，小孩子應該要從小多享受生活。瑪利亞煞有其事地點了點頭，還輕咳幾聲，以示贊同。他對她非常友善。瑪利亞在運河橋下車，並向他行禮道謝。他也面帶和煦的笑容，舉帽回禮。當她低頭在雨中步上台階的時候，她心裡想著，要判斷一個人是不是紳士也不是那麼困難，就算他多喝了一杯也一樣。

到喬的家時，每個人都說：「喔！瑪利亞來了！」喬剛下班回來，孩子們都穿著星期天才穿的體面衣服。兩個鄰居的大女孩也在這裡，她們正在玩遊戲。瑪利亞把蛋糕袋子交給最大的孩子，要艾爾非去分給大家；唐諾麗太太直說瑪利亞妳太客氣了，還帶這麼一大袋的餅乾來。她要孩子們說：

——謝謝你！瑪利亞！

瑪利亞說她還帶了特別的東西要給爸爸和媽媽，是他們一定會喜歡的東西，接著便開始找她買的那塊葡萄乾蛋糕。她翻遍了唐妮斯糕餅店的袋子，雨衣的口袋，門後的衣帽架，就是找不到蛋糕。然後她問孩子們有沒有人吃掉了——當然，不是故意的——，可是孩子們都說沒有，臉上還露出如果被誤以爲是小偷，他們寧可不吃的表情。每個人都試圖要爲這件離奇的事件找出答案。唐諾麗太太認爲事情很簡單，就是瑪利亞下車時忘了帶下來。瑪利亞想起了自己對灰鬍子的紳士有些意亂情迷，頓覺一臉羞愧、懊惱和失望。一想到不能給他們一點小驚奇，又想到平白損失兩先令四便士，她幾乎當場就要哭了出來。

喬安慰她說沒關係，並請她坐到爐火邊。喬對她很好。他告訴她辦公室裡所有發生的事，還把他頂撞上司所說的一句俏皮話說給她聽。瑪利亞不知道爲什麼喬會對這句話笑得這麼開心，但是她說這個上司一定是個蠻橫自大的人物。喬說其實他也不是那麼壞，如果你摸清楚他的脾氣；如果你不去招惹他的話，他也是滿好的。唐諾麗太太彈鋼琴伴奏，孩子們又唱又跳。後來鄰居的兩個女孩開始分配胡桃。可是大家都找不到胡桃鉗，喬氣得幾乎要捉狂，他說，沒有胡桃鉗要叫瑪利亞怎麼吃胡桃？但是瑪利亞說她不喜歡胡桃，大家不用替她費心。喬問她要不要來瓶黑啤酒；唐諾麗太太也說，要是她喜歡的話，家裡還有紅葡萄酒。瑪利亞回答說，最好別為她煩心吃喝什麼，但是喬堅持一定要。

所以瑪利亞只好順他的意。他們坐在爐邊閒談往事，瑪利亞想要為艾爾非說幾句好話。不料喬一聽到就大聲叫道：如果我再跟艾爾非多說一句話，就遭天打雷劈，不得好死。瑪利亞只好抱歉地說她不該提起這個話題。唐諾麗太太指責她先生說，對自己的手足說這樣的話，實在丟臉。但是喬反駁說，他沒有艾爾非這樣的兄弟。兩個人幾乎為這件事吵了起來。最後，喬說他不想在這個節慶的夜晚發脾氣，於是叫她太太多開幾瓶黑啤酒。鄰居的兩個女孩安排了一些萬聖節的遊戲，氣氛很快地又變得高高興興了。看到孩子們玩得很快樂，喬和他太太也興致高昂，心情愉快，瑪利亞也感到很欣慰。鄰居的女孩在桌子上擺了幾個碟子，先把孩子們的眼睛蒙起來，然後把蒙著眼睛的孩子們帶到桌前①。有一個孩子摸到祈禱書，另外三個摸到水；當其中一個鄰居女孩摸到戒指時，唐諾麗太太用手指了指那位滿臉通紅的女孩，彷彿在說：「**好啊！這下我全知道**

---

① 這是愛爾蘭的萬聖節習俗，摸到祈禱書，代表會到修道院工作；摸到水，代表會飄洋過海，到海外移民；摸到戒指，表示快要結婚了；摸到錢幣，代表會發財；摸到泥土，表示一年內會死掉。維多利亞時期，這種習俗有了改變，不再放泥土了。

了！」接著，他們堅持也要把瑪利亞的眼睛蒙起來，領她到桌子邊，看她會摸到什麼。在他們幫她蒙眼的時候，瑪利亞笑得鼻頭幾乎碰到了下巴尖。

在歡樂的笑鬧聲中，他們把瑪利亞帶到桌前，她照他們的吩咐，把手伸到半空中。她的手在空中移來移去，最後落在一個碟子上。她的手摸到一團濕濕軟軟的東西，她覺得奇怪，爲什麼沒有人講話，或幫她把蒙眼的布條拿下來。這種靜默持續了幾秒鐘，然後是一陣混亂的腳步聲和悄悄的耳語聲。有人提到院子什麼的，最後，唐諾麗太太斥責一位鄰居女孩，叫她馬上把它丟掉：不能開這種玩笑。瑪利亞知道這次不算，她必須重摸一次：而這一次，她摸到了祈禱書。

隨後，唐諾麗太太爲孩子們彈奏〈麥克勞蒂小姐的紡紗車〉①這支曲子，喬勸瑪利亞喝一杯葡萄酒。很快地，大家又回到歡樂的氣氛裡。唐諾麗太太說，瑪利亞年底前就會到修道院去，因爲她摸到了祈禱書。瑪利亞從來沒看過喬像今晚般對她這麼好，講了許多有趣的話題，還回憶往事種種。她說，他們對她眞的很好。

後來孩子們都累了、睏了。喬就問瑪利亞，在她回去之前，要不要唱一首歌，唱一首老歌給大家聽。唐諾麗太太說：**「瑪利亞，拜託妳唱一首！」**瑪利亞只好站起來走到鋼琴旁邊站定。唐諾麗太太叫孩子們安靜，聽瑪利亞唱歌。接著，她彈起前奏，對瑪利亞說：**「瑪利亞！開始！」**

---

①〈麥克勞蒂小姐的紡紗車〉（"Miss McCloud's Reel"）是一首愛爾蘭的傳統歌謠。

瑪利亞漲紅著臉，用一種細細顫抖的聲音開唱。她唱〈我夢想我自己住在〉這首歌，到第二小節時，她又唱了一遍：

夢中我住豪華宅第
家臣奴僕服伺在旁
宅第之內眾人聚集
唯我是希望與榮耀
我的財富無人能比
我的家世高貴顯赫
但我夢想至樂莫過
你我的愛一如往昔

但是沒有人點出她唱錯了；喬聽了她的歌，大受感動。他說，不管別人怎麼認爲，他覺得過去的時光最美，老貝爾夫的音樂最叫人懷念①。他熱淚盈眶，淚眼模糊，看不清楚他要找的東西，

① 貝爾夫（Michael W. Balfe, 1808-73）是愛爾蘭著名的作曲家和歌唱家。歌劇《波西米亞女孩》（*The*

最後只好問他太太，開瓶器放在哪裡。

（續）

Bohemian Girl)即是他的成名作。在這段裡，瑪利亞連唱第一段兩次，忘了唱描寫騎士向少女求婚的第二段。

憾事一樁

詹姆斯・達菲先生住在伽波里索街上，他希望盡可能住得離他所屬的城市越遠越好，因爲其他的都柏林郊區在他看來都很庸俗、現代和矯情。他住在一間幽暗的老房子裡，從窗口望出去，可以看到那間廢棄的釀酒廠，往上則可以看見沿著小河而立的都柏林城市。他的房間沒鋪地毯，四壁高牆，上頭連一幅畫也沒有。房子裡的每一件家具，都是他親手挑的：一張黑色的鐵架床，一個黑色的臉盆架，四張藤椅，一個掛衣架，一個煤桶，一個壁爐罩子和生火的鐵具，和一張方桌，上頭放著一個帶有斜面蓋子和抽屜的寫字檯。他以幾塊白木板架在牆壁的凹槽之間，充作書架。床上鋪著白色的被單，床腳擺著一張黑紅相間的地毯。臉盆架上掛著一面有把手的小鏡子。白天的時候，屋內唯一的裝飾品是壁爐台上一盞有白色燈罩的檯燈。白色書架上的書，由下往上，按照書本的厚薄依序排開。《華慈華斯全集》放在書架最下層的一端，一本以布面裝訂的筆記本《梅諾斯教義問答》，擺在書架最上層的一端①。書桌上隨時擺著書寫用的文具。桌面上放著一份霍夫曼的《麥克．克拉瑪》②劇本譯稿，劇中的舞台指示是用紫色筆寫的，還有一些紙片用銅質大頭針訂成一小疊。他常在紙片上抄錄一些句子，但令人感到意外的是，這疊紙最上面一張抄的竟然是〈抗憂鬱劑〉的成藥廣告詞③。一掀開斜桌板，一股淡淡的香氣就由裡頭散發出來——這種香味來自柏木做的新鉛筆、膠水，或是一顆被遺忘在抽屜的過熟蘋果。

達菲先生痛恨任何造成精神上或肉體上失序的事物。中世紀的醫師恐怕會說他患有憂鬱症。歲月的故事，帶著都柏林街道的棕色調性，全寫在他的臉上。乾澀的黑髮，長在一顆又長又大的頭上；黃褐色的鬍鬚，遮不住那張不討喜的嘴巴。因顴骨的關係，他的臉孔看起來很嚴峻，但他的目光倒不那麼嚴峻。只是他用那對黃褐色眉毛下的眼睛，打量著世界的模樣，給人一種感覺，彷彿他隨時都準備好要去接納他人的懺悔，但卻總是大失所望。他與自身維持著一定的距離，總以懷疑的眼光，斜眼看待自己的行爲。他有一個怪癖，就像寫自傳，他常在心裡構思用一個短句

① 《梅諾斯教義問答》（Maynooth Catechism）是愛爾蘭天主教教義的標準範本。位於都柏林西邊十五哩處的梅諾斯，正是愛爾蘭宗教中心——皇家聖派翠克學院——的所在地。

② 霍夫曼（Gerhart Hauptmann, 1862-1946）是德國自然主義派劇作家，擅長處理父子衝突的劇情。他在一九一二年獲得諾貝爾文學獎。《麥克．克拉瑪》（*Michael Kramer*）是他在一九〇〇年發表的大作。喬伊斯對此劇讚賞有加，據說他曾嘗試將其翻譯爲英文。

③ Bile Beans指的是一種成藥，可用來治療膽疾或憂鬱症。

來描寫自己，但主詞卻用第三人稱，而時態用過去式。他對乞丐從不施捨，而且總是拿著一根堅硬的榛木杖，腳步堅定地走著。

多年來，他一直在貝格街上的一家私人銀行擔任出納員。每天早上，他都從伽波里索搭電車來此上班。中午，他就到唐柏克餐廳吃午餐——喝一瓶淡啤酒，和吃一小碟的葛粉餅乾。四點鐘一到，他就下班了。他會到喬治街上的一家餐館用晚餐。在那裡，他可以遠離都柏林社交圈的那些紈子弟，而且此地餐飲價格也比較公道實在。晚上的時光，他大都坐在房東太太的鋼琴前，或是在都柏林的郊區中閒逛。他喜愛莫札特的音樂，所以也會去歌劇院或音樂廳：這是他生活中唯一的消遣了。

他既無友伴，也無知己；不上教堂，也不信教。他獨來獨往，過著自己的精神生活，只有在聖誕節的時候，才去拜訪親戚，或是在他們辭世時，才到墓園去送他們一程。爲了不傷傳統禮俗，他才奉行這兩項社會責任，但除此之外，他對現代市民社會的一切規範，皆嗤之以鼻。他也曾幻想，在某些情況下，他會去搶自己上班的那家銀行，但是這種情況從未出現，所以日子也就一成不變地過下去——就像一則缺少冒險行動的故事。

有一天晚上，他在羅湯塔劇院看戲，碰巧坐在兩位女士旁邊。劇院裡，稀落的觀眾和冷清的氣氛，令人感傷地預告了這齣戲的失敗。坐在他身旁的女士環顧近乎空盪的劇院，喟然嘆道：

——今晚的劇院眞冷清！要面對空盪的座位唱歌，眞是難爲啊！

聽到這兩句話，他認爲對方有意和他交談。他有點訝異，因爲對方表現得一點都不做作。他們交談的同時，他就一面把她的模樣牢記在心。當他知道坐在女士旁的年輕女孩是她的女兒時，他判斷她的年紀只比自己少一歲左右。她的臉孔，過去一定很漂亮，現在看起來也還很聰慧。這是一張五官鮮明的瓜子臉。深藍瞳眼，目光堅定。在她凝視的時候，給人一種高傲的感覺，但其凝視的瞳孔隨之刻意迷失於虹彩之中，因而轉瞬之間，流露出一種極端敏感的氣質來。她的瞳孔很快就恢復鎮定，這種半遮半掩的揭示也歸因於她的理性自制。她那身羊皮外套包裹下的豐盈胸部，明確傳達出一種寧死不屈的傲氣。

幾星期之後，他們又在愛爾福・泰瑞絲的音樂會上碰面①。在她女兒不注意的時候，他就趁機親近她。有一兩次，她委婉提到她的丈夫，但是語氣中並沒有警告的意味。她叫做希尼可太太。她丈夫的遠祖來自雷格宏②。她的丈夫是一艘來往於都柏林和荷蘭之間的商船船長；他們育有一個孩子。

第三次與她巧遇時，他鼓足勇氣，約她見面。她應約而來。這開啓了往後頻繁的約會；他們總是選擇在晚上見面，在最僻靜的地方一起散步。然而，達菲先生厭惡這種偷偷摸摸的約會，但

---

① Earlfort Terace位於史蒂芬公園的東南角。現在是愛爾蘭國家音樂廳(the National Concert Hall)的所在地。

② 雷格宏(Leghorn)位於義大利西岸的大港口。

又覺得他們只能暗地裡來往，於是提議邀他到她家裡作客。希尼可船長以為這是因他女兒之故，所以竭誠歡迎他來拜訪。希尼可船長承認自己無法從太太那兒得到歡樂，因此從不懷疑有人會對她妻子產生興趣。因為她丈夫經常不在，女兒也常外出教鋼琴，達菲先生就有很多機會和她相處。他們兩人從未如此冒險過，所以也不覺這有何不妥之處。漸漸地，他的思想和她的便結合在一起，難分彼此了。他借書給她讀，提供她不同的見解，也和她分享知性的生活。她什麼都聽他的。

有時候為了回應他的理論，她也會舉自己生活中的實例來相互印證。帶著近乎母性的關懷，她鼓勵他盡量放開心胸。她成了他告白的對象。他告訴她說，有一陣子，他參加愛爾蘭社會主義黨的聚會。在油燈暗淡的閣樓裡，他發現自己處在一群保守的工人之間，有種格格不入的感覺。後來這個黨分成三個派別，各有自己的領袖和開會的閣樓，他就停止去參加聚會了。他說，工人們討論的議題太溫和；但他們對薪資問題的興趣又太強烈。他們都是不折不扣的現實主義者；而且，他們因為學不來有閒階級凡事精準規劃的本能，所以就特別憎恨這種能力。他告訴她說，再等幾百年，都柏林都不可能爆發社會革命。

她問他為什麼不把自己的想法寫出來。他帶著輕蔑的口吻反問她，為什麼要寫呢？要去和那些喜歡賣弄文采，那些不能連續思考六十秒鐘的人，一較高下呢？為什麼要把自己交給那些庸俗的中產階級來評判呢？而那些人聽由警察裁定道德標準，任由劇場經理決定藝術良窳。

他經常造訪她在都柏林郊外的小別墅；兩個人常在那兒共度良夜。伴隨著兩人的思想逐漸交織在一起，他們的話題也愈來愈私密。有她作伴，他就像外來植物般，受到沃土的滋養。有好幾次，夜幕降臨後，她還不點燈。那靜謐漆黑的房間，那四下無人的獨處，和那猶裊繞在耳際的音樂，將他們緊緊地結合在一起。這種契合的感覺叫他欣喜若狂，這種感覺調和了他原本有稜有角的個性，提升了他的精神生活。有時候，他驚覺自己在傾聽自己的聲音。他相信，有一天他在她心中的地位，會提升到天使一般的高；但是在他逐步點燃伴侶的熱情時，他聽到一種詭異非人——但又千眞萬確是自己——的聲音，呼喚著他，必須堅持自己靈魂裡那無可救藥的孤獨。那聲音說：我們不能放棄自己，我們要作自己。有一天晚上，希尼可太太興奮之餘，於是激動地牽著他的手，貼到她的臉頰上。這種親暱的交往終於結束了。

達菲先生嚇壞了。她誤解了他所說的話；幻想破滅。整整一個禮拜，他都沒去看她，後來他寫信約她見面。但他希望他們最後的見面，不要受到先前尷尬的感情告白影響，所以就約在公園大門外的一間小蛋糕店裡碰面①。時值深秋，他們不顧寒意在公園的小徑上，來來回回，幾乎走了

---

① Parkgate是指鳳凰公園(Phoenix Park)的大門，位於都柏林市的西郊。一八八二年五月六日鳳凰公園發生一起政治謀殺案。一些號稱「無敵者」(the Invincible)的謀殺犯伏擊兩位英國官員Lord Frederick(愛爾蘭秘書長)和Thomas Herry Burke(次長)，將他們刺死，雖然最後涉案的人都被逮捕，有些遭到處死。這件事引起國際注目，引發大眾對恐怖主義的嫌惡。

三小時。他們同意分手。他說，人與人的結合，必然以悲劇收場。離開公園的時候，他們一路靜默無語，走向車站。在那兒，希尼可太太神情激動，顫抖不已。達菲先生恐怕她又再次崩潰，於是匆匆告別後，即迅速離開。幾天後，他收到一個包裹，內有他的書籍和樂譜。

流水四年，一晃即過。達菲先生恢復他過去一成不變的生活。他房間的擺設依然反映著他內心的井然秩序。樂譜架的下層堆滿了一些新購的樂譜；書架上則擺著兩本尼采的書：《查拉圖斯特拉如是說》和《歡愉的智慧》。他不常在書桌上的那疊便條紙上寫字。和希尼可太太分手後兩個月，他在紙條上寫了下面這句話：男人與男人之間不可能有愛情，因爲他們不能有性生活；男人與女人之間不可能有友情，因爲他們必須有性生活。他不再去聽音樂會，以免碰到她。他爸爸過世了，銀行裡比他年紀還小的同事退休了，但他還是每天早上搭車進城，每天傍晚到喬治街上吃簡單的晚餐，邊吃甜點邊看晚報，之後才從城裡步行回家。

一天晚上，正當要把一口包心菜夾醃牛肉塞進嘴巴的時候，他的手突然停住了。兩眼盯著看斜靠在玻璃杯的晚報，上頭有一則報導。他把那一口食物放回盤子裡，然後一字不漏地看這一則報導。他喝一口水，把盤子推到一旁，把報紙對摺，放在眼前兩手肘之間，然後一遍又一遍的讀著這則報導。包心菜流出的油脂，已經凝成了一層白霜，淤積在盤子裡。有一名女侍走過來問他，是不是今晚的菜燒得不合口味。他回答道，調理得很好，於是勉強又吃了幾口。然後，就付了錢，走出去。

他在十一月的暮靄蒼茫中快步疾行，那枝堅硬榛木手杖規律地敲打著地面，那份淺黃色的《都柏林晚報》，從他緊身雙排釦外套的邊袋上露了一角出來。從公園大門到伽波里索這條人煙稀少的路上，他放慢腳步而行。手杖敲地的聲音不再那麼響亮了；他的呼吸紊亂，近似嘆息，凝固在寒冷的空氣中。一回到家，他立即走進臥室，把報紙拿出來，就著窗邊微弱的光線，重讀一遍那則新聞報導。他輕聲地讀著報導，就像一位神父，蠕動雙唇，讀著〈分離〉的祈禱文①。這則報導內容如下：

一樁慘案：

一位婦人在希尼閱兵廣場車禍致死

今天，市立都柏林醫院的副驗屍官（代理驗屍官樂夫瑞先生出任務）對艾蜜麗・希尼可夫人的遺體進行調查。這位女士，年四十三，昨天傍晚在希尼閱兵廣場車站喪生。有證據顯示，死者在企圖跨越鐵軌的時候，被由京斯頓十點整開出的慢車迎面撞上，因頭部和右側身體受重傷，不治死亡。

---

① Secreto的拉丁文原意是Set apart，也就是分離的意思。

火車司機，詹姆斯·藍濃說，他已經在鐵路公司服務滿十五年了。月台守衛的哨音響起後，他就開動火車。一兩秒鐘之後，他聽到有人大喊大叫，便將火車停了下來。火車當時的速度很緩慢。

火車月台的搬運工皮·杜恩說，火車啓動的時候，他看到一位女士正要跨越鐵軌。於是跑過去向她大叫，但是在他到達之前，她已經被火車頭前的保險桿撞倒在地。

一位陪審員——你看到那個女人跌倒嗎？

證人——有。

柯羅利警官出庭作證說，他到達現場時，發現死者躺在月台上，顯然已經沒有呼吸了。他找人把屍體搬到候車室，等待救護車來載。

五十七E區的巡官證實了這種說法無誤。

市立都柏林醫院的助理住院外科醫師哈爾品說，死者的兩根下排肋骨骨折，右肩嚴重挫傷。跌倒時，頭部右半邊受到撞傷。對常人而言，這樣的傷害應還不至於造成死亡。根據他的說法，死亡的可能原因是休克和心臟突然停止跳動。

彼得森·芬利先生代表鐵路公司，對這件意外事件，深表遺憾。該公司向來採取一切可能的預警措施，防止民眾不走天橋，任意跨越鐵道。因此在每一個車站都立有告示牌，同時在所有的鐵路平交道也都裝有專利設計的彈簧門。死者習慣在深夜穿越月台與月台之間的鐵道。因此，根據其他所有的情況判斷，他不認爲鐵路公司應負任何責任。

住在希尼閱兵廣場李歐村附近的死者丈夫，希尼可船長，也出面作證。他說，死者是她的妻子。事故發生的時候，他不在都柏林，他在當天早上才從鹿特丹趕回來。他們結褵二十二年，婚姻生活一向幸福美滿，但大約兩年前，他的妻子開始染上酗酒的惡習。

瑪麗．希尼可小姐說，最近他母親經常在深夜出去買酒。她作證說，她試著和母親理性溝通，也勸她去參加戒酒班。她在事故發生後一小時，才回到家。

陪審團根據醫事報告做出裁決，無罪開釋藍濃先生。

助理驗屍官說，這是一件非常不幸的意外，並對希尼可船長和他女兒，表達最深的關懷之意。他敦促鐵路公司要採取更嚴密的措施，以防止未來再發生類似的事故。所有相關的人員皆無罪。

達菲先生從報上抬起頭來，注視著窗外那死氣沉沉的夜色。小河靜靜地躺在廢棄的釀酒場旁。盧肯路上，不時有燈火從房子裡亮起來。怎麼會是這種結局呢？有關她死亡的報導，令他作嘔，因爲他想起了曾經對她說過的那些他認爲很神聖的事情。記者用陳腔濫調的修辭、空泛的憐憫之調和小心翼翼的遣詞用字，來避開對這則尋常死亡細節之報導，這種做法叫他反胃。她不但作踐自己，也同時作踐了他。她犯了最醜陋的罪行，令他覺得又可悲又可惡！她居然是他靈魂的伴侶！他想到那些步履搖晃的可憐人，提著空瓶罐，等待酒吧服務人員將其斟滿。我的天啊！怎麼會是這種下場！顯然，她的生活失序、漫無目標、淪爲習慣的奴隸，是現代文明所培養出來的行屍走肉。她竟然沉淪到這個地步！他對她的感受，有沒有可能只是自欺欺人？他想起那天晚上她情不自禁的情形；他以前所未有的嚴苛態度來解釋這件事。如今，他不費力就說服自己同意了自己當時的行爲。

隨著燈火逐漸隱沒，往事的記憶也開始浮現。他想起了她曾經撫摸他的手。這個一度叫他反胃的震撼，現在又逼得他神經緊繃。他匆匆穿上外套，戴上帽子，走了出去。門外的冷空氣當面襲來，從外套的袖口鑽了進去。經過伽波里索橋邊的酒館時，他就進去點了一杯熱的水果酒。

店主人很殷勤地招呼他，但也沒敢和他談話。店裡面有五、六個工人，正在估算某位住在基爾戴郡的名人的家產。不說話的當兒，他們就舉起一品脫的大酒杯喝上一口，再抽口煙。他們朝地板吐痰，有時候就用他們笨重的靴子，把地板上的木屑推到痰上蓋起來。達菲先生坐在凳子上，朝他們看，但卻視而不見，聽而不聞。隔了不久，他們就離開酒館。他再點了一杯水果酒。這一杯他喝了很久。酒館裡非常安靜。酒館主人趴在櫃檯上看《先鋒報》，還不斷地打呵欠。三不五時，還可以聽見電車咻咻地在冷清的馬路上奔走。

他坐在那裡，回味著與她在一起的那段日子。兩個不同的影像此刻在他的腦海中交替浮現。這時，他才知覺到她已經死了，不復存在了，已經成爲記憶了。他開始覺得渾身不對勁。他捫心自問，對這件悲劇，他又能怎樣？他不能和她繼續玩這自欺欺人的鬧劇；他沒有辦法和她公開一起生活。他已經盡力了。這怎能怪他呢？雖然她已經走了，但是他可以體會，漫漫長夜，獨守空閨，她是多麼地孤單寂寞！他自己也會同樣孤單寂寞地生活下去，直到死亡，消失，最後變成一則回憶了——如果還有人記得他的話。

他離開酒館的時候，已經九點多了。夜色寒涼蒼茫。他從公園的第一個門進去，在光禿禿的樹下，緩步而行。他又回到四年前他們一起散步的僻靜小巷。黑暗中，彷彿她就站在身邊。他不時感覺到，她的聲音環繞在耳際，她牽著他的手。他停下腳步來傾聽。爲什麼他要從她的生活中抽離出來呢？爲什麼他要置她於死地呢？他感到自己的道德良心，碎落滿地。

當他走到馬家林山丘上時，他停了下來，順著河流，眺望都柏林城市，在這寒冷的夜晚，燈火猶炙熱多情地燃燒著。他沿著山坡看下去，在山腳的地方，在公園城牆的暗處，他看到有些人影躺在那兒。這些用金錢交易的、偷偷摸摸的愛情，在在都使他感到斷念絕望。他反思著自己嚴謹的生活態度；他覺得自己是被逐出生命饗宴的浪子。有一個人曾經愛過他，而他卻摧毀了她的生命與幸福。他宣判她寡廉鮮恥，叫她羞愧而死。他知道躺在圍牆下邊的人影，正看著他，希望他趕快離開。沒有人歡迎他，他是被逐出生命饗宴的浪子。他把眼睛轉到灰色帶著微光的小河，看著它蜿蜒流向都柏林。在河的另一邊，他看見一列貨車，正由國王橋車站蜿蜒駛了出來，就像是一隻一頭火紅的昆蟲，在黑暗中頑強戮力地爬行著。它慢慢地駛出他的視線範圍；但在他的耳際，猶可聽見火車費力爬行的機械聲響，不斷地重複著她名字的三個音節。

他掉頭走回去，但火車引擎的節奏聲依然在耳邊響著。他開始懷疑這些腦海裡的聲音是否眞實存在。他停在一棵樹下，等到耳際的節奏聲音消失。黑暗中，他再也感覺不到她在身邊，或她的聲音裊繞在耳際。他再聽了幾分鐘，直到什麼都聽不到爲止：今夜，眞的是一片寂靜。他再聽一次：一片寂靜。他覺得他眞的是孤獨的一個人了。

會議室裡的常春藤日①

老傑克用一張卡片紙把煤渣耙在一起，然後小心翼翼把它們覆蓋在變白、堆成圓頂形狀的炭火上。當圓頂鋪滿薄薄一層煤灰時，他的臉就逐漸隱沒在黑暗之中；可是等他開始搧火時，他那蜷曲的身影就爬到對面的牆壁上，他的臉孔也隨著火光慢慢地浮現。那是一張老人的臉，瘦骨嶙峋，滿臉鬍鬚。眼眶沾著分泌物，一雙藍色的眼睛，不斷對著火光眨眼；一張嘴巴泛著口水，有時候還不自覺地張開著。但當它閉上嘴巴時，他會習慣性地嚼動一兩下。在煤渣點著之後，他把卡片斜放靠在牆上，然後嘆口氣說道：

① 常春藤日（The Ivy Day）在每年的十月六日，也就是愛爾蘭的無冕王巴奈爾（Charles Parnell）的逝世紀念日。在這一天，紀念他的人們會在身上配戴一片常春藤葉，以表永懷追思之意。

——歐康諾先生，現在好多了。

歐康諾先生是位華髮早生的年輕人，但卻一臉坑洞和粉刺，破壞了他原本的面容。他把剛買來的煙草捲成圓筒狀的香煙，在聽到老傑克說這句話時，又若有所思地把這管煙捲拆了開來。然後，他又再次若有所思地把煙草捲起來，接著尋思一會兒，再用舌頭舔了舔煙紙。

——狄爾尼先生有沒有說什麼時候回來？他用沙啞的假聲問道。

——他沒說。

歐康諾先生把香煙放到嘴巴，然後開始摸口袋，拿出一盒薄薄的傳單來。

——我去幫你找盒火柴，那個老人說。

——不用麻煩了，用這個也可以，歐康諾先生說。

他挑一張傳單，讀了一下印在上面的文字：

市議員選舉

皇家交易所選區①

---

① Royal Exchange Ward是指皇家交易所。一八五二年起是愛爾蘭市政府所在地。一七九八年之前是愛爾蘭的財政部。後被英國統治者用作行刑牢房及軍營。交換在本文中也暗指巴奈爾與英王愛德華的角色互相交換，只是愛爾蘭人原諒了英國國王，但卻將自己的無冕王逼入絕境死地。

理查・狄爾尼先生，窮人法律的守護者①，
敬請本選區的同胞支持，惠賜神聖一票。

歐康諾先生受狄爾尼的競選總幹事之託，負責在這個選區的部分地段拉票。但是因爲天候惡劣，他的鞋子進水弄濕了，因此幾乎一整天，他都在衛克羅街上的委員會議室，和老管理員傑克，一起坐在爐火邊取暖②。晝短夜長的時節，他們就這樣坐著，直到夜幕降臨。今天是十月六日，外頭淒風苦雨，寒冷無比。

歐康諾先生撕下傳單一角，引火，點燃香煙。火苗照亮了他外套領口上的一枚墨綠色油亮亮的常春藤葉子。老人十分專注地看著他。然後他隨手拿起紙板，慢慢地搧著爐火，而他的夥伴則坐在一旁吸煙。

——唉！眞是的！他繼續說下去，眞不知道怎樣教養小孩。誰會想到他竟然變成這個樣子！我送他到基督教兄弟會辦的學校，我賣命供養他受教育，我要他做個正派的人，但他居然染上煙

① P. L.G.是(Poor Law Guardian)的縮寫。隸屬於都柏林市政府，其職責在於監督政府消除貧窮。
② 民族黨的競選總部就在衛克羅街上的一間小辦公室裡。委員會議室(Committee Room)當然也影射在倫敦的英國國會第十五號委員會議室。巴奈爾因婚外情，受到譴責。他就是在這間會議室被逼退失去他作爲民族黨(Nationalist Party)領導者的地位。

癮。

老人有氣無力地把紙板放了回去。

——儘管我現在已經老了，但我還想叫他改邪歸正。只要我還看管得到，我要拿根棍子跟在他背後，修理他——我以前也常常這樣做。他母親，你也知道，經常以種種理由來袒護他……。

——小孩子就是這樣被寵壞的，歐康諾先生說。

——沒錯，老人說。而且他們不會因此感激你，你反而只會得到粗暴無禮的回報。當他看見我喝了一點酒，就抓住機會來貶損我。要是兒子對老子這樣講話，這世界會變成什麼樣子？

——他今年幾歲？歐康諾先生問道。

——十九歲，老人回答說。

——你為什麼不找件事情讓他做？

——有啊！離開學校之後，我難道沒有盡心力阻止他變成酒鬼嗎？**我養不起你了**，我告訴他。**你必須找個工作來養活自己**。可是，他找到工作後，情形更糟，連薪水都喝光了。

歐康諾先生搖了搖頭，深表同情。老人突然沉默不語，眼睛直盯著火花看。

這時有人打開房門，大聲說：

——哈囉！這是共濟會的秘密會議嗎？

——是誰？老人問道。

——你們在黑暗中幹什麼?有一個聲音回答說。

——是你嗎,海恩斯?歐康諾先生說。

——是的。你們在黑暗中幹什麼?海恩斯邊說邊向前走到火堆亮處。

他是個身材高瘦的年輕人,蓄著一把淺棕色的鬍子。夾克外套的領子上翻,帽簷垂著小水滴。

——嘿!麥特,他對著歐康諾先生說。進行得怎麼樣?

歐康諾先生搖了搖頭。老人走離開爐子,在房間裡摸索一陣,拿了兩只有台座的蠟燭回來,把它們伸進火堆裡點燃,然後放到桌上。房間的模樣便裸露在眼前,而爐火也相對失去其原本的光彩。房間的四壁空盪盪的,除了貼著一張競選海報外,什麼都沒有。房間的中央擺著一張桌子,上頭堆放了一疊文件資料。

海恩斯先生倚在爐火架邊,問道:

——他付錢給你了嗎?

——還沒,歐康諾先生說。但願今天晚上他不會讓我們空手而回。

海恩斯先生笑了起來。

——喔!他會付你錢的。不用擔心,他說。

——如果他想勝選的話,最好放聰明一點,歐康諾先生說。

——傑克，你覺得怎麼樣？海恩斯先生語帶嘲諷地對著老人說。

老人回到爐邊的座位，說道：

——他當然會說話算話，他不像那個無賴。

——哪一個無賴？海恩斯先生問。

——柯爾根啊！老人不屑地說道。

——是不是柯爾根出身工人階級你就這樣說他？一個誠實的水泥工跟一個酒店老闆到底有什麼不同——哦？工人不也跟其他人一樣有權利在政府單位工作——哦，比那些抓耙仔①更有資格吧！那些人，見到有權勢的人就卑躬屈膝？麥特，不是這樣嗎？海恩斯先生對歐康諾先生說。

——你說得不錯，歐康諾先生說。

——他是個耿直的人，不會見風轉舵。他如進去議會，可代表勞工階級，而你替他拉票的那個人只不過想混一官半職罷了。

——當然，工人階級也應該有代表，老人說。

——工人階級，海恩斯先生說，常被解雇，領不到半毛錢。但是，每樣東西都是勞工生產出來的。工人不會找肥缺給他的兒子、姪兒跟表兄弟。工人不會為了討好一個日耳曼血統的君王而把

---

① Shoneens是指與英國殖民政府唱和的人。在愛爾蘭人眼中，這些人代表吃裡爬外的背叛者。

都柏林的榮譽尊嚴給丟到水溝裡去①。

——怎麼說呢？老人問。

——你沒聽說明年愛德華七世來訪時，他們準備對他發表歡迎演說嗎？我們願意對外國國王叩頭嗎？

——我們選的人不會同意這樣做的，歐康諾說。他是屬於民族主義陣營的候選人。

——他不會嗎？海恩斯說。你等著瞧，看他會不會吧！我認識他。他不是叫做「老滑頭狄爾尼」嗎？

——老天知道！也許你是對的，喬，歐康諾說。總之，我只希望他把鈔票帶來。

三個人都安靜了下來。老人動手把更多的煤灰耙在一起。海恩斯先生脫掉帽子，把它抖一抖，再把外套的衣領翻了下來。這時，領上露出了一片常春藤葉子。

——如果這個人還活著的話，他用手指著葉子說，我們根本就不必談什麼致歡迎詞之類的話了。

——你說的沒錯，歐康諾先生說。

——唉！願上帝與他們同在，老人說。那時候，大家的熱情猶在。

① 英王愛德華七世的雙親與日耳曼王室有血親關係。

房子裡又安靜了下來。這時候，一個小矮個，流著鼻水，凍紅著雙耳，匆匆推門走了進來。他快步走近爐火，不停搓著雙掌，好像非要從裡邊弄出火花來不可的樣子。

——沒錢，夥伴們！他說。

——漢奇先生，請坐，老人說著，把他自己的椅子讓給了他。

——噢！不用麻煩，傑克，不用麻煩！漢奇先生說。

他向海恩斯先生點一下頭，就坐到老人空下來的那張椅子上。

——你是不是負責安吉爾街？他問歐康諾先生。

——是的，歐康諾先生說，接著便開始摸口袋找記事本。

——你去拜訪過葛藍斯先生了嗎？

——去過了。

——那麼，他的立場呢？

——他不表態。他說：**我不會告訴別人我要投給誰**。但是，我想他應該沒問題。

——爲什麼呢？

——他問我提名者是哪些人，我就告訴他。我提到伯克神父的名字，所以我看沒問題。

漢奇先生又開始抽起鼻子來，同時兩手快速地在火邊搓摩。接著，他說：

——看在上帝的份上，傑克，幫我們再多弄點煤炭來。一定還剩下一些吧！

老人走出了房間。

——我看沒希望，漢奇先生搖搖頭說。我問那個小鞋匠，但是他說：**呃！漢奇先生，事情進展順利的話，你不用擔心，我絕對不會忘記你的**。這個卑鄙的補鞋匠！唉！他還能做什麼大事嗎？

——麥特，我不是說過嗎？海恩斯說。他叫做老滑頭狄爾尼。

——喔！他就像人們說的那樣狡猾，漢奇先生說。他那雙小豬般的眼睛可不是白長的。去他媽的！難道他就不能像個男子漢般爽快付錢，不要只會說：**呃！漢奇先生，我必須和范寧先生談一談……我已經花了不少錢**？這個不要臉的小修鞋匠！我想他忘了他老爸在瑪麗巷的小店裡經營二手貨的往事了吧。

——這是真的嗎？歐康諾先生問。

——老天，當然是真的，漢奇先生說。你沒聽說過嗎？人們總是在星期天的早上，趁著酒館未開門前，就到他店裡來買外套或褲子什麼的。但是同樣滑頭滑腦的老狄爾尼，總是偷偷摸摸地在角落裡擺著一只黑色的小酒瓶。你懂了嗎？就是這麼一回事。他就是在這裡出生長大的。

老人帶了一些煤塊回來，並把它們東一塊西一塊放到火堆中。

——他還真會打高空，歐康諾說。如果他不送錢來，怎能期望我們替他賣命呢？

——我也沒辦法，漢奇先生說。我一回到家，恐怕法警早已等著要拘提我了。

海恩斯先生笑了起來，他用肩膀使力，把身子從爐架邊挪開，準備好離去。

——愛德華國王來時，事情就會好轉，他說。好了，夥計們，我先走一步，待會兒見。拜拜。

他緩緩地走出房間。漢奇先生和老人都沒有說話，但是，門要關起來的時候，原本若有所思看著爐火的歐康諾先生，突然出聲：

——拜，喬。

漢奇先生停了一會兒才朝著門的方向點了點頭。

——告訴我，他隔著爐火說，是什麼風把我們的朋友吹來的？他到底想要什麼？

——唉！可憐的喬，歐康諾說，一面把香煙屁股丟到火堆裡，他跟我們一樣，被錢逼瘋了。

漢奇先生使勁抽了一下鼻涕，然後重重地吐一口痰，險些把火苗弄熄，炭火還因此發出嘶嘶的抗議聲。

——告訴你我眞正的想法，他說，我認爲他是對方陣營派來的人。如果你問我的話，我會說他是柯爾根派來的奸細。**過去轉一轉，試著打聽出他們進行的如何了？他們不會懷疑你的**。你相信嗎？

——呃！落魄的喬其實是個正人君子，歐康諾說。

——他爸爸是個德高望重的人，漢奇先生也承認。可憐的老賴瑞・海恩斯！他生前做了不少好事！但是我想我們的朋友還不到十九克拉①。媽的！我可以想像一個人爲錢所逼的樣子，但我不能理解一個人居然可以騙吃騙喝過活。難道他就沒有一點男子漢的擔當嗎？

——他來的時候，我沒有熱情歡迎他，老人說。讓他留在他自己的那一邊，不要來這裡探頭探腦。

——很難說，歐康諾先生拿出捲煙紙和煙草來，遲疑地說道。我想喬．海恩斯是個正派的人。他聰明過人，而且頗富文采。你還記得他寫過的那篇東西……？

——這些山邊人和芬尼人②都有點太聰明了，如果你要問我的話，漢奇先生說。你知道我對這些小丑們的眞正看法嗎？我相信他們中有一半人是向城堡支領的薪水的③。

——這就不知道了，老人說。

——噢！但是我知道確有其事，漢奇先生說。他們是城堡的馬前卒……。我不是指海恩斯……。不，媽的！他只是比較高明一些……。但是有這麼一個長著鬥雞眼的高貴人士——你知道我所指的這個愛國人士是誰？

①　十八克拉是黃金飾物的基本需求。這裡是反話，指海恩斯不夠好。

②　Hillsiders and fenians指愛爾蘭共和兄弟會(The Irish Republican Brotherhood)的成員，他們是主張革命的激進分子，經常採取暴力破壞來對抗英國殖民政府。

③　城堡(Dublin Castle)是英國殖民政府在愛爾蘭的行政中心，位於都柏林市的西區舊城中。

歐康諾先生點點頭。

——如果你想要的話，我可以給你一長串攝爾上校嫡傳後裔的名單①！喔！滿腔熱血的愛國志士！但就是這個傢伙把他的國家賣了四便士——唉！——然後屈膝下跪，感謝全能的上帝，讓他有個國家可以出賣。

這時有人敲門。

——進來！漢奇先生說。

一個看起來像是窮教士或是一個窮演員的人出現在門口。一身黑衣，緊緊裹著他那五短身材，他領口的形式難於判斷，到底是像神父的，還是一般民眾的，因爲他那件破舊大外套的衣領翻到脖子上來，可以看見燭光映照在幾顆沒扣好的鈕釦上。他戴著一頂黑色硬質的大氈帽，晶瑩的水珠掛在臉上，要不是兩團玫瑰色塊標示出顴骨的位置，整張臉看起來就像是浸了水的黃色乳酪。他突然張開大嘴，露出失望之情，但卻同時睜大那雙明亮的藍眼睛來表現他的喜悅與驚訝。

——噢！凱恩神父！漢奇先生從他的椅子上跳起來說道。是你嗎？進來啊！

——喔！不用，不用，不用凱恩神父急忙回答說。他噘著嘴脣，好像在對小孩子說話。

① 攝爾上校(Major Sirr, 1764-1841)出生於都柏林，但在英國軍隊中擔任上校。一七九八年的反對英國暴動中，因他向英國政權告密，使得愛爾蘭革命英雄艾米特(Robert Emmet)被捕，因此他的名字也就成了愛爾蘭叛徒的代表。

——你不進來坐一會兒？

——不用，不用，不用！凱恩神父說。他的語氣謹慎、柔和、過分謙虛。不打擾各位！我只是在找范寧先生……。

——他在**黑鷹酒館**，漢奇先生說。可是你不進來坐一會兒嗎？

——不用，不用，謝謝！只是生意上一點小事，凱恩神父說。非常謝謝你。

他從門口離去。漢奇先生抓起一座燭台，走到門口，給他照光下樓。

——喔！謝了，不用麻煩。

——不會啦！但是這樓梯間實在太暗了。

——不用，不用，我看得見……。眞的謝謝你。

——現在可以了嗎？

——可以了，謝謝……。謝謝。

漢奇先生拿著蠟燭台回來，把它放到桌上，坐回爐邊。房間裡又是幾分鐘的沉默。

——約翰，告訴我，歐康諾先生說著，一面再拿一張傳單來點煙。

——嗯！

——他到底怎麼啦？

——問我一個容易一點的問題，漢奇先生說。

——我看他和范寧先生的關係密切。他們經常一起出現在卡瓦那酒館。他到底是不是神父？

——嗯！我想是的……。他就是你所謂的黑羊①。感謝上帝，這樣的人不多，但是總有一些……。他是屬於不幸的那種人。

——他平常靠什麼過活？歐康諾問。

——那是另外一個秘密。

——他是隸屬於哪一個禮拜堂、教會或其他宗教機構，還是——

——都不是，漢奇先生說。我想他是靠自己……。上帝原諒我，他繼續說，我想他酒喝得太兇了。

——能不能弄點酒來喝？歐康諾問。

——我也口乾得很，老人說。

——我問過那個小修鞋匠三次，漢奇先生說，請他送一打黑啤酒來。剛才我又去問他一次，但是他捲著襯衫袖子，倚在吧檯上，正和愛德蒙·考利在閒扯淡。

——你爲什麼不提醒他呢？歐康諾說。

——可是，他和愛德蒙·考利正在講話，我不好打岔。只好等著他，直到他看到我時，才問

① 黑羊是指因犯錯不能主持彌撒的神職人員。他們徘徊在教士與凡人之間，是所謂迷失的羊。

道：**有關於我跟你講的那件事……。沒問題，漢先生**，他說。你看！這個小矮子準是把這件事忘得一乾二淨了。

——他們在那裡進行什麼交易吧！歐康諾先生想了一會兒後說道。昨天我看見他們三個人正在薩福克街的轉角處爭論不休的樣子。

——我知道他們在玩什麼把戲，漢奇先生說。這年頭，如果你要選市長，你一定要先花錢買通市議員大人們。這樣，他們就會叫你當上市長啦。天啊！我開始認真考慮也要來先選市議員了。你覺得怎麼樣？我適不適合做這個工作？

歐康諾先生聽了哈哈大笑。

——對獻金一事……。

——官方排場，風光進出市長公館，漢奇先生說，後頭還有傑克，頭帶撲了粉的假髮，隨侍在旁——怎麼樣？

——約翰，提拔我當你的私人秘書吧。

——好。我要請凱恩神父當我的私人神父。我們要辦一場家庭聚會。

——我有信心，漢奇先生，老人說，你比其他的人品味高。有一天，我跟老門房齊根聊天。我問他說：**你喜不喜歡你的新老闆，派特**？**最近很少招待客人吧**，我說。**招待個屁**！他說。**他聞聞抹布上的油味就能過活**。你知道他告訴我什麼嗎？現在，我對天發誓，我不相信他所說的話。

——他說什麼？漢奇先生和歐康諾先生同聲問道。

——他告訴我：**堂堂一個都柏林市長，吃晚餐時，只派人去買一磅肉排。這算是哪一種高級生活**？他說。**哇！哇！**我說。**一磅肉排**，他說，**送進市長官邸**。**哇！**我說，**現在都是怎樣的人才去官邸吃飯**？

這時候，有人敲門。一個男孩探頭進來。

——什麼事？老人問他。

——黑鷹酒館送來的，男孩說。他側身進來，把籃子放在地板上，裡面的瓶子發出了碰撞的聲音。

老人幫男孩把瓶子從籃子裡拿到桌上，並數了數總共多少瓶。弄好後，男孩把籃子挽在手上說：

——有沒有其他瓶子？

——什麼瓶子？老人說。

——你不讓我們先喝光嗎？漢奇先生說。

——他們吩咐我回收瓶子。

——明天再回來收吧！老人說。

——喂！少年仔，漢奇先生說，你能不能幫個忙，去一趟歐法瑞爾那兒，說漢奇先生要借開瓶器？告訴他說，一下子就好了。先把籃子留在這兒。

男孩走了出去後，漢奇先生很興奮地搓著手說：

——啊！說眞的，他還不是那麼壞。畢竟，他還是個信守承諾的人。

——這裡沒酒杯，老人說。

——哦！傑克，你就不用麻煩了，漢奇先生說。以前，許多人也都直接就著瓶口喝的。

——總之，這樣總比什麼都沒有好，歐康諾先生說。

——他人還不壞，漢奇先生說，只是范寧先生向他借了很多錢。你別看他一副可憐相，其實，他心地還不錯。

男孩拿來了開瓶器。老人開了三瓶酒，再把開瓶器交給男孩。這時漢奇先生問說：

——小鬼，你要不要也來一瓶？

——如果你不介意的話，先生，男孩說。

老人勉爲其難地再開一瓶酒，遞給男孩。

——你今年幾歲？他問。

——十七歲，小男孩說①。

①　愛爾蘭政府規定滿十八歲才能在酒館裡喝酒。

老人沒再說什麼，那男孩拿起酒瓶，對著漢奇先生說，**獻上我最高的敬意，先生**，接著將整瓶酒一口飲盡，把空瓶放回桌上，再用袖子將嘴巴擦了一下。然後，他拿起開瓶器，側身走出房門，嘴裡還喃喃有詞，說著一些恭維的話。

——酗酒就是這樣開始的，老人說。

——大惡由小而起，漢奇先生說。

老人把打開的三瓶酒分給大家，三人就同時喝了起來。喝完一口，大家順手把酒瓶放在壁爐台上，然後滿足地吸一口長氣。

——嗯！我今天工作滿順利的，漢奇先生頓了一下說。

——是嗎？約翰。

——是的。今天我和柯洛夫頓在道森街上幫他拉了一兩張有把握的票。不過不要對別人說，我覺得柯洛夫頓(當然，他是個正直的人)，根本不配做拉票的。他連一句話也吐不出來。當我在進行遊說時，他只是站在旁邊看著。

這時，有兩個人走進房間裡。其中一個，非常肥胖，一身藏青色嗶嘰服，好像隨時就要從他歪斜的身上滑落下來。一張大臉，神情就像一隻小牛，瞪著藍眼睛，鬍子白灰灰的。另外一個，比較年輕，身材單薄，臉孔削瘦，鬍子刮得乾乾淨淨。他穿著有雙層高領的衣服，頭戴一頂寬邊的禮帽。

——哈囉！柯洛夫頓！漢奇先生對著較胖的人說。說鬼鬼到……。

——從哪裡弄來的酒？比較年輕的那個人問。母牛生小牛了①？

——喔！李昂斯第一眼看到的當然是酒囉！歐康諾先生笑著說。

——這是你們這夥人拉票的方式嗎？李昂斯先生說。柯洛夫頓和我可是在寒風苦雨中，照樣出去拉票？

——嘿！他媽的！漢奇先生說。我五分鐘內拉的票，比你們兩個一星期拉的還多。

——再開兩瓶啤酒，傑克，歐康諾先生說。

——我怎麼開？老人說，開瓶器已經被拿走了。

——等等！等等！漢奇先生很快地站起來說。你們看過這個小把戲嗎？

他從桌上抓了兩瓶酒，拿到爐火邊，把它們放在爐邊的鐵架上。然後，坐在爐火邊，拿起酒瓶，喝了一口。李昂斯先生坐到桌邊，把帽子往腦後一推，便開始抖起腿來。

——哪一瓶是我的？他問。

——這個小傢伙是你的，漢奇先生說。

柯洛夫頓先生坐在一個箱子上，兩眼直盯著鐵架上的另一瓶酒。他有兩點理由保持沉默。第

---

① 母牛生小牛時，就有奶水了。有時來運轉，好運到了之意。

一點，不言自明的是，他無話可說；第二點是他認爲他的同伴身分地位不如他。他原先幫保守黨的威肯斯助選，但是保守黨的人退出選舉後，因爲兩個爛蘋果只能選一個比較不爛的，他就轉而支持民族黨的候選人，同時投入狄爾尼的助選工作。

幾分鐘後，一個軟木塞從李昂斯的酒瓶飛了出來，發出帶有愧疚之意的**波克**一聲，李昂斯先生從桌上跳了下來，走到爐火邊，拿起酒瓶，又回到桌邊。

——我正在告訴他們，柯洛夫頓先生，漢奇先生說，我們今天拉到不少的票。

——你拉到誰的？李昂斯問到。

——嗯！我拉到派克斯一票，亞特金森兩票，也拉到道森街的華德一票。他也是個老好人——循規蹈矩的老紳士！老保守黨！**你的候選人不是民族主義分子嗎**？他問我。我回答說：**他是個值得尊敬的人。他贊同任何對國家有利的主張。他是個納稅大戶。他在市區內有大批房地產，三處商場，如果他支持減稅的話，那豈不是對自己更有利？他是個有名望且值得尊敬的市民，也是濟貧法案的守護者，他不屬於任何好的、壞的或不好不壞的政黨**。這就是我的遊說詞。

——給國王的歡迎演說現在進行得如何？李昂斯喝一口酒，咂了咂雙唇問道。

——聽我說，漢奇先生說，正如我對華德說的，我們這個國家所需要的是資本。國王駕臨此地，就意味著有大量金錢會流入這個國家。都柏林的市民皆可因此蒙利。你看碼頭附近那些工廠，都停工閒置了！只要我們那些原來的工業、磨房、船塢及工廠能動工，你看這個地方可以賺到多少錢。我們所需要的，正是資本。

——可是，約翰，話說回來，歐康諾說。我們爲什麼要歡迎英國國王呢？難道巴奈爾不會……

——巴奈爾，漢奇先生說，已經死了。我的看法是這樣：這傢伙因其老母阻擋，所以一直等到頭髮灰白才登基爲王。他是個見過世面的人，對我們滿懷善意。如果你要問我的話，我會說他是個善良正派的人，他沒有什麼負面的八卦新聞傳言。他對自己說：**老媽從來沒看過那些充滿野性的愛爾蘭人。我的老天，我一定要去一趟，親眼看看他們**。難道我們一定要對一位來進行親善之旅的人，加以羞辱嗎？嗯！柯洛夫頓，不是這樣嗎？

柯洛夫頓點了點頭。

——但是，李昂斯辯解說，畢竟愛德華國王的私生活，你知道，並不是非常①……

——過去的事就讓它過去吧，漢奇先生說。我個人就非常欽佩他。他不過像你我一樣是個愛胡鬧的凡人。他喜歡喝兩杯，或許吧，有點放蕩，但仍是個行事光明磊落的人。難道我們愛爾蘭人就不能公平地對待他嗎？

——這是不錯，李昂斯說。但是你看看現在巴奈爾的下場吧。

——天啊！這兩種不同的情形，怎麼能夠互相比較呢？

① 愛德華七世還是威爾斯王子時，傳曾與多位有夫之婦鬧出婚外情緋聞。

——我的意思是，李昂斯說，我們有自己的理想。我們現在爲什麼要歡迎一位像他那樣的人呢？你覺得，在巴奈爾做了那樣的事後，還適合領導我們嗎？那麼我們爲什麼還要對愛德華七世的來訪，表態歡迎呢？

——今天是巴奈爾的忌日，歐康諾說，我們就不要動肝火。雖然他已經死了，走了，但是我們還全都敬重他——包括保守黨的人也一樣，他轉身向著柯洛夫頓，繼續說道。

這時**波克**一聲，軟木塞從柯洛夫頓先生的酒瓶飛了起來。柯洛夫頓先生從他坐的箱子上站起來走到爐火邊。當他把酒瓶拿回來時，他以低沉的聲音說：

——在國會裡，我們這邊的人尊敬他，因爲他是個君子。

——你說的沒錯，柯洛夫頓！漢奇先生激動地說道。他是唯一能夠統御群雄的人。**躺下，你們這些狗！躺下來，你們這些狗雜種！**他就是這樣對待他們的。他看見海恩斯在門口，於是大聲叫道：進來，喬！進來。

海恩斯慢慢地走了進來。

——再開一瓶啤酒，傑克，漢奇先生說。啊！我忘了沒有開瓶器！來，拿一瓶來，把它放在爐火邊烤。

老人遞給他一瓶啤酒，他就把它放在爐架上。

——坐下，喬，歐康諾說，我們正好談到老大①。

——是啊！是啊！漢奇先生說。

海恩斯先生坐在靠李昂斯先生的桌邊，一句話也沒說。

——總之，有一個人，漢奇先生說，沒有背叛他。天啊！我替你說，喬！不！老天作證，只有你像個男子漢般，忠心地追隨著他。

——呃！喬，歐康諾先生突然說。給我們你寫的那篇東西——你記得嗎？你有沒有帶在身上？

——喔！是嘛！漢奇先生說。拿來給我們看。柯洛夫頓，你聽過他讀嗎？你現在好好地聽：眞的是一篇傑作！

——來吧！歐康諾說。開始吧！喬。

海恩斯先生似乎一下子想不起來他們所說的那篇文章，過了一會兒，才說道：

——呃！那篇東西……。當然啦！現在看來已經過時了！

——念來聽聽看！先生，歐康諾先生說。

——噓！噓！漢奇先生說。開始吧！喬！

海恩斯先生遲疑了一下。然後，在眾人的靜默中，脫下帽子，把它放在桌上，接著站起來。

---

① 愛爾蘭的民族主義分子習慣上稱巴奈爾爲他們的「老大」（the Chief）。

他似乎正在心裡默默念著那篇作品。等了好一會兒，他才念道：

巴奈爾之死

一八九一年十月六日

他清了清喉嚨，然後開始背了起來：

他死了！我們的無冕王死了。
啊！愛林①！以悲傷和哀泣，哀悼他。
他死了，那幫心狠手辣的
現代僞君子，葬送了他。

他被一群懦弱的野獸分而食之
他曾經領導他們從泥沼裡爬升到榮耀；
愛琳的希望，愛琳的夢想

① 古詩詞中，愛爾蘭又名愛琳(Erin)。

隨著無冕王的葬火，煙起而消失。

在皇宮，或鄉野村舍
愛爾蘭的心，無處不是
悲愴滿懷——因爲他走了，
還有誰可以主導愛爾蘭的命運。

他使愛琳留名千古，
綠色的旗子，榮耀的展現，
政治家、詩人和戰士們
昂然奮發於世界各國。

他夢想著(啊！只是一場夢想)
自由；但就在他奮鬥
去實踐理想時，背叛者卻
硬把他與至愛的愛爾蘭拆散。

羞愧啊！那些懦弱卑鄙的手
謀殺了他們的主人，或以親吻①
背叛他，那騷動不安，
只會逢迎巴結的神父們——絕非他的朋友。

願這些人的記憶永遠蒙羞
他們想盡辦法來侮辱
來沾污他的聲譽，
而他以自尊自重，傲然斥之。

他倒下了，正如那些偉人
高貴勇敢地走完最後一程。
現在他已經回到死亡的懷抱
加入愛爾蘭民族英雄的行列了。

①《聖經》的引喻，猶太的背叛之吻。

衝突的喧囂不再打擾他的安眠，
與世長辭；世間的苦痛
或雄心壯志，再也不能驅使他
去攀登榮光的頂峰。

他們不擇手段，把他拖下來，
但愛琳，你聽，他的精神
將像火浴鳳凰，
於破曉時分，重新升起。

這一天，自由降臨。
這一天，愛琳舉杯。
歡迎喜樂，且永誌
對巴奈爾的悲情記憶。

海恩斯坐回桌上。當他朗誦完畢，眾皆默然，過了一下，才響起如雷的掌聲：甚至於李昂斯先生都拍手叫好。掌聲持續了好一會兒。當掌聲停止後，所有的聽眾都默默不語，乾喝一口酒。

波克！一聲響，軟木塞從海恩斯先生的酒瓶飛了出來，但海恩斯先生臉上泛紅，光著頭，仍然坐在桌上，一動也不動。他似乎沒聽見酒瓶開了的邀請聲。

——太棒了！喬！歐康諾先生說著，一面拿出捲煙紙和煙草袋來掩飾他激動的情緒。

——你覺得怎麼樣，柯洛夫頓？漢奇先生大聲說。眞不賴吧？你說什麼？

柯洛夫頓先生說，這是一篇非常好的作品。

母親

「愛爾蘭萬歲」委員會的助理秘書何洛漢先生為安排一系列的音樂會，手上和口袋滿是髒兮兮的傳單，在都柏林上上下下跑了近一個月。他天生瘸了一條腿，因此朋友們就叫他「跛腳何」。他經常到處走動，在街角一站個把小時，發表意見，與人爭辯，但最終他還是得靠齊爾尼太太來安排一切。

戴爾文小姐因賭氣而嫁作齊爾尼太太。她在一間高級的修道院接受教育，學會了法文與音樂。她天生一副冷面孔，且生性高傲，因此在學校時沒交到幾個朋友。在接近適婚年齡時，她被安排到許多人家裡去拜訪。她的演奏技巧和高貴的氣質，迷倒眾人。她坐困在自己的成就所圍繞的一層寒冰之中，只能等待某個追求者來衝破它，並賜她一則璀璨亮麗的人生。但她所遇到的年輕人都屬平庸之輩，所以她也不給他們任何機會。為了要平撫浪漫欲望的蠢動，她私下吃了很多的軟糖①。然而，在她的年紀到達拉警報的階段，她的朋友便開始對她品頭論足，蜚短流長起來。她為了堵住八卦流言，便下嫁給一位住在歐蒙碼頭附近的皮鞋商人。

他的年紀比她大很多，蓄著棕色的大鬍子，偶爾才說幾句話，但是每句話都很嚴肅。結婚一年後，她就體會到，這樣的人比一個浪漫的人更能長久相處，但她還是未放棄那些浪漫念頭。他冷靜、節儉和忠誠；每個月的第一個禮拜五，他會上教堂禱告，有時候和她一起去，大多數的時候獨自前往。但是她對宗教的熱誠未曾稍減。對他而言，她是個好妻子。在某些比較生疏的家庭聚會裡，只要她的眉毛微微揚起，他就立刻起身告別；如果他咳得厲害，她就拿羽毛被子來幫他蓋在腳上，並且倒一杯濃濃的萊姆水果酒給他喝。從他所扮演的角色來看，他是一位模範父親。每個月他都把一筆錢存放在一家保險公司，以確保他兩個女兒滿二十四歲後，可以領回各一百英鎊的嫁妝。他把長女凱薩琳送到一間很好的教會學校去學法文和音樂，後來還供給她在皇家音樂學院求學。每年七月，齊爾尼太太都會找機會對朋友說：

——我先生要送我們到史可瑞斯去度幾個禮拜的假。

通常如果不去史可瑞斯的話，就去侯斯或格瑞史東②。

---

① Turkish Delight是一種水果軟糖，膠質，外表灑有細糖。

② 史可瑞斯(Skerries)、侯斯(Howth)或格瑞史東(Greystones)三者都是都柏林附近著名的海邊度假勝地。

在愛爾蘭文藝復興運動風起雲湧之際，齊爾尼太太決定好好利用她女兒的名字①，於是請了一位教愛爾蘭語的老師來家裡授課。凱薩琳和她妹妹寄愛爾蘭風景明信片給她們的朋友，而這些朋友也回寄其他的愛爾蘭風景明信片給她們。在某些特別的星期天，齊爾尼一家人會去臨時天主堂做禮拜。彌撒之後，一小撮人便圍聚在教堂街角。他們都是齊爾尼一家人的朋友——音樂界的朋友或民族主義運動的朋友。在一陣閒話家常之後，大家就一起互相握手。看到這麼多手交叉在一起，大家就放聲大笑，並用愛爾蘭語互相道別。很快地，凱薩琳·齊爾尼小姐的名字就在人們的唇舌之間流傳開來。人們說她的音樂才華橫溢，人也很乖巧，而且她還是個語言運動的支持者②。齊爾尼太太對此發展頗爲滿意。因此，當何洛漢來找她，邀請她女兒爲委員會在安田音樂廳舉辦的一連四場大型音樂會擔任伴奏時，她一點也不感到驚訝。她領他到客廳，請他坐下，並拿出酒瓶和裝餅乾的桶子。她全心投入，對這項提案的細節規劃，反覆折衝，終於簽訂了一份合約。根據合約，擔任四場音樂會的伴奏，凱薩琳可以獲得八基尼的酬勞。

① 凱薩琳與葉慈的名劇《胡拉洪之女凱薩琳》(*Catherine Ni Houlihan*)中的女主角同名。在劇中凱薩琳化身爲一老婦人，鼓舞受殖民統治的愛爾蘭人民起來把外人(英國人)趕出自宅，並取回屬於自己的家園綠地。凱薩琳即是傳統愛爾蘭的象徵。

② 愛爾蘭民族運動的健將海德博士(Douglas Hyde)。他提倡蓋爾語運動(the Gaelic League)，主張「去英國化」，恢復傳統的蓋爾語並以此作爲國家語言。一八九〇年代，愛爾蘭出現一些組織，致力於愛爾蘭文化的復興，包括語言、文學、神話等領域。最主要的代表就是當時的海德博士。

因爲何洛漢先生對廣告措辭與節目安排這類細微的事情不在行，齊爾尼太太便幫助他出主意。她世故老練，知道哪些藝術家的名字要用大寫，哪些只需小寫；她知道男高音不喜歡被排在米德先生的滑稽表演之後；若要維持觀眾的情緒於不墜，她必須把比較冷門的節目安插在那些比較受歡迎的曲目之間。何洛漢先生每天打電話來向她請教。她總是很親切——事實上，很謙卑地提供意見。她把酒瓶推到他面前說：

——請，你自己來，何洛漢先生。

在他斟酒時，她說：

——不用怕！不用爲這件事擔心！

事情進行得很順利。齊爾尼太太到布朗．湯姆斯百貨公司去採購一些可愛的粉紅絲緞，並把它們縫在凱薩琳的衣襟上。這是一筆很大的開銷，但是爲某些特別的場合，多花點錢也是值得的。一張門票兩先令，她拿了十二張最後一場的門票，送給那些不如此恐怕不會來捧場的朋友。每件事她都考慮到，也多虧是她，所有該做的事，都做了。

音樂會排在星期三、四、五、六四天。星期三晚上，當齊爾尼太太和她女兒到達安田音樂廳時，現場的情況令她頗爲不悅。只見幾位外套上別著淡藍色徽章的年輕人，懶洋洋地站在廳堂前；沒有人穿晚禮服。她帶著女兒經過他們身邊，朝音樂廳敞開的門內瞄了一眼，這才明白爲什麼招待人員都無精打采。起先，她以爲看錯了時間。但沒錯，確實是差二十分八點。

在後台的化妝室裡，她見到了委員會的秘書，費茲派翠克先生。她面帶笑容，和他握手。他的個子矮小，臉色蒼白，面無表情。她注意到他的棕色軟帽，隨意歪戴在頭上，講話的口音平淡呆板。他手上拿著一張節目單，一面和她說話，一面把節目單的一角嚼成一團濕濕的紙漿。他似乎對這令人失望的情形，不以爲意。何洛漢先生每隔幾分鐘就進來報告票房的銷售情形。那些藝人們都在那裡不安地竊竊私語，還不時對著鏡子瞟看，一面不停地把手上的樂譜捲起來又打開。將近八點半的時候，大廳裡的那幾個零星觀眾，等不及要欣賞音樂了。費茲派翠克先生走了進去，對著空盪盪的音樂廳茫然一笑說：

——好，各位女士，各位先生，我想音樂會就開始吧！

齊爾尼太太聽他說話的尾音要死不活的，於是賞他一個大白眼，然後用鼓勵的口吻對她女兒說：

——親愛的，你準備好了嗎？

她逮到一個機會，把何洛漢先生叫到一邊，問他這是怎麼一回事。何洛漢先生不知道如何回答。他說委員會做了錯誤的決定，安排了四場音樂會。四場，太多了！

——還有那些藝人呢！齊爾尼太太說。當然，他們會盡力而爲，但水準實在是太差了。

何洛漢先生承認那些藝人的水準欠佳。委員會決定前三場就隨他們自由發揮，但要把最精采的留到星期六晚上才表演。齊爾尼太太對此不表示意見，但隨著平庸的節目一個接一個在舞台上演出，大廳裡原本稀落的觀眾也變得越來越少，她開始覺得後悔，竟然爲這樣的音樂會出錢出力。她本來就對整個場面感到不悅，費茲派翠克先生那張空洞的笑臉，更是惱怒了她。然而，她保持沉默，靜觀事情如何收場。不到十點鐘，音樂會就草草結束了。觀眾們也匆匆離開會場回家去。

星期四晚上的音樂會，觀眾比較踴躍，但是齊爾尼太太一眼就看到滿地的垃圾。觀眾們的行爲隨便，彷彿這是一場非正式的時裝彩排秀。費茲派翠克先生似乎頗爲開心，他完全不知道齊爾尼太太已經對他的行爲感到光火了。他站在布幕旁，不時探出頭來，和坐在包廂角落的兩位朋友，談笑風生。當天晚上，齊爾尼太太就得知，星期五的演出被取消了，委員會將使出渾身解數來保證星期六的演出能賣個滿座。她一聽到這個消息，馬上去找何洛漢先生。當他瘸著腳急著要端一杯檸檬水給一位年輕的女士時，她逮住了他，並問他此事當眞乎？沒錯，這是眞的。

——原來的合約沒變，是不是？她說。合約載明是四場。

何洛漢先生看起來很忙，他勸她去找費茲派翠克先生談。齊爾尼太太開始覺得有點焦急。她把費茲派翠克先生從布幕邊叫了過來，告訴他說，她女兒簽了四場伴奏的合約。根據合約，她女兒應該得到原本說好的四場演出酬勞，不管委員會到底要不要演出四場。費茲派翠克先生似乎沒能立刻弄清楚齊爾尼太太的問題所在，不知道要如何因應，所以回答說他要把問題提到委員會去討論。齊爾尼太太開始臉露慍色，她極力隱忍，以免脫口而出強問：

——告訴我，到底誰是「**委員會**」？

但她知道，這樣問有失淑女風度：所以就閉口不語。

星期五早上，他們派了許多小男孩拿了一捆又一捆的傳單，到都柏林的主要街道去散發。當天所有的晚報都刊出了吹捧的文章，提醒愛樂的大眾，明天晚上將有精采的節目上演。齊爾尼太太好像又恢復了一點信心，但她想最好還是把心中的疑慮告訴她先生。她先生仔細聽完之後說，也許他最好在星期六晚上陪她一起去。她同意了。她敬重她丈夫，就像她敬重郵政總局一般，因他是那麼高大、安全、穩固。雖然她知道他的才情有限，但卻欣賞他的男性抽象價值。她很高興，他提議陪她去一趟。她開始在心中盤算著因應之道。

隆重的音樂會終於開始了。齊爾尼太太，由她女兒與先生陪著，在預定開演前三刻鐘來到安田音樂廳。但是天公不作美，當天晚上偏偏下起雨來。齊爾尼太太把女兒的衣服和樂譜交給先生保管，然後逕自去找何洛漢先生或費茲派翠克先生。但這兩個人都找不到。她問服務人員，大廳裡是否有委員會的成員在場。幾經波折之後，一位服務員找來一位個子矮小，名叫拜恩的小姐。齊爾尼太太向她解釋說，她要見委員會的秘書。拜恩小姐說他們馬上就會到，並問說有什麼她可以效勞的地方。齊爾尼太太的目光在那張老氣橫秋的面孔上搜尋一陣，看她正努力擠出值得信任和充滿熱情的表情後，便回答說：

——不用了，謝謝！

這名矮小的女人希望今晚能夠賣個滿堂彩。她看著外面的雨勢，看到濕漉漉的街頭，一片淒清，她那值得信任和充滿熱情的表情，也逐漸從那皺成一團的面孔上消失了。然後，她嘆了一口氣說：

——唉！老天知道，我們已經盡了最大的努力了。

齊爾尼太太只好走回化妝室去。

藝人們正陸續到來。男低音和第二男高音已經到了。男低音，丹根先生，是位身材削瘦的年輕人，蓄著稀疏的黑色鬍子。他是城裡一家公司門房的兒子，小時候，常在回音裊繞的大廳裡，拉長著嗓音，練唱低音部音符。雖出身卑微，但他努力向上，到今天已是一流的**藝術家**。他演過大型歌劇。一天晚上，有個歌劇演員病倒了，他便在皇后劇院的《瑪麗塔納》歌劇中擔綱演出國王一角①。他的歌喉圓潤、感情豐沛、中氣過人，頗受好評。可惜的是，他有一兩次不經意用戴著手套的手去擦鼻子，破壞了人家對他原來的好印象。他不擺架子，話也不多。他說「你啊」的時候，聲音輕得幾乎聽不見。爲了保護嗓子，除了牛奶外，他從不喝其他烈性的飲料。第二男高音，貝爾先生，是個金髮的小個子，他每年都去參加「音樂節」的歌唱比賽②。參加第四次比賽

① *Maritana*是愛爾蘭劇作家William Wallace於一八四五年在都柏林發表的歌劇。在劇中扮演「國王」的演員，即是唱低音部的角色。

② The Feis Cesoil(即英文的the Festival of Music)是一八九七年起開始的年度音樂節，目的在推廣愛爾蘭音

時，得到了銅牌獎。他很容易緊張。他因十分嫉妒其他的男高音歌手，便以熱絡的友善態度來掩飾他強烈的嫉妒心。他有一種怪僻，就是要人家知道，參加音樂會對他而言是多麼痛苦的一件事。所以，他看到丹根先生的時候，他就走過去問他：

——你也是身不由己嗎？

——是的，丹根說。

貝爾先生笑看著這位同是落難的夥伴，便伸出手來說：

——握個手吧！

齊爾尼太太經過這兩個年輕人身邊，走到布幕旁去看大廳裡的情形。座位很快地塡滿了，愉悅的噪音在音樂廳裡流轉。她走回來和她先生悄悄地說話。他們談話的內容顯然跟凱薩琳有關，因爲他們的眼光經常瞄著她，看她站著和一位民族主義的朋友——女低音希利小姐——在聊天。這時一位不知名臉色蒼白的女士，獨自穿過房間，其他的女士們都以銳利的眼光看著她瘦弱身上那套褪了色的藍色洋裝。有人說，她是女高音格林夫人。

——不知道他們從哪裡把她給挖出來的，凱薩琳對希利小姐說。我眞的沒聽過她的名字。

（續）樂。一九〇四年五月，喬伊斯曾參加在安田音樂廳舉辦的音樂比賽，在男高音獨唱一項中，獲得第三名。

希利小姐只得微笑不答。這個當下，何洛漢先生瘸著腿，一上一下地走到化妝室來，這兩個年輕的小姐就問他，那個陌生的女人是誰。何洛漢先生說那是倫敦來的格林夫人。格林夫人站在房間的一角，兩手僵硬地握著一卷樂譜放在胸前，一雙驚嚇的眼神不斷變更著視線。屋子裡的陰影雖掩飾了她那褪色的洋裝，但也無情地凸顯了她鎖骨後方的小窟窿。大廳裡的聲音變得清晰可聞。第一男高音和第一男中音，也一起到了。他們兩人穿著時髦，身材壯碩，自信滿滿，在這一群人間，顯得特別貴氣體面。

齊爾尼太太領著女兒去見他們，並且親切地和他們交談，她想要和他們建立良好的關係。雖然她盡力裝作客氣，但眼睛卻隨著何洛漢先生一跛一跛的腳步而瞟動。一逮到機會，她就向他們告辭，跟在何洛漢先生背後走了出去。

——何洛漢先生，我有話要跟你說一會兒，她說。

他們走到走廊一處比較僻靜的地方。齊爾尼太太問他，她女兒什麼時候可以領到酬勞。何洛漢先生說，這件事由費茲派翠克先生負責。齊爾尼太太說她不認識費茲派翠克先生。她女兒簽了八基尼的約，她就必須獲得這筆錢。何洛漢先生說這件事與他無關。

——爲什麼與你無關？齊爾尼太太問他。你不是親自把合約交給我女兒的嗎？總之，如果不是你的事，那就是我的事，我非過問到底不可。

——你最好去找費茲派翠克先生談，何洛漢先生冷冷地說。

——我不認識費茲派翠克先生，齊爾尼太太重複說了一次。我手上有合約，我要你們履行合約。

當她回到化妝室時，她的雙頰微微漲紅。房間裡氣氛正熱烈。兩位服裝整齊的男士，站在爐火邊，正和希利小姐、男中音熱絡地閒聊著。他們一個是《自由人報》的記者，另一位是歐馬登．伯克。《自由人報》的記者說他無法留下來等音樂會開始，因爲他要趕去報導一位美國神父在市長公館發表的演說。他說，他們可以把新聞稿留在《自由人報》的辦公室給他，他會想辦法把它刊登出來。他一頭白髮，聲音做作，態度謹愼。他手上拿著一根熄了火的雪茄，身上還散發著煙味。他連一分鐘也不想多停留，因爲這幾場音樂會和那些藝人們同樣叫人倒盡胃口，但他還是倚靠在壁爐架邊。希利小姐站在他面前，又說又笑。他久經世故，當然猜得到爲什麼她對他這麼親切客氣，但他人老心不老，也想掌握眼前的美好機會。她身體所煥發出來的體溫、香氣和色澤，挑逗著他的感官。他心神愉悅，明白感受到在眼前緩緩起伏的胸脯是爲他而起伏，而這笑聲、體香和多情的秋波是他收受的餽贈厚禮。他一直待到不能再停留時，才不捨地向她告別。

——歐馬登．伯克會報導這場音樂會，他向何洛漢先生說明。而且我一定會設法使它刊登出來。

——非常謝謝你，韓德瑞先生，何洛漢先生說。你一定會讓它刊出的，我知道。你要不要在走之前喝點什麼？

——也可以啊！韓德瑞先生說。

兩個人沿著彎彎曲曲的通道走著，先爬上一個昏暗的樓梯，進到一間單獨的房間，裡頭有一個服務人員正在爲幾位先生開酒。其中一人就是歐馬登·伯克先生，他已經憑著直覺找到這個房間。他是個溫文可親的老人。當他站著休息時，會用一把絲質的雨傘來平衡他龐大的身軀。他那帶有愛爾蘭西部味道的姓名，是他的道德保護傘。他就是靠這把傘來平衡他那敏感的財務問題。他普受眾人尊敬。

當何洛漢先生在招呼《自由人報》記者時，齊爾尼太太氣急敗壞地向她先生大聲說話，逼得她先生只好請她放低聲量。化妝室裡的談話氣氛突然變得很緊繃。第一個節目的表演者，貝爾先生，已經拿著樂譜準備好要唱了，但是伴奏者仍然沒有動靜。顯然，有些地方不對勁了。齊爾尼先生，捻著鬍子，兩眼直視前方，而齊爾尼太太正壓低著聲音，附在凱薩琳的耳朵交代事情。大廳裡傳來拍掌跺腳聲，催促音樂會趕快開始。第一男高音、男中音和希利小姐正站在一起，靜靜地等候，但是貝爾先生卻神情緊張，生怕觀眾會誤以爲是因他遲到的關係。

何洛漢先生和歐馬登·伯克先生回到了化妝室。何洛漢先生立刻察覺大家沉默不語的原因。他走到齊爾尼太太身邊，很誠懇地問她話。他們在對話的時候，大廳裡的鼓譟聲也變得越來越大。何洛漢先生因激動而滿臉通紅。他拉大嗓門說話，但是齊爾尼太太只是簡短地打岔說：

——她不會上台的，除非先拿到八基尼。

何洛漢先生氣急敗壞地指著大廳方向，觀眾在那裡鼓譟跺腳。他向齊爾尼太太和凱薩琳哀求。但齊爾尼先生只是不斷地捻著鬍子，凱薩琳則低著頭，撫弄著新鞋的鞋尖：這又不是她的錯。齊爾尼太太再次說：

——沒拿到錢，她就不上台。

在一串口舌爭辯之後，何洛漢先生瘸著腳匆匆走了出去。房間裡一片靜默。當這靜默的壓力大到令人難以承受時，希利小姐便對男中音說：

——你這個禮拜有沒有看到派特．坎伯夫人①？

男中音沒見過她，但聽說過她很棒。對話到此就結束了。男高音低下頭來，開始數起腰際上金鍊子的節環，同時面帶微笑，隨便哼著一些曲子，測試它們在前竇鼻腔的共鳴效果。大家都不時偷偷地朝齊爾尼太太看。

這時大廳裡的鼓譟聲，幾乎要到達叫囂的程度了。費茲派翠克先生快步衝進房裡，後面跟著上氣不接下氣的何洛漢先生。大廳裡的鼓掌聲、跺腳聲，因間夾著口哨聲，變得越來越響。費茲派翠克先生手上拿著幾張銀行支票。他數了四張，交給齊爾尼太太，告訴她另外一半，中場休息

---

① 著名的女演員，曾在都柏林的艾爾比劇場參與葉慈的劇本*Deirdre*之演出。亦是名劇作家蕭伯納(Bernard Shaw)的好友。

時再給。齊爾尼太太說：

——還少四先令。

可是凱薩琳已經挽起裙子說：「**貝爾先生，請吧！**」擔任第一個出場的貝爾先生卻緊張地像一棵顫抖不已的白楊樹。歌手和伴奏攜手出場，大廳裡的鼓譟聲霎時安靜了下來。幾秒鐘後，鋼琴的聲音便響了起來。

第一部分的節目，除了格林夫人的表演外，都很成功。那位可憐的女士用一種有氣無力的嗓音唱著《齊拉尼》①，這種矯揉做作的唱腔和發音，早已過時，但她卻以爲這樣可以爲演唱增添幾分優雅氣質。她看起來好像剛從古劇場的衣櫃裡走出來的殭屍。坐在比較廉價票區的觀眾，對她那尖聲的哭調，發出陣陣嘲笑聲。還好，第一男高音和男中音的表演博得滿堂彩。凱薩琳彈奏愛爾蘭民謠組曲，贏得觀眾熱烈的掌聲。前半場節目結束前，一位在業餘劇團表演的女士，朗誦一首鼓動人心的愛國詩歌，大家也報以她應得的掌聲。朗誦完畢，大家都滿意地出去進行中場休息。

這時候，化妝室裡正吵得不可開交。何洛漢先生、費茲派翠克先生、拜恩小姐、兩位服務人

---

① 《齊拉尼》(*Killarney*)是愛爾蘭著名的民謠作曲家巴爾夫(Michael William Balfe)的作品。內容在讚揚愛爾蘭鄉土人情之美。

員、男中音、男低音和歐馬登・伯克先生聚在屋內一角。歐馬登・伯克先生說，這是他所見過最丟臉的演出。凱薩琳・齊爾尼小姐在都柏林的演奏事業到此結束了，他說。有人問男中音對齊爾尼太太的行爲有何高見？他金口不開。既然已經拿到演出酬勞，他就犯不著去得罪人。但他說齊爾尼太太或許也應該替其他表演的藝人們想一想。服務員與秘書們激烈爭辯，應該在中場休息時採取何種行動。

——我同意拜恩小姐的看法，歐馬登先生說。一毛錢都不要給她。

齊爾尼太太、她的先生、貝爾先生、希利小姐和朗誦愛國詩歌的年輕女士聚在房間的另一個角落裡。齊爾尼太太說委員會欺人太甚。她義無反顧，出錢出力，竟得到如此的回報。

他們以爲他們只是在對付一個弱女子，所以可以恣意而爲。但是她要讓他們知道錯誤。如果她是男生的話，他們就不敢如此任意欺壓她。但是，她無論如何都要讓她女兒得到應得的酬勞：她不會甘於讓人擺布的。如果他們膽敢少付一分錢，她就要把都柏林鬧個滿城風雨。她當然也替那些藝人們抱屈，但是她又能怎樣？她向第二男高音述說冤屈，他說她確實受到委屈。接著，她向希利小姐吐苦水。希利小姐原本想要加入另外一夥人的，但是又不好意思這樣做，因爲她是凱薩琳的好朋友，而且她還常到齊爾尼家去作客。

前半場音樂會一結束，費茲派翠克先生和何洛漢先生立刻去找齊爾尼太太，告訴她說委員會下個禮拜二開會後再付四基尼；如果她女兒不在下半場伴奏的話，那麼委員會將視其毀約，不再付任何款項。

——我沒看到什麼鬼委員會？齊爾尼太太憤怒地說。我女兒手上有合約。把四鎊八先令交出來，否則她就不上場。

齊爾尼太太，想不到妳是這樣的人，何洛漢先生說。我作夢也沒料到妳會這樣對待我們。

——那你們又是怎樣對待我的？齊爾尼太太反問道。

她滿臉怒容，彷彿隨時要動手打人的樣子。

——我只是要回我的權利而已，她說。

——你應該有些起碼的基本教養吧？何洛漢先生說。

——我應該，眞的嗎？……那麼我問說我女兒何時可以拿到酬勞時，爲什麼沒有得到一個比較有教養的回答？

她把頭一甩，學著何洛漢先生用一種傲慢的語氣說：

——你必須去找秘書談。這不關我的事。我只不過是個百無一用的大混混！

——我以爲妳是個淑女，何洛漢先生說完即掉頭而去。

這麼一來，齊爾尼太太就成了眾矢之的：大家都支持委員會的做法。

她站在門邊，怒火中燒，一臉蒼白，對著她先生及女兒比手劃腳，大聲辯解。她一直等到下半場開始，幻想著秘書會走過來找她。沒想到希利小姐心軟，已經答應爲他們伴奏一兩首歌。齊爾尼太太只好站到旁邊，讓路給男中音跟他的伴奏上台。她僵在那裡一兩秒鐘，像一座滿臉怒容的石像。當她聽到第一聲音符響起時，她就抓起女兒的披風，交代她先生說：

——叫一輛車！

他立刻出去。齊爾尼太太把披風罩在她女兒身上，跟著他走了出去。她走過門廳時，停了下來，狠狠地瞪了何洛漢先生一眼。

——我跟你還沒完呢！她說。

——但是我跟你已經完了，何洛漢先生說。

凱薩琳怯懦地跟在她母親後面。何洛漢先生在房間裡不斷踱著方步，企圖要把渾身冒火的情緒冷卻下來。

——好個淑女！他說。噁！好個淑女！

——你處理得很好，何洛漢！歐馬登．伯克先生斜靠著雨傘，贊同地說道。

恩典

兩位碰巧在廁所的男士，費力地把他攙扶起來：但他實在是站不起來。他從樓梯上滾了下來，蜷縮成一團。他們總算幫他翻過身來。他的帽子滾到好幾碼外去，面孔朝下，衣服弄得髒兮兮的，沾滿了地板上的污水。他的雙眼緊閉，呼吸帶著忽嚕忽嚕的雜音。嘴角還汩汩地流著一絲絲的血水。

這兩位男士和一位酒保把他抬上樓去，讓他躺在酒館的地板上。不到兩分鐘，就有一群人圍著他看。酒館的經理問他是誰，跟誰一起來的。沒有人認識他，但是一位酒保說，他曾給這位先生斟過一杯蘭姆酒。

——他自己一個人來的？經理問道。

——不是，先生。有兩位男士和他一起來的。

——那他們到哪裡去了？

沒有人知道。有一個聲音說：

——讓他透透氣，他暈過去了。

旁觀的這圈人紛紛讓開，但隨即又聚攏過來。在格子圖案的地板上，那個人的頭部附近，凝結著一攤暗褐色的血跡。酒館經理被他那槁木死灰的臉色嚇壞了，趕緊叫人通知警察。

有人鬆開他的領子，解開他的領帶。他眼睛睜開一會兒，嘆一口氣，隨即又閉上。將他抬上階梯的一位男士，手上拿著一頂髒兮兮的絲質禮帽。經理重複又問了幾遍，有沒有人認識這個受傷的人，或他的朋友跑到哪裡去了。有人打開酒館的大門，一位身材高大的警官走了進來。沿著巷道一路跟著他來的群眾，聚集在門外，爭先恐後趴在玻璃窗格上，拚命往內瞧。

經理立刻重述他所知道的一切。這位面無表情的年輕警官靜靜聽著。他慢慢地移動他的頭，從右到左，從經理到躺在地上的那個人，彷彿在懷疑這是一場騙局。接著，他脫掉手套，從腰際拿出一本筆記本，舔一舔鉛筆心，準備好問筆錄。他以一種帶著懷疑的鄉下口音問道：

——這個人是誰？叫什麼名字？住哪裡？

一位穿著自行車服的年輕人擠過圍觀的人群，迅速蹲在這個受傷的人身邊，叫人拿水過來。警官也蹲下來幫忙。年輕人洗淨這個人嘴角的血跡，然後請人拿些白蘭地來。警官以權威的口氣不斷重複這個命令，直到一位酒保拿著一杯酒跑過來。他把白蘭地灌進那個人的喉嚨。幾秒鐘後，他就張開眼睛，看了一下四周。看到圍著他的一圈臉孔，他突然會意過來，於是掙扎著要站起來。

——你沒事吧？那個穿著自行車服的問道。

——嗄！沒事，那個受傷的人說著，一面努力掙扎著要站起來。

大家把他扶了起來。經理提到某家醫院，一些旁觀者也相繼提供意見。有人把那頂被壓扁的絲帽戴回那個人的頭上。警官問道：

——你住在哪裡？

那個人沒回答，卻開始捻起他的鬍子尾端。他不把這件意外當作一回事。沒事，他說。只是一樁小意外，他含糊地說著。

——你住在哪裡？警官又重複問了一遍。

那個人說希望有人幫他叫輛計程車。當他們正在議論要不要時，一位皮膚白皙，身材高大，穿著一件黃色長大衣的年輕人，從酒館的另一端趕了過來。看到這一番景象，他便大聲喊說：

——哈囉！湯姆，老兄！出了什麼事？

——嗄！沒什麼，那個人說。

新來的這個人打量著眼前這個可憐的傢伙，然後轉身對警官說：

——警官，不要緊了，我會送他回家去。

警官摸摸頭盔，回答說：

——好吧，包爾先生！

——來吧！湯姆，包爾先生說，一面拉著他朋友的手臂。骨頭沒斷。怎麼樣？你能走嗎？

穿自行車服的年輕人扶起那人的另一隻手臂，圍觀的人們讓出一條路來。

——你怎麼把自己弄得這麼狼狽？包爾先生問。

——這位先生從樓梯上摔了下來，年輕人說。

——先生，我嗯按激你，那個受傷的人含糊說道。

——不客氣。

——咱們能不能來喝一點……？

——現在不行。現在不行。

三個人離開酒館，看熱鬧的人也穿門而出，隱沒在小巷裡。經理帶著警官到樓梯口去勘驗意外現場。他們一致認爲那位先生是失足才跌下去的。酒客們紛紛回到櫃檯前，一位酒保便開始清理地板上的血跡。

當他們走到柯洛夫頓街頭時，包爾先生吹口哨叫了一輛馬車。那個受傷的人又含糊地說道：

——先生，我嗯按激你。我們後爲偶期。偶的名字叫柯南。

這一番驚嚇和隱約的痛楚，叫他清醒了不少。

——不客氣，那個年輕人說。

他們握手道別。柯南先生被抬上馬車。趁包爾先生在交代馬車伕去處方向時，柯南先生又對那個年輕人致謝，說他覺得遺憾不能在一起喝幾杯。

——下一次吧！那個年輕人說。

馬車朝著衛斯摩蘭街頭駛去。經過港務局時，上頭的時鐘正好九點半。陣陣寒冷的東風，從河口處襲來。柯南先生在寒風中縮成一團。他的朋友問他意外是怎麼發生的。

——我沒按法養，他說，偶的哦頭受傷了。

——讓我看看。

包爾先生靠過車子中間的行李箱座，去檢視柯南先生的嘴巴，但是什麼也看不清楚。他點一根火柴，用手圍成貝殼形狀來護著火苗，再探看一次柯南先生張得開開的嘴巴。馬車不住的搖晃，柴火就跟著在他張開的嘴邊左右移動。他的下排牙齒和牙齦上沾滿血塊，有一小塊舌頭好像被咬掉了。這時柴火被風吹熄了。

——情況很糟，包爾先生說。

——嗄！沒事啦，柯南先生說著，便把嘴巴閉起來，順便把髒兮兮的外套衣領交叉拉在脖子上。

柯南先生是一位傳統舊式的巡迴推銷員，他以這個行業為榮。他在城市裡走動時，總是戴著一頂體面的絲質禮帽，並且穿著一雙繫有鬆緊帶的長統馬靴。有這兩樣稱頭的穿戴，他說，就可以符合推銷員的身分了。他遵循拿破崙的布列克懷特傳統，經常閱讀他的傳奇故事，模仿其人其事種種①。在現代商業經營的策略下，他僅能在克羅街上張羅一間小辦公室。百葉窗上寫著公司的名字與地址——倫敦E.C.②。在這間小辦公室的壁爐台上，擺著一小排鉛灰色的茶葉罐，窗前的桌上擺著四、五個磁碗，裡面經常盛著半碗黑色的茶水液體。柯南先生經常用這幾個碗來品茗。他先喝上一大口，含在嘴巴，讓茶葉滋潤味蕾，再把它吐到壁爐裡去。然後再停下來評斷優劣。

比較年輕的包爾先生在都柏林城堡的皇家愛爾蘭警察局服務。他社會地位攀升的曲線正好與他朋友的下降曲線相交，但是柯南先生在事業頂峰時所交的一些朋友還尊敬他是號人物，這沖淡不少他的失落感。包爾先生就是其中一位這樣的朋友。包爾先生謎樣的金錢往來關係，常是他那圈朋友之間的話題；他是個快活的年輕人。

馬車在格拉斯尼文路上的一間小屋前停了下來，柯南先生被扶進屋裡。當他太太扶他上床時，包爾先生坐在樓下的廚房裡，他問孩子們上哪一間學校？都看些什麼書？孩子們計有兩女一男，他們知道爸爸現在自顧不暇，而媽媽又不在，便和他胡鬧起來。他對他們的教養和他們的口

① 拿破崙善於說服他人來接受他的領導。柯南以拿破崙爲師，進行他的茶葉推銷活動。據說布列克懷特(Blackwhite)是十九世紀的一位茶葉推銷商，其三吋不爛之舌，能把黑的說成白的。

② E. C.即是East Central，指倫敦市中心的東區。這是倫敦市郵遞區號的一種劃分法。

音感到訝異，眉頭不禁皺起來陷入沉思。過了一會兒，柯南太太進到廚房來，大聲說：

——眞丟臉！哎！早晚有一天他會毀在自己手裡。我對他眞的束手無策了。他從星期五開始就一直喝到現在。

包爾先生小心翼翼地對柯南太太解釋說，他與這件事無關，他只是碰巧經過現場。柯南太太想起了包爾先生曾經調解過他們的家庭糾紛，也曾經及時給予小額借貸。她說：

——哎！你不用這樣說，包爾先生。我知道你是他的朋友，絕不像其他和他在一起的那些人。只要他口袋裡有錢，他們就來找他，叫他忘了老婆和家人。可眞是好朋友啊！我想知道，他今天晚上又是和誰在一起混的？

包爾先生搖搖頭，不說話。

——眞不好意思，她說，家裡沒什麼東西可以招待你。如果你等我一會兒，我可以叫孩子到街角的傳格迪雜貨店去一趟。

包爾先生站了起來。

——我們在家裡等他帶錢回來。他好像完全忘了還有個家。

——好，柯南太太，包爾先生說，我們要設法幫他展開人生的新頁。我會找馬丁先生談。他是不二人選。我們會找個晚上過來和他好好溝通一下。

她送他到門口。馬車伕在人行道上來回踩腳揮動著手臂以暖和身子。

——謝謝你送他回來，她說。

——不客氣，包爾先生說。

他上了馬車。車子走的時候，他還很愉快地舉起帽子向她致意。

——我們會讓他重新做人的，他說。晚安，柯南太太。

．．．．．．．．．．．．．．

柯南太太一雙迷惑的眼睛，一直望著馬車，直到它離開了視線範圍。然後她才收回視線，走回屋內，掏空她先生的口袋。

她是個很活躍，也很講求實際的中年婦女。她剛慶祝過銀婚紀念日，那天在包爾先生的伴奏下，她和先生跳起華爾滋，重溫了往日戀情。當年柯南先生追求她的時候，也不是個不懂得獻殷勤的人：只要聽說有婚禮要舉行，她都會趕到教堂門口去看新人。她都還會滿心愉悅地回想起，當年她從山地芒的「大海之心教堂」①走出來，倚靠在一位春風滿面、尊貴體面男士的臂膀裡。他的穿著時髦，連身大禮服，配上淡紫色的長褲，一隻手臂上優雅地擱著一頂絲質的禮帽。婚後三個星期，她就開始覺得做妻子的日子枯燥無味；當她覺得日子變得無法忍受時，她已經爲人母

① 山地芒(Sandymount)位於都柏林利菲河口南方一哩處的海濱小村。「大海之心」是指聖母瑪利亞，她護佑漁人平安。

了。但做母親，她倒沒遇到什麼不能克服的困難。二十五年來，她一直為丈夫用心經營家庭。兩個大兒子都已經獨立高飛了。一個在格拉斯哥的布莊工作，另一個在貝爾法斯特的茶葉店裡當夥計。兩個都是好兒子，經常寫信，有時候還寄錢回家。其餘的孩子們都還在求學。

柯南先生隔天寫信到辦公室請假，以便待在床上養病。她為他燉牛肉湯，並且好好地把他罵一頓。她看待這些例行的酗酒，如同天氣變化一般自然。但是他生病的時候，她還是很盡責地照顧他，總是設法叫他吃早餐，比他糟的丈夫還多的是。自從孩子長大後，他就沒有發過脾氣。她知道為了這個家，雖然只是一筆小小的訂單，他還是願意到湯姆斯街去跑一趟，然後再徒步走回來。

過了兩個晚上，他的朋友來看他。她領他們到他的房間，搬椅子給他們坐在爐火邊。房間裡瀰漫著病人特別的氣味。柯南先生的舌頭因陣陣刺痛的感覺，使得他在白天的時候看起有些浮躁，但夜裡他就變得溫文有禮多了。他用枕頭當靠背，坐在床上。浮腫的臉頰上，有那麼一點氣色，看起來像猶有餘溫的炭火。他對訪客說抱歉，因為房間裡很雜亂，但同時，他也帶著幾分箇中老手的驕傲，自豪地看著他們。

他還不知道自己是他們精心設計的對象。他的朋友們康寧漢先生、馬克義先生和包爾先生已經在門廊裡，先把計畫內容透露給柯南太太。這個主意是包爾先生想到的，但是交付給康寧漢先生來執行。柯南先生出身英國國教世家，結婚時改信天主教，但二十年來，他卻沒有到過天主堂管轄的範圍之內，而且，還喜歡拐彎抹角批評天主教義。

康寧漢先生正是處理這種事情的不二人選。他是包爾先生的老同事。他的家庭生活並不是很美滿。大家都很同情他，因爲大家都知道他娶了一位上不了台面的老婆，一位無可救藥的酒鬼。他曾爲了她，把房子重新裝潢六次，但每一次她都用他的名字，把家具拿去典當。

每個人都很尊敬這個可憐的馬丁・康寧漢先生。他是個通情達理的人，既有影響力，又睿智。他久經人事，且因長期接觸違警法庭的事務，更顯得人情練達。他曾一度浸濡於哲學的領域，因此看起來非常溫文儒雅。他的消息靈通。他是朋友間的意見領袖，而且大家都認爲他長得很像莎士比亞。

柯南太太了解整個計畫後說道：

——一切交各位全權處理，康寧漢先生。

經過四分之一世紀的婚姻，她對生活已經沒有多少幻想了。宗教對她而言是一種生活習慣，而且她懷疑一個人到了她先生這樣的年紀，在死前還有多少巨大改變的可能性。她禁不住要認爲她先生的意外是天意，要不是爲了使自己不會顯得太狠心，她早就告訴這些男士們說，她先生雖然舌頭短少了一點，但是不礙事。康寧漢先生是個幹練的人，對他而言，宗教就是宗教。這個計畫也許會成功，但至少，也沒有什麼傷害。她對信仰並不顯得特別熱中。她向來就相信「聖心」①是所有天主教義中最具實用價值的，她也認同天主教的聖事儀式。她的信心僅限於她的廚房之內，但是，如果有需要，她也可以去相信精靈②和聖靈。

這幾位先生開始談起了這場意外。康寧漢先生說他碰過一個類似的情形。有一位七十歲的老先生，羊癲瘋發作，咬斷了一小塊舌頭，但是舌頭後來又長了回來，因此沒有人看得出被咬斷的痕跡。

——但是我還沒七十歲呢，受傷的柯南先生說。

——但願沒發生這場意外，康寧漢先生說。

——你現在不痛了吧！馬克義先生說。

馬克義先生曾經是一位小有名氣的男高音。他太太曾是女高音，但現在只能收低廉學費教小朋友彈鋼琴。他的生命軌跡並不是兩點間最短的直線距離，有一段時間，他被迫必須靠他的小聰明來混飯吃。他曾經在米蘭德鐵路公司上班，替《愛爾蘭時報》、《自由人報》拉廣告、在一家煤礦公司擔任約聘的推銷員、當私家調查員、副警長辦公室的職員、最近剛擔任市驗屍官的秘

①　聖心(the Sacred Heart)見“Eveline”注解。

②　愛爾蘭人相信banshee是位女精靈，有著老婦人的形貌，她會爲臨終的親人哭泣。

書。他的新工作使他對柯南先生的事件產生職業性的興趣。

——痛？還好，柯南先生說。但是覺得作惡，很想吐。

——那是因爲醉酒的關係，康寧漢先生很肯定地說。

——不是，柯南先生說。我想我是在車上著了涼。好像有東西一直爬上喉嚨來，是痰，或是——

——唾液，馬克義先生說。

——好像有東西一直從喉嚨下面爬上來；令人作惡的東西。

——是的，是的，馬克義先生說，那是從胸腔上來的。

他以一種挑戰的神情同時注視著康寧漢先生和包爾先生。康寧漢先生猛點頭，而包爾先生回答說：

——啊！好啊！平安沒事就好啦！

——我非常感激你，老兄，病人說。

包爾先生揮揮手。

——那兩個和我在一起的傢伙——

——你和誰在一起？康寧漢先生說。

——一個傢伙。我不知道他的名字。他媽的，他到底叫什麼名字？頭髮淡茶色的傢伙……。

——還有誰？

——哈德福。

——嗯！康寧漢先生說。

聽到康寧漢先生這一聲「嗯！」大家都安靜下來。大家都知道，這個說話的人有秘密管道去取得消息。以這件事爲例，這個單音節的聲音就有一種道德教訓的意味。哈德福先生有時候會呼朋引伴，一夥人在星期日中午過後出城，以便盡早趕到郊區的某間酒館。在那裡，這夥人變成了**如假包換**的旅行者①。但他這些同夥的旅伴從未忘記他的出身。他起初只是一個沒沒無聞的小財主，借小錢給工人，以收取高利。後來他和又矮又胖的高德寶先生共同經營「利菲貸款銀行」。雖然他僅是按照猶太人的倫理規範來行事，但是他的天主教同胞們，在他的強行追討債務之下，本人或其擔保人皆苦不堪言，因此都對他恨之入骨，大家都說他是愛爾蘭的猶太人，是個沒有文化教養的人。他那個白癡的兒子，正是上帝對他放高利貸惡行難於苟同的明證。除此之外，他們倒記得他還有一些其他的優點。

——他到底去了哪裡？柯南先生說。

① 拉丁文(bona-fide)是「眞正的，名副其實的」的意思。愛爾蘭政府規定酒館有一定的營業時間。但是如果因旅行之故，誤了酒館時間，可以要求酒館在營業時間外照常提供餐飲服務。

他希望這件意外事件的細節部分就這樣永遠模糊不清。他希望他的朋友們認爲因爲某些地方出了差錯，所以他和哈德福先生並沒有碰頭。他的朋友們知道哈德福先生的酒品，所以都沉默不語。包爾先生又說一次：

——平安沒事就好啦！

柯南先生立刻改變話題。

——那個救醒我的，是個有教養的年輕人，他說。要不是他……。

——呃！要不是他，包爾先生說，你就得坐牢七天，不得易科罰金。

——是！是！柯南先生說，一面努力回憶。我想起來了，有一位警察。他看起來像個正直的年輕人，到底是怎麼一回事？

——湯姆，事情是這樣的，你喝醉了。康寧漢先生一臉嚴肅地說道。

——被告知罪，柯南先生同樣一臉嚴肅地回答。

——傑克，我猜你向警官行賄，馬克義先生說。

包爾先生不喜歡別人直呼其名。他並不是不通人情，但是他對馬克義先生最近四處借旅行箱和皮包一事，依然耿耿於懷。馬克義這樣做的藉口是，他太太幻想著受聘到國內各地去演唱。但與其說他痛恨那種被占便宜的感覺，不如說他痛恨這種不入流的手法。因此，他在回答這個問題時，就把它當是柯南先生提問的。

柯南先生聽了之後，大為光火。他非常在意自己的市民權利，他希望能在這個城市裡能與他人互相尊重，和平共處，因此痛恨那些他所謂的鄉巴佬們對他的冒犯。

——這是我們繳稅的目的嗎？他問道。供養那些無知的笨蛋吃穿……但他們卻一無是處。

康寧漢先生笑了起來。他只有在上班的時候是殖民政府的官員。

——湯姆，他們除此以外，還能做什麼？他說。

他模仿鄉下人濃厚的口音，用命令的口吻說：

——六十五號，接住你的白菜！

大家跟著哄堂大笑。一直在等待機會加入對話的馬克義先生，裝出一副他沒聽過這故事的樣子。康寧漢先生說：

——據說——他們說，你知道的——這故事發生在皇家警備隊營區。他們找來了一些大塊頭的鄉巴佬，你該知道，就是那種傻愣愣的——來訓練。警官叫他們端著盤子靠牆站一排。

他用誇大滑稽的肢體語言描述著這個故事。

——吃晚餐的時候，你知道嗎，他面前的桌上放著他媽的好大一碗白菜，和一只像圓鍬般他媽的大號湯匙。他掏起一大匙的白菜，對準他們拋了過去，那些可憐的傢伙，只得設法用盤子去接菜：六十五號，接住你的白菜！

大家又笑成一團：但是柯南先生仍然有點不爽。他說要寫信去報社投書。

——這些四不像的怪獸跑來這裡，他說，以爲他們可以隨意支配平民百姓的生活。馬丁，我不需要告訴你，他們是怎樣的人吧！

康寧漢先生勉爲其難地點了點頭。

——就像世事一樣，他說，你有時候碰到好人，有時候碰到壞人。

——呃！是嗎，我想，你都碰到好人，柯南先生滿意地說道。

——最好不要跟他們打交道，馬克義先生說。這是我個人的意見！

柯南太太進來屋裡，把一只盤子放在桌上，然後說：

——各位先生，不用客氣，請用！

包爾先生代表大家起身致謝，並把自己椅子讓給她坐。她婉謝好意說她正在樓下燙衣服。她向站在包爾先生背後的康寧漢先生點頭示意後，就準備離去。她丈夫把她給叫了回來：

——沒有給我一份嗎，親愛的？

——哦！你嗎！我給你一巴掌，柯南太太凶巴巴地回答他。

她丈夫在背後向她叫道：

——可憐的小丈夫，分不到半杯羹啊！

他裝出一副滑稽的面孔和聲調，在歡樂的笑聲中，大家就把一瓶瓶的啤酒分配好了。

男士們舉杯喝酒，然後把酒杯放回桌上，停一口氣。康寧漢先生轉向包爾先生淡淡地說：

——傑克，你是說星期四的晚上嗎？

——是的，星期四，包爾先生說。

——好！康寧漢先生立即接腔答道。

——我們可以在馬奧里酒館碰面，馬克義說。那裡最方便了。

——每個人都不許遲到，包爾先生熱切地說，因爲到時候連門口都會擠滿人。

——我們七點半見，馬克義說。

——好！康寧漢先生說。

——七點半在馬奧里酒館，不見不散！

接著又是一陣沉默。柯南等著看他們會不會把他當作推心置腹的朋友，便問道：

——你們在進行什麼秘密的事啊？

——喔！沒什麼，康寧漢先生說。我們只是在爲星期四安排一些小事。

——看歌劇嗎？柯南先生問道。

——不，不，康寧漢先生語帶閃爍地回答。只是一件……與聖靈有關的小事。

——哦！柯南先生說。

又是一陣沉默。然後包爾先生直截了當地說：

——湯姆，老實告訴你，我們正在安排一場僻靜活動。

——是的，就是這件事，康寧漢先生說。傑克、我和馬克義——全部都要去好好懺悔，把壺子洗刷一番①。

他不動聲色地說出這個比喻，因受到自己聲音的鼓舞，乃繼續說道：

——你看看，我們最好承認自己就是一群混混，全部都是。我說，全部都是，他轉身向著包爾先生，慷慨激昂地說：都承認吧！

——我承認，包爾先生說。

——我也承認，馬克義先生說。

——所以我們要一起去懺悔，康寧漢先生說。

彷彿靈光一閃，他突然轉向病人說道：

——湯姆，你知道嗎？我突然想到一件事。你可以加入我們，那麼我們就可以跳四手交叉的雙人舞曲了。

——好主意，包爾先生說。四人一起來。

柯南先生沒有答腔。這項提議並不能讓他心動。他知道這些人正準備自命爲聖靈的代理人來替他分憂解勞。但他基於個人的尊嚴，必須硬頸以對。當他的朋友們在討論耶穌會時，他久久不

---

① To wash the pot是把壺子好好刷洗一番，意指洗心革面，重新做人。

吭一聲，只是帶著冷冷的敵意，靜靜地聽著。

——我對耶穌會並沒有成見，他終於打破沉默說道。他們都是學識淵博的教士。我也相信他們都心存善念。

——湯姆，他們是天主教會中最了不起的教士團，康寧漢先生熱切地說。耶穌會會長的地位僅次於教皇。

——一點也不錯，馬克義先生說，如果你想要把一件事辦得盡善盡美，找耶穌會準沒錯。他們都是具有影響力的人物！我告訴你一個例子……。

——耶穌會教士是一群學養兼備的人，包爾先生說。

——耶穌會教士團最特別一點，康寧漢先生說。就是教會裡的其他教士團都先後經歷過重組改造，只有耶穌會從來沒有過。它從未偏離正道。

——眞的是這樣嗎？馬克義問道。

——事實如此，康寧漢先生說，歷史有明證。

——看看他們的教會，包爾先生說，看看他們的會眾。

——耶穌會最能迎合上層階級的品味，馬克義先生說。

——那是當然的囉！包爾先生說。

——是的，柯南先生說。這就是爲什麼我對他們特別有好感。可是有些庸俗的神父，卻愚昧無知、狂妄自大。

——他們都是好人，康寧漢先生說，各有各的優點。愛爾蘭神父，在世界各地，都備受尊敬。

——是的，包爾先生說。

——不像歐洲大陸的其他神父，馬克義先生說，名實不副。

——也許你說得對，柯南先生回答說，但立場已經開始軟化了。

——我當然對，康寧漢先生說。我闖蕩江湖多年，閱人無數，評斷道德人格，從未看走眼過。

這些男士們又一個接一個地喝起酒來。柯南先生似乎在心裡盤算著什麼。他的立場鬆動了。

他佩服康寧漢先生對閱人及評斷道德的能力。他便問有關這件事的詳情。

——噢！只是一個僻靜會罷了！康寧漢先生說。波登神父主持的。專爲生意人而辦的那種，你應該知道的。

——湯姆，他不會對我們太嚴苛的，包爾先生勸誘著說。

——波登神父？波登神父？病人說。

——啊！湯姆，你一定認識他，康寧漢先生肯定地說。他是個很快樂、很好相處的好人！就像我們一樣的隨俗，不拘小節。

——噢！是的，我想我認得他。身材高大，一臉紅冬冬的。

——就是他。

——馬丁，你告訴我……他會講道嗎？

——唔……。你知道，那並不是眞正的講道。它採用一種比較通俗的方式進行，你知道的，就像是朋友之間的談話。

柯南先生在心裡思量著。馬克義先生說：

——湯姆．伯克神父。他才是呢！

——噢！湯姆．伯克神父，康寧漢先生說，他是個天生的演說家。湯姆，你聽過他講道嗎？

——我有沒有聽過他講道？病人惱怒地說。豈止如此！我還聽過他……。

——然而，人們說他並不是一位眞正的神學家，康寧漢先生說。

——眞的嗎？馬克義問道。

——喔！當然是眞的，錯不了的。只是有時候，人們批評說他的講道不夠正統。

——噢！……他是個了不起的傢伙，馬克義先生說。

——我聽過他講道一次，柯南先生繼續說。我現在忘了當時講道的主題。柯洛夫頓和我坐在……正廳後排的位子，你們知道……就是在——

——教友席，康寧漢先生說。

——是的，在靠門的後方。我現在忘了當時的主題是……。噢！對了，跟教宗有關，是上一任教宗的事。我想起來了。說眞的，他具有演說家的風範，演說內容，精采絕倫。還有他的聲音！

天啊！他的嗓子眞好！柯洛夫頓稱教宗爲：**梵蒂岡之囚**①！當我們出來時，我還記得柯洛夫頓對我說——

——但柯洛夫頓是奧倫治人②，不是嗎？包爾先生說。

——他當然是，柯南先生說，而且還是個很有教養的奧倫治人。我們去摩爾街上的巴特樂酒館——老實說，我眞的很感動，天地良心，我還記得他說的每一個字。**柯南**，他說，**雖然我們在不同的教堂做禮拜，但我們的信仰是相同的**。說得眞好，令我印象深刻。

——這句話意味深遠，包爾先生說。當伯克神父講道時，教堂裡經常擠滿了新教徒。

——我們之間並沒有多大的差異，馬克義先生說。我們都相信——

他猶豫了一會兒。

——救世主。只是他們不相信教皇和聖母。

——但是，當然啦！康寧漢先生心平氣和地強調說，我們的宗教才是正統的宗教，是最古老、

---

① 指十九世紀最後在位的天主教皇。自從義大利國王Victor Emmanuel II（1820-78）以羅馬建都之後，教皇的管轄及行動範圍就被限在梵蒂岡之內，猶如囚犯。

② 奧倫治人(Orangeman)一般泛指英國國教徒或是在政治上傾英的人。他們以北愛的Ulster爲大本營，誓死保衛新教權貴在愛爾蘭的利益。其名取自英王William of Orange，也就是威廉三世(1650-1702)，以紀念他把新教勢力帶入愛爾蘭。

最原始的信仰。

——一點也不錯，柯南熱情地說道。

柯南太太來到臥室的門邊，通報說：

——你有一位訪客！

——是誰？

——傅格迪先生。

——喔！請進！請進！

一張橢圓形蒼白的面孔出現在亮光處。兩道下垂如拱門的金色鬍子，和眼睛上的兩道金色眉毛，上下互相對映，而一雙充滿驚喜的眼神則在眉下閃動著。傅格迪先生是個平凡的雜貨商。他曾在城裡經營一家有照的酒館，但卻以失敗收場。他因財務狀況困窘，逼得只能向二流的釀酒場及酒商批貨。他在格拉斯尼文路上開了一家小店，自信以他的服務態度，一定可以贏得該地區家庭主婦的青睞。他溫文有禮，懂得誇讚小孩，講話時咬字清晰。他不是沒有文化修養的人。

傅格迪先生隨身帶著一份禮物，是一瓶半品脫的特級威士忌。他很禮貌地詢問柯南先生的情況，並把他的禮物放在桌上，然後不分長幼尊卑，和大家一起同坐。柯南先生特別感謝這份禮物，因爲他知道他和傅格迪先生之間，尚有一些尚未結清的雜貨欠款。他說：

——老兄，我最相信你了。傑克，把這瓶酒開了，好嗎？

包爾先生再度爲大家服務。把杯子洗乾淨後，斟了五小杯威士忌。酒精的催化使得談話又熱絡了起來。尤其是只坐椅子一小部分的傅格迪先生，特別感到興致勃勃。

——教宗李奧十三世①，康寧漢先生說，是時代的一盞明燈。他的宏願，你知道吧，就是把拉丁和希臘教會合而爲一。這是他一生的職志。

——我常聽說他是全歐洲最睿智的人之一，包爾先生說。我是說除了擔任教皇這件事之外。

——的確如此，康寧漢先生說，即便談不上是「最」聰明的，也是相差無幾了。你知道，身爲教宗，他的座右銘是：“Lux upon Lux”，也就是「光上之光」。

——不對，不對，傅格迪先生急切地說。我想你弄錯了。應該是“Lux in Tenebris”，也就是「暗中之光」②。

——喔！對了，馬克義先生說，是“Tenebrae”。

——請聽我說，康寧漢先生很肯定地說，應該是“Lux upon Lux”。前任教皇庇護九世的座右銘

① 教宗李奧十三世(Pope Leo XIII, 1878-1903)是史上著名的教皇之一。他喜愛詩書藝文。但在政治上則傾向保守，與掌政者同調。因此被愛爾蘭人認爲其站在英國立場，反對愛爾蘭的獨立運動。

② 教皇原本並無使用座右銘的慣例。據說十六世紀時，聖馬拉基(St. Malachy of Armagh, 1094-1148)在他的著作《教皇的預言》(*The Prophecy of the Popes*)中杜撰教皇撒勒斯丁二世(Pope Celestine II)之後的每一位繼任者都有一句預言性的座右銘。教宗李奧十三世的是Lumen in Coelo，即Light in Heaven。

是"Crux upon Crux"——意思是「十字架上的十字架」，藉此用來區別兩位教皇的差異①。

大家都同意這種說法。康寧漢先生就繼續說：

——教宗李奧，大家都知道，是一位偉大的學者，也是一位詩人。

——他有一張剛毅的面孔，柯南先生說。

——沒錯，康寧漢先生說。他用拉丁文寫詩。

——眞的嗎？傅格迪先生說。

馬克義先生心滿意足地品味著威士忌，同時刻意搖著頭說：

——這可不是開玩笑的，我可以向你保證。

——湯姆，我們去上「一周一便士」學校②時，並沒學到這些，包爾先生學著馬克義先生的樣子說。

---

①　教宗庇護九世(Pope Pius IX, 1845-78)原本是政治、宗教與社會改革的急先鋒，但繼任教皇後，卻轉爲保守。一八六九年，他主持梵蒂岡會議時宣布，當教皇依法執行權力時，不可能錯誤(Papal Infallibility)。根據《教皇的預言》的記載，教宗庇護九世的座右銘是Crux de Cruce即cross from a cross，意指爲十字架而受苦。

②　所謂「一周一便士」(Penny-a-Week)學校是指十八、九世紀盛行愛爾蘭的一種私校。因爲殖民的英國政府禁止天主教的信仰及教育，於是由私人設立的野外學校(Hedge School)便擔任了傳承愛爾蘭本土語言文化的使命。「一周一便士」即是野外學校的一支。

——許多人都是腋窩下挾著煤炭去上「一周一便士學校」，柯南先生言簡意賅地說。舊的系統還是比較好：單純誠實的教育，沒有現代那些虛有其表的東西……。

——對極了，包爾先生說。

——沒有不必要的包裝，傅格迪先生說。

他說完話，便認眞地喝起酒來。

——我記得讀過，康寧漢先生說，教宗李奧的一首詩。談的是有關照相術的發明——當然，是用拉丁文寫的。

——討論照相術！柯南先生訝異地叫了出來。

——是的，康寧漢先生說。

語畢也舉杯喝了一口酒。

——但是，你想想看，馬克義先生說，你不覺得照相是很神奇的發明嗎？

——噢！當然，包爾先生說，偉大的心靈可以洞燭世情。

——正如詩人所說的：**天才與瘋子只是一線之隔**，傅格迪先生說。

柯南先生似乎被弄糊塗了。他努力回想新教教義中某些相關的棘手難題，他開口問康寧漢先生：

——馬丁，你告訴我，他說，是不是有些教宗——當然，我不是指現任的，或是他的前任，而是一些更早以前的教宗——不完全是……你知道……孚眾望的。

室內一片靜然。康寧漢先生回答說：

——噢！當然，是有些不夠格的……。但是令人訝異的是：沒有一個，不管是爛醉如泥的，還是……徹頭徹尾的無賴，當他們講道時，從來沒有一個人曾經錯誤解釋過一句教義①。這才叫人吃驚呢！

——那倒是眞的，柯南先生說。

——是的，因爲當教宗站在他的立場說話時，傅格迪先生解釋說，他絕對錯不了。

——沒錯，康寧漢先生說。

——噢！我知道教宗無誤論。記得我那時候還年輕……。要不然就是——？

傅格迪先生打斷大家的話，拿起酒瓶，再幫大家斟一些酒。馬克義先生看到瓶裡的酒不夠大家分，便推辭說他的第一杯還沒喝完呢。其餘的人互相禮讓一番後便接受了。威士忌倒進酒杯時發出的輕音樂聲，聽起來像是悅耳的間奏曲。

——湯姆，你在說什麼？馬克義先生問道。

——教宗絕對無誤論，康寧漢先生說，是整個教會歷史裡最偉大的一幕。

---

① 拉丁文"ex cathedra"的意思是"from the chair"。意指教宗從他的職位上發言。

——馬丁，你覺得呢？包爾先生問。

康寧漢先生舉起兩隻肥短的手指。

——在紅衣主教、大主教和主教組成的聖教團裡，你知道嗎，只有兩個人站出來反對外，其餘的人都同意這種說法。整個教團，除了這兩人外，意見都是一致的。

——哈！馬克義先生說。

——一個是德國的紅衣主教，名叫多寧……或是道寧……或是——

——道寧絕對不是德國人，這是錯不了的，包爾先生笑著說。

——這個德國紅衣主教，不管他叫什麼名字，是其中一人；另外一個是約翰·麥黑爾。

——什麼？柯南先生大叫。是不是那個圖安的約翰①。

——你確定嗎？傅格迪先生語帶懷疑地問道。我以爲是某一個義大利人或美國人呢！

——沒錯，就是圖安的約翰，康寧漢先生說。

他喝一口酒，其他的男士們也跟著喝。然後，他重新開口說：

---

①約翰·麥黑爾(John MacHale, 1791-1881)於一八三五至一八七六年間，在愛爾蘭高威郡(County Galway)的圖安(Tuam)擔任大主教。他反對英國殖民統治愛爾蘭，反對英國紅衣主教紐曼擔任天主教大學校長。他曾力主梵蒂岡與英國斷絕外交關係。他原先反對教宗無誤論，但是當梵蒂岡會議在一八七〇年議決通過無誤論時，他卻改變立場，欣然接受此一結論。

——從世界各地來的紅衣主教、大主教和主教們，和這兩個人激烈爭辯，直到最後教宗自己站起來，以他的權威宣布**教宗絕對無誤論**爲教會的教條。就在那一刻，那個大力唱反調的約翰·麥黑爾也站了起來，以獅子的吼聲大叫：Credo!

——**我相信**！傅格迪先生立刻翻譯說。

——Credo！康寧漢先生說。這彰顯了他的信心。在教宗開口的一刻，他就順服了。

——那道寧呢？馬克義先生問。

——德國紅衣主教不願意順從，便脫離了教會。

康寧漢先生的這一番說詞已經在這些聽眾心中建立起教會的權威形象。在他以低沉暗啞的聲音讀出「信仰與順從」的字眼時，所有在場的人都激動不已。當柯南太太一面把手擦乾一面走進房間時，她看到一群表情凝重的人。她沒有打斷這一刻的靜默，只是倚靠在床腳的欄杆邊。

——我見過約翰·麥黑爾一次，柯南先生說，我有生之年忘不了他。

他轉向他太太，尋求證實。

——我常告訴你這件事吧！

柯南太太點了點頭。

──那是在約翰．格雷爵士①銅像揭幕的場合。當愛德蒙．格雷喋喋不休在致詞時，這個脾氣暴躁的老傢伙，就在那裡，聳聳眉毛下的一雙眼睛正瞪著他看。

柯南先生眉頭皺成一團，像一頭憤怒的牛，低著頭，瞪對著他太太看。

──天啊！他恢復原來的面孔大聲說，我從來沒看過人的頭上竟然會長出這樣的眼睛。它們好像是在說：**好小子！你的底細，我摸得一清二楚！**他的眼光銳利，猶如蒼鷹。

──格雷一家都不是好東西！包爾先生說。

又是一陣靜默。包爾先生轉身向柯南太太，突然興高采烈地說：

──柯南太太，我們即將要把你的男人改造成一個神聖、虔誠和敬畏上帝的羅馬天主教徒。

他伸展手臂比劃一下，把這夥人都包括進去。

──我們要辦一個僻靜會來告解我們的罪行──上帝知道我們迫切需要這樣做。

──我不在乎，柯南先生有點不自然地笑著說。

柯南太太覺得她最好不要露出喜悅的表情，所以她說：

──我對那位必須聽你告解的可憐神父，深表同情。

① 約翰．格雷(Sir John Gary, 1816-75)是《自由人報》(*The Freeman's Journal*)的老闆，是個新教徒，但支持愛爾蘭自治，其雕像立於都柏林的奧康諾街上(O'Connell Street)。愛德蒙．格雷是其子。史實記載麥黑爾曾參加格雷銅像的揭幕儀式。

柯南先生的表情隨之一變。

——如果他不喜歡聽，柯南先生率直地說，他可以……做其他的事。我會告訴他我所犯的一點小錯，但我並不是一位無惡不做的人。

康寧漢先生立即插嘴說：

——我們拒絕心頭的魔鬼，他說，一齊努力，認清魔鬼的花招伎倆。

——撒旦！滾開！傅格迪先生一面看著大家，一面笑著說。

包爾先生不說話，但他覺得策略已經成功了。一陣得意的表情閃過他的臉上。

——我們該做的是，康寧漢先生說，手上拿著點燃的蠟燭，重發受洗的誓言。

——噢！湯姆！千萬別忘了蠟燭，馬克義先生說。

——什麼？柯南先生說，一定要蠟燭嗎？

——噢！是的！康寧漢先生說。

——媽的，不幹了！柯南先生敏感地說，這是我的底線。我會做好這件事。我會去僻靜、懺悔和……做所有其他的事。但是……絕不拿蠟燭！絕不！媽的，我反對拿蠟燭！

他半詼諧半莊重地搖著頭。

——聽他們的話！他太太說。

——我反對拿蠟燭，柯南先生感覺到他的話已經在他的聽眾中起了影響，便繼續來來回回地搖著頭。我堅決反對魔術燭火這種把戲①。

每個人聽了後都哈哈大笑。

——你會成為好的天主教徒。他太太說。

——反對蠟燭！柯南先生執拗地強調一遍。沒有妥協餘地！

．．．．．．．．．．．．

卡丁納街上的耶穌會教堂裡，兩側走廊上幾乎擠滿了人，但還是隨時有人從側門走進來，在俗家信徒的引導下，躡手躡腳地沿著走道走，直到找到位子為止。男士們每個人都盛裝以赴。穿黑衣白領的信眾群中，穿插坐著穿軟呢服裝的教友，教堂的燭光灑落在他們身上，落在綠色斑駁的大理石柱上，也落在暗沉的油畫上。男士們坐在長椅上，稍微拉高膝蓋處的褲子，擺好帽子，挺直坐正，並正經八百地凝視著掛在祭台上的那一盞紅燈。

靠近祭台一端的長椅上坐著康寧漢先生和柯南先生。馬克義先生一個人坐他們的後面一排，而他的後面坐著包爾先生和傅格迪先生。馬克義先生找不到可以和他們一起坐的位子。當這夥人以梅花形坐定後，馬克義先生試著說幾句輕鬆幽默的話，但是卻沒人回應。因為沒人回答他的

---

① 燭火在天主教義中代表死亡，也代表再生。柯南所說的(magic-lantern)指的是早期的投影機。一八七九年，馬友郡(County Mayo)曾發生天主顯靈的傳聞。民眾看到聖母瑪利亞的影像出現在教堂的外城上。後經調查，懷疑是使用投影機所產生的光學幻景。

話，他就打住不說了。柯南感受到教堂裡莊嚴肅穆的氣氛，就開始對這種宗教上的「刺激」起了「反應」。康寧漢先生輕聲細語要柯南先生注意坐在稍遠處專門放高利貸的哈福德先生，和負責選舉事務及市長選薦工作的范寧先生。范寧正好和一位新當選的議員坐在講台前的位子。他右邊坐的是擁有三間當鋪的老闆麥克・葛林斯，和鄧・賀根先生即將到市秘書處任職的姪兒。前面一點的地方，坐著《自由人報》的首席記者韓德瑞先生，和柯南先生的老朋友——可憐的歐凱羅先生——他曾是商場上有頭有臉的人。隨著他逐漸認出許多熟悉的面孔，柯南先生也變得比較自在起來。他那頂經過太太修補過的帽子，安放在膝上。他用一隻手拉了拉袖口，另一隻手卻輕柔但堅定地握著帽簷。

一位上半身罩著白袍，看起來很有威嚴的人，蹣跚地走上講台。信眾們一陣騷動，同時紛紛掏出手帕，小心翼翼地跪在其上。柯南先生隨著大眾，依樣葫蘆。神父頂著一張紅冬冬的臉孔，站在講台前，三分之二的身軀露出來在欄杆之上。

伯登神父朝著那盞紅燈跪下來，雙手蒙著臉，開始禱告。過了不久，他把手放開，站了起來。信眾們也跟著站起來，坐回長椅上。柯南先生把帽子放回膝上，專注地看著布道者。布道者以細膩的動作翻轉法衣的寬袖，目光則緩緩地掃視眼前成排的面孔，然後開口說道：

因爲今世之子，在世事之上，較光明之子，更加聰明。你們要藉那不義的錢財，結交朋友。到你們死時，他們便會接你們到永世的居所①。

伯登神父以宏亮自信的口吻闡述這段經文。他說這是《聖經》裡最難恰當詮釋的章節之一。對一般的信眾而言，這段話似乎和耶穌基督在其他場合所宣揚的崇高道德標準，有所牴觸。但是他告訴信徒們說，在他看來，這段經文特別適合用來指導那些命中注定必須過凡俗生活，但仍希望能不要爲俗世名利而奔波的人。這是爲商業人士和專業人士所寫的一段話。耶穌基督洞燭人性的幽微，知道並不是每個人都適合宗教生活，多數人其實是被迫過凡俗的生活，甚至於，有時候是爲俗世而俗世。在這段經文裡，他刻意引導那些對宗教事物漠不關心的拜金主義者，希望爲他們設立一個宗教生活的榜樣。

他告訴信徒們，今天晚上他站在這裡，無意嚇唬他人，也沒有特別的目的；他只是以一個凡人的身分，對著自己的同伴們講話。他只是以商人的方式，來爲商人布道。打個比方，他說，他就是他們精神上的會計。他希望在座的每一位信眾，都能開一個存簿帳戶，一個精神生活的存簿，並看看這些帳簿是否與自己的良心，收支平衡。

① 原文出自〈路加福音〉十六章八至九節中有關不義僕人的比喻。喬伊斯將庸俗化的神職人員與追求性靈慰藉的拜金商人，並置對照，形成強烈的諷刺效果。神父以帳目收支的商業法則來論精神良心，更是強烈辛辣。

耶穌基督並不是一位嚴厲的主人。他諒解我們會犯小錯，理解我們卑微沉淪本性裡的軟弱、了解我們在現世生活裡所受到的誘惑。我們可能——我們經常——受到誘惑；我們可能——我們經常——遭遇挫折。但是，他說，他只對信眾們提出一項要求，那就是：坦誠果敢地與上帝同在。如果他們所有的帳目，收支平衡，那就可以宣稱：

——我已經對過帳了，一切無誤。

但是如果經常發生帳目不符，那就要坦白承認錯誤，然後像個男子漢般說：

——我已經查過帳簿。我發現這裡錯，那裡也錯。但是，因著上帝的大愛，我會逐一改過。我會把我的帳目補正過來。

管家的女兒，莉莉小姐眞的是腳下沒一分空閒時間。她剛把一位男士接到樓下辦公室後面的餐具間，幫他把外套掛好，接著大廳的門鈴又沒命地響了起來，她只好快步走過空盪盪的長廊去迎接另一位客人的到來。還好她不用去接待那些女士們。凱特小姐和朱莉亞小姐有先見之明，早把樓上的浴室改裝成女士們的更衣間。凱特小姐和朱莉亞小姐在那裡，談天說笑，忙成一團，她們前呼後應，走到樓梯頭，從欄杆往下看，對著莉莉叫問，誰來了。

摩肯家三位小姐籌辦的年度舞會，向來就是件大事。認識他們的都來了：家族成員、舊識、朱莉亞在唱詩班的朋友，以及凱特小姐那些年紀較大的學生，甚至於還有幾個瑪麗珍的學生呢。舞會從來沒有失敗過。這許多年來，在大家的記憶裡，每次的舞會都辦得有聲有色。凱特和朱莉亞在她們的兄長派特死後便離開史東尼貝特的老家，帶著她們的姪女瑪麗珍，一起搬到愛舍島①碼頭附近一間陰暗冷清的房子。她們借租在二樓，屋主是住在樓下的穀物代理商福漢先生。整整三十年，流水年華，往事歷歷，猶如昨日。那時候瑪麗珍還是個穿著童裝的小女孩，現在卻是力扛生計的主要支柱，都虧她在哈丁頓路上的教會裡司琴。她畢業於皇家音樂學院，每年都在安田音樂廳的樓上舉辦一次學生音樂會。她有許多學生來自京斯頓和達爾基一帶的上流家庭。她的兩個姑姑雖然年紀大了，但還是盡最大心力分擔家計。朱莉亞，儘管滿頭霜白，但仍在「亞當與夏娃教會」裡擔任首席女高音；凱特，雖然過於孱弱不適合到處走動，但仍在後面的房間裡用那架老舊的方形鋼琴，教初學者彈琴。管家的女兒，莉莉小姐，在她們家當幫傭。雖然她們的生活樸實，但卻捨得吃好；每一樣東西都買最好的：帶骨的沙朗牛排，三先令一磅的茶葉，和上等的罐裝啤酒。莉莉對這些吩咐很少弄錯，所以和三位女主人倒也相安無事。她們遇事大驚小怪的，但也僅止如此而已。但她們唯一不能忍受的就是——頂撞回嘴。

當然，在這樣一個夜晚，她們有理由嚷嚷喋喋。十點鐘早過了，但是還沒見到賈柏瑞和他太太。此外，她們還很擔心，傅瑞迪．馬林斯會喝得酩酊大醉。她們當然不希望瑪麗珍的學生看見他喝醉的樣子；往往，他醉了，就變得很難搞定。傅瑞迪．馬林斯通常都會遲到，但是她們想賈

① 愛舍島(Usher's Island)是位在利菲河南岸的碼頭，原是新教徒聚居之地。

柏瑞一定被什麼事絆住了：這就是爲什麼她們每隔兩分鐘就要到欄杆旁去問莉莉，賈柏瑞或是傅瑞迪・馬林斯到了沒？

——噢！康諾伊先生！莉莉爲他開門時說。凱特小姐和朱莉亞小姐以爲你不來了。晚安，康諾伊太太。

——我就猜她們會這麼想，康諾伊先生說。但是她們忘了我太太需要花整整三個鐘頭梳妝打扮才能出門。

他站在門口的腳墊子上，搓擦橡膠雨鞋下的殘雪，而莉莉領著他太太到樓梯口，大聲喊道：

——凱特小姐，康諾伊太太來了！

凱特和朱莉亞立刻趺趺撞撞地步下暗黑的樓梯間。兩個人先後吻了賈柏瑞太太的面頰，說她一定活活凍死了，並問她賈柏瑞來了沒。

——我跟郵差一樣準時，凱特阿姨！先上去吧！我隨後就到，賈柏瑞在黑暗中大聲說。

他繼續用力地搓著地上的墊子，三個女人則笑著上樓到女生的更衣室去。一小片縫狀的雪花，像披風般積在他外套的肩部，而落在雨鞋前端的雪泥，則看起來像鞋尖的裝飾物。外套的鈕釦，從被風雪冰凍的粗絨布解開時，發出了嗶嘰的聲音。一陣戶外帶來的清冷空氣，從衣服褶縫及開口處，逃逸出來。

——康諾伊先生，是不是又下雪了？莉莉問。

她帶他到衣帽間，幫他把外套脫下來。賈柏瑞聽到她用三個音節來念他的姓氏，不禁莞爾，朝她看了一眼①。她還在發育中，身材纖瘦，臉色白皙，一頭棕髮如麥草，在餐具室煤氣燈的光照之下，她的臉色看起來益發蒼白。賈柏瑞是看著她長大的。小時候，她常坐在門前最下面一層的台階上，玩著一個破布做的娃娃。

——沒錯，莉莉，我想今晚還有得下呢！

他仰起頭來，看著餐具室的天花板。由於樓上有人跳舞踏步，天花板便微微顫動著。他靜聽一會兒鋼琴的聲音，然後再看一眼莉莉。她正在衣架那頭細心地摺疊著他的外套。

——莉莉，你告訴我，他用一種很親切的口吻問她。你還在上學嗎？

——噢！先生，沒上了，她回答說。我休學一年多了。

——呃！那麼，賈柏瑞愉快地說，我猜，最近選個好日子，你和你那個小伙子就得請我們喝喜酒了，是嗎？

女孩子回過頭來瞪他一眼，然後搶白說道：

——這年頭，男人只會花言巧語，專吃女生豆腐。

賈柏瑞滿臉通紅，彷彿做錯了事，不敢看著她，只有自顧自地脫掉雨鞋，並用厚厚的手套煞

---

① 莉莉來自鄉村，教育程度不高，可能把Conroy念成Conneroy。

有其事地拂拭著他的那雙黑色麂皮的鞋子。

他是位高大壯碩的青年男子。他臉頰上紅潤的顏色一直向上延伸，然後在額頭處化做幾片不成形狀的淡淡紅暈。他白淨的臉上，架著一副金邊眼鏡。亮晶晶不停地閃爍的鏡片，遮蓋了鏡片後那對敏感飄忽的眼神。他油亮亮的黑髮中分，掠到耳際，形成一道長長的波紋。黑髮在帽簷下壓處，微微翻翹。

他迅速把鞋子抹亮後，站了起來，拉拉背心，使它更服貼在他壯碩的身體上，隨即迅速從口袋裡掏出一枚金幣。

——噢！莉莉，他一面說著一面把金幣塞到她的手裡，聖誕節到了，這是……一點小意思。

他快步走到門邊。

——呃！不可以，先生！女孩跟在他後面大聲喊道。眞的不可以，先生，我不能收。

——過聖誕節嘛！過聖誕節嘛！賈柏瑞說著，一面小跑步到樓梯口，一面揮手婉拒她。

看到他已經上了樓梯，女孩只好在他的後頭喊道：

——那麼！謝謝你，先生。

他等在客廳門外，聽著長裙掃過地面的聲音，聽著舞步踏地的聲音，直到華爾滋舞曲結束爲止。因著那女孩突如其來的頂撞，他猶兀自悵然若失。心頭一陣陰鬱，他便試著整理袖子和領結來消除這種感覺。接著，他從背心的口袋裡掏出一張小紙片，瞄一眼他今晚講稿的要點。他尙猶豫著要不要念一段羅伯‧布朗寧的詩句，但又恐怕太深奧了聽眾聽不懂①。但又想著，也許引用幾句大家都耳熟能詳的莎士比亞或《愛爾蘭歌謠集》，恐怕比較恰當些②。這些男士們粗重的腳後跟踩地的碰撞聲和鞋跟拖地的聲音，在在都提醒他：他們的文化水平與他的扞格不入。如果念一些他們不懂的詩句給他們聽，只會讓自己出醜。他們會認爲他在賣弄學問。他沒辦法討好他們，就像他在餐具間無法取悅小女孩一般。他選用錯誤的口吻來演講。整個演講，從頭到尾就是一個錯誤，一個徹徹底底的失敗。

這個時候，他的阿姨們和他太太正好從女更衣室裡走出來。他兩個阿姨，衣著樸實，個子矮小。朱莉亞阿姨稍微高了約一吋。她的頭髮，一片灰白，垂掩到耳際。她一張寬臉，蒼白如許，肌肉也鬆垮垮的。臉部的輪廓因之變得更深刻。她的身材肥胖，雖然筆直挺立，但是目光呆滯，雙唇微張的表情，卻讓人覺得她是位不知身在何處，也不知何去何從的女人。相較之下，凱特阿姨比較有活力。她的臉孔雖然看起來比較健康，但卻布滿皺紋，像一顆風乾的紅蘋果；她的頭髮，雖然同樣是過時的梳理樣式，但仍保有栗子般熟透的顏色。

她們先後親切地吻了賈柏瑞。他是她們最鍾愛的姪兒，他是她們已故的大姊愛倫和在港務局

---

① Robert Browning是維多利亞時期著名的詩人。他雖出生在英國，但是卻嚮往歐洲大陸的文化與生活。喬伊斯曾稱他爲「導師」（the Master）。

② *Irish Melodies*是愛爾蘭的愛國作曲家Thomas Moore的歌謠集。

工作的康諾伊所生的兒子。

——葛瑞塔告訴我說你們今晚不乘馬車回芒克斯鎮，賈柏瑞，凱特阿姨問道。

——不回去，賈柏瑞轉身，對著他太太說。我們去年受夠了，不是嗎？你忘了嗎？凱特阿姨，葛瑞塔還因此患了感冒。馬車的車窗，沿途震動，響個不停。車子過了瑪莉恩地區時，東風灌了進來，那可眞痛快，葛瑞塔因此得了重感冒。

凱特阿姨一臉嚴肅地皺著眉頭，對他說的每個字點頭。

——沒錯，賈柏瑞，沒錯，她說。小心爲上。

——但是葛瑞塔她啊！如果你順她的話，她肯定是會迎著風雪走路回家的，賈柏瑞說。

康諾伊太太笑了起來。

——不要理他，凱特阿姨，她說。他眞的很煩，他要湯姆晚上睡覺時戴上綠色的眼罩，要他練啞鈴，強迫伊娃吃燕麥粥。可憐的孩子！她看到燕麥粥就討厭！……喔！你一定猜不到他現在要我穿什麼？

她突然爆出一陣笑聲，並看了她先生一眼。而她先生那雙愉快與欣賞的眼神，正好從她的衣服，轉到她的臉龐，再到她的頭髮上。兩位阿姨也很開心地笑著，因爲賈柏瑞所掛念的事，正是她們尋他開心的不變題材。

——套鞋！康諾伊太太說。最近流行的。每當地面有水的時候，我就必須穿套鞋。他今天晚上也要我穿套鞋，但是我不想。他下次恐怕會給我買穿潛水衣了。

賈柏瑞不自在地笑了笑，然後故作鎮定地理了理領帶，而凱特阿姨幾乎笑彎了腰，這個笑話眞的讓她笑得很開心。不一會兒，朱莉亞阿姨臉上的笑容倏地消失，一雙缺少歡樂的眼神，轉到了她姪兒的身上。停了一會，問道：

——賈柏瑞，套鞋是什麼①？

——套鞋！朱莉亞，她妹妹大聲叫了起來。我的天啊！你不知道套嗎？……葛瑞塔，穿在你的靴子外面的，是不是？

——沒錯！康諾伊太太說。橡膠做的玩意兒。我倆現在各有一雙。賈柏瑞說，歐洲大陸上每個人都穿這種套鞋。

——哦！大陸上，朱莉亞阿姨喃喃地說，還一邊慢慢地點頭。

賈柏瑞的額頭皺成一團，像是有點生氣地說：

——其實這也沒什麼奇怪的，只是葛瑞塔覺得好笑，因爲套鞋這個字讓她想起了克莉斯提劇團②。

---

① 套鞋(galoshes)由印度橡膠或杜仲膠製成。一八四七年首先由美國傳到英國，但直到十九世紀末才眞正成爲一種時尚流行。

② Christy Minstrels是一八四三年成立於紐約的劇團，專門跑江湖賣藝，模擬美國南方黑人歌謠的表演。

——不過，賈柏瑞，你告訴我，凱特阿姨機伶老練地換一個話題。你們已經找好過夜的地方了。葛瑞塔說……

——呃，住的地方找好了，賈柏瑞回答說。我已經在格瑞善旅館訂了一間房。

——眞好，這樣最好不過了，凱特阿姨說。但是孩子們呢？葛瑞塔，你不擔心他們嗎？

——哦！只不過一個晚上。況且，貝絲會照顧他們。

——眞好，凱特阿姨又說一次。有一個能交付所託的女孩眞好！可是我家的莉莉，最近不知道怎麼搞的，完全變了一個樣子。

賈柏瑞正要對這件事問他阿姨時，他阿姨突然停住不說話，並把眼光移轉到朱莉亞身上，她正步下樓梯，在欄杆邊伸長脖子往下看。

——喂喂，你看看，朱莉亞要去哪裡了？她幾乎要失去性子地說。朱莉亞！朱莉亞！你要去哪裡？

朱莉亞一隻腳往下跨了一半，又縮了回來。她淡淡地說：

——傅瑞迪來了！

這時候，一陣掌聲和著最後的鋼琴聲，流轉的華爾滋舞曲逐漸停了下來。客廳的門往外推開，裡頭走出來幾對男女。凱特阿姨急忙把賈柏瑞拉到一旁，在他耳邊輕聲說道：

——賈柏瑞，你行行好，溜下去看看他是不是醒著。如果他醉了，就不要讓他上來。我想他八成是醉了，我相信他一定是醉了。

賈柏瑞走到樓梯邊，傾聽著欄杆外的動靜。他聽見兩個人在衣帽間裡講話。一聽那是傅瑞迪・馬林斯的笑聲，他便乒乒乓乓地快步下樓梯。

——有賈柏瑞在這兒，凱特阿姨對康諾伊太太說，——眞教人放心。有他在的時候，我總覺得放心多了……。朱莉亞、達利小姐和包爾小姐想要一些點心。達利小姐，謝謝你，你彈的華爾滋舞曲眞是美妙動人，大家都玩得很愉快。

一位身材高大，膚色黝黑，滿臉皺紋，蓄著硬渣灰白鬍子的男士，帶著女伴走過來，說：

——我們也可以要一些點心嗎，摩肯小姐？

——朱莉亞，凱特阿姨簡要地說，這是布朗先生和傅瓏小姐。帶他們進去，朱莉亞，別忘了達利小姐和包爾小姐。

——我是天生的女性殺手，布朗先生說著，噘起嘴角，鬍鬚上翹，笑意從一臉皺紋中蕩了出來。摩肯小姐，你知道嗎，她們迷戀我的理由是——

他話沒說完，見凱特阿姨已經走到聽不見的距離了，便立刻領著三位女士到後面的房間去。房間裡兩張方桌並排，朱莉亞阿姨和幫傭正在設法把一塊大桌巾拉直鋪平。餐具櫃上碗盤、酒杯、整組的刀叉和湯匙一字排開。闔上的方形鋼琴也拿來當邊櫃，上頭放著各種佳餚和甜點。兩個年輕人站在角落的小餐具櫃旁邊，喝著苦味啤酒①。

布朗先生領著託他照顧的三位女士，戲謔地邀她們喝一種又辣又嗆又甜的水果酒。但她們說從不喝烈酒，於是他就開了三瓶檸檬汽水給她們。他請其中一位男士讓開一些，拿起大瓶子給自己倒滿一大杯威士忌。在他試著啜飲之際，那些年輕人帶著敬意，盯著他看。

——老天爺！他笑著說，這可是醫生的處方呢！

他那張滿布皺紋的臉孔，笑了開來。三位年輕的女士，和著音樂聲回應他的俏皮話，笑得前撲後仰，肩頭不斷地抖動。最活潑的那位說：

——喔！算了吧！布朗先生，我才不相信醫生會開那樣的處方！

布朗先生再啜一小口威士忌，然後裝腔作勢地回答說：

——哦！這你就不懂了，我就像那鼎鼎大名的卡西迪夫人。據傳她曾經說過這樣的話：**瑪麗·葛來姆斯，如果我不好意思喝，你就強迫我喝，因為我真的想喝。**

他那張熱烘烘的臉湊得太親近了一點，而且他又模擬都柏林下層社會的口吻說話，三位小姐本能地警覺到此，於是就不再對他的話答腔。傳瓏小姐是瑪麗珍的學生，她問達利小姐，剛才彈的那首好聽的華爾滋是誰的作品；布朗先生發覺自己被冷落了，便立即轉身去找那兩位對他比較

① Hop-bitters 一種未發酵處裡的啤酒，其味偏苦。

有敬意的年輕人說話。

一位滿臉通紅，穿著紫羅蘭色衣服的女士走進來，拍手叫道：

——跳方塊舞了！跳方塊舞了！

凱特阿姨隨著後腳跟進來大聲說：

——瑪麗珍！兩位男士，三位女士一組。

——噢！這裡有柏根先生和凱利根先生，瑪麗珍說。

——凱利根先生，請你帶包爾小姐好嗎？傅瓏小姐，我幫你找一個伴侶，柏根先生。噢！這樣可以了。

——瑪麗珍，三位女士！凱特阿姨說。

兩位男士邀請那三位女士賞光當他們的舞伴。瑪麗珍轉身向達利小姐說：

——啊！達利小姐，辛苦你了，連彈兩支舞曲，但今晚女士的人數實在不足。

——我還好啦，摩根小姐！

——我幫你找了一位很棒的舞伴，男高音，巴特爾．達西先生。我待會兒邀請他高歌一曲。現在整個都柏林都爲他瘋狂。

——歌聲美極了！歌聲美極了！凱特阿姨說。

第一支舞曲的前奏再次響起時，瑪麗珍領著她的賓客迅速離開了房間。她們前腳一踏出，朱莉亞阿姨便緩步踱到房子裡，一邊還回頭張望著。

——朱莉亞，怎麼啦？凱特阿姨不安地問道。是誰？

朱莉亞手上拿著一疊餐巾紙，彷彿受到凱特問話的驚嚇，轉身簡短地說：

——是傅瑞迪。凱特，賈柏瑞正陪著他。

事實上，在她身後就看得見賈柏瑞正領著傅瑞迪．馬林斯踏上樓梯的平台。後者大約四十歲，身材和賈柏瑞相似，肩膀圓滾滾的。他一臉肥肉，蒼白發青，只有厚厚沉重的耳垂和鼻頭兩翼，略帶血色。他的五官粗糙，朝天鼻，眉頭暴起後又凹陷，雙唇腫脹凸出。他那沉重的眼皮和稀疏凌亂的頭髮，給人一種昏昏欲睡的感覺。他在樓梯間對賈柏瑞說了一個故事，說完一面放聲開懷大笑，一面用左拳指節來回揉著左眼。

——晚安，傅瑞迪，凱特阿姨說。

傅瑞迪．馬林斯向摩肯姊妹道晚安，他因爲嗓子裡帶有習慣性的哽噎聲，所以口氣顯得有些隨便。他看見布朗先生站在餐具櫃旁對他咧嘴而笑，便搖搖晃晃地走過去，以低沉的聲音對他重新說了一遍他先前說給賈柏瑞聽的故事。

——他沒醉得太厲害吧？凱特阿姨問賈柏瑞。

賈柏瑞眉頭緊鎖，但旋即舒展開來說：

——哦！沒有！幾乎看不出來。

——近來，他眞是糟透了！她說。過年夜他可憐的媽媽才強迫他去宣誓戒酒。走吧！賈柏瑞，到客廳去吧！

和賈柏瑞一起離開房間時，凱特阿姨皺了皺眉頭，左右搖晃著食指向布朗先生示意要他小心。布朗先生點頭回應，在凱特離開後，他便對傅瑞迪·馬林斯說：

泰迪，我倒一大杯檸檬汁給你提提神。

傅瑞迪·馬林斯的故事正講到高潮處，於是不耐煩地揮手婉拒布朗先生的一番好意，但是布朗先生引開傅瑞迪的注意力，說他的衣著有點不整，然後斟滿一杯檸檬汁，遞給他喝。傅瑞迪不自覺地用右手順理他的衣服，於是也不自覺地伸出左手接住了玻璃杯。布朗先生的臉孔再次漾起了笑意，他也替自己斟了一杯威士忌。傅瑞迪·馬林斯在故事快說到高潮時，爆出一陣間雜著高頻與喘咳的笑聲，同時也放下尚未沾口、盈盈滿杯的檸檬汁，用左拳指節來回搓揉著左眼窩，同時也在嗆笑聲中，重複述說著剛剛說過的最後一句話。

．．．．．．．．．．．．．．．．．

瑪麗珍對著滿室靜默的聽眾，彈奏著學院派風格的曲目，這些樂章充滿了快板節奏與困難的段落，賈柏瑞聽不下去。他喜歡音樂，但並不欣賞這種曲風。他也懷疑在場的人是否也喜歡這曲子的味道，雖然他們央求瑪麗珍彈琴助興。四個年輕人從點心室出來，聽到琴聲，便站在門口，但幾分鐘後卻一對對靜靜地走開了。看來只有兩個人欣賞這曲子：一個是瑪麗珍本人，她的雙手在鍵盤上忽而快速奔馳，忽又在休止符處高高舉起，彷彿是女祭司施法時手勢暫時僵住的刹那；另一個是站在瑪麗珍身邊翻樂譜的凱特阿姨。

大吊燈底下上了蜜蠟的地板，因燈光反射而變得閃閃發亮。賈柏瑞覺得刺眼，就把眼光移轉到鋼琴上方的牆壁，那上頭掛著《羅蜜歐與朱麗葉》劇中樓台相會的一幅畫；旁邊還有一幅，畫的是「倫敦塔」裡被謀殺的兩位王子。它們是朱莉亞阿姨少女時，用紅色、藍色和棕色羊毛線編織而成的。這些可能是她們少女時學校老師教的，因爲有一年他母親也幫他織了一件紫色的毛背心當作生日禮物，上面繡了許多小狐狸頭的圖案，以棕色的緞子當作襯裡，配上紫紅色的鈕子。雖然凱特阿姨稱讚他媽媽是摩肯家族最有才華的人，但說來奇怪，她竟然沒有什麼音樂天賦。凱特和朱莉亞一向以她們這位不苟言笑、望之儼然的大姊爲榮。她的畫像就掛在牆上的大鏡子前。她拿著一本書攤開在膝上，正用手指著書中的某處給穿著水手裝躺在她腳跟前的康士坦丁看。她親自給孩子取名，因爲她非常重視家庭門風。多虧她，康士坦丁現在已經是伯布瑞根主要的助理牧師了；多虧她，賈柏瑞也在皇家大學拿到了學位。但一想到母親拉下面孔來反對他婚姻的樣子，賈柏瑞的臉上就浮現一片陰影。她輕描淡寫說的那幾句話，依然隱隱刺痛著他的心。有一次她說葛瑞塔也有鄉下人精明算計的一面，但事實上葛瑞塔並不是這樣的人。她晚年在老家芒克斯鎮長期臥病時，不都是葛瑞塔在照顧她。

他知道瑪麗珍的曲子已近尾聲了，因爲在每小節之後，她反覆彈奏開頭時的快板旋律。他聽著曲子將盡，心中的怨懟也漸漸消退了。曲子以一連串高八度的顫音和深沉的八度低音中結束。滿臉通紅的瑪麗珍在大夥熱烈的掌聲中，倉皇地收起樂譜，逃出房間。最熱烈的掌聲來自門口的那四位年輕人，他們在音樂開始後就溜到點心房去，音樂停止後才又回來。

方塊舞即將上場。賈柏瑞發現自己和艾佛斯小姐配對。她是一位個性坦率、伶牙俐嘴的年輕小姐，滿臉雀斑，配著一對暴出的棕色眼球。她沒穿低胸的緊身女裝，只領口上別著一朵上有愛爾蘭圖像的大胸針。

各就各位之後，她突然說：

——我要來找你的麻煩。

——我的？賈柏瑞說。

她慎重其事地點了點頭。

——是什麼事？賈柏瑞看著她一臉嚴肅的樣子，微笑問道。

——誰是G. C.？艾佛斯小姐兩眼盯著他說。

賈柏瑞臉色大變，正要皺起眉頭，假裝不知其所以然時，她已單刀直入地說：

——哦，別裝傻了！我發現你替《每日快訊》寫文章。你不覺得羞恥嗎？

——我為什麼要覺得羞恥呢？賈柏瑞眨眨眼睛，擠出一絲笑容說。

——我以你為恥，艾佛斯小姐率直地說。你居然替那些爛報紙寫文章。我沒料到你竟是個「假英國佬」①。

賈柏瑞一臉困惑。沒錯，他是領取十五先令的酬勞，每星期三為《每日快訊》的文學專欄寫文章。但不能這樣就說他是「假英國佬」。雖然稿酬微薄，但因寫評論而拿到免費的書籍，則令他滿心歡喜。他欣賞書本的封面，也喜歡翻動剛印好的新書書頁。幾乎每天下課離開學校後，他都會到碼頭附近去逛舊書店。到光棍街上的西齊書店，到愛司頓街上的衛伯書店或梅西書店，或到小巷裡的奧克羅西斯書店。他不知如何回應她的指控。他想要辯說，文學超越政治。但他們是多年、同行的老朋友，先是大學同學，後來一起當老師：他不想用這樣高調的言詞來反駁她。他繼續眨著眼，努力擠出笑容，囁嚅地自言自語說，他覺得寫書評跟政治應該沒有什麼瓜葛。

輪到她們交叉換位時，他因仍感困惑而顯得精神不能集中。艾佛斯小姐趕緊溫柔地握住他的手，並在他的耳邊以輕柔友善的口吻說：

——當然囉！我只是在開玩笑。來吧！我們交叉換位吧！

當他們再次碰在一起跳舞時，她談起了大學的問題，賈柏瑞頓覺得自在多了②。她的朋友曾拿一份他對布朗寧詩作的評論給她看。她因而發現了這個秘密：但她非常喜歡這篇評論。

---

① West Briton指心向英國及歐洲大陸文化的愛爾蘭人，所以心態上認為愛爾蘭是英國西邊的一個省分。

② 大學問題指的是當時愛爾蘭大學是不是因被天主教徒獨占，而造成新教徒的恐慌。還有大學能不能收女生等問題。

隨後，她突然開口說：

——喔！康諾伊先生，你今年暑假要不要跟我們去愛蘭島旅行①？我們要在那兒待一個月。置身在大西洋，一定很有意思。你應該要來。柯倫熙會來，還有吉爾凱利先生，和凱薩琳·齊爾尼。如果葛瑞塔也來，那就更棒了！她的老家不是在康納吉特嗎？

——她的家人住在那裡，康諾伊簡短地答道。

——不過，你會來吧？艾佛斯小姐熱切地把溫暖的手搭在他的臂上。

——事實上，賈柏瑞說，我已經安排好去——

——去哪裡？艾佛斯小姐問。

——你知道，我每年都會和一些朋友一起騎車去旅行，所以——

——你要去哪裡？艾佛斯小姐問。

——喔！我們通常都去法國、比利時或德國，賈柏瑞有點笨拙地說。

——你爲什麼去法國和比利時，艾佛斯小姐說，而不去造訪自己的國土呢？

——嗯！賈柏瑞說，一方面是要去接觸外國語言，一方面也是想換換環境。

---

① 愛蘭島(the Aran Isles)位於高爾威(Galway)外海的小島。該地較少受英國殖民文化影響，保留較多的愛爾蘭本土文化及生活方式。辛(J. M. Synge)受葉慈鼓勵，曾以小島爲背景，創作劇本。*Riders to the Sea*即是其中著名的一個例子。

——難道你就不用去接觸自己的語言嗎？——愛爾蘭語，艾佛斯小姐問道。

——哦！賈柏瑞說，說到這點，你知道，愛爾蘭語並不是我的語言。

站在附近的人都轉過頭來聽他們之間的對話。賈柏瑞緊張地左顧右盼，企圖在這樣難堪的煎熬下，保持他一貫的風度，雖然羞愧的紅暈已經漲到他的額頭上去了。

——你難道沒有自己的國土可以探訪嗎？艾佛斯小姐繼續問道，那些你從未親炙過的——你自己的同胞和你自己的國家？

——啊！老實告訴你，賈柏瑞突然反駁說，我早就厭透了我的國家，厭透了！

——爲什麼？艾佛斯小姐問道。

賈柏瑞沒有答話，他因這番反駁而情緒激動了起來。

——爲什麼？艾佛斯小姐又問了一次。

他們隨著舞蹈並列而行，因爲他沒有搭腔，所以艾佛斯小姐就帶著火氣說：

——當然啦！你無話可說。

爲了掩飾他的激動，賈柏瑞便更專注起勁地跳著舞。他看見她臉上尖酸的表情，於是刻意躲避她的眼神。但是當他們在長列的隊伍中碰面時，他意外覺得自己的手，被她用力緊緊捏住。她眉頭下質問的眼眸緊盯著他看了一會兒，直到他露出微笑來。然後，隨著長列隊舞再次移動，她踮起腳尖，附在他耳邊輕聲說：

——假英國佬！

方塊舞結束後，賈柏瑞走到房間的一角，那兒坐著傅瑞迪．馬林斯的母親。她是個身材臃腫但羸弱，且滿頭銀絲的老婦人。一如其子，她的聲音沙啞哽噎，還帶有些許口吃。有人已經告訴她，傅瑞迪來了，他的狀況還好。賈柏瑞問她來時跨海的旅途是否平順①。她和已婚的女兒住在格拉斯哥，但每年都造訪都柏林一次。她平靜地回答說，一帆風順，而且船長對她特別照顧。她提到了女兒在格拉斯哥的美麗房子，也提到她們在那兒認識的好朋友。聽她結結巴巴地說著，賈柏瑞一邊在心裡清理著記憶中他與艾佛斯小姐之間不愉快的摩擦。當然，這個小姐或女人，管她是什麼身分，絕對是個狂熱分子。凡事皆應適可而止，也許他不該這樣頂撞她的問話。但是她無權在眾人之前叫他是假英國佬，甚至開玩笑也不行。她存心要在眾人之前讓他出醜、數落他，用她的兔子眼盯著他不放。

他看見葛瑞塔擠過跳華爾滋的人群朝著他走來。她到的時候，靠著他的耳邊說：

——賈柏瑞，凱特阿姨想請你照往例幫大家切鵝肉。達利小姐要去切火腿，我去弄布丁。

——好！賈柏瑞說。

——等這首華爾滋結束，她就要請這些年輕人先離開房間一下，然後我們才能用那張桌子。

① 都柏林與英國的格拉斯哥隔著愛爾蘭海，故曰跨海而來。

——你有沒有跳舞？賈柏瑞問。

——當然有啊！你沒看到我嗎？你和艾佛斯小姐在談些什麼？

——沒說什麼？為什麼問我？是不是她說的？

——大概是吧！我正在設法請達西先生出來唱首歌，但我看他架子還滿大的。

——沒談什麼，賈柏瑞悶悶不樂地說，她要我去愛爾蘭西部走走，但是我不想去。

他太太聽了高興地直拍手，忍不住雀躍。

——呃！去，去，賈柏瑞，——她叫了起來。——我好想再去看看高爾威①。

——要去，你自己去，賈柏瑞冷冷地回答道。

她看著他一會兒，然後轉頭向馬林斯太太說：

——你的先生眞好，馬林斯太太！

在她穿過房間往回走時，馬林斯太太彷彿不受到剛才插話的干擾，繼續對著賈柏瑞說蘇格蘭有哪些美麗的地理風光。她的女婿每年都帶他們到湖區去度假、去釣魚。她的女婿是個釣魚高手。有一天，他釣到一條很大很大的魚，飯店裡的工作人員還幫他們把魚煮來當晚餐吃。

賈柏瑞沒心情去聽她在說什麼，因為晚餐時間快到了，而他正忙著在想他的演講內容和將引

---

① Galway位於愛爾蘭西部海岸，是葛瑞塔的故鄉。

用的句子。當他看到傅瑞迪・馬林斯走過房間來探望她母親時，他趕緊讓出椅子，並退到窗邊的牆凹處。房間淨空了，後面的房間傳來杯盤刀叉的碰撞聲。還在客廳的客人似乎也跳舞跳累了，正三三兩兩輕聲聊著天。賈柏瑞用他那溫暖抖動的手指輕敲著冷冷的窗櫺。外面一定很冷吧！現在一個人出去散步一定很棒！可以先沿著河岸走，再穿過公園。樹枝上一定掛滿了冰雪，威靈頓公爵紀念碑上一定也覆蓋著一層明亮像帽子般的雪堆了。在外面漫步，一定比坐在屋內的晚餐桌前，愉快多了！

他快速看一下演講稿的大綱：愛爾蘭式的好客、傷感的記憶、三位女神①、巴黎、要引用的布朗寧詩句。他在心裡默念一遍他在文學評論裡寫的一句話：**你在傾聽自己靈魂翻騰的樂音**。艾佛斯小姐對這篇評論讚賞有加。她是眞心讚美嗎？在那些宣傳口號的背後，她難道都沒有一些眞正的個人生活感觸嗎？在今夜之前，他們之間，素來和善以對。一想到她會坐在晚餐桌前，用她批判質疑的眼神看著他演講，賈柏瑞頓覺忐忑不安。如果演講搞砸了，她也許會幸災樂禍地看熱鬧。他突然間想到一個好主意，霎時信心大增。他將在演說中，間接提到凱特阿姨和朱莉亞阿姨：**各位女士，各位先生，這個逐漸凋零的世代，也許有它的錯誤缺失，但對我而言，我認為它**

① The Three Graces指希臘神話中宙斯的三位美麗迷人的女兒：Aglaia, Thalia和Euphrosyne，分別代表聰明(brilliance)、青春(bloom)和喜悅(joy)。

至少還保留些許美德，如待客之道、幽默和濃濃的人情味；這些價值在我們周遭那些受過高等教育汲汲營營的新世代身上，似乎看不見了。妙極了：這句話指的正是艾佛斯小姐。他才不在乎他兩個阿姨，她們只是兩個無知的老婦人。

屋子裡的竊竊私語聲引起了他的注意。布朗先生護駕著朱莉亞阿姨從門口走了進來，朱莉亞阿姨倚靠在布朗先生的手臂上，低著頭面帶微笑。一陣稀稀落落的掌聲護送她走到鋼琴旁，一等到瑪麗珍在椅子上坐定，朱莉亞阿姨便收起笑容，半側著身子，以便能夠把聲音平均地投射到屋子的每個角落。這時掌聲也逐漸停了下來。賈柏瑞熟悉這個前奏，它是朱莉亞阿姨拿手的老歌——〈待嫁新娘〉。她精神抖擻，嗓音清晰嘹亮，歌聲配合著鋼琴的快步節奏在空中縈繞；雖然她唱的節奏很快，但卻連一個最小的裝飾音都沒漏掉。不看歌者的表情，光聽她的歌聲，就可以感受到她在歌聲中凌空翱翔的興奮之情。一曲終了，賈柏瑞和其他賓客齊聲喝采，鼓掌叫好；甚至於隔壁看不見的餐桌上也傳來喝采的掌聲。這些掌聲好似因衷心感動而發，朱莉亞阿姨的臉上不禁泛起淡淡的紅暈，她趕忙彎腰把一本皮套封面上印有她名字縮寫的陳年歌本放回樂譜架上。傅瑞迪．馬林斯一直斜著頭聽歌，但在大夥的掌聲停止後，他仍然繼續鼓掌，並且興高采烈地跟他母親說話，而她那表情嚴肅的母親則緩緩點頭表示讚同。最後，他停下掌聲，突然站了起來，走上前去緊緊地握著朱莉亞阿姨的手，不住地搖啊搖啊，但卻想不到合適的話，或許因爲喉嚨裡的噎聲，叫他說不出半句話來。

——我剛剛告訴我母親，他說，我從來沒聽過你唱得這麼好，從來沒有。沒有，我從來就沒聽過你的歌喉像今天晚上這麼甜美！老天！你現在相信嗎？這是眞心話！我以人格和榮譽保證，這是眞心話。我從來沒聽過妳的歌聲如此的清新，如此……如此嘹亮和清新，從來沒有。

朱莉亞阿姨笑得很燦爛，嘴裡一面喃喃念著那些讚美之詞，一面把手從傅瑞迪的緊握中抽了出來。布朗先生對著她張開手臂，以一種節目主持人向觀眾介紹天才奇葩的神情，向他身邊的人說：

——朱莉亞．摩肯小姐，是我最新的發現！

說到這兒，自己禁不住開懷大笑了起來。傅瑞迪．馬林斯轉向他說：

——喂！布朗先生，如果你是認眞的，那這就是一個糟糕的發現。我要告訴你，自從我參加晚宴以來，從來就沒聽她唱得有這次一半好呢！我是實話實說。

——我也沒聽過，布朗先生說，我想她的歌藝進步了不少。

朱莉亞阿姨聳聳肩，然後帶著薄弱的自信說：

——三十年前，就嗓子而言，我的歌喉算是不錯的。

——我常告訴朱莉亞，凱特阿姨強調說，她被人設計趕出唱詩班，但她從來就不相信我的話。

她轉過身來，彷彿要大家評評理，勸勸這個倔強的小孩，但是朱莉亞阿姨卻凝視著前方，臉上掛著一絲回憶往昔的淡淡笑意。

——不，凱特阿姨繼續說，她從不聽任何人的勸導，像個奴隸般日日夜夜投入唱詩班的活動。聖誕節的清晨六點鐘就去了！這一切爲的是什麼？

——哦！凱特阿姨，不是爲了上帝的榮耀嗎？瑪麗珍從鋼琴的矮凳上轉過身來笑著說。

凱特阿姨對著她的姪女很生氣地說：

——瑪麗珍，我知道什麼是上帝的榮耀，但是教皇把一位一輩子爲上帝做牛做馬的女人逐出唱詩班，讓那些不知天高地厚的小孩壓在她頭上，這可不是什麼榮耀。教皇這樣做的目的，可能是爲了教會的利益，但是這並不公平，瑪麗珍，這太沒有公理了！

她越說越激動，想要繼續爲她姊姊打抱不平，因爲她對這件事耿耿於懷。但瑪麗珍看到跳舞的客人都回來了，便不動聲色地岔開話題：

——唉！凱特阿姨，你讓布朗先生看笑話了，他信的是另一門宗教。

凱特阿姨轉身向布朗先生，看到他因別人提到他的教派，臉上露出尷尬的笑容，趕緊補上一句說：

——喔！我並不是質疑教皇的公正性。我只是一位糊塗的老婦人，沒資格這樣做。但是我也了解日常生活裡常說的那些客套和感恩的話。如果我是朱莉亞，我就會當面稟告希利神父……。

——唉！凱特阿姨，瑪麗珍說，我們眞的都餓壞了。人一餓，就容易起口角。

——人一渴，也容易起爭執，布朗先生跟著說。

——所以我們最好先用餐，瑪麗珍說，待會兒再來繼續討論。

在客廳外的樓梯間，賈柏瑞看見他太太和瑪麗珍正在說服艾佛斯小姐留下來用晚餐，但是正在戴帽子和扣風衣釦子的艾佛斯小姐不肯留下來。她覺得一點也不餓，而且待的時間也夠久了。

——只要再十分鐘就好了，茉莉，康諾伊太太說，不會耽誤你太多時間的。

——挑幾樣東西嘗嘗吧！瑪麗珍說，跳了一晚的舞了。

——我眞的不能留了，艾佛斯小姐說。

——你是不是玩得不愉快？瑪麗珍失望地說。

——再愉快不過了，眞的，艾佛斯小姐說，但是你必須讓我走了。

——但是你要怎樣回家呢？康諾伊太太說。

——哦！離碼頭只兩步路而已，艾佛斯小姐說。

賈柏瑞遲疑了一會兒之後說：

——我送你回去，艾佛斯小姐，如果你眞的非走不可的話，我送你回去吧！

但艾佛斯小姐並不領情。

——不用對我說這種話，她大聲說，看在老天的份上，你們不要理我，進去吃晚餐吧！我會自己照顧自己的。

——唉！茉莉，你眞怪，康諾伊太太坦白地說。

——再見，艾佛斯小姐大聲說著，然後一陣大笑，跑下樓梯去。

瑪麗珍看著她離去的背影，臉上一副不悅困惑的表情；康諾伊太太倚著欄杆，傾聽廳門關閉的聲音。賈柏瑞忖度著自己是不是造成她突然離去的原因。但她似乎不是在生氣：她是帶著笑聲離開的。他失神地望著樓梯看。

這時候，凱特阿姨從餐廳蹣跚地走了出來，扭著雙手，一臉焦慮之情。

——賈柏瑞在那裡？她說。賈柏瑞到底那裡去了？每個人都在裡面等他，晚餐就要開始了，但鵝肉還沒人切呢！

——我來了！凱特阿姨！賈柏瑞大聲說，突然間神氣活現了起來，彷彿如有必要的話，他已經準備好要去剁一大堆的鵝肉了。

一隻棕色肥大的鵝擺在桌子的一端。在另一端，一張有皺摺的紙上鋪著香草，擺了一隻削了外皮和遍撒麵包屑的大火腿，脛骨部分紮著一張漂亮的包裝紙，旁邊還放了一大塊料理好的牛排。在這相對的兩端中間，平行擺了兩排的小菜：兩大瓶果醬，一紅一黃；一張淺碟子上，疊滿了一塊塊的牛奶凍和紅色的果醬；一個大盤子狀如綠葉，把手呈梗狀，上面堆滿紫色的葡萄乾和去皮的杏仁果；另一個盤子上，旁邊則放產自士麥那古城的無花果，疊成一長方體；一碟以細碎豆蔻點綴在上頭的蛋塔；一小碗用金紙銀紙包裹的巧克力和糖果；一只玻璃瓶，裝了一些長長的芹菜莖。在桌子的中央部分，有一水果盤，上頭的橘子和美國蘋果，堆得像一座金字塔，它的兩旁，好像衛兵般，擺了兩只矮胖但雕工細膩的老式大肚酒瓶，一只裝波特酒，一只裝深色的雪莉酒。方形鋼琴的蓋子上，一個黃色的大盤子上放著一塊布丁，等著客人來分享；盤子後面還放了三排的黑啤酒、麥酒和礦泉水。按照外表顏色排列：前兩排是黑色瓶子，上有棕色和紅色的商標；第三而且是最少的一排是白色瓶子，腰身地方繫著綠色的飾帶。

賈柏瑞一把坐到餐桌的首位上，先看了看切刀的刀刃部分，然後再把叉子穩穩地刺進鵝肉裡。此刻，他覺得輕鬆自在，因爲他是個切鵝肉的老手，因爲美食佳餚擺滿一桌時，坐上首位，能不樂乎。

——傅瓏小姐，來點什麼？他說，翅膀或是雞胸肉？

——一小片雞胸肉就好了。

——希金斯小姐，你呢？

——唔！什麼都行啊！康諾伊先生。

正當賈柏瑞與達利小姐交換著裝鵝肉的盤子與裝火腿和滷牛肉的盤子時，莉莉也端著一盤用白色餐巾蓋著的熱馬鈴薯泥，逐一遞給每個客人。這是瑪麗珍的主意，她也建議吃鵝肉蘸蘋果泥。但是凱特阿姨說，烤鵝本身，什麼都不加，就很棒了，她不希望吃到不合口味的食物。瑪麗珍伺候著她的學生，看他們是否分到最好的肉片。凱特阿姨和朱莉亞阿姨拿鋼琴檯上的酒瓶來開，黑啤酒和麥酒分送給男士們，礦泉水給女士們。餐桌上，笑語與喧鬧之聲不斷，有吩咐與回拒的吵雜聲，有刀叉碰撞的鏗鏘聲，有軟木塞與玻璃塞迸出酒瓶的聲音。賈柏瑞分完第一輪的鵝肉，自己來不及用餐，就又開始第二輪的切肉。在眾人大聲抗議之下，他才喝一大口黑啤酒來回應大家的好意，因他也發覺切肉還挺累人的。瑪麗珍坐了下來安靜地用她的晚餐，凱特阿姨和朱莉亞阿姨仍搖晃著身子在席間打轉，有時互相踩到對方的腳跟，有時互相擋了路，有時互相發出沒人回應的吩咐。布朗先生拜託她們坐下來一起用餐，賈柏瑞也這樣說，但是她們說，時間多的是。最後，傅瑞迪·馬林斯把凱特阿姨一把抓住並把她按坐到椅子上，引起了哄堂大笑。

大家都吃得差不多的時候，賈柏瑞笑著說：

——現在，如果有人想要像莊稼漢所說的，再來一些添飽肚子的東西，男士也好或女士也好，儘管吩咐。

大家異口同聲請他趕快吃他自己的晚餐，莉莉也端上來保留給他的三顆馬鈴薯。

——好極了！賈柏瑞一面喝一口手邊的酒，一面和藹可親地說道，各位女士和先生，請暫時忘了我的存在幾分鐘。

他開始吃起晚餐，不再和大家說話。席上的談話聲蓋過了莉莉收拾碗盤的聲音。大家談的主題是在皇家歌劇院表演的歌劇團。男高音巴特爾·達西先生是個皮膚黝黑、蓄著小鬍子的年輕人，他對劇團的女低音讚不絕口，但是傅瓏小姐卻認爲她的表演相當俗氣。傅瑞迪·馬林斯說在「蓋爾帝」劇院上演的聖誕音樂喜劇的第二幕，有位扮演黑人酋長的，是他所聽過最棒的男高音。

——你聽過嗎？他橫過桌面問巴特爾・達西先生。

——沒有，達西先生漫不經心地回答道。

——因爲我很好奇，傅瑞迪・馬林斯解釋說，想聽聽你的看法。我認爲他的嗓子很棒！

——泰迪居然也識得好貨！布朗先生熱絡地向餐桌上的人說。

——他爲什麼不配有好嗓子？傅瑞迪・馬林斯強烈反駁道，難道只因爲他是黑人？

沒有人回答這個問題。瑪麗珍把大家的話題引回正統的歌劇。她有個學生送她一張《米格儂》歌劇的入場券。「《米格儂》固然很棒，」她說，「但這讓她想起了那可憐的喬吉娜・柏恩斯。」布朗先生往前回溯到更早的時候，回到古老的義大利劇團，那些常來都柏林表演的提野京斯、伊瑪德・莫子軻、坎普尼尼、偉大的催柏利、吉格立尼、拉夫利、奧倫柏洛。那眞是令人懷念的日子，他說，在都柏林有些眞正好的表演。他還說老皇家劇院的二樓包廂，夜夜都是高朋滿座；還有一個晚上，一位義大利男高音爲《讓我像軍人般死去》連唱五次安可曲，每次都唱一個高C來開頭；還有包廂裡的年輕人有時候被熱情沖昏了頭，就把某個女主角馬車的馬給放跑了，然後再自己去拉車護送女主角穿過大街回飯店。他問，現在爲什麼不演像《帝諾拉》和《陸克瑞基・包吉雅》這些精采的傳統歌劇了？因爲他們找不到有好嗓子的人來唱？一定是這個原因啦！

——呃！是嗎？達西先生說。我認爲今天和過去一樣，也有很傑出的歌者。

——他們在哪裡？布朗先生頗不以爲然地問道。

——在倫敦、巴黎、米蘭，達西先生熱切地說，我認爲，例如，卡羅素就很好，至少不比你所提到的那些人差。

——也許是如此，布朗先生說，但老實說，我強烈懷疑這樣的說法。

——噢！我願不惜任何代價去聽一場卡羅素的演唱，瑪麗珍說。

——對我而言，正在啃雞骨頭的凱特阿姨說，世界上只有一個眞正的男高音。我的意思是，叫我感動的，但我想你們都沒聽過他的名字。

——他是誰？摩肯小姐，達西先生禮貌地探問。

——他的名字是派克森，凱特阿姨說。我在他當紅的時候聽過他唱歌，我想他是所有男性歌手中，唱得最清脆響亮的男高音。

——奇怪！達西先生說，我怎麼沒聽過他。

——是呀！是呀！摩肯小姐說得沒錯，布朗先生說，我記得聽人提過老派克森，但是他離我太遙遠了。

一位音色優美清脆、圓潤柔和的英國男高音，凱特阿姨熱情澎湃地說。

賈柏瑞用完餐，一大盤布丁便端上桌來。刀叉湯匙的碰撞聲又此起彼落響了起來。賈柏瑞的太太一湯匙一湯匙地分著布丁，然後再把盤子一一遞給大家。瑪麗珍在半途把盤子攔截下來，再爲大家配上木莓或橘子果凍，或牛奶凍和果醬。布丁是朱莉亞阿姨的傑作，在座的賓客都讚不絕口。她自己則說烤得還不夠焦黃。

——喔！摩肯小姐，我希望，布朗先生說，妳覺得我夠焦了，因爲，你看，我全身上下都是焦黃的①。

除了賈柏瑞之外，所有的男士，出於對朱莉亞阿姨的讚美，多少都吃了一點布丁。由於賈柏瑞從不吃甜點，芹菜就留給了他。傅瑞迪・馬林斯也拿了一根芹菜莖，配著布丁吃。有人告訴他說，吃芹菜對清血很有幫助，而他正好爲此在看醫生。整個餐會上一語不發的馬林斯太太這時說，她兒子大約最近一周左右，就要到美樂瑞山去修養②。餐桌上的話題馬上轉到美樂瑞山修道院，大家都說那兒的空氣是多麼的清新；修道院裡的僧侶們是多麼地好客；他們是如何從不向客人收取一分五釐的錢。

——你是說，布朗先生不可置信地說，一個人可以去那兒，待在那兒，彷彿那兒是一家旅館，可以享受豪華大宅、美食佳餚，然後不用付一毛錢就走人？

——噢！大部分的人在離開的時候，都會樂捐一些錢給修道院，瑪麗珍說。

——眞希望我的教會也有這樣的機構，布朗先生很眞心地說。

① 布朗先生的英文名字亦是棕色(brown)，有焦黃之意。

② 位於愛爾蘭南部的聖伯那修道院(The Abbey of St. Bernard de Trappe)俗稱美樂瑞山(Mount Melleray)。該修道院是由一位法國神父德翠普(de Trappe)在一八三一年所設立。

他非常驚訝聽到說，僧侶們必須禁語，清晨兩點起床，晚上睡在棺材裡。他問說他們爲什麼這樣做。

——那是修道院的戒律，凱特阿姨很認眞地說。

——是的，但是爲什麼呢？布朗先生問。

凱特阿姨再說了一遍，戒律就是戒律，布朗先生似乎還不能完全理解。傅瑞迪・馬林斯就盡其所能向他解釋，說僧侶們要努力爲凡俗世界的罪人們所犯的錯誤贖罪。但這個解釋仍然不夠清楚，布朗先生咧嘴笑問：

——我喜歡贖罪這個說法，但是睡在棺材和睡在舒服的彈簧床上有什麼區別嗎？

——棺材，瑪麗珍說，可以提醒他們人生最後歸宿的問題。

這個話題逐漸變得沉重了起來，餐桌上陷入了一陣沉默，馬林斯太太低聲對鄰座人講話的聲音反而清晰可聞了：

——那些僧侶們都是很虔誠的好人。

葡萄乾、杏仁果、無花果、蘋果、柳丁、巧克力、甜點在席間輪流傳遞著。朱莉亞阿姨請所有的客人喝波特酒或雪莉酒。剛開始的時候，達西先生什麼酒都不喝，後來有個鄰座的人用手肘推他一下，並對他耳語一番，他才讓人把酒杯斟滿。最後的幾杯斟滿後，席間的對話也逐漸停了下來。隨即一陣安靜，只有啜酒的聲音和椅子挪動的噪音打破寂靜。摩肯家的三個小姐低頭盯著桌布看。有人乾咳了一兩聲，然後有幾個人輕輕敲著桌面，表示要大家保持安靜。隨後，賈柏瑞把椅子往後推，站了起來。

拍桌子的鼓譟聲立刻響起，然後，又突然停住。賈柏瑞傾身用十隻顫抖的手指壓住桌面，臉上帶著僵化的笑容看著大家。當他的視線和一排仰望的眼睛相遇時，他便抬頭把目光朝向大吊燈看。鋼琴手正在彈奏華爾滋舞曲，女士們裙襬拖在客廳地板的聲音，清晰可聞。也許這時候，有人剛好站在碼頭邊的雪地裡，望著透著燭火的窗子，傾聽由內飄了出來的華爾滋樂曲。戶外的空氣非常清新。遠處是座大公園，裡頭的大樹，白雪壓枝。威靈頓紀念碑頂上的積雪，猶如一頂發光的帽子，照耀著西邊「十五畝地」的白色原野①。

賈柏瑞開始他的演說：

——各位女士，各位先生：

——今晚，一如往昔，這項令人愉快的工作又落在我身上。但敝人才疏學淺，要扮演好致辭的角色，恐力有不逮。

——不用客氣！絕對可以！布朗先生說。

——然而，今夜，我想懇求大家，多多包涵，並耐心借我幾分鐘，聽我對這個場合的心情，發

① Fifteen Acres就是指都柏林市西區的「鳳凰公園」（Phoenix Park）。

表一些個人感言。

——各位女士，各位先生：這並不是我們第一次聚在這個屋簷下，圍繞在餐桌旁，享受賓至如歸的感覺。這並不是我們第一次當晚宴的應邀者，或者，也許更正確地說，當這幾位好女士殷勤待客的受害者。

他用手臂在空中畫一個圈圈，然後頓一下。每個人都開懷大笑，或是微笑看著滿臉通紅喜孜孜的凱特阿姨、朱莉亞阿姨和瑪麗珍。賈柏瑞接著放膽繼續說下去：

——年復一年，我越來越強烈感受到，再也沒有一種比殷勤好客這項傳統更令人引以爲榮、更值得我盡力去維繫了。據我所知(我造訪過不少的國家)，在許多現代的國家中，這仍是一項獨一無二的傳統。對某些人而言，與其說這是項值得宣揚誇耀的傳統，不如說這是一種惡習。但就算是一種惡習，在我心裡，它仍是一種高貴的惡習，一種我相信會永遠流傳下去的傳統。至少，我可以肯定一件事，只要這個屋簷繼續庇護我剛才提到的那幾位善良的女士們——我衷心期盼她們長命百歲，那麼這項殷勤眞切、熱情多禮的愛爾蘭好客傳統，這項源自祖先而我們接續傳給子孫的傳統，將永遠活在我們當中。

一陣發自內心眞誠認同的低語，在席間流轉。賈柏瑞突然想到，艾佛斯小姐不在現場，她已經很冒昧先行離去了，於是就滿懷自信地說：

——各位女士，各位先生：

——新的世代正在我們當中成長，一個接受新觀念新思想洗禮的新世代。他們對這些新思維，認眞嚴肅且熱情洋溢，就算這些熱情有時候走入偏鋒，但我相信，他們的出發點大體上仍是眞誠的。但是我們活在一個懷疑——如果我可以這樣說的話——和一個飽受思想混淆折磨的年代：有時候，我擔心這個接受一般或高等教育的新世代，將不再擁有過去日子所留下的關懷人性、殷勤好客、善意幽默等美德。聽到今天晚上所提到的那些過去著名歌手的名字，我必須承認，我們今天的生活不夠開放。就算沒有言過其實，過去的那些日子確是一個百花齊放的年代：就算這些日子已經遙遠地無從記憶起，但至少，我們相信在未來類似的聚會中，我們仍將懷抱驕傲與熱情，緬懷這段時光。我們將永遠懷念那些早已仙逝，但其聲名依然響亮的偉大人物。

——說得好！說得好！布朗先生大聲說道。

——但是，賈柏瑞以一種比較軟性的調子繼續說，就算是這樣的聚會，仍不免有些哀傷的念頭縈繞在我們心中：對那些逝去的歲月、青春年少、人世滄桑及對今晚不在場的那些人的思念。我們人生的道路總是充滿了許多這樣悲傷的記憶：但如果我們沉溺在這樣的感傷當中，那我們將失去繼續工作與生活下去的勇氣。我們每個人都背負著人生的責任和感情，這些責任與感情嚴正地督促我們，必須努力不懈，繼續奮鬥下去。

——因此，我不會迷戀過去。今晚，我不會讓任何感傷的說教，破壞在座各位的興致。我們擺脫日常生活的紛擾忙亂，抽空來此，短暫相聚。猶如至交好友，我們帶著眞情在此聚首；或像同事一樣，抱著某種同志情懷；或者是當作她們的座上嘉賓——該怎麼稱呼她們呢？——都柏林音樂界的三位女神。

聽到這俏皮的譬喻，餐桌上爆出了掌聲與笑聲。朱莉亞阿姨帶著幾分虛榮，輪流向左右鄰座的人請教，賈柏瑞到底說了些什麼話。

她說我們是三位女神，朱莉亞阿姨，瑪麗珍說。

朱莉亞阿姨聽不懂，但是她抬起頭來，面帶微笑，看著賈柏瑞。他正以同樣的語調，繼續說：

——各位女士，各位先生。

——今天晚上，我無意扮演派瑞斯在另一個場合所扮演的角色①。我不想在她們三人之中，評斷高下。這項工作，不但惹人怨，而且也超越了我的能力範圍。當我輪流看著她們三位時，心中難於決斷：到底是好客的第一女主人，她因過分殷勤，凡認識她的人都拿此來開她玩笑；或是她那青春永駐的姊姊，今晚她的歌唱，帶給我們許多的驚喜和啓示；或最後一位同樣重要的，也是最年輕的女主人，她才華橫溢、樂觀開朗、工作勤奮，是阿姨們最好的姪女。各位女士，各位先

① 希臘神話裡，派瑞斯(Paris)從三位女神(Hera, Athena, Aphrodite)之中挑選最漂亮的一人，並把金蘋果送給她。

生，我承認我不知道要將獎品頒給那一位。

賈柏瑞低頭瞧他阿姨們一眼，看見朱莉亞阿姨的臉上掛著誇張的笑容，而凱特阿姨卻淚水盈眶。他趕緊略過部分演講內容，直接跳到結論部分。見到在座的每個人都用指頭撫弄著酒杯等待這一刻的到來，賈柏瑞立刻熱情地舉起葡萄酒杯，大聲地說：

——讓我們一起舉杯向三位致敬。祝她們身體健康、大富大貴、添福添壽，也祝她們在各自的領域裡，繼續保有自立掙得、引以爲傲的地位，也在我們心中，永遠占著一個榮耀與尊寵的地位。

所有的客人都起身，手持酒杯，由布朗先生帶頭，對著三位坐著的女士，齊聲歌唱：

因爲她們是快樂的好夥伴，
因爲她們是快樂的好夥伴，
因爲她們是快樂的好夥伴，
沒有人可以否認這一點。

凱特阿姨當著大家的面掏出手帕拭淚，朱莉亞阿姨一副好像也深受感動的樣子。傅瑞迪·馬林斯用他的布丁叉子打著拍子，所有歌唱的人都轉身面對面，好像樂音齊唱般，以誇張的音調唱出：

除非他說謊，
除非他說謊，

然後，再轉身向著他們的女主人們，高唱：

因爲她們是快樂的好夥伴，
因爲她們是快樂的好夥伴，
因爲她們是快樂的好夥伴，
沒有人可以否認這一點。

隨之而起的喝采聲，被餐廳門外其他客人的跟唱聲壓了過去。傅瑞迪·馬林斯在酒意的催化下，拿起叉子，權充指揮，領著大家，一遍又一遍，反覆高唱這首歌。

· · · · · · · · · · · ·

清晨，刺骨的寒風，吹進了他們站著的大廳。因此凱特阿姨叫道：

——什麼人幫幫忙，把門關起來。馬林斯太太快凍死了！

——布朗先生在外頭，凱特阿姨，瑪麗珍說。

——布朗先生眞的是無所不在，凱特阿姨壓低嗓門說。

瑪麗珍對著說話者的語氣發笑。

——說得沒錯，瑪麗珍淘氣地說，他眞的很殷勤體貼。

——整個聖誕晚會裡，凱特阿姨說，他就像是瓦斯火一樣，隨時替大家服務①。

這回她很爽朗地自己笑了起來，接著，又很快地補上一句話：

——瑪麗珍，請他快進來，順便把門關上。但願他沒聽到我剛才說的話。

這時候廳門打開了，布朗先生一路開懷大笑，從台階走了上來。他身穿一件綠色的長大衣，仿羔羊皮的袖子和領子，頭上戴著一頂橢圓形的毛皮帽子。他指著大雪覆蓋的碼頭，說那持續不斷、尖銳的風嘯聲就是由那裡吹來的。

——泰迪會把整個都柏林的馬車都叫來，他說。

賈柏瑞從辦公室後面的小儲藏室走了出來，費勁地穿上外衣，環視一下大廳，然後說：

——葛瑞塔還沒下來嗎？

---

① 瓦斯和自來水都是都柏林當時最新、最現代化的設備。

——她還在收拾東西，賈柏瑞，凱特阿姨說。

——誰在上面彈琴？賈柏瑞問。

——沒有啊！大家都走了。

——噢！不對，凱特阿姨，瑪麗珍說，達西先生和歐卡拉漢小姐還沒走呢。

——有人還在彈鋼琴，賈柏瑞說。

瑪麗珍看了賈柏瑞和布朗先生一眼，然後以凍得發抖的聲音說：

——看到你們兩位男士這樣包裹著大衣，就覺得手腳冰冷。此時此刻，眞不希望見到你們如此趕路回家。

——我最喜歡這個時候了，布朗先生堅定地說，正好可以在鄉間好好快走一回，或駕一輛雙輪馬車，痛快狂奔一陣。

——我們以前也有一匹好馬和一輛輕型的馬車，朱莉亞阿姨有點感傷地說。

——那匹叫人念念不忘的強尼，瑪麗珍笑著說。

凱特阿姨和賈柏瑞也跟著笑了起來。

——笑什麼？強尼有什麼好玩的事？布朗先生問。

——已故的派翠克．摩肯是我們的祖父，賈柏瑞解釋說，在他晚年，大家都習慣稱他老紳士，他原本以煮橡膠爲業。

——噢！別忘了，賈柏瑞，凱特阿姨笑著說，他有一間磨坊呢！

——是的，但不管是橡膠或是澱粉，賈柏瑞說，老紳士有一匹馬，叫做強尼。強尼一直在老紳士的磨坊裡工作，一圈又一圈地拖著磨幹活。日子平靜無事；但強尼還是出了一件可笑的事。一個晴朗的好天氣，老紳士心血來潮，想要裝派頭，乘馬車去公園欣賞閱兵典禮。

——願上帝寬恕他的靈魂，凱特阿姨語帶憐憫地說。

——阿門！賈柏瑞說。——因此，老紳士，如我所說的，幫強尼套上馬鞍，並戴上自己最好的那頂禮帽，套上最好的硬領襟飾，然後從他在貝克巷附近的祖居大宅，大模大樣地出發。

看到賈柏瑞的表情動作，每個人，甚至於馬林斯太太，都笑了起來。凱特阿姨說：

——噢！賈柏瑞，他不住貝克巷，那裡只有磨坊而已。

——從祖居的大宅院出發，賈柏瑞繼續說道，他駕著強尼拉的馬車。原本一切安然順利，但強尼看到比利國王的雕像之後便出了狀況：不知道牠是否看上了比利國王的坐騎，還是牠誤以爲回到了磨坊。總之，牠開始繞著雕像轉了起來①。

在眾人的笑聲中，賈柏瑞也穿著套鞋在客廳裡踱步，繞起圈子來。

① 比利國王即是英王威廉三世，他在一六九〇年的波恩戰爭(the Battle of Boyne)，擊敗愛爾蘭軍，正式把英國新教的殖民勢力帶進愛爾蘭領土。

——一圈又一圈，牠持續地繞著，賈柏瑞說，而老紳士，這位愛面子的老紳士，氣得鼻孔冒煙。**走了，老兄。你在幹什麼，老兄。強尼！強尼！莫名其妙！真搞不懂你這畜生！**

賈柏瑞的模仿秀引起眾人爆笑，但是卻被一陣響亮的敲門聲打斷。瑪麗珍趕緊開門，放傅瑞迪・馬林斯進來。傅瑞迪・馬林斯把帽子戴在後腦勺上，冷得拱起肩膀，縮成一團。他因奔跑叫車，口中還冒著水氣白煙。

——我只能叫到一輛車，他說。

——噢！沿著碼頭走，我們再叫另一輛，賈柏瑞說。

——對，凱特阿姨說：最好不要讓馬林斯太太在風口中站太久。

馬林斯太太被他兒子和布朗先生攙扶著走下門前的階梯來；經過一番折騰，她才被抬進馬車。傅瑞迪・馬林斯跟在她母親之後，爬進車子，費了一番功夫，才在布朗先生的指點協助下幫她母親安頓好在座位上。終於，她安穩舒服地坐了下來。傅瑞迪・馬林斯邀布朗先生乘坐同一部車，經過一番推讓之後，布朗先生才上了馬車。馬車夫把毯子蓋在膝蓋上後，彎下腰來問地址。傅瑞迪・馬林斯和布朗先生分別探出頭來對馬車夫指示不同的路徑，於是又引起了更大的混亂。問題出在要在哪兒讓布朗先生下車；凱特阿姨、朱莉亞阿姨和瑪麗珍也站在階梯上，七嘴八舌加入討論，一會兒說東，一會兒說西，大夥笑成一團。傅瑞迪・馬林斯更是笑得說不出話來。他不顧碰掉帽子的風險，不時把頭伸出窗外，又縮回窗內，向他母親報告討論的最新發展；最後布朗先生拉高嗓子蓋過眾人笑聲，對著一臉迷惑的馬車夫大聲問道：

——你知道三一學院嗎？

——我知道，先生，馬車夫說。

——那麼，就直接先到三一學院的大門口，布朗先生說，然後我們再告訴你接下來怎麼走。你現在懂了嗎？

——知道了，先生，馬車夫說。

——那就快馬加鞭趕到三一學院吧！

——是的，先生，馬車夫說。

馬鞭揚起，馬車便沿著碼頭，在眾人的笑聲與告別聲中，飛奔而去。

賈柏瑞沒有隨眾人到門口去。他站在大廳黑暗的一角，抬著頭，目不轉睛地望著階梯。在階梯上方的第一個迴轉處，有一個女人站在陰暗處。他看不清楚她的臉龐，但是可以看見她那赤褐色混著橙紅色的格子裙，在陰影之下呈現出一種黑白相間的兩色條紋。那是她的妻子。她倚在樓梯的扶手上，正在凝神傾聽。賈柏瑞看她一動也不動的樣子，覺得奇怪，也跟著豎起耳朵來聽。但是除了門口階梯處的笑語和爭辯聲、斷斷續續的鋼琴聲，和一個飄飄忽忽的男性歌聲外，他什麼也聽不清楚。

他靜靜站在大廳的陰暗處，一面用心聽著那歌聲曲調，同時抬起頭來仰望著她的妻子。她的姿勢帶著幾分優雅與神秘的韻味，好像象徵著什麼東西。他在心中揣摩，一個女人，站在黑暗的樓梯間，傾聽著遙遠的音樂聲，是一個怎樣的象徵？如果他是畫家，他要把她這個姿勢畫下來。她那藍色的絨帽，可以凸顯暗色背景前的紅棕色秀髮，而裙子上的深色條紋可以和那淺色部分互相映襯。如果他是畫家，他要把這幅畫取名為《來自遠方的音樂》。

大廳的門關了起來；凱特阿姨、朱莉亞阿姨和瑪麗珍，仍笑語不斷地回到客廳來。

——喔！傅瑞迪是不是很糟糕？瑪麗珍說，他真的是糟透了。

賈柏瑞靜默不語，但是用手指著他妻子站立的樓梯口。廳門關起來之後，歌聲琴韻也就變得清晰可辨了。賈柏瑞舉手，示意她們保持安靜。歌曲似乎是一種愛爾蘭傳統的古調，歌唱的人好像對歌詞和曲調不太有把握。因為隔著距離而且歌者的嗓音沙啞，使得曲子聽起來帶有幾分滄桑的味道。它的旋律與歌詞，傳達著一種哀怨悲涼的心聲：

啊！雨水落在我濃密的秀髮，
露水沁濕了我的肌膚，
而我的心肝寶貝冰冷地躺在……

——哦！瑪麗珍大聲叫道，是達西先生在唱歌，他整個晚上都不肯唱呢。喔！在他離開前，我一定要請他唱首歌。

——對，請他唱，瑪麗珍，凱特阿姨說。

瑪麗珍閃過其他的人，往樓梯上跑去，但是在她到達之前，歌聲便停了，琴蓋也「碰」一聲闔了起來。

——唉！眞可惜！她大叫。他要下來了嗎？葛瑞塔。

賈柏瑞聽到他妻子回答說是的，並且看到她朝著他們走了下來。在她身後幾步，跟著達西先生和歐卡拉漢小姐。

——哦！達西先生，你眞的不夠意思，當大家陶醉在你的歌聲裡時，你就不唱了。

——我整個晚上都和他在一起，歐卡拉漢小姐說，康諾伊太太也是。他告訴我們說他重感冒，無法唱歌。

——哦！達西先生，凱特阿姨說，你謊話說得很好啊！

你沒聽到我的聲音跟烏鴉一樣嗎？達西先生不耐煩地回答。

他匆忙走進衣帽間去，披上他的外套。其餘的人被他粗暴的回話噎住，找不到話說。凱特阿姨皺著眉頭，向大家示意換個話題。達西先生一臉不快，站在一邊，專心地用圍巾圍他的脖子。

——都怪天氣不好，朱莉亞阿姨停頓了一會兒說。

——沒錯，大家都感冒了，凱特阿姨立即跟著說，每一個人。

——據說，瑪麗珍說，這是三十年來最大的一場雪；今天早上的報紙報導說，整個愛爾蘭都鋪上了一層白雪。

──我喜歡雪景，朱莉亞阿姨語帶感傷地說。

──我也是，歐卡拉漢小姐說。如果聖誕節沒下雪，那就不是眞正的聖誕節。

──但是可憐的達西先生不喜歡下雪，凱特阿姨笑著說。

達西先生包好頸部，扣上鈕釦，從更衣間走了出來；他以抱歉的口吻細說自己感冒的過程。大家都說替他難過，也替他出主意，並勸他在寒冷的夜空中，要特別小心照顧好喉嚨。賈柏瑞注意到他的妻子並沒有加入這番談話。她正好站在滿布灰塵的半圓扇形窗下，煤油燈的火光照亮了她古銅色的秀髮；他想起了幾天前才看到她靠在爐火邊烘乾頭髮的情景。她仍然維持著同樣的姿勢，似乎不曾察覺旁人的對話。最後，她終於轉身面向大家走了下來。賈柏瑞發現她的臉頰泛紅，眼眶裡閃著亮光。賈柏瑞的心中突然湧起一陣喜悅。

──達西先生，她說，你剛剛唱的歌，叫什麼？

──叫做〈來自奧克林的少女〉，達西先生說，但是我不太記得確切的歌詞。怎麼啦！你知道這首歌①？

① "The Lass of Aughrim"是一首愛爾蘭民謠。奧克林(Aughrim)是位於高爾威附近的小鎮。歌曲敘述一名年輕的農村少女被葛瑞格爵士(Lord Gregory)引誘及遺棄的悲慘故事。歷史上，奧克林也是著名的波恩戰役發生地。一六九一年，愛爾蘭軍被威廉三世的大軍擊敗於此地。

——〈來自奧克林的少女〉，她重複了一遍說，我不記得歌名了。

——這首歌很好聽，瑪麗珍說，可惜你今晚的喉嚨不舒服。

——嘿！瑪麗珍，凱特阿姨說，不要惹達西先生生氣。我不希望有人招惹他。

見到大家都準備好要離去了，她便領他們到門口那兒互道晚安：

——晚安，凱特阿姨，謝謝你安排這個令人愉快的夜晚。

——晚安，賈柏瑞！晚安，葛瑞塔！

——晚安，凱特阿姨！感激不盡。晚安，朱莉亞阿姨！

——喔！晚安，葛瑞塔。我剛才沒看到你。

——晚安，達西先生。晚安，歐卡拉漢小姐。

——晚安，摩肯小姐。

——晚安，再見。

——大家晚安，一路平安。

——晚安，晚安。

凌晨時刻，大地依舊黑漆漆的，只有昏黃黯淡的月光，照在房屋和河面上。整個天空彷彿不斷地往下沉落。眾人腳下一片泥濘，只見大雪成條狀或塊狀，鋪在屋頂上，蓋在碼頭的矮牆上和作爲地界的欄杆上。在渾濁的夜空裡，路燈猶自火紅地燃燒著；對面河岸的法院的大樓，在陰霾的天空下，巍然聳立。

葛瑞塔和達西先生走在他的前面，她手臂下夾著一只棕色袋子，裡頭裝了晚宴穿的鞋子，兩手提著長裙，以避免沾上泥濘的雪水。她的姿態不再優雅，但賈柏瑞的眼中卻閃著幸福的光芒。血液在他的血管裡澎湃奔騰；驕傲、欣喜、溫柔、勇猛的思緒在他的腦袋裡翻騰起伏。

她走在他的前面。她的背影看起來如此輕盈，又如此挺立，他想要悄悄地趕上去，摟住她的肩頭，湊近她的耳邊，向她說一些又笨拙又濫情的戀人絮語。她看起來是如此的弱不禁風，所以他希望可以呵護她，和她單獨相守。他們生活裡的一些隱私秘密，如星火般從記憶中蹦了出來。一個淡紫色的信封，擱在早餐杯的旁邊；他用手輕輕撫摸著信封。小鳥在常春藤間嘰嘰喳喳叫，穿透窗簾的陽光，點點在地板上閃耀：他陶醉在幸福的感覺中，他食嚥不下。他們站在人潮擁擠的月台上，他把一張車票塞進她手套內溫暖的掌心。他陪她站在寒風中，透過鑲有格子的窗戶，往裡看一個工人正在熊熊的爐火前製作瓶子。兩人的臉孔緊緊貼近，天氣非常寒冷，她的臉在冷冽的空氣中，散發出陣陣的芬芳。她突然對著那個爐灶邊的工人大喊一聲：

——先生，爐火熱不熱？

但是那個人置身於爐火的劈啪聲中，聽不見她的問話。這也好，因爲他很可能會用粗俗的話回答她。

一陣細膩的喜悅之情，從他的內心深處脫逸了出來，並在血管中熱情洋溢地奔騰著。他們生活中的吉光片羽，那些無人知曉也無法知曉的短暫時光，就像柔和的星光，突然綻放光芒，照亮了他的記憶。他渴望喚起她對那些生活片段的記憶。他要她遺忘那些平淡乏味的日子，只消永遠記得那些短暫的狂喜。他覺得歲月並沒有澆熄他或她靈魂裡的熱情。他們的孩子，他的寫作生涯，和她的操持家務，並沒有澆熄他們靈魂深處裡的溫暖火燄。他以前寫給她的一封信裡，就曾如此說：「**為什麼這些文字讀起來這麼冰冷無趣？是不是因為任何的語言都無法表達妳名字所代表的溫柔？**」

就像遠方的音樂，他從前所寫的這些文字，從遙遠的過去，又回到眼前來。他渴望和她單獨相處。在這些人離開後，在他們回到旅館的房間後，他們就可以共處一室了。他要輕柔地叫她：

——葛瑞塔！

也許她沒有馬上聽到我的呼喚：也許她正在換衣服。但他聲音中的某種情愫會打動她，她會轉過身來看他……。

在酒館街的角落，他們遇到一輛馬車。馬車的轆轆聲正合他意，因爲這樣他就可以不必和他人交談了。她望著窗外，看起來似乎有點累了。其餘的人指指點點看著街頭或建築物，偶爾才說一兩句話。在陰霾的夜空下，馬兒拖著牠身後陳舊、嘎嘎作響的車廂，有氣無力地跑著。一時之際，賈柏瑞彷彿回到昨日，和她共乘馬車，飛奔趕船，同赴蜜月。

馬車經過歐康諾橋頭時，歐卡拉漢小姐說：

——據說，只要經過歐康諾橋，一定可以看見一匹白馬。

——這回我倒是看見一個白人，賈柏瑞說。

——在哪裡？達西先生問。

賈柏瑞手指向一座白雪覆蓋的雕像，然後親切地和它點點頭，揮揮手。

——晚安，丹，他興致高昂地說①。

馬車停在飯店前時，賈柏瑞跳下車，並在達西先生的反對聲中，付了車資，還外加小費一先令。馬車夫向他行禮並說：

——先生，祝你新年行大運。

——你也是，賈柏瑞親切地說。

下車後，她倚靠在他臂膀上，站在人行道邊，向眾人道別。她輕柔地倚靠在他臂膀上，如此輕柔，就像幾個鐘頭前和他跳舞時一樣。他覺得非常驕傲，也非常幸福：幸福，因為她是屬於他的；驕傲，因為她的優雅和她的賢妻良母形象。而此刻，在重溫了這麼多往事之後，一碰到她那音樂的、奇妙的、芳香的身體，一股強烈的情慾，油然而起。趁著她靜默無語之際，他把她的手

① 歐康諾街是都柏林市的主要街道，交通繁忙。在歐康諾橋頭有一座歐康諾騎在馬背上的大型雕像，用以紀念這位鼓吹愛爾蘭獨立運動的民族英雄。在一八二九年，在他的帶領下，曾經成功撤銷那些限制天主教徒參政的法令。

臂緊緊拉近到他身上。當他們站在飯店門口時，他覺得他們已經逃離了生活俗務與責任，逃離了家庭與朋友，帶著狂野與興奮的心，一起奔向一段新的冒險旅程。

一個老人坐在大廳裡一張有扶手的大椅子上打瞌睡。他在辦公室裡點燃一根蠟燭，然後在前面領著他們上樓去。他們靜靜地跟在他後面；他們的腳步踩在鋪著厚厚地毯的階梯上，發出了輕柔的落地聲。她跟著門房後面上樓，向上爬時，她一路低著頭，瘦弱的肩膀彷彿因背負重擔而彎曲，裙子則緊緊包裹著她的臀部。他原想伸出手臂去抱住她的臀部，擁她入懷；想占有她的欲望，使得他雙手顫抖了起來，還好緊握雙拳，指甲因使力而扣入手心，才止住了他肉體內的原始衝動。門房停下了，在階梯上把那隻淌著蠟油的蠟燭扶正。他們也只好在他下方的階梯上停了下來。靜默中，賈柏瑞可以聽見熔化的蠟油，滴落在托盤的聲音，還有他自己的心臟撞擊肋骨的聲音。

門房領他們走過長廊，打開一扇門。然後把搖曳的燭火按放在梳妝台上，並問明早幾點叫他們起床。

——八點鐘，賈柏瑞說。

門房指出電燈開關的位置，嘴裡一面滴嘟嘟地說抱歉。賈柏瑞打斷他的話說：

——我們不需要燭火。街頭的燈光照進來就夠了。還有，他指著蠟燭台，加了一句話說，你做件好事，拜託也把那個好東西拿走。

門房拿起燭台，但動作慢吞吞的，因爲他對這個奇怪的主意，十分不解。他嘟囔道晚安後，便退了下去。賈柏瑞立即把門鎖上。

一道蒼白的光線，由街燈灑下，照進窗戶，落在門上。賈柏瑞把外套和帽子扔在長椅上，走到房間一頭的窗邊。他朝街底眺望，以稍稍平撫激動的情緒。然後他轉身背著光，倚靠在衣櫃上。她已經脫掉帽子和斗篷，站在一面可旋轉的大鏡子前，正要解開她的腰帶。賈柏瑞停了幾秒鐘看著她，然後說：

——葛瑞塔！

她慢慢地走離開鏡子，順著那道由窗口灑落的光束走向他。她的臉色看起來如此凝重，如此疲憊，使得賈柏瑞開不了口。不，時候未到。

——你看起來很疲憊，他說。

——有一點，她回答說。

——你該不會是病了或是覺得虛弱吧？

——不，只是累了而已。

她走到窗邊，站在那兒，往外看。

賈柏瑞再等了一會兒，但因恐怕自己會被這份羞怯遲疑打倒，於是貿然開口說：

——有件事想跟你說，葛瑞塔！

——什麼事？

——你知道那個可憐的傢伙馬林斯嗎？他趕緊說。

——知道啊！他怎麼啦？

——喔！可憐的傢伙，他畢竟是個正直的人，賈柏瑞繼續言不由衷地說。我借給他一個金幣，沒有預期到他眞的還了。可惜，他不知道要和那個布朗先生保持一點距離。說眞的，他是個沒有心機的人。

此刻，他因氣惱自己而顫抖不止。她爲什麼看起來這樣失魂落魄的？他不知道要怎樣開始。是不是她也爲著什麼事而苦惱嗎？眞希望她能注意到他或主動過來找他就好了！看她現在這副樣子，去占有她，恐怕太粗魯無趣了。至少必須先看到她眼中有一絲熱情才好。他渴望能夠主宰此刻她那詭異的情緒。

——你什麼時候借錢給他的？過了一會兒，她問道。

賈柏瑞盡力忍住，以免口出惡言去批評那個醉醺醺的馬林斯和他的借錢。他想要從靈魂深處盡情對她吶喊，想要將她緊緊擁抱，想要占有她。可是他卻說：

——噢！在聖誕節的時候，他在亨利街上開了一家賣聖誕卡片的小店。

他因悶氣與慾火中燒，所以沒有注意到她從窗邊走了過來。她站到他面前有那麼一兩秒鐘，表情怪異地看著他。然後，突然踮起腳尖，把手輕輕地放在他的肩膀上，親吻他一下。

——你真慷慨，賈柏瑞，她說。

賈柏瑞被這突如其來的香吻和這句讚美之詞的古怪意涵，弄得狂喜震顫。他把手放在她的秀髮上，輕輕地向下撫順。剛洗過的頭髮，清柔亮麗。他的心，洋溢著幸福的感覺。當他熱烈期望時，她主動迎上前來。也許他們心靈相通，也許她感覺到他內心那股壓抑不住的欲望，於是上前迎合他。既然她這麼容易就投懷送抱，那麼自己先前爲什麼還那麼矜持呢？

他站著用雙手抱住她的頭。然後再迅速伸出一隻手把她的身體摟了過來。他輕輕地說：

——親愛的葛瑞塔，你在想什麼？

她沒有回答，也沒有完全投入他的懷抱。他再次輕輕地問：

——葛瑞塔，告訴我，是什麼事？我想我知道是怎麼回事。我知道嗎？

她沒有立刻答腔。但突然淚如雨下說道：

——噢！我在想那首歌——〈來自奧克林的少女〉。

她從他的擁抱中掙脫，一頭栽到床上；兩隻手臂擱在床鋪的鐵欄杆上，把臉埋起來。賈柏瑞一臉詫異不解，呆立了一會兒，才跟了過去。在他經過那座更衣鏡時，他看見自己整個人的樣子：那襯衫裡厚實的胸口，那副永遠都叫自己困惑的臉上表情，還有那副閃閃發亮的金邊眼鏡。在離她幾步距離時，他停了下來說：

——那首歌怎麼啦？你爲什麼哭了？

她從手臂上抬起頭來，像小孩一般，拿手背去擦乾眼淚。他以一句自己也臆想不到的溫柔語調說：

——怎麼啦！葛瑞塔？他問。

我想起來從前有一個人也常唱這首歌。

——是以前哪一個人？賈柏瑞面帶微笑地問：

——是我以前和祖母住在高爾威時認識的一個人，她說。

賈柏瑞臉上的笑容，倏地消失。一股莫名的怒氣開始在他的心底匯聚，悶悶的慾火也開始在他的血液裡憤怒地燃燒了起來。

——一個你過去的戀人？他語帶諷刺地說。

——一個我過去認識的年輕人，她回答說，名叫麥可・費瑞。他以前常常唱那首歌——〈來自奧克林的少女〉。他是個多愁善感的男孩。

賈柏瑞安靜了下來。他不想讓她誤以爲他對這個心思纖細的男孩有興趣。

——他的面容歷歷如在眼前，隔了一會兒她說。他有著這樣的眼睛：黑色深邃的大眼睛！還有這樣的眼神——如此的眼神！

——哦！那時候，你和他是一對戀人？賈柏瑞說。

——在高爾威的時候，她說，我們經常一起出去散步。

賈柏瑞的心頭閃過一個念頭。

——或許這就是爲什麼你一直想要和那個艾佛斯小姐去高爾威的原因吧？他冷冷地說。

她瞪著他看一眼，然後一臉訝異地問道：

——去做什麼？

她的眼神讓賈柏瑞尷尬不已。他聳聳肩說：

——我怎麼知道？也許去看他吧！

她轉頭靜靜地看著窗外投射進來的那束光線。

——他已經死了，她終於開口說。他死的時候才十七歲。這麼年輕就死了，眞是可憐！

——他是做什麼的？賈柏瑞仍然語帶嘲諷地說。

——他在瓦斯廠工作，她說。

賈柏瑞覺得自尊受到了傷害，因爲他說的諷刺話碰了一個軟釘子，也因爲他的話從陰界裡招來了一個傢伙，一個在瓦斯廠幹活的男孩。當他回憶著他們私密生活的點點滴滴之際，當他沉醉在溫馨、喜悅和欲望之際，她竟然在她心中拿他與另一個男人做比較。一陣羞憤，痛擊他的尊嚴。他看到自己滑稽的樣子：扮演阿姨們餐會上無聊的招待；扮演一個神經兮兮、求好心切的濫情主義者；對著一群庸俗無知的人高談闊論；將自己小丑般可笑的欲望理想化；他不就是鏡中那位又可憐又愚蠢的傢伙。他本能反應，轉身背對著光線，以免讓她瞧見自己已經燒到額頭的羞愧。

他試著維持一個冰冷的質問口吻，但是他開口說話時，他的聲音卻有股低聲下氣的漠然。

——我想你是愛上了這個叫麥可・費瑞的，葛瑞塔，他說。

——那時候我和他很要好，她說。

她的聲音含糊悲淒。賈柏瑞覺得此刻如果誘導她去達到他的目的，恐會白忙一場。於是撫摸著她的一隻手，也同樣悲傷地說：

——他這麼年輕，是怎麼死的？葛瑞塔，得了肺病，是不是？

——我覺得他是因我而死的，她回答道。

聽到她的回答，賈柏瑞但覺一陣莫名的恐懼，罩頂而下。彷彿在他眼看即將成功之際，某個無以名狀的、蓄意復仇的東西衝著他而來，集結了幽冥世界的力量要來對付他。但是他用理智擺脫這個糾纏，繼續撫摸著她的手。他沒有繼續質問她，因爲他覺得葛瑞塔會自己告訴他。她的手溫暖滑潤：但是卻對他的撫摸，毫無回應。於是他就繼續摸著她的手，一如在一個春日的早晨，他摸弄著她寄給他的第一封信。

——就在那年冬天，她說，大概是冬天剛開始的時候吧，我即將離開祖母家，來這兒的修道院讀書。那時他在高爾威的寄宿處，因病臥床，人家不讓他出門，同時也寫信通知他在奧特拉的家人。說他的健康不佳，每下愈況，或諸如此類的話。但我從來沒有弄清楚過。

她停了一會兒，長嘆一聲。

——可憐的人，她說，他很喜歡我，他是個很溫和的男孩。我們經常出去散步，賈柏瑞，你知道吧，一般鄉下人都喜歡散步。他原本打算去學音樂，但是因身體太弱而作罷。他有一副好嗓子，可憐的麥可・費瑞。

——哦！然後呢？賈柏瑞問。

——然後，到了我要離開高爾威到此地的修道院時，他的情況日愈惡化。我被禁止去看他，所以我寫信給他說，我即將去都柏林，但是夏天的時候會再回來，希望他到時候會好了起來。

她停頓一會，撫平激動的口氣後，再繼續說：

——然而，就在離開前一晚，我在蘭絲島祖母的房子打理行李的時候，忽然聽到有人用小石子丟窗戶的聲音。窗戶因為濕濕的，我看不清外面的情形。於是就跑下樓去，從後門出去到院子裡。我看到那個可憐的人正站在院子的另一頭，渾身顫抖不已。

——你沒告訴他趕快回去嗎？賈柏瑞說。

——我求他趕快回去，還告訴他，這樣淋雨會要他的命的。但是他說，他不想活了。我可以清清楚楚地看見他的眼神。他就站在圍牆盡頭的一棵樹下。

——他有沒有回去？賈柏瑞問。

——有，他回去了。但是我到修道院一個星期後，他就死了。他被埋在奧特拉的故鄉。噢！我聽到他死訊的那一天啊！

她哽咽失聲，激動不已，於是面孔朝下，趴在床上，壓著棉被，啜泣不已。賈柏瑞拿不定主意地握著她的手一陣後，因怯於介入她悲傷的情緒，便把手輕輕鬆開，靜靜地走到窗戶邊。

她睡著了。

賈柏瑞一手倚在窗櫺上，心平氣和地望著她那糾葛的髮絲，和那微啓的香唇，聆聽著她那深沉的呼吸聲。原來她生命裡有過這麼一段浪漫的戀情：有個男人爲她而死。但想到自己作爲她的丈夫，卻在她的生命中，扮演這麼不重要的一個角色，他先前的懷恨怨懟，也就逐漸釋懷了。他看著她睡著的樣子，但覺他和她彷彿不曾有過夫妻一場。他一雙好奇的眼神，停留在她的臉龐和秀髮上：他想像著她當年的模樣，想像著她在豆蔻年華時的少女情懷，一股奇異的悲憫之情，油然而生。他不願意承認，眼前的這張面容，風華不再，但是他知道，這絕非當年麥可・費瑞捨身赴死的那張臉孔。

也許她沒有說出所有的眞相。他的眼光移轉到那張掛著她衣服的椅子上。一條襯裙的絲帶垂到地上。一隻馬靴立在那兒，但是上半部的靴統半垂下來，另一隻則橫躺在地上。他想著自己在一小時之前那種色急攻心的樣子。這到底是怎麼開始的？從阿姨的晚宴桌上、從他自己那愚蠢的演說、從美酒歌舞、從大廳互道晚安的歡笑氣氛、從沿著雪地河岸漫步的高昂興致。可憐的朱莉亞阿姨！不久之後，她也將像派翠克・摩肯和他的馬匹一樣，走入黑暗之鄉，與他們的幽靈爲件。當她唱著〈待嫁新娘〉的歌時，他瞥見了她形容枯槁的神色。也許，再過不久，他將坐在同一間客廳裡，一身黑色喪服，絲帽橫放在膝上。百葉窗放了下來，凱特阿姨坐在他旁邊，一面擤著鼻子啜泣，一面細說朱莉亞是怎麼走的。他會在心裡斟酌，說些應景的話來安慰她，但也只能想到一些笨拙無謂的空話。是的，沒錯，這件事很快就要發生了。

房裡的冷空氣，給雙肩帶來了寒意。他小心翼翼地在被單下伸直身子，在他妻子的身旁躺了下來。一個接一個，他們都變成了幽靈。與其隨著時間流逝，黯然地枯萎凋零，不如趁著滿懷激情的青春年少，勇敢地跨進另一個世界。他想著，躺在他身邊的她，多年來，是怎樣把那雙戀人訣別的眼神，深鎖在心裡。

賈柏瑞兩眼淚水盈盈。他從來沒有對任何一個女人動過那樣的感情，但是他知道那一定是真正的愛。他的淚水越積越多。昏暗半明之界，想像著，他彷彿看見一具年輕的形體，站在雨中的樹下。他身旁還有一些其他的形體。他的靈魂走近了那些陰魂盤據的領域。他意識到，但是卻無法掌握他們那捉摸不定、游移閃爍的存在。他自己的存在也逐漸淡入那灰色不可理解的地界：這些死者曾經一度生存的具體世界，也逐漸消散湮滅。

窗櫺上幾許輕輕的滴落聲，引起了他的注意。窗外又開始下起雪來了。他帶著睡意，望著銀白灰濛的雪花，斜斜落在路邊的燈火下。該是他啓程西行的時候了。是的，報紙說的沒錯：大雪紛飛，鋪滿整座愛爾蘭島。大雪落在黑色中央草原的每一吋土地上、落在光禿禿不見一草一木的山丘上、輕輕地落在愛倫沼澤上、輕輕地落在更西邊的香儂河上，那黑色詭譎的河水之中①。大雪也落在麥可・費瑞安息的山丘上，那孤寂的墓園上。厚厚的飄雪堆積在歪歪斜斜的十字架和墓碑上，也落在墓園小門的欄杆尖上和光禿的荊棘之上。他的精神逐漸進入恍惚的昏睡狀態，他聽見雪花落在大地的微弱聲響；悄然落下，彷彿進入最後的旅程，落在所有的生者與死者身上。

① 愛倫沼澤(the Bog of Allen)位於都柏林西部二十五哩處。香儂河(Shannon)是蜿蜒貫穿愛爾蘭西部的大河。

喬伊斯年譜

一八八二　二月二日出生於都柏林，是John Stanislaus Joyce和Mary Jane Joyce家中最大的孩子。

一八八八　九月進入天主教耶穌會所創辦寄宿學校Clongowes Wood College就讀。

一八九一　因家道中落而於六月輟學。喬父所擁戴之愛爾蘭民族領袖巴奈爾（Parnell）去世，對當時年僅九歲的喬伊斯影響甚鉅，喬伊斯寫詩"Et Tu, Healy"，譴責背叛巴奈爾的政治人物Tim Healy，由喬父自費印行。該年聖誕夜聚餐桌上，支持和反對巴奈爾的家人和親戚之間發生口角爭執，此景喬伊斯描寫於《一位年輕藝術家的畫像》。

一八九三　四月喬伊斯獲得原Clongowes Wood College校長協助進入另一所耶穌會所創辦之Belvedere College就讀，直至一八九八年，喬伊斯表現優異。

一八九七　獲全愛爾蘭全年級最佳英文作文獎。

一八九八 進入都柏林大學(University College Dublin)就讀。

一九〇〇 喬伊斯開始在社團和重要期刊發表學術論文，一月在學院「文史學會」宣讀〈戲劇與人生〉(“Drama and Life”)；四月，其文章〈易卜生的新劇〉(“Ibsen’s New Drama”)發表於英國重要期刊《雙周評論》(*Fortnightly Review*)。

一九〇一 於年底發表了“The Day of the Rabblement”，批評愛爾蘭劇場對愛爾蘭民族運動的偏頗立場。

一九〇二 十月畢業於都柏林大學，並決定前往巴黎學習醫學。十一月底離開都柏林，短暫停留倫敦，拜訪葉慈(W. B. Yeats)。

一九〇三 在巴黎，失去對醫學的興趣，並開始爲一家都柏林報紙撰寫評論。四月十日收到母親病危電報，返回都柏林，八月母親病逝。

一九〇四 以本身經歷爲題材開始寫作長篇小說《史蒂芬英雄》(*Stephan Hero*)，後再改寫爲《一位年輕藝術家的畫像》(*A Portrait of the Artist as a Young Man*)。逐漸開始離家生活，六月十六日結識諾拉．巴娜蔻(Nora Barnacle)，兩人產生濃密愛情。兩人於十月八日離開都柏林，前往當時由奧地利統治的Berlitz。年底時開始於《愛爾蘭家園》(*The Irish Homestead*)發表短篇小說：〈兩姊妹〉(八月十三日)、〈伊芙琳〉(九月十日)，以及〈賽車之後〉(十二月十七日)，這些短篇小說後收錄在《都柏林人》中。

一九〇五　三月搬至義大利的里雅斯特(Trieste)，七月兒子出生。於此同時，喬伊斯繼續寫作《都柏林人》其他短篇小說故事，〈寄宿之家〉、〈對比〉、〈憾事一樁〉於七月初稿完成，〈會議室裡的常春藤日〉、〈邂逅〉、〈母親〉、〈阿拉比〉於九月底完稿，〈恩典〉於十月開始寫作。十二月三日喬伊斯將已完成的十二個短篇故事交付李察茲(Grant Richards)的出版社發行。

一九〇六　二月完成〈護花使者〉、〈一抹微雲〉，於七月寄給李察茲出版社。李察茲出版社於二月同意出版《都柏林人》，但是經過一番爭議，原稿於九月被拒絕。喬伊斯七月搬到羅馬，任銀行職員。

一九〇七　三月搬回的里雅斯特，六月女兒出生，完成寫作〈死者〉。五月，詩選《室內音樂》(*Chamber Music*)在倫敦出版。於九月開始改寫《史蒂芬英雄》(*Stephen Hero*)。

一九〇九　八月回都柏林，九月又回的里雅斯特，獲得金錢上的贊助，回都柏林開電影院，但不久即告失敗。在都柏林期間，接洽都柏林出版商蒙賽爾公司(Maunsel and Co.)有關《都柏林人》出版事宜，該出版商九月時同意隔年春天出版《都柏林人》。

一九一〇　一月回的里雅斯特。蒙賽爾公司要求喬伊斯修改〈會議室裡的常春藤日〉中的一些片段，但喬伊斯拒絕，《都柏林人》的出版被迫延後。

一九一二 最後一次返回愛爾蘭，協調和出版社之間有關《都柏林人》的爭議，並未獲進展，印刷廠於是將《都柏林人》的書本樣張銷毀。喬伊斯非常失望地回到的里雅斯特。

一九一三 年底時開始和詩人龐德(Ezra Pound)通訊往來，龐德大力支持喬伊斯的作品。

一九一四 一月時李察茲出版社再次同意出版《都柏林人》，六月時正式在倫敦出版。《一位年輕藝術家的畫像》在倫敦刊物《唯我主義者》(*Egoist*)連載。三月時，喬伊斯開始創作《尤利西斯》。一次世界大戰爆發。

一九一五 三月時完成劇本《流亡者》(*Exiles*)。七月時，喬伊斯全家遷移至中立國瑞士。

一九一六 《一位年輕藝術家的畫像》十二月二十九日在紐約發行。

一九一七 完成《尤利西斯》一書之前三章，此書架構也大致成形。英國韋弗小姐(Harriet Shaw Weaver)開始匿名資助喬伊斯。喬伊斯因青光眼動眼部手術。

一九一九 劇本《流亡者》於五月二十五日出版。美國刊物《小評論》(*Little Review*)於三月開始連載《尤利西斯》。

一九一九 全家遷返的里雅斯特。

一九二〇 由於龐德的盛情邀約，喬伊斯全家遷往巴黎。十月時，因為反制邪惡協會(Society for the Suppression of Vice)提出《尤利西斯》「有傷風化」控訴，《小評論》遂而停止《尤利西斯》的連載。

一九二二　《尤利西斯》於二月二日，亦是喬伊斯的四十歲生日，由巴黎莎士比亞書店(Shakespeare & Co., Paris)出版。

一九二三　開始寫作《芬尼根守靈夜》，當時暫稱《進行中的作品》(*Work in Progress*)。

一九二四　《芬尼根守靈夜》的片段於四月出版。

一九二七　《進行中的作品》片段開始在*transition*雜誌發表。

一九三一　喬伊斯和諾拉於七月四日在倫敦結婚。喬伊斯的父親在十二月二十九日過世。

一九三二　三月時，喬伊斯的女兒Lucia患精神疾病，從此沒有復元，喬伊斯的餘生籠罩在此事的陰影中。

一九三三　美國法院裁定《尤利西斯》並非淫誨，此判決使得《尤利西斯》可以在美國合法出版。(英國的第一版《尤利西斯》於一九三六年出版)

一九三四　此年長時間居住在瑞士，一方面得以就近探望女兒(在蘇黎世附近的一間療養院修養)，一方面就近治療他的眼疾。

一九三九　《芬尼根守靈夜》在倫敦和紐約兩地同時出版。第二次大戰爆發，喬伊斯全家遷居法國南部。

一九四〇　法國倫陷，喬伊斯全家遷居瑞士蘇黎世。

一九四一　一月十三日因胃穿孔開刀無效後去世，安葬於蘇黎世公墓。

愛爾蘭簡史

c. 10,000 BC　約中石器時代，愛爾蘭開始有人居住。

c. 3000 BC　新石器時代，愛爾蘭的居民建造最早的巨石墳墓。

c. 700 BC　蓋爾人（Gael）開始移入愛爾蘭。

c. 200 BC　愛爾蘭的社會開始有王國的結構產生，全境大約有一百五十個小型王國。

AD 432　聖派翠克（St. Patrick）抵達愛爾蘭，宣揚天主教和羅馬文化。

756　維京人（Vikings）開始登陸愛爾蘭島並掠奪城鎮和修道院，爲期約兩百年。

916　維京人在都柏林和其他城市建立根據地並開始定居。

975-1014　Brian Boru成爲Munster省的國王，後來成爲愛爾蘭全境的國王。

1014　Brian Boru在Clontarf戰役中打敗維京人，但卻慘遭謀殺。

Leinster省被放逐的國王Dermot MacMurrough向英國求援，引英軍入愛爾蘭，成爲英國勢力入侵愛爾蘭的濫觴。

1171 英王亨利二世率領軍隊抵達愛爾蘭，確立英王對愛爾蘭的統治權。

1366 通過啓耳肯尼法案（Statutes of Kilkenny），禁止在愛爾蘭的英國殖民者和當地的人民通婚，同時壓抑塞爾特文化的發展。

1394-5 英王理查二世帶兵打敗Leinster當地的愛爾蘭人，並且降服了多數在地的貴族首領。

1534-6 愛爾蘭全境發起反抗英國統治。

1541 愛爾蘭議會宣布英王亨利八世爲愛爾蘭國王。

1595-1603 Hugh O'Neil領導愛爾蘭反抗英國統治，失敗。

1607 「伯爵的逃逸」（Flight of the Earls）：因O'Neil所領導的反抗行動失敗，Ulster當地的權貴及伯爵被放逐到國外。

1641 Ulster開始發生動亂，並且隨著英國內戰而加溫。

1642-1649 英國內戰，無力顧及愛爾蘭，愛爾蘭全境陷入混亂狀態。

1649 克倫威爾率兵攻打愛爾蘭，直至一六五二年才平定境內動亂。

1689-90 被罷黜的英王詹姆士二世逃到愛爾蘭，在Boyne一役中被英王威廉三世打敗。

1691	「野雁的逃逸」(Flight of the Wild Geese)：根據利默里克條約(Treaty of Limerick)，原本支持詹姆士二世的士兵可選擇跟隨他前往法國或轉投威廉的軍隊，但多數士兵選擇前者，流亡海外。
1720	英國國會取得爲愛爾蘭立法的權力。
1740	愛爾蘭發生饑荒。
1775	美國獨立戰爭激起愛爾蘭境內的反動情緒。
1782	Henry Grattan所領導的愛爾蘭議會，要求英國國會承認愛爾蘭名義上的獨立。 托恩(Theobald Wolfe Tone)、坦迪(James Napper Tandy)和湯姆斯・羅素(Thomas Russell)建立「愛爾蘭人聯合會」(Society of United Irishmen)，以解放天主教和實現議會改革爲宗旨。
1798	「愛爾蘭人聯合會」反抗英國殖民，邀法國軍隊登陸協助愛爾蘭反抗的勢力。 Wolf Tone被逮捕並遭處死。
1800	英國國會通過合併法(Act of Union)，正式將愛爾蘭納入聯合王國。
1801	合併法開始實行。
1829	歐康諾(Daniel O'Connell)被選爲國會議員，促成天主教徒解放法(Catholic Emancipation Act)的通過。

1845-51 馬鈴薯欠收，造成愛爾蘭大饑荒（the Great Famine），導致上百萬人餓死和大量人民移民海外。

1848 青年愛爾蘭（Young Ireland）所領導的起義失敗。

1858 芬尼安兄弟會（Fenian Brotherhood）成立，這是第一個明確主張建立民主「愛爾蘭共和國」（Irish Republic）的組織。

1875 巴奈爾（Charles Stewart Parnell）獲選爲國會議員。

1879-82 土地戰爭（the Land War）：巴奈爾呼籲抵制及反抗地主不合理的壓迫。

1884 成立蓋爾運動協會（Gaelic Athletic Association）。

1886 第一個愛爾蘭自治法（First Home Rule Bill）通過。

1890 奧謝（O'Shea）上尉控告巴奈爾與他的妻子姘居，天主教的主教們認爲巴奈爾道德敗壞，不宜擔任領導職務，巴奈爾被迫辭掉黨領導者的職位。

1893 成立蓋爾語聯盟（Gaelic League）：提出第二自治法案（Second Home Rule Bill）。

1904 Abbey Theater開幕，上演葉慈及Lady Gregory的戲劇作品，啓動了愛爾蘭文學復興運動（Celtic Revival）。

1905 Arthur Griffith成立新芬黨（Sinn Féin）。

1912 第三自治法（the Third Home Rule Bill）提出，但遭聯合陣營（Unionists）反對。

1914	第一次世界大戰爆發。愛爾蘭自治法通過，但因大戰而暫時停止。
1916	復活節起義(Easter Rising)，所有起義領導者均被處死，但獨立聲浪反而高漲。
1918	新芬黨在此年大選中大勝；愛爾蘭眾議院開幕(the opening of Dail Eireann)。
1919-21	愛爾蘭發動獨立戰爭；英國政府和「愛爾蘭共和軍」(IRA)達成停戰協議並簽定英愛條約(Anglo-Irish Treaty)，成立愛爾蘭自由邦(Irish Free State)與隸屬英國的北愛爾蘭(Northern Ireland)。
1922	愛爾蘭內戰。
1923	內戰結束。
1932	德瓦勒拉(Eamon de Valera)獲選爲總統。
1937	德瓦勒拉提出愛爾蘭憲法(Constitution of Eire)，宣告愛爾蘭成爲一個獨立於英國以外的共和國，並在新憲法中明訂「蓋爾語」爲愛爾蘭共和國的官方語言。
1939	二次世界大戰爆發，愛爾蘭自由邦選擇中立不介入戰爭，北愛爾蘭則選擇全力支持英國。
1948	愛爾蘭國會提出愛爾蘭共合國的法案。
1949	愛爾蘭正式成爲愛爾蘭共和國，並退出大英國協。
1955	愛爾蘭共和國加入聯合國。

1967 北愛爾蘭的天主教徒成立Northern Ireland Civil Rights Association（NICRA），並且進行第一次爲爭取基本民權的遊行。

1967 NICRA在德瑞進行第二次遊行。在貝爾法斯特和德瑞兩地點燃了天主教與新教兩派社區的激烈衝突。

1968 在北愛爾蘭的天主教徒和新教徒產生激烈衝突，英國軍隊前往北愛爾蘭鎮壓。

1972 發生血腥星期日(Bloody Sunday in Derry)慘劇。倫敦直接接管北愛爾蘭政府及暫停議會之運作。

1973 愛爾蘭共和國加入歐洲經濟共同體。

1980 Brian Friel及Stephen Rea在德瑞成立Field Day Theater Company。

1985 爲解決北愛爾蘭長久以來的族群認同與暴力問題，英國和愛爾蘭共和國簽定英愛協定(Anglo-Irish Agreement)，但遭北愛爾蘭的統派分子反對。

1993 愛爾蘭政府和英國政府簽定唐寧街宣言(Downing Street Declaration)：英國政府強調英國對北愛爾蘭沒有戰略或策略性的利益考量，如果北愛爾蘭的大多數人民願意和愛爾蘭共和國合併，英國會將北愛爾蘭移交給愛爾蘭政府；一些使用暴力做談判手段的政黨及團體(如新芬黨)如果願意放棄訴諸武力，他們可以加入對北愛爾蘭的未來談論的對話。

1994 愛爾蘭共和軍以及北愛爾蘭半軍隊性質的武裝分子發表和平宣言（Peace Declaration），並達成停火協議。

1996 停火協議中斷。

1997 英國勞工黨在大選中獲勝，和平協議及停火協議重新展開。

1998 英國政府、愛爾蘭共和國政府及北愛爾蘭主要政黨領袖簽署受難日協定（Good Friday Agreement）。

2005 六月二十八日愛爾蘭共和軍宣布終止其一切武裝行動。

2007 三月二十六日北愛爾蘭領袖Ian Paisley和新芬黨領袖Gerry Adams達成協議，迎接和平，分享權力，共創新的愛爾蘭未來。

研究參考書目

1. 中文

莊坤良，〈「各位先生，天亮了！」喬伊斯的後殖民啓示錄〉。《英美文學評論》，三期（一九九七），頁一四一——一六二。

莊坤良，〈等待鳳凰：〈會議室裡的常春藤日〉中的愛爾蘭選舉政治與殖民霸權〉。《英美文學評論》，四期（一九九九），頁一二五——一五五。

蕭嫣嫣，〈麻痹意志的悲劇——論喬埃斯《都柏林人》呈現的世界〉。《第二屆英美文學研討會論文集》。台北：書林，一九八七。頁一五一——一六三。

2.英文

Anderson, Benedict. *Imagined Communities: Reflections on the Origin and Spread of Nationalism*. New York: Verso, 1991.

Attridge, Derek. *Joyce Effects: On Language, Theory, and History*. Cambridge: Cambridge UP, 1984.

——. *How to Read Joyce*. London: Granta Books, 2007.

Attridge, Derek, and Daniel Ferrer, ed. *Poststructuralist Joyce*. Cambridge, Cambridge UP, 1984.

Baker, James R., and Thomas F. Staley, ed. *James Joyce's* Dubliners*: A Critical Handbook*. Belmont: Wadsworth, 1969.

Beck, Warren. *Joyce's* Dubliners*: Substance, Vision, and Art*. Durham, N.C.: Duke UP, 1969.

Beja, Morris. *James Joyce: A Literary Life*. Columbus: Ohio State UP, 1992.

Begnal, Michael, ed. *Joyce and the City*. Syracuse: Syracuse UP, 2002.

Benstock, Bernard. *Narrative Con/Texts in* Dubliners. Urbana: University of Illinois P, 1994.

——, ed. *Critical Essays on James Joyce*. Boston: G.K. Hall, 1985.

——. "The Gnomonics of *Dubliners*." *Modern Fiction Studies* 34（1988）: 519-39.

Bidwell, Bruce, and Linda Heffer. *The Joycean Way: A Topographic Guide to* Dubliners *and* A Portrait of the Artist as a Young Man. Baltimore: Johns Hopkins UP, 1982.

Bloom, Harold, ed. *Modern Critical Views: James Joyce*. New York: Chelsea, 1986.

Boheemen-sasf, Christine Van. *Joyce, Derrida, Lacan and the Trauma of History*. Cambridge: Cambridge UP, 1999.

Bollettieri Bosinelli, Rosa M. and Harold F. Mosher, Jr, eds. *ReJoycing: New Readings of* Dubliners. Lexington: University P of Kentucky, 1998.

Bowen, Zack and James F. Carens, ed. *A companion to Joyce Studies*. Westport, Conn.: Greenwood P, 1984.

Brandabur, Edward. *A Scrupulous Meanness: A Study of Joyce's Early Work*. Urbana: University of Illinois P, 1971.

Brown, Richard. *James Joyce and Sexuality*. Cambridge: Cambridge UP, 1985.

——, ed. *A Companion to James Joyce*. London: Blackwell, 2008.

Brunsdale, Mitzi M. *James Joyce: A Study of the Short Fiction*. New York: Twayne, 1993.

Bulson, Eric. "Topics and Geographies." Ed. Jean-Michel Rabate. *James Joyce Studies*. London: Palgrave, 2004. 52-72.

——. *The Cambridge Introduction to James Joyce*. Cambridge: Cambridge Up, 2006.

Chadwick, Joseph. "Silence in 'The Sisters.'" *James Joyce Quarterly* 21（1984）: 245-53.

Chang, Miao-jung（張妙蓉）. "Representing Subjectivity and Irish Identity in James *Joyce's* Dubliners."（Master thesis）Graduate Institute of English, National Kaohsiung Normal University, 2002.

Chang, Shih-chung（張仕鐘）. "James Joyce's *Dubliners* as Bildungsromans: The Realization and

Awakening of Romantic Love." *Journal of National Huwei University of Science & Technology* 1 (2004): 219-230.

Chen, Hsiu-chieh (陳秀潔). "The Reader's Role in Joyce's *Dubliners* and Epiphanies." *Tamkang Journal of Humanities and Sociologies* 1.1 (1998): 83-94.

Cheng, Pui-man (陳佩民). "The Theme of Death in Joyce's 'Clay.'" *Journal of Chang Jung Christian University* 4: 2 (Jan. 2001): 95-106.

Cheng, Hui -Yin (鄭惠茵). " Eating and Drinking in James Joyce's *Dubliners.* " (Master Thesis) Graduate Institute of Foreign Languages and Literature, National Chung Cheng University, 2012.

Cheng, Vincent. *Joyce, Race, and Empire*. Cambridge: Cambridge UP, 1995.

Chou, Hsing-chun (周幸君). "Heteroglossia Dubliners: James Joyce's Looking-Glass of Irish Society." (Master Thesis) Graduate Institute of Foreign Languages and Literature, National Sun Yan-Sen University, 1998.

Chou, Yi-mei (周宜美). "James Joyce and the Irish Conscience in Dubliners." (Master thesis) Graduate Institute of Foreign Languages and Literature, National Tsing Hua University, 2005.

Chu, Li-min (朱立民). "'The Dead' Are Alive: Notes toward Reinterpreting Joyce's 'The Dead.'" *Tamkang Journal Liberal Arts* 14 (April 1976): 1-19.

Cosgrove, Brian. *James Joyce's Negations*. Dublin: University College P, 2007.

Eagleton, Terry. *Heathcliff and the Great Hunger: Studies in Irish Culture*. London: Verso, 1995.

Ellmann, Richard. *James Joyce.* Rev. ed. Oxford UP, 1982.

Fairhall, James. *James Joyce and the Question of History.* Cambridge: Cambridge UP, 1993.

Foucault, Michel. *Language, Counter-Memory, Practice*. Ed. Donald F. Bouchard. Ithaca: Cornell UP, 1977.

Frawley, Oona, ed. *A New & Complex Sensation: Essays on Joyce's* Dubliners. Dublin: the Lilliput P, 2004.

French, Marilyn. "Women in Joyce's *Dubliners*." *James Joyce: The Augmented Ninth.* Ed. Bernard Benstock. Syracuse: Syracuse UP, 1988. 267-307.

Garrett, Peter K., ed. *Twentieth-Century Interpretations of* Dubliners. Englewood Cliffs, N.J.: Prentice-Hall, 1968.

Gibbons, Luke. "'Have you no homes to go to?': Joyce and the Politics of Paralysis." *Semicolonial Joyce*. Eds. Derek Attridge and Marjorie Howes. Cambridge: Cambridge UP, 2000. 150-71.

Gibson, Andrew. *James Joyce*. London: Reaktion Books, 2006.

Gifford, Don. *Joyce Annotated: Notes for* Dubliners *and* A Portrait of the Artist as a Young Man. 2nd ed. Berkley: University of California P, 1982.

Hart, Clive, ed. *James Joyce's* Dubliners*: Critical Essays*. New York: Viking P, 1969.

Henke, Suzette A. *James Joyce and the Politics of Desire*. New York: Routledge, 1990.

Henke, Suzette A. and Elaine Unkeless, eds. *Women in Joyce*. Urbana: University of Illinois P, 1982.

Herr, Cheryl. *Joyce's Anatomy of Culture*. Urbana: University of Illinois P, 1968.

Herring, Phillip F. *Joyce's Uncertainty Principle*. Princeton, N.J.: Princeton UP, 1987.

Huang, Shu-choun（黃淑瓊）. "A Study on the Theme of James Joyce's 'Araby.'" *Journal of Chungyu Institute of Technology* 5（Dec. 1995）: 446-459.

Ingersoll, Earl. *Engendered Trope in Joyce's* Dubliners. Carbondale: Southern Illinois UP, 1996.

Jackson, John Wyse, and Bernard McGinley. *James Joyce's* Dubliners*: An Illustrated Edition with Annotations*. New York: St. Martin's P, 1993.

Kenner, Hugh. *Dublin's Joyce*. Bloomington: Indiana UP, 1956.

——. *Joyce's Voices*. Berkeley: University of California P, 1978.

Kershner, R.B. *Joyce, Bakhtin, and Popular Literature: Chronicles of Disorder*. Chapel Hill: University of North Carolina P, 1989.

Leonard, Garry M. *Reading* Dubliners *Again: A Lacanian Perspective*. New York: Syracuse UP, 1993.

Li, Mei-hui（李美慧）. "The Haunting Shades of Death in James Joyce's 'The Dead.'" *Journal of Fortune Institute of Technology* 5（July 1998）: 243-251.

Liang, Sun-chieh（梁孫傑）. "Joyce's Malapropism in 'The Sisters.'" The Eleventh Annual Miami Joyce Conference, Miami, U.S., 1997.

Lin, Chia-huei（林佳慧）. "Fashion in James Joyce's Dubliners."（Master Thesis）Graduate Institute of English, National Taiwan Normal University, 2006.

MacCabe, Colin. *James Joyce and the Revolution of the Word*. New York: Palgrave, 2003.

Magalaner, Marvin, and Richard M. Kain. *Joyce: The Man, the Work, the Reputation*. New York: New York UP, 1956.

Manganiello, Dominic. *Joyce's Politics*. London: Routledge & Kegan Paul, 1980.

Mullin, Katherine. "Don't Cry for Me, Argentina: "Eveline" and the Seductions of Emigration Propaganda." *Semicolonial Joyce*. Eds. Derek Attridge and Marjorie Howes. Cambridge: Cambridge UP, 2000. 172-200.

——. *James Joyce, Sexuality and Social Purity*. Cambridge: Cambridge UP, 2003.

Nolan, Emer. *James Joyce and Nationalism*. New York: Routledge, 1995.

Norris, Margot. *Joyce's Web: The Social Unraveling of Modernism*. Austin: University of Texas P, 1992.

——. *Suspicious Readings of Joyce's* Dubliners. Philadelphia: University of Pennsylvania P, 2003.

Parrinder, Patrick. *James Joyce*. Cambridge: Cambridge UP, 1984.

Pierce, David. *Reading Joyce*. Harlow, England: Pearson Education Limited, 2008.

Potts, Willard. *Joyce and the Two Irelands*. Austin: University of Texas P, 2000.

Power, Arthur. *Conversations with James Joyce*. Ed. Clive Hart. Chicago: University of Chicago P, 1975.

Rabate, Jean-Michel. "Silence in Dubliners." *James Joyce: New Perspectives*. Ed. Colin MacCabe.

Bloomington: Indiana UP, 1982. 38-55.

——, ed. *James Joyce Studies*. London: Palgrave Advances, 2004.

Riquelme, John Paul. *Teller and Tale in Joyce's Fictions: Oscillating Perspectives*. Baltimore: Johns Hopkins UP, 1983.

Said, Edward. *Culture and Imperialism*. London: Vintage, 1993.

Schwarz, Daniel R., ed. *The Dead/James Joyce*. Boston: Bedford Books of St. Martin's P, 1994.

Scott, Bonnie Kime. *Joyce and Feminism*. Bloomington: Indiana UP, 1984.

Seidel, Michael. *James Joyce*. London: Blackwell, 2002.

Su,Yen-Chi（蘇晏琪）." National Identity in James Joyce's *Dubliners* and Pai Hsien-yung's *Taipei People*."（Master Thesis）Graduate Institute of Foreign Languages and Literature, National Chung Cheng University, 2010.

Tang, Shu-yu（湯淑宇）. "Structural Analysis of James Joyce's *Dubliners*."（Master thesis）Graduate Institute of English, Chinese Culture University, 2001.

Thacker, Andrew, ed. *New Casebooks:* Dubliners. New York: Palgrave, 2006.

Tindall, William York. *A Reader's Guide to James Joyce*. New York: Noonday P, 1959.

Ting, An-Yi（丁安怡）. "Post-Colonial Studies: Gender and Language: the Representation of Irishness in *Dubliners*."（Master thesis）. Graduate Institute of Foreign Languages and Literature, National Tsing Hua University, 2008.

Torchiana, Donald T. *Background for Joyce's* Dubliners. Boston: Allen and Unwin, 1986.

Trevor, Williams. *Reading Joyce Politically*. Gainesville: UP of Florida, 1997.

Tsai, Jia-Rong（蔡佳蓉）. " Family in James Joyce's *Dubliners and A Portrait of the Artist as a Young Man.*"（Master Thesis）Graduate Institute of Foreign Languages and Literature, National Chung Cheng University, 2012.

Valente, Joseph. *James Joyce and the Problem of Justice: Negotiating Sexual and Colonial Difference*. Cambridge: Cambridge UP, 1995.

——. "Joyce's Politics: Race, Nation, and Transnationalism." *Palgrave Advances in James Joyce Studies*. Ed. Jean-Michel Rabate. New York: Macmillan, 2004. 73-96.

Vesala-Varttala, Tanja. *Sympathy and Joyce's Dubliners: Ethical Probings of Reading, Narrative, and Textuality*. Tampere: Tamphere UP, 1999.

Wang, Seng-tien（王森田）. "Emptiness/Death: A Jaussian Reading of Henrik Ibsen's *A Doll's House* and James Joyce's 'The Dead'"（Master thesis）Graduate Institute of English, Tamkang University, 1995.

Wang, Shu-Hua（王淑華）. "Joyce's *Dubliners*: Motifs, Imagery, and Structure."（Master Degree）Graduate Department of English Language and Literature, Soochow University, 2011.

Weir, David. *Joyce's Art of Meditation*. Ann Arbor: Univ. of Michigan P, 1996.

Werner, Craig Hansen. Dubliners*: A Pluralistic World*. Boston: Twayne, 1988.

Williams, Trevor L. *Reading Joyce Politically*. Gainsville: University Press of Florida, 1997.

Wu, Cheng-Hung（吳政鴻）. "Conflicts in James Joyce's *Dubliners* and Pai Hsien-yung's *Taipei People*."（Master Degree）Graduate Department of English Language and Literature, Soochow University, 2011.

Yeh, Hsin-Mei（葉欣玫）. "A Lacanian Reading of the Gender Representation in *Dubliners*."（Master thesis）. Graduate Institute of Foreign Languages and Literature, National Tsing Hua University, 2008.

3. 喬伊斯著作

Dubliners: Text, Criticism and Notes. Ed. Robert Scholes and A. Walton Litz. New York: Penguin, 1976.

Stephen Hero. Ed. Theodore Spencer. New York: New Directions, 1944. A new edition was issued in 1963, including additional manuscript pages edited by John J. Slocum and Herbert Cahoon.

A Portrait of the Artist as a Young Man. The definite text corrected from the Dublin holograph by Chester G. Anderson and edited by Richard Ellmann. New York: Viking, 1964.

The Critical Writings of James Joyce. Ed. Ellswords Mason and Richard Ellmann. New York: Viking, 1964.

Exiles, with the author's own notes and an intro. By Padraic Colum. London: Harmondsworth, 1973.

Ulysses. Ed. Hans Walter Gabler, with Wolfhard Steppe and Claus Melchior, afterword by Michael Groden. London: Bodley Head, 1986.

Finnegans Wake. London: Faber, 1939.

Letters of James Joyce. Vol. I. Ed. Stuart Gillbert. New York: Viking, 1957.

Letters of James Joyce. Vols II and III. Ed. Richard Ellmann. New York: Viking, 1966.

Selected Letters. Ed. Richard Ellmann. New York: Viking, 1975.

Poems and Shorter Writing. Ed. Richard Ellmann, A. Walton Litz and John Whittier-Ferguson. London: Faber, 1991.

Occasional, Critical and Political Writing. Ed. Kevin Barry, with translations from the Italian by Conor Deane. Oxford: Oxford UP, 2000.

不朽Classic

都柏林人

2020年10月三版　　定價：新臺幣380元

著者	James Joyce
譯注者	莊坤良
叢書主編	簡美玉
校對	吳淑芳
封面設計	謝佳穎

出版者	聯經出版事業股份有限公司
地址	新北市汐止區大同路一段369號1樓
叢書主編電話	(02)86925588轉5307
台北聯經書房	台北市新生南路三段94號
電話	(02)23620308
台中分公司	台中市北區崇德路一段198號
暨門市電話	(04)22312023
郵政劃撥帳戶第	0100559-3號
郵撥電話	(02)23620308
印刷者	世和印製企業有限公司
總經銷	聯合發行股份有限公司
發行所	新北市新店區寶橋路235巷6弄6號2F
電話	(02)29178022

副總編輯	陳逸華
總編輯	涂豐恩
總經理	陳芝宇
社長	羅國俊
發行人	林載爵

行政院新聞局出版事業登記證局版臺業字第0130號

本書如有缺頁，破損，倒裝請寄回台北聯經書房更換。　ISBN　978-957-08-5626-2 (平裝)
聯經網址 http://www.linkingbooks.com.tw
電子信箱 e-mail:linking@udngroup.com

國家圖書館出版品預行編目資料

都柏林人 / 喬伊斯(James Joyce)著．莊坤良譯注．
三版．新北市．聯經．2020.10
408面；14.8×21公分．(不朽Classic)
參考書目：11面
譯自：Dubliners
ISBN　978-957-08-5626-2（平裝）
[2020年10月三版]

873.57　　109014778